KB036813

엉큼남자
은큼
연애

요즘 남자 요즘 연애

펴낸날 2016년 3월 25일 초판 1쇄

지은이 김정훈
펴낸이 이태권

책임편집 박송이
책임미술 양보은

펴낸곳 (주)태일소담
등록 1979년 11월 14일 제2-42호
주소 서울특별시 성북구 성북로8길 29 (우)02834
전화 02-745-8566~7
팩스 02-747-3238
전자우편 sodam@dreamsodam.co.kr
홈페이지 www.dreamsodam.co.kr

ISBN 978-89-7381-552-4 03810

이 도서의 국립중앙도서관 출판시도서목록(CIP)은 서지정보유통지원시스템 홈페이지(http://seoji.nl.go.kr)와 국가자료공동목록시스템(http://www.nl.go.kr/kolisnet)에서 이용하실 수 있습니다.(CIP제어번호: CIP2016006475)

• 책값은 뒤표지에 있습니다.
• 잘못된 책은 구입하신 곳에서 교환해드립니다.

요즘 남자 요즘 연애

김정훈 지음

소담출판사

내 짝꿍에게

◆ 두 번째 책. 감회가 새롭다.

◆ 그사이 많은 일들이 있었다. 나는 다정한 사람이 최고란 걸 알게 됐다. 그리고 또래 남자들(삼십 대 중반을 앞둔)에게 특히 많은 변화가 있었다. 누군가는 결혼을 하고, 누군가는 결혼을 했다가 이혼을 하고, 누군가는 아버지가 됐다. 그리고 누군가는 여전히 외로움을 토로하며 소개팅을 하고, 미팅을 하고, 술을 마신다. 요즘 남자들의 요즘 연애 이야기를 털어놓길 잘했단 생각이 든다.

◆ 이 책은 약 18개월간 연재했던 '김정훈의 썸'이라는 칼럼을 재구성한 것이다. 남자 버전의 「섹스 앤 더 시티」를 써보고 싶단 욕심이 있었는데, 그렇게 발칙하게 쓰진 못했다. 그보다 현실적인 얘기로 채워진 건 분명하다. 여성들이 궁금했을, 하지만 엿보기 어려웠던 남자들의 수다를 풀어냈지만 꼭 남자들만의 이야기는 아닐 거다. 이해와 이별 사이에서 지금도 고민하고 있을 우리 모두의 이야기가 아닐까 싶다. '썸'이라는 제목으로 칼럼을 연재한 건 그 단어가 싫어서였다. 칼럼의 종료와 동시에 '썸'이라는 단어의 소멸을 바라는 마음이 있었다. 본격적인 연애가 시작되기 전 불가항력적으로 겪어야 하는 기간은 분명히 존재한다. 그 기간 동안 우린 낯선 상대를 인식하고 상대가 의미를 가지기 시작할 때의 두근거림, 상대의 마음이 내 마음과 같은지 궁금해 잠 못 이루는 떨림, 한 발짝 더 다가서야 할지 말아야

할지 고민하는 설렘, 정의되지 않은 관계가 주는 묘한 불안감 등을 모두 겪는다. 그리고 그런 불안감에서 벗어나기 위해 서둘러 관계를 결정짓고 싶어 한다. 그 기간을 '썸'이라는 단어로 규정지으면서 문제가 생겨버렸다. 어쩔 수 없이 존재해야 했던 시간이 원래부터 존재하는 것으로 치부됐다. 서둘러 그 기간에서 벗어나려 애쓰던 사람들은 당연히 그 시간을 즐기게 됐다. 그렇게 '썸'이란 단어는 그저 '인조이'를 합리화하게 됐다. 아직도 썸만 타려는 이성 때문에 힘들어 하고 있다면, 당연히 그와는 그만 끝내는 게 좋다. 당신에게 있어선 썸이 그에게는 인조이일지도 모르니까. 그가 왜 괜찮은 사람인지 다시 한 번 생각해보길.

◆ 최근 가장 큰 이슈 하나는 젠더 워(GENDER WAR)다. 페미니즘의 수용에 따른 남성과 여성의 불협화음이 생각보다 심각하다. 잘못된 방식이 아니라면, 남성들 또한 페미니즘이라는 학문을 반길 필요가 있다. 불필요한 남성성을 해방시켜주기 때문이다. 남자들의 진짜 수다를 풀어낸 이 책을 통해, 젠더 워가 종식되길 바란다. 남자들에겐 반성을, 여자들에겐 이해를 줄 수 있다면 좋겠다.

◆ 인공지능 기술이 무섭게 발전하고 있다. 아무리 기술이 발전한다고 해도 로봇이 할 수 없는 게 있다면 바로 연애와 사랑이 아닐까 한다. 종잡을 수 없는 여성과, 의외로 복잡한 남성의 알고리즘을 완벽히 해석하기란 불가능하다. 그러니 지금, 그 어려움을 참아가며 사랑을 하고 있는 여러분은 그 어떤 천재나 컴퓨터보다 위대하다고 말하고 싶다.

◆ 목 차 ◆

프롤로그 ~011

◆◆ chapter1. ◆◆

여자를 못 믿는 남자 vs. 사랑을 안 믿는 남자

1. 재밌는 이야기엔 인물의 성장 포인트가 있다 ~032
2. 오빠와 먹는 김치찌개, 그가 사주는 똠양꿍 ~044
3. 비싼 차라고 해서 지나치게 조심스럽게 모는 사람은 바보다 ~052
4. 엉킨 이어폰을 푸는 방법 ~060
5. 닭발과 시메사바 ~074
6. 소주와 사케 그리고 샴페인 ~084
7. 피리 부는 남자 ~095

◆◆ chapter2. ◆◆

성 안의 병정들 vs. 성 밖의 사람들

8. 공항에서 마주치지 말아야 할 사람 ~113
9. 시차는 남겨놓기로 해 ~120
10. 우리가 펜트하우스가 필요한 이유 ~136
11. 공갈, 빵 ~145
12. 사람이 개를 물면 뉴스가 된다 ~155
13. 갓. 갓. 갓. ~165
14. 눈을 쳐다볼 수 있다는 것 ~177

◆◆ chapter3. ◆◆

여자가 원하는 남편 vs. 남자가 원하는 내 편

15. 나쁜 남자와 날파리 ~201
16. 기프티콘의 유효 기간에 대하여 ~210
17. 바버숍, 남자에 의한 남자를 위한 공간 ~216
18. 연애 칼럼니스트도 해결할 수 없는 난제 ~226
19. 다품종 소량 생산 소개팅 공장 ~234
20. 소개팅의 치트키 ~241
21. 나도 내 편이 있었으면 좋겠다 ~249
22. 계산이 돼 있었다 ~255
23. 어린 여자와 젊은 여자 ~262

◆◆ chapter4. ◆◆

아님 말고 vs. 그럼에도 불구하고

24. 취중 진담과 취중 진상 ~274
25. 소리를 크게 내는 여자가 좋더라 ~285
26. 냉정과 절정 사이 ~297
27. 남자가 결혼할 때 ~305
28. 호우주의보 발령! ~314
29. 내가 있어야 할 곳은 여기야 ~321
30. 썩! 내키진 않지만 들어야 하는 남자들의 수다 ~327

에필로그 ~331

◆ 프롤로그 ◆

모든 미약한 시작이 창대한 끝을 맞이하면 좋으련만 연애는 도무지 그럴 수가 없다. 오히려 반대 경우가 더 많다. 대부분의 창대한 만남은 결국엔 미약한, 혹은 나약한, 심지어는 사악한 이별로 끝나버린다. 미진이와의 연애도 마찬가지였다.

"오빠, 이번 연휴에 룩소르 가볼까?"

"룩소르? 이집트?"

"응, 거기 있는 오벨리스크 보고 싶어."

그렇게 룩소르에 다녀온 게 마지막 추억이 됐다. '커플력' 427일째의 데이트 말미에 갑자기 결정된 여행이었다. 그녀는 회사 선배들의 수발을 드는 일로 많이 힘들어했고, 난 그런 미진이의 스트레스를 다독이느라 지쳐 있던 시기다. 427일째의 데이트는 신사동의 한 파스타 집에서 이뤄졌다. 미진이는 스트레스를 받는 날엔 꼭 느끼한 크림 파스타를 먹어줘야 했다. 그날따라 미진이의 머리엔 유난히 많은 뿔이 솟아 있었다. 워싱턴 비행을 함께한 선배 때문이었다. 외국으로 비행을 떠난 승무원은 선배들을 따라 투어를 다니는 일이 잦은데, 특히 승진 연차일 땐 선배들의 뒤치다꺼리를 하느라 개인 시간은 거의 가질 수 없다고 한다. 유독 미진이가 일하는 항공사만 심한 건지, 아무튼 그랬다.

미진이는 사원 삼 년차로, 승진을 앞두고 있었다. 이번 비행을 함께한 선배가 미진이의 인사고과를 담당하고 있었고, 그 선배가 광적으로 좋아하는 도시가 워싱턴이었고, 해외여행이라면 자다가도 캐리어를 꺼내는 미진이가 유일하게 꺼리는 도시가 하필이면 워싱턴이었다. 그곳에서 유년기의 절반을 보냈기 때문이라는 것 외에 다른 이유는 듣지 못했다.

미진이는 접시 위의 면을 하나하나 짓이기며 선배 얘길 이어나갔다. 지겨웠다. 결국 연녹색 페스토 크림이 덕지덕지 묻은 페투치니가 마카로니 수준까지 분해됐을 때, 난 생전 마주친 적도 없는 그 서른다섯 살 워싱턴 마니아의 걸음걸이까지 짐작할 수 있게 됐다. 아침 일곱 시에 워싱턴파크에서 조깅 중이던 그분이 골목 어딘가에서 검정색 프렌치불도그를 발견하고선 개 사료를 파는 가게를 찾아야 한다며 호들갑을 떨었다는 말을 끝내고, 미진이는 갑자기 포크를 내려놓았다. 난 들키지 않게 한숨을 쉬었다. 미진이는 화제를 전환해야겠다며 광대를 조금 움찔거렸다. 그러고선 문득 눈을 반짝이며, 익숙한 동네를 일곱 시간이나 돌아다닌 게 짜증나긴 했지만 한 가지 재밌는 사실을 알게 됐다고 했다. 그동안 생각 없이 지나쳤던 워싱턴 기념탑이 '오벨리스크' 형태였다는 것이다.

'예전에 내가 말해줬잖아. 그것도 몇 번이나.'

워싱턴 기념탑이 오벨리스크 형태란 건 그녀가 워싱턴 얘길 꺼낼 때마다 알려줬던 사실이다. 고대 이집트 왕조에서 태양신앙의 상징으로 세운 기념비가 있다는 것, 그걸 오벨리스크라 부른다는 것, 전세계에 있는 오벨리스크 중 가장 높은 게 내셔널몰 안의 워싱턴 기념탑이라는 것까지 말이다. 기분이 좀 상했다. 목이 말랐다. 잔에 남은 와인을 한 번에 들이켰다. 넌 왜 이런 걸 잘 기억하지 못할까. 사소한 관심과 노력의 흔적들. 사실 난 워싱턴에 가본 적이 없다. 세계지리에 딱히 관심이 있는 것도 아니다. 단지, 연애 초반 그녀와의 대화 주제를 마련하기 위해 애썼던 결과물일 뿐이다. 미진이 역시 그런 내 노력이 귀엽다며 엉덩이를 토닥이기까지 했다.

나는 말을 삼켰다. 그녀의 연갈색 머리카락을 비집고 올라온 – 개 사료를 찾아내느라 본인의 아침은 물론 미진이 아침까지 거르게 만든 선배를 향한 – 뿔이 나를 향하게 하면 안 된다. 거기에 맞서 내 뿔을 – 몇 번이고 말해준 얘길 전혀 기억하지 못하는, 내 노력을 몰라주는 여자 친구를 향한 – 드러내봤자 좋을 게 없다.

지난 427일 동안 벌어진 수 없이 많은 뿔 겨루기를 통해 터득한 건, 이기든 지든 결국 뿔에서 떨어져 나온 파편들이 남게 된다는 것이다. 그리고 몇몇 파편들은 도무지 처치 불가능한 상태로 방치되리라는 걸 잘 알고 있다. 미진이 역시 뭐라고 말하려다 참는 듯했다. 무슨 말인지 굳이 되묻진 않았다. 우린 의미 없는 말들을 꾸역꾸역 주고받았다. 순간적으로 생겨버린 여백을 채우기 위한 대화였다. 그러다 그녀가 갑자기 룩소르에 가고 싶단 얘길, 그곳의 오벨리스크를 보고 싶단 얘길 꺼낸 것이다. 우린 여행을 주제로 대화를 이어나갔다. 비로소 여백이 채워진 것 같았다. 그녀 몰래 다시 한숨을 쉬었다. 와인을 한 잔 더 주문했다. 왠지 몰라도 미진이의 얼굴보다 우리 사이에 놓여 있던 파스타 접시가 더 생각이 난다. 그곳엔 짓이겨진 채로 식어버린 밀가루 덩어리들이 있었다. 처참하게 굳은 밀가루 시체들이 크림을 토해낸 것 같았고, 거기선 기름층이 분리되고 있었다. 거북했다. 식어버린 크림 파스타엔 도무지 손이 가질 않는다. 그래도 난, 여백을 채우는 미진이의 목소리를 들으며 한 덩어리의 밀가루를 삼켜봤다. 아주 희미하긴 했지만, 막 서빙됐을 때의 페스토 소스 맛이 조금은 남아 있었다. 다행이었다.

그맘때 난 분기실적 마감보고서와 내년도 사업보고서를 작성하느라 정신이 없었다. 실은 퇴사하고 싶단 마음으로 더 복잡했던 시기다. 우연히 출간 제의를 받은 게 시발점이 되었다. 예전부터 운영하던 페이스북 페이지가 사람들에게 인기를 끌었고, 몇 개의 잡지에 간헐적으로 칼럼을 기고하게 됐다. 운이 좋았다. 내가 썼던 글의 주제는 사람 사이의 관계, 주로 연애에 대한 것이었다. '연애 칼럼니스트 조태희'로 검색을 하면 몇 개의 기사와 인터뷰도 검색됐다. 불현듯 찾아온 운을 조금 더 붙잡고 싶었다. 글을 써보고 싶단 욕심이, 깊숙이 가라앉아 있던 중학교 시절의 꿈이 수면 위로 둥실 떠올랐다. 회사에선 당연히 문제가 됐다. 팀장과 실랑이를 몇 차례 벌였다. 이중 취업이 아닌 단순 취미임을 인정해달라고 요청했다. 거절당했다.

삼 년차 직장인의 사춘기는 점점 더 심해졌다. 하고 싶은 것과 할 수 있는 것, 또 해야 할 것 사이에서 방황하는, 뭐 그런 것 말이다. 누구보다 글을 잘 쓸 수 있다는 확신은 없었다. 월급보다 글을 잘 쓰고 싶다는 욕심으로 연명하는 삶이 더 나을 것 같았을 뿐이다. 딱딱한 껍데기 속에서 묵묵히 장수하는 거북이가 되긴 싫었다. 언제 떨어져

나갈지 모르는 하루살이 날개라도 좋으니, 한 번쯤 날아보고 싶었다. 미진이도 내 고민과 욕심을 알고 있었다. 가끔 술에 취해 투정을 부릴 때면 '오빠가 하고 싶은 일을 해'라며 응원을 해줬다. 고마웠다. 그런 그녀가 이집트에 꼭 가보고 싶단 얘길 점점 더 강조하고 있었다. 오벨리스크에 대해 얘기하던 내 모습도 마침내 기억해낸 듯했다. 피클을 오도독 씹는 미진이가 문득 귀여워 보였다. 다음 날 곧바로 휴가신청서를 올렸다. 팀장에게 엄청 깨졌지만 다행히 보류가 되진 않았다. 대신, 발령 통보를 받았다.

이집트는 정말로 먼 나라였다. 안전벨트에 묶여 있던 시간만 열다섯 시간이 넘을 거다. 그렇게 긴 비행은 처음이었다. 이리저리 몸을 뒤척이는 나를 안타깝게 쳐다보던 미진이는, 앉아서 하는 여행의 고마움을 알아야 한다고 거듭 강조했다. 승진을 앞둔 삼 년차 승무원다운 얘기였다. 하지만 453일차 여자 친구의 입에서 굳이 듣고 싶은 얘긴 아니었다. 그녀는 내게 북극항로를 걸어본 적이 있느냐고 물었다. 그러곤 승무원이 제일 싫어하는 대화 상황을 직접 재연하기에 이르렀다.

승무원: 나 내일 샌프란 비행간다….

친구: 우와! 샌프란시스코?! 정말 좋겠다! 가서 뭐 먹을 거야? 뭐할 거야? 응?

일인이역으로 실감나는 연기를 펼친 그녀는 "이런 상황에서 대답하는 게 제일 귀찮아. 샌프란 비행은 그저 힘들 뿐이거든. 거기까지 걸어서 가야 하잖아! 대박이지? 미국까지 매번 걸어가는 일이라니" 하며 한숨을 쉬었다. 걸어서 간다는 말이 무슨 뜻인지 의아했지만 굳이 묻진 않았다. 미진이가 읊기 시작한 장시간 비행에서 발생하는 승무원들의 고충을 듣는 것만으로도 충분히 지쳤다. 난 북극항로를 걸어본 적이 없다. 샌프란시스코까지 걸어서 가본 적도 당연히 없다. 하지만 이 얘긴 다섯 번도 더 들었던 얘기다. 지겨웠지만 티를 내진 않았다. 처음 듣는 것마냥 리액션을 해줬다. 장시간 비행의 힘듦을 미진이에게 호소하는 건 포기하기로 했다. 그 후 몇 마디를 더 하긴 했지만 되도록 말을 아꼈다. 그렇게 무사히 룩소르에 도착했다.

기대했던 만큼의 여흥은 없었다. 큰 언쟁이 벌어지지도 않았다. 이 정도면 무난한 상태라고 생각했다. 다만, 우리가 처음 갔던 제주도에서처럼 매 순간 손을 잡고 걷진 않았던 것 같다. 미진이의 옆모습보다 뒷모습이 훨씬 더 많이 떠오르는 걸 보면 확실히 그랬다.

다 먹지도 못할 음식을 서너 개씩 시켜 이것도 좀 먹어보라며 서로의 접시에 덜어주는 일도 없었다. 포크로 음식을 찍어 입에 가져다주는 일도 없었다. 미진이와 내 손은 테이블의 어떠한 경계선을 절대로 넘나들지 않기 위해 절제된 동작으로 식사를 했다. 그리고 우린 한 사람당 한 접시만 시키자는 원칙을 지켰다. 돈이 부족해서 그런 건 아니었다.

반드시 같은 곳을 보려 하지도 않았다. '이거 봤어?'라는 물음엔 '저건 봤어?'라는 대답을 하며 각자 하고 싶은 얘기만 주고받는 일이 잦았다. 그러다 대화가 끊겼다. 뭔가가 떨어져나간 것 같은 기분이 들었다. 기껏해야 방금 전 디저트로 먹은 브라우니의 부스러기쯤되는 거라 생각했다. 그런 파편쯤이야 지난 연애 기간 동안 수없이 흘려온 것이었다. 뺄 겨루기의 잔해…. 청소기가 있으면 어떨까 하는 생각을 했다. 알 수 없는 곳에 아스러진 부스러기들을 전부 빨아들일 만한 대용량 청소기. 언제든 쓸 수 있고 언제까지라도 사용 가능한 큰 배터리를 가진, 그런 청소기.

그래도 우린 나란히 서서 오벨리스크를 봤다. 이집트의 오벨리스크는 내가 알고 있던 것보다 좀 더 선명한 하얀색이었다. 구름 한 점 없던 하늘 때문이었는지도 모르겠다. 오벨리스크를 직접 본 건 처음이 아니었다. 대학 시절 봉사활동으로 가게 된 이스탄불에서 혼자 본 적이 있었다. 당시엔 별 다른 감흥이 없었다. '고대인들은 위대했구나.' '인간의 욕심이란 예나 지금이나 별반 다를 바 없구나.' '오르지도 못할 탑은 왜 쌓으려 했을까.' 뭐 이런 생각만 했던 것 같다.

연인과 함께 보는 오벨리스크는 달랐다. 좀 더 뭉클한 낭만의 결정체였다. '하나의 돌을 쌓고 두 개의 돌을 쌓아 세 번째 돌 위에 서서 본 하늘은 어땠을까?' '불과 몇 미터 아래와는 다른 느낌의 바람이 볼을 스치는 경험을 했을까?' 아, 이 오벨리스크는 노예들이 만들었을 테니 그런 낭만은 없었을지도. 아무튼, 그런 감흥 사이에 미진이를 처음 만났던 술자리 광경이 책갈피처럼 꽂히는 것 같았다. 연락처를 받았을 때의 기쁨이, 마음을 얻으려 애쓰던 순간들이 떠올랐다. 현재의 미진이를 봤다. 오벨리스크를 뚫어져라 보고 있는 눈을 쳐다봤다. 예뻤다. 요즘의 난 탑 쌓기를 게을리 하고 있진 않았나, 하는 생각이 들었다. 미안했다. 손바닥이 간질간질해졌다. 미진이의 손으로 시선을 옮겼다. 그녀도 간지러움을 느끼고 있을까? 미진이의 손은 내 손에서 오십 센티미터 정도 떨어진 거리에 있었다. 언제부터였을까. 겨우 오십 센티미터를 다가서기가 힘들었던 건.

조금 가까이 가도 될 것 같았다. 귀찮아서, 무거워서, 어딘가에 내려놨던 돌 몇 개를 이참에 올려보기로 했다. 한 걸음, 한 걸음 다시 탑을 쌓고 싶었다. 하늘을 찌를 듯 높이 솟은 첨탑의 끝을 보니 그래도 될 것 같았다. 아니, 그래야 했다. 연애 곳곳에 흘렸던 자잘한 부스러기들이 보이지 않는 곳. 엄청나게 높은 그곳에서 먼 곳을 조망하며 미진이가 늘 바랐던 어른스러운 사랑을 할 수 있겠다는 자신감이 생겼다. 미진이에게 처음 말을 건넸을 때의 용기를, 싸움과 화해의 순간마다 다짐했던 각오를 끄집어내 온몸에 무장했다. 마침내 그녀 옆에 다가섰다. 손을 꼭 잡았다.

“하늘을 향해 저 탑을 쌓은 사람들처럼, 연인들도 서로에게 닿기 위해 조금씩 사랑을 쌓아나가는 게 아닐까? 너랑 내가 쌓고 있는 탑도 하늘, 아니 서로에게 완전히 닿겠지? 조금 지지부진한 시기도 있었고, 그런 시기는 앞으로도 겪겠지만 꾸준히 쌓으려는 노력만 하면 되잖아. 그치.” 마침표가 진하게 찍혔다. 좀 느물거렸나. 한참을 생각하던 그녀가 입을 열었다.

“오히려 슬프지 않아?”

“뭐가?”

“뾰족하잖아, 끝이.”

“하늘에 닿으려 더 높이 쌓아 올리다 보니까 그럴 수밖에 없었겠지.” 머리가 조금 지끈거렸다. 다시 뿔이 전투 태세를 하고 튀어나올 준비를 하는 듯.

"그래서 슬프단 거야, 오빠." 미진이의 눈을 봤다. 눈동자 너머의 텅 빈 공간이 여실히 보이는 표정. 낯선 표정은 아니다. 하지만 저 시선 너머의 빈 공간을 확인하는 건 언제 겪어도 심장이 덜컥 내려앉는 일이다. 잡고 있던 손이 다시 허전해졌다. 십, 이십, 오십 센티미터… 내게서 멀어진 그녀가 카메라로 오벨리스크를 찍으며 말을 이었다.

"저렇게 뾰족한데… 내가 하늘이라면 절대로 나한테 못 닿게 할 거야. 찔리면 아프잖아."

"그래도 하늘을 사랑해서, 하늘을 우러러보며 그렇게나 열심히 쌓아 올린 사람들 마음이 있는데?"

"응. 그래도."

"난 오히려 기쁠 것 같은데. 내게 닿으려고 애쓴 마음이 고마워서."

"그래?"

"응. 하늘은 넓잖아. 뾰족한 탑의 끝과는 비교도 안 될 만큼. 아파봤자 얼마나 아프겠어. 조금 아픈 것 정돈 감수해줘야지. 그러니 난 그냥 그 끝이 내게 닿게 놔두고 싶은데."

"많이 아프고 조금 아프고의 문제는 아니야. 상대의 아픔을 전혀 배려하지 않고 그저 본인의 욕망을 채우기 위해 뾰족한 끝을 상대에게 들이미는 건 지나치게 일방적이지 않아?"

그래. 우리가 뿔 겨루기를 너무 많이 해버렸단 걸 얘기하고 싶은 것 같네. 즐거움을 바라기는커녕, 상대방의 뾰족하고 아픈 뿔에 치이지만 않아도 안심하는, 그런 하루들이 이어지는 게 불만인 거구나.

나는 말을 삼켰다. 너무 많은 말을 삼켰다. 뜨겁고 무거운 추 여러 개가 목구멍으로 넘어가는 것 같았다. 오벨리스크 앞에 서 있는 그녀 사진을 몇 장 찍었다. 그녀도 내 사진을 몇 장 찍어줬다. 함께 찍은 사진은 한 장도 없었다. 숙소로 돌아가는 길에 우린 손을 잡고 있었던가? 기억나지 않는다. 섹스를 하지 않았던 건 확실하다.

우린 헤어졌다.

여행에서 돌아온 지 세 달쯤 지난 11월 3일 토요일, 그녀는 내게 이별을 선언했다. 회사에 사직서를 제출한 바로 다음 날이었다. 이집트 여행이 끝나자마자 새로운 부서로 출근을 했던 난, 당연하다는 듯 적응할 의욕을 내지 않았다. 반면에 내 글의 구독자 수는 점점 늘어갔다. 칼럼 기고 횟수도 늘었고 연재 제의도 더 들어왔다. 몇 개의 인터뷰를 하고 출간 계약까지 마쳤다. 불과 삼 개월 동안 벌어진 일이었다. 운명의 여신이 퇴사행 상승기류를 끊임없이 불어주는 것 같았다. 어느 날엔 꿈을 꿨다. 십 년 뒤 미래에서 타임머신을 타고 온 또 다른 나와 마주하는 꿈이었다. 그는 내게 흰 봉투를 하나 보여줬는데, 그 내용까지 기억나는 건 아니었다. 사표겠지. 사표일 거야. 예지몽이리라고 생각했다.

상무님과 두어 차례의 면담 후 사직서를 썼다. 삼 년간 한자리에 있던 전화기와 명패까지 인사팀에 제출하고 나니 실감이 났다. 난 자유다! 미진이에게 가장 먼저 기쁜 소식을 알리고 싶었다. 전화를 받지 않아 우선 문자를 남겨놓았다. 팀장이 사직서를 수리하고 상무님께 마지막 인사를 드린 그날 저녁, 회사 사람들과 회식을 했다. 회식 땐 정신없이 술을 마시느라 미진이에게서 걸려온 전화를 받지 못했다. 그리고 술이 꽤 취한 상태로 집에 가는 길에 미진이와 통화를 했다. 나 드디어 자유다!

바로 그다음 날, 미진이에게서 이별을 통보받게 된 거다. 꿈에 등장했던 흰 봉투가 이걸 의미한 건 아니겠지. 차라리 검은 봉투였음 좋았을걸. 별 생각을 다하고 있던 내게, 미진이는 내 곁에서 더 이상 버틸 수 없겠단 걸 재차 강조했다. 그때 나는 어떤 표정을 지었을까. 퇴사를 나무라던 팀장의 우악스러운 표정을 그대로 따라했을지도 모른다. 그래. 내 중대한 결정을 본인만의 잣대로 판단하고 곡해하는, 그 짜증나는 표정을 그대로 따라해 보였던 게 분명하다. 버틴다니? 더 이상 말을 삼키고 싶지 않았다. 몇 마디를 쏟아부었다. 그녀는 여전히 몇 마디의 말을 삼키는 듯했다. 뱉어내라고 재촉했다. 날 똑바로 응시하던 그녀의 눈이 기억난다. 무겁고 복잡한 이별의 말을, 조곤조곤 분해해 아낌없이 전달하던 그녀의 입 모양도 생각이 난다. 달콤한 키스를 주고받던 그 입술이, '아마도 오빠가 회사에서 나오려던 마음과 비슷할 테니 그렇게 이해해주면 고맙겠어'라는 괴상한 맛의 문장을 만들어냈다.

그게 이유라고?! 뭔가 더 있을 게 당연했다. 아무리 생각을 해봐도 그랬다. 그래야 했다. 물론 몇 번의 큰 트러블과 여느 연인만큼의 잦은 다툼이 있긴 했다. 그래도 이별을 할 정도는 아니라고 생각했다. 내가 회사를 뛰쳐나온 마음과 같을 거라는 비교도 어이가 없었다. 그건 완전히 다른 얘기다. 두 상황이 명백히 다른 이유는 백 가지는 더 댈 수 있다! 그리고 그 많은 이유들 중 첫째로 당당히 말할 수 있는 건 미래에 대한 계획의 존재 여부다. 난 다니고 있던 회사에서 하고 싶은 게 딱히 없었다. 당장은 월급을 받고 있었지만 십 년 뒤, 이십 년 뒤의 내 모습을 전혀 그릴 수 없었다. 미진이와 난 '함께' 가정을 꾸리는 미래에 대해 수없이 얘기해왔다. 태어나지도 않은 아이들의 교육 문제로 몇 차례 언쟁도 했다. 가보고 싶은 곳, 해야 할 것, 보고 싶은 것과 듣고 싶은 것…. 그래. 언젠가부터 그런 것들이 점점 희미해졌다고 치자. 그래도 마음먹기에 따라 얼마든지 다시 선명하게 만들 수 있는 것들 아니었나? 그런데 이별이라니.

확실한 이유를 찾고 싶었다. 미워할 대상이 있어야 했다. 미진이에 대한 사랑의 감정을 곧장 쓰레기통에 던져넣을 순 없었으므로, 이별의 이유를 찾아 그 이유에라도 원망을 쏟아부어야 했다. 그래야 덜 미칠 것 같았다. 허무, 억울, 분노, 비참, 오해, 그리움, 의심, 다시 허무, 다시 그리움. 이런 것들이 반복되기 시작했다.

원인을 모르니 원망만 커졌다.

거의 매일 술을 마셨다. 다행히 친구들이 함께해줬다. 고등학교 친구인 준이, 주영이 그리고 세운이가 그 멤버였다. 미진이에게서 이별을 통보받은 지 한 달이 지난 시점에서도 난 여전히 허무, 억울, 분노, 비참, 오해, 그리움, 의심, 다시 허무, 다시 그리움 그리고 원망에서 빠져나오지 못하고 있었다. 준이는 내게 말했다. 나이 서른에 청승은 떨지 말아달라고. 그리고 다른 여자를 소개해주겠노라 했다. 관심 없다는 내게 준이가 다시 강조했다. 미진이는 현재 대단히 안정적이며 대단히 잘나가는, 키 182센티미터에 까무잡잡한 피부를 가진 성형외과 의사를 만나고 있다고.

나 참. 뭘 그렇게 세세히 알려주는 건지. 나는 까무잡잡한 피부는 미진이 타입이 아니라며 코웃음을 쳤다. 그래도 신경이 쓰이긴 했다. 믿기 싫었지만 믿을 수밖에 없는 말이었다. 미진이가 늘 다니던 피부과의 코디네이터가, 준이가 가끔 만나는 데이트메이트였기 때문이다. 준이의 다음 말은 더 엄청난 것이었다. 미진이는 날 만나는 도중 소개팅을 했고, 나와 헤어진 이후 곧장 그와 연애를 시작했다는 거였다. 준이는 한참 동안 미진이 욕을 했다.

"여자들의 거짓말이 얼마나 무서운지 아냐. 남자의 거짓말엔 사랑에 빠진 여자들만 속아넘어가지만, 여자의 거짓말엔 모든 남자들이 다 넘어가버리거든."

"정확히 확인된 건 아니잖아. 그래도 태희가 사귄 여잔데 너무 심하게 말하진 말자." 세운이가 준이를 나무랐다. 준이는 이 상황에서 왜 그 여자 편을 드느냐며 세운이에게 고함을 질렀다. 주영이는 말없이 내게 술을 따라줄 뿐이었다.

"그래도 그 의사 새끼가 너보다 불알은 작을 테니까 너무 속상해하지 마라." 준이가 세운이와의 언쟁을 멈추고 말했다. '빅볼Bigball'은 내 고등학교 시절 별명이었다. 이유는 뭐, 짐작하는 대로다.

"미진이가 늘 그랬거든. 마음을 좀 넓게 가져달라고. 내가 '빅볼'이 아니라 '빅보울BigBowl'이었다면 더 넓은 맘으로 걜 품을 수 있었을까? 하하하하하하하!" 난 좀 많이 취했다. 아무도 따라 웃지 않았다. 매정한 놈들.

멍멍. 준이는 개소리 그만하고 술이나 쳐먹으라고 했다(준이 놈의 말을 토씨 하나 안 빠트리고 옮긴 거다). 그러곤 왜 회사를 그만뒀냐며 꾸짖기 시작했다. 확실히 준이는 술에 취하면 잔소리가 많아진다. 나는 우리 이별의 이유가 내 퇴사는 아닐 거라며 미진이를 두둔했다. 준이는 그게 맞을 거라고 받아쳤다. 그녀가 내 꿈을 응원해왔단 걸 준이가 알 턱이 없었지만 굳이 준이의 오해를 풀어주고 싶진 않았다. 실은 풀 수 없는 게 맞다. 준이의 말이 맞는다는 걸 나도 분명히 알고 있었으니까.

가만히 우리 셋의 언쟁을 듣고 있던 주영이는 룩소르의 오벨리스크 중 하나가 파리의 콩코르드 광장에 있단 사실을 알려줬다. 미진이는 그 사실을 알고 있을지 궁금해졌다. 세운이가 갑자기 "야!" 하고 고함을 질렀다. 옆 테이블에 있던 사람들이 우릴 쳐다봤다. 완전히 취해버린 녀석은 꼬인 혀를 겨우 풀어서 "난 매번 차이다 보니, 차는 것보단 차이는 쪽이 편한 것 같다"는 위로의 말을 쏟아냈다. 웃는 건지 우는 건지 알 수 없는 표정이었다. 준이는 세운이에게 "넌 차는 경험을 한 적이 별로 없잖아"라며 웃었다. 주영이가 웃었다. 나도 웃었다. 그리고 집에 와서 좀 많이 울었다.

다섯 달 정도가 지났다. 미진이를 생각하는 시간이 확실히 줄어들었다. 첫 달엔 상처의 종류를 분석하느라 애를 먹었다. 미진이가 내게 준 상처는 어떤 종류일까. 날카로운 창에 찔린 것처럼, 범위는 좁지만 깊은 상처인 걸까. 커터 칼에 난도질을 당한 것처럼, 얕지만 넓게 퍼진 상처인 걸까, 지금 타는 듯한 아픔은 팔팔 끓는 물에 데인 화상과 비슷한 걸까, 영하 백 도의 냉기가 파고드는 동상에 가까운 걸까. 뭐, 그런 생각을 했다. 두 번째 달부터 네 번째 달까지는 각각의 상처를 입었을 경우를 가정하고 어떤 상처로 여겨야 조금 덜 아프게 느껴질지를 생각하느라 애를 먹었다. 그리고 다섯 달째가 되자 그 과정마저 의미가 없어졌다. 아픈 건 아픈 거지, 뭐. 정체를 알 수 없던 이별의 상처는, 그 정체를 제대로 분석하기도 전에 그렇게 금방 아무는 것 같았다. 나이가 들면 회복력이 더디다는데, 다행이었다.

그래도 후유증은 확실하게 남았다. 더 이상 연애를 하고 싶지가 않았다. 여자를 만나는 게 싫은 건 아니었다. 기분 좋은 것들을 공유하는 건 편했다. 하지만 싫은 것, 괴로운 것, 불편한 것까지 교류해야 하는 밀접한 교감이 싫었다. 이토록 허무한 과정이 있을까? 이해는 항상 오해의 전체에 불과하다는 하루키의 말은 너무나 정확하다. 우린 상대와의 교감이 어느 정도 이뤄졌단 생각이 들면, '상대를 이해할 수 있게 됐다'고 얘기한다. 그리고 누군가를 이해하고 있단 생각이 들 때쯤 이별의 조짐 역시 고개를 들기 시작한다. 이건 분명한 사실이다. 누군가를 이해하기 전엔, 상대를 이해하려는 노력을 하는 데 정신이 팔리기 마련이니까. 결국 이해를 하면 할수록 역설적으로 이별에 가까워지는 과정이 바로 연애라는 생각이 들었다. 그래. 모든 연애는 이별이란 허무한 결말을 향해 나아갈 뿐이다.

그래서 놀았다. 이십 대 중반에도 꽤 많이 놀던 시기가 있었다. 그때나 지금이나 '정착'이란 가치에 대해 별 생각이 없다는 건 변함이 없다. 한 가지 다른 건, 삼십 대의 우리는 좀 더 두둑한 지갑을 갖췄다는 사실이다.

마침 준이와 주영이, 세운이도 모두 솔로였기에(그리고 연애에 관심이 없었기에) 우린 늘 함께 놀았다. 주말이면 준이가 잡아놓은 미팅을 하고, 평일엔 세운이가 주선한 소개팅을 했다. 가끔은 주영이를 숭배하는 누나들과 술을 마시기도 했다. 간간히 벌어지는 술자리에서의 합석을 굳이 꺼릴 필요도 없었다. 한바탕 신나게 놀고 집에 들어와선 많이 울었다. 슬퍼서는 아니었다. 허탈함 때문이었다. 허탈했기에, 눈물이라도 흘려서 내 감각이 살아있음을 확인하고 싶었던 건지도 모르겠다. 영락없는 우울증, 아니 조울증 환자였다. 갈수록 빅볼도 쪼그라드는 것 같았다.

그러던 어느 날 아침, 늘 그렇듯 잔뜩 술을 마시고 울다 잠들어 얼굴도 붓고 눈도 부은 상태로 깬 어느 날 아침에, 누워서 스마트폰을 만지작거리던 난 B잡지에서 주최하는 로맨스 소설 공모전을 보았다. 딱히 수상에 대한 의지가 불타오른 건 아니다. 여전히 정리되지 않은 내 안의 무언가를 말끔하게 치울 수 있을 것 같았다. 일종의 자조적인 기록을 남기고 싶은 욕심이라고나 할까. 백 퍼센트의 사실을 바탕으로 한 논픽션을 픽션이라고 낼 순 없으므로 이야기를 구성해야 했다. 구성의 3요소를 떠올렸다. 배경, 사건, 인물.

배경, 판타지 소설보단 에세이에 가까우므로 2015년 서울로 정했다.

사건은? 만남과 이별에 대한 이야기. 자세한 건 천천히 생각하기로 했다. 어쩔 수 없이 내 직접적, 간접적 경험들을 녹여내긴 할 거다. 소설을 처음 쓰는 사람은 대부분 그런 법이니까.

마지막, 인물. 그렇다면 남녀 주인공들의 이름을 실명과 가깝게 하면 안 될 것이다. 남자 주인공의 이름을 생각하는 데만 일주일이 걸렸다. 작명에는 도통 재주가 없는 내가 결정한 남자 주인공의 이름은

'도남'이다. 사랑에 지친 도시 남자들을 대변하고 싶었다(정말 난 작명엔 재주가 없다). 여자 주인공의 이름은 준이가 정했다. '라임'. 실은 현실에 존재하는 한 여성의 이름이기도 하다. 소설을 쓴다는 얘기를 듣자마자 콧방귀를 끼던 준이가 어느 술자리에서 말했다.

"미진이 얘기 쓸 거지? 걔 이름 쓰면 큰일 난다. 고소당해. 차라리 세운이가 최근에 만났던 걔 이름 써. 미진이 케이스랑 좀 비슷하지 않았냐."

"야, 한라임 얘긴 꺼내지도 마. 그치만, 태희야. 걔 내용 쓰는 건 콜. 아주 콜이다." 세운이가 격하게 동의했다. 준이와 세운이의 의견이 합치되는 건 오랜만이었다.

"성은 바꿔야 하지 않을까. 안 그래도 특이한 이름인데." 휴대폰으로 술집 내부 사진을 찍던 주영이가 말했다. 주영이는 어딜 가든 사진으로 남기는 습관이 있다.

"야. 그럼 '구' 씨 어때. 구라임. 딱 좋지 않냐? 걔 입만 열면 선의의 거짓말이었잖아."

그렇게 여자 주인공의 이름은 구라임이 됐다. 자신의 작명 센스에 뿌듯해하며 한참 동안 술을 마시던 준이가 내게 물었다. 네가 쓰려는 소설 제목이 뭐냐고. 세운이와 주영이도 궁금하다는 듯 날 쳐다봤다. 제목이라. 생각해놓은 게 있긴 하다. 너무 거창해서 입에 올리기도 민망하다. '사랑은 없다'라니.

사랑은 없다(0101).hwp

여자를 본다. 가슴이 뛴다. 사귀고 싶어. 데이트를 한다. 사랑을 고백한다. 데이트를 한다. 다시 사랑을 고백한다. 데이트를 한다. 섹스를 한다. 사랑을 확인한다. 데이트를 한다. 데이트를 한다. 사랑을 유지하겠노라 다짐한다. 데이트를 한다. 섹스를 한다. 데이트를 한다. 섹스를 한다. 데이트를. 섹스를. 데이트. 섹스. 데이. 섹. ㄷ. ㅅ…

그녀가 보인다. 가슴이 덜 뛰는 것 같다. 응? 왜 이러지? 데이트를 한다. 재미가 없다. 섹스를 한다. 흥분이 덜하다. 데이트를 한다. 데이트가 줄어든다. 섹스를 한다. 섹스가 줄어든다. 사랑이 유지될까? 질문을 던진다. 나에게 그리고 너에게. 데이트를 해도 섹스는 하지 않는다. 섹스는 해도 데이트는 하지 않는다. 헤어질까? 질문을 던져본다. 나에게, 또다시 나에게. 너를 만난다. 혹은 만나지도 않는다. 헤어지자.

◆◆◆

이별은 그 후의 감정 처리가 더 짜증나는 법이다. 나, 너 그리고 우리. 사랑, 분노, 절망 그리고 슬픔…. 처음과 끝 사이에 존재하는 모든 감정과 추억들이 불신이란 투명 망토를 덮고선 희미해진다.

선명한 건 오직 허무함이다. 다시 사랑할 수 있을까 하는 걱정. 사랑받을 수 있을지 모르겠다는 불안. 그 따위 것을 생각하면 머리만 아프다. 결국 별 생각이 없어진다. 생각 없이 노는 게 속 편하단 생각이 들어 실천에 옮긴다. 다시 여자를 만나기도 한다. 하지만 감흥이 없다. 그녀들이 괜찮지 않아서가 아니라 내가 괜찮지 않아서란 생각이 든다.

그러던 어느 날, 조금 특별한 여자를 만난다. 다시 가슴이 뛴다. 어라? 감흥이 있다. 내가 괜찮지 않아서가 아니라 지금까지 만난 여자들이 괜찮지 않아서였단 생각이 든다. 다시 한 번 그녀를 만나본다. 정말로 가슴이 뛴다!

사귀고 싶어. 데이트를 한다. 사랑을 고백한다. 데이트를 한다. 다시 사랑을 고백한다. 데이트를 한다. 섹스를 한다. 사랑을 확인한다. 데이트를 한다. 데이트를 한다. 사랑을 유지하겠노라 다짐한다. 데이트를 한다. 섹스를 한다. 데이트를 한다. 섹스를 한다. 데이트를. 섹스를. 데이트. 섹스. 데이. 섹. ㄷ. ㅅ…

◆◆◆

그렇게 도남은 라임을 만났다. 특별한 여자라고 생각했다. 그럼에도 이 년 사 개월의 연애 후엔 결국 헤어지고 말았다. 도남은 허무해졌다. 왜 헤어졌을까. 도무지 모르겠다. 그리고 한참을 생각했다. 도대체 만남과 이별 사이에 있는 것의 정체가 무엇일까? 호빵 안에 들어 있는 팥, 슈크림 빵에 들어 있는 슈크림. 빨강과 보라 사이에 있는 주황, 노랑, 초록, 파랑, 남색. 그렇게 간단히 결론을 내릴 수는 없다고 도남은 생각했다.

"내가 오빠 많이 사랑했던 건 알지?"

라임의 마지막 질문에 도남은 대답하지 않았다. 우리가 끝을 맞이한 지금, 만난 순간부터 지금까지 채워진 감정을 사랑으로 불러도 되는 걸까? 적어도 먼저 끝을 낸 사람이 그걸 사랑이라 강요하는 건 아니지 않아? 이런 논쟁을 벌일 수도 없는 노릇이었으니까. 도남은 눈물을 삼켰다. 그리고 타들어가는 목구멍으로 간신히 끄집어낸 말을 나직하게 내뱉었다.

"아냐. 사랑은 없어."

여자를 못 믿는 남자 vs. 사랑을 안 믿는 남자

◆ ◆ ◆ ◆ ◆ ◆ ◆ ◆ ◆ ◆ ◆ ◆ ◆ ◆ ◆ ◆ ◆

실은 남자들도 연애에 대한 고민을 많이 한다.
누구를 만나야 할까.
어떻게 해야 하는 걸까.
제대로 해낼 수 있을까….
고민은 대개 허무하게 끝을 맺는다.
그 허무함은, 더 이상 연애에 뜨겁지 않은 남자들을 양산한다.

나쁜 남자에 대한 여자들의 새로운 기억은
좋은 남자를 통해 덮어지기도 하지만,
나쁜 여자에 대한 남자들의 새로운 기억은
좋은 여자를 만나도 쉽게 사라지지 않는다.
과거의 트라우마를 쉽게 버리지 못한 채 오히려 덮어버리는 거다.
누군가는 이런 남자들의 행동을 향해 '찌질이'란 수식어를 붙이기도 한다.

예외는 있겠지만, 남녀가 상처를 처리하는 방법이 다르기 때문이다.
피부과를 다니면서까지 흉터를 만들지 않으려는 여자들과 다르게
'괜찮겠지'라며 상처를 대충 방치해버리는 남자들.
그렇게 생겨버린 이별의 흉터는 생각보다 생명력이 질기다.
상처의 고통이 사라진다 해도, 흉터의 모양은 그대로 남아 있다.
시도 때도 없이 눈에 밟히는 흉터를 보며 과거를 떠올린다.
같은 상처를 받을까 두려워한다.

이건 대단히 유용한 연애 지침서도 아니고
엄청나게 감동적인 로맨스도 아니다.
그저 그런 요즘 남자들 이야기다.
속이 곪는지도 모른 채 제대로 상처를 돌보지 않는 현실 속의 남자들.
또 다른 누군가와 상처를 주고받으며 역치를 늘려가는 남자들.
결국엔 상처를 받을 상황 자체를 만들지 않으려 하는 남자들….

여자를 못 믿어서, 혹은 사랑을 안 믿는다는 걸 구실 삼아
뜨거운 연애를 기피하는 남자들….

1 재밌는 이야기엔 인물의 성장 포인트가 있다

사랑은 없어.

십팔….

욕이 아니다. 남아 있는 배터리 용량을 말한 거다. 욕이 나올 만한 상황이긴 하다. '사랑은 없어' 다음을 이을 말이 도무지 떠오르질 않는다. 대체 뭘 하고 있냐는 듯 깜빡이는 커서를 마주하는 건 상당히 괴로운 일이다. 배경과 인물은 대충 정해졌지만 재밌는 사건을 도무지 만들어낼 수가 없다. 결국 실제 사건만을 정리해 써내려가기로 했다. 내가 겪은 일이 누군가에겐 흥미로운 픽션이 될 수도 있으니까. 내가 하면 로맨스, 남이 하면 불륜이란 말이 그래서 있는 거다. 물론 한 차례 겪었던 이별의 고통을 되새김질하는 건 유쾌한 일이 아니다. 그래도 이런 생각을 해봤다. 누군가에게 픽션으로 보일 얘길 계속 쓰다 보면, 나 역시 그걸 픽션으로 생각할 수 있지 않을까.

아무튼, 소설 속 구라임은 차도남을 사귀는 도중 다른 남자를 소개받는다. 그리고 도남에게 일방적으로 이별을 통보한다. 그때부터 시작되는 도남의 여정. 이별의 이유를 찾고 그걸 극복해내는 게 주된 내용이다.

'나는 너를 특별하게 생각했는데 너는 어떻게 그럴 수가 있어?'

이별을 받아들일 수 없는 도남이 마지막으로 라임에게 던지는 대사다. 도남의 질문에 라임은 아무 대꾸 없이 떠난다. 이에 도남은 라임이 끝내 말해주지 않은 이별의 이유를 찾아내려 애쓴다. 그 방법이라고 해봤자 술을 마시고 친구를 만나고 다른 여자들을 만날 뿐이지만, 어쨌거나 도남은 타인과의 접촉을 통해 자신이 겪은 이별을 분석하려 한다. 내가 잘못한 거야? 그럼 어떻게 했어야 하지? 우리가 헤어지지 않을 순 없었을까? 이유를 묻고, 묻고, 또 묻는다. 당연한 얘기지만 도남은 그들을 통해 해법을 찾아낼 수 없다. 사랑이 그러했듯, 두 사람의 이별 역시 두 사람만의 사정이기 때문이다. 그 누구도 본 적이 없는, 유일무이한 형태의 이별. 만들어낸 사람만이 그 형태를 파악할 수 있는 그와 그녀만의 사정이다. 그러니 그 유일한 문제를 풀어낼 해법을 알고 있는 사람은 오직 문제를 만들어낸 주체뿐이다. 라임 그리고 도남. 하지만 라임은 떠나고 없다. 남은 건 도남 자신뿐이다. 그러니 도남은 해법이 자신에게 있음을 깨달아야 한다. 너를 특별하게 생각했는데 어떻게 이럴 수가 있느냐는 문제의 해답은, 라임에게서가 아닌 자신에게서 찾아내야 하는 거다. 그게 남자 주인공인 도남의 성장 포인트다. 모든 이야기엔 인물의 성장 포인트가 있어야 한다. 실제로 난 미진이와의 이별 뒤에 저런 고민을 했었고, 이런 깨달음을 얻게 됐다.

‘내가 그녀를 대단히 특별하게 생각한다 해도, 그녀 역시 나와 같아야 한단 건 과욕이다.’

이건 이별에 대한 미련을 완전히 버린 다음에야 얻을 수 있는, 거의 해탈과 열반에 가까운 경지다. 그러니 도남이 곧바로 이런 깨달음을 얻을 순 없다. 당장은 허무함과 분노에 휩싸여 기가 막히고 어이가 없어야 한다. 그렇다면 도남의 깨달음을 위해 안배해야 할 사건은 뭘까. 언제쯤 성장 포인트를 찍고 절정으로 치닫게 해야 할까. 그걸 기가 막히게 풀어내고 싶다. ‘기가 막히게’라는 압박에서 벗어나야 한다고 생각하지만 쉽진 않다. 공모전 마감은 두 달 정도 남았다. 그때까지 내가 ‘기가 막히게’라는 생각에서 벗어나든지, 도남이가 기가 막힌 행동을 하게 되든지, 둘 중 하나가 되긴 되겠지.

잠깐, 마치 내가 이 공모전에 엄청난 정성을 쏟고 있는 것처럼 보이지만 딱히 그런 건 아니다. 오늘 밤 준이와의 술 약속을 잡은 것만 봐도 알 수 있다. 술 약속은 위장이고 사실은 열심히 쓰고 있지 않느냐고? 예전 같으면 그렇게 겉과 속이 다른 행동을 보였을지도 모른다. 학창 시절의 난, 겉으론 게으른 척하면서도 남들이 보지 않는 곳에서 부지런히 시험공부를 했던 경험이 분명히 있다. 미진이에게도 마찬가지였다. 싫은 걸 좋다고 그랬다. 괴로워도 즐겁다 말하곤 했다. 미진이가 보는 앞에선 뜨겁고 무거운 추를 삼키고, 혼자 있을 땐 그걸 억지로 토해냈다. 그게 반복됐다. 그래서 지쳐버렸다. 그래서 탑 쌓기를 게을리 했다. 그래서 미진이는 이별을 결심했던 걸까. 부지런히 탑을 쌓겠단 내 다짐과 그것에 반하는 게으른 모습 사이에서 속상했을 테니까. 지금은 확실히 달라졌다. 겉과 속이 일관적으로 게으르다. 가식과 위선에서 벗어났다. 긍정적 변화란 생각이 든다.

이런 성격을 가진 사람들에겐 공통적인 문제가 있다. 본인이 노력만 한다면 언제든 지금 이상의 에너지를 쏟을 수 있을 거라 자신하는 거다. 마음먹고 노력을 한다 해도 실은 마음먹기 전과 별반 다를 게 없을지도 모른다. 그걸 인지하지 못하는 사람들이 대부분 그런 성격을 갖게 되는 거다. 타인을 판단할 땐 또 어찌나 부지런한지. 상대에게도 여분의 에너지가 안배돼 있을 거라 확신하며 상대를 피곤하게 만든다. '힘을 내. 너도 나처럼 잠시 게으를 뿐이야. 더 힘을 낼 수 있어!'라며 말이다. 사실 상대는 지극히 현재에 충실한 타입일 수도 있단 것, 그래서 나보다 몇 배는 더 진실된 에너지를 충분히 쏟아내고 있단 가정을 간단히 무시해버린다. 날 확인할 시간에 남을 간섭하는 거다. 타인을 보기 위해선 두 눈동자만 있으면 되지만, 자신을 확인하기 위해선 거울 같은 도구가 추가로 필요하단 번거로움 때문인지도 모르겠다. 아무튼.

비록 오늘 준이와 거하게 술을 마실 거지만, 이 공모전에 엄청난 노력을 하고 있진 않지만, 그렇다고 해도 이 소설의 마무리는 제대로 하고 싶다. 미진이가 머물렀던 방을 확실히 청소하기 위해서랄까. 이별의 아픔이나 미련이 남아 있는 방을 그저 탈출하려는 의도가 아니다. 책임을 다해 청소를 하는 거다. 정체를 알 수 없는 응어리의 파편들이 여전히 방구석 곳곳에 널브러져 있는 상태로 방을 떠날 순 없다.

그게 좀 불편했다. 이별의 상처는 정리됐지만 남아 있는 후유증 말이다. 제대로 내려앉지 않은 딱지를 뗀 아픔, 흉터…. 이번 공모전을 통해 그걸 정리할 수 있을 거란 기대가 크다. 근거 없는 기대는 아니다. '사랑은 없다'라는 거창한 제목으로 쓰고 있는 이 글은, 그렇게나 갖고 싶던 대용량 청소기와 같단 생각이 든다. 만남에서부터 이별의 순간까지 여기저기 흘려놓은 후회와 원망과 허무의 부스러기들을 모조리 빨아들이고 있다. 정말이다. 부스러기가 정리될수록 어떤 성취감마저 든다.

비극적인 사건들로 채워진 소설의 가장 참혹한 페이지에 머물던 주인공이 마침내 그곳에서 벗어났을 때의 기분?

몇 달 전까지만 해도 난 그 비극 속에서 살아가야 하는 주인공이었다. 책을 읽고 있는 누군가가 빨리 책장을 넘겨주길 바랐다. 지금 겪고 있는 참혹한 일들이 전부 꿈이길, 그 모든 비극을 뛰어넘을 행복한 반전들이 다음 페이지에 안배돼 있길 절실히 염원하는, 그런 주인공이었다.

이젠 아니다. 소설의 주인공이 아닌, 그 소설책의 주인이 된 기분이다. 주인공이란 단어에서 공허함의 '공' 자를 빼면 주인이란 단어만 남지 않나. 난 마침내 얼마든지 소설을 덮어버릴 수 있는 독자, 책의 주인이 된 거다. 주인은 얼마든지 읽던 책을 버릴 수도 있는 사람이다. 이런 상황을 상상해보면 어떨까? 새 집으로의 이사를 위해 짐 정리 중이던 난, 책 한 권을 발견한다. 책의 내용은 전 세계 팔십 퍼센트의 독자가 눈물 없인 볼 수 없다고 칭송한 비극이다. 나 역시 그 책의 열렬한 독자였고, 주인공의 희로애락에 감정을 이입해서 울고 웃던 게 불과 몇 주 전이었다. 이젠 감흥이 없다. 난 그 책을 이삿짐더미 한 구석에 버려둔다. 기름때가 잔득 묻은 그을린 냄비 받침 근처 어딘가에. 마침내 마지막 서류 박스를 옮기던 이삿짐 센터 아저씨가 '이 책은 버리는 거요, 가져갈 거요?'라고 질문을 했을 때, 난 일 초도 고민하지 않고 그냥 내버려두란 대답을 할 수 있게 됐단 얘기다. 텅 빈 방에 덩그러니 놓여 있는 책에 묵은 먼지덩어리들이 내려앉기 시작하는 걸 확인하며 난 집을 나선다. 다음 주인이 그걸 버리든, 냄비 받침으로 쓰든, 벌레 시체를 처리하는 데 쓰든, 아무 상관없다. 비극은 더 이상 내 이야기도 내 책도 아니다. 책이 놓여 있는 방문을 닫고 나설 때의 발걸음은 무거울까, 가벼울까? 아직 그것까지 상상하긴 어렵다.

에취! 에취!

재채기가 나왔다. 샤넬 향 바람이 불었다. 이런 진한 향기는 질색이다. 내 옆을 막 지나친 여자의 뒷모습이 보였다. 요즘도 저런 사람이 있다니. 스위치를 누르기만 하면 향수가 쏟아져 내리는 샤워기를 욕실에 갖춰둔 것 같은, 그런 사람들 말이다. 미진이는 향수보다 바디로션을 좋아했다. 그래서 오뉴월 환절기가 되면 알레르기성 비염이 심해지는 내게 딱 어울리는 여자였다. 에취! 에취! 또다시 재채기가 나왔다. 갑작스레 나오는 재채기는 참기 어렵다. 인간이 도무지 참을 수 없는 것 세 가지가 재채기, 웃음, 그리고 사랑이라나. 부스러기 청소 중에도, 헌 책을 오랜만에 열어볼 때에도 불현듯 코가 간지러운 순간이 있다. 미진이도 재채기를 자주 할까?

'미련은 전혀 없다'고 당당히 얘기해놓고선, 몇 번이고 미진이를 곱씹는 내 모습을 나무라는 사람들이 있을 듯싶다. 자극적인 향수와 오뉴월 환절기의 꽃가루와 대청소의 먼지와 옛 연인의 피부에서 나던 향기가 만들어내는 모든 재채기를 완벽하게 참아낼 수 있는 사람이라면, 얼마든지 날 나무라도 좋다. 그게 아니면 지금까지의 넋두리는 무시해도 좋다. 이 책의 본격적인 내용은 지금부터 시작될 테니까.

가슴팍에서 진동이 울렸다. 재킷 주머니에서 휴대폰을 꺼냈다. 기다렸던 준이의 전화번호 대신 '17:00'이란 숫자가 휴대폰 화면을 가득 채우고 있었다. 알람이었다. 문득 준이에게 전화를 해보려다 말았다. 아침 열 시부터 적어도 다섯 번은 전화를 걸었던 것 같은데 단 한 통도 받질 않았다.

깨달음은 예기치 않게 찾아온다. 아침에 알람이 울리지 않은 이유가 이거였구나. 한 시간 전에 도착하기로 한 준이가 감감 무소식인 것 역시 같은 이유 때문일 거란 생각이 번뜩 들었다. 준이와 나 사이에 얼마 없는 공통점. 그건 바로 알람이 울리지 않으면 침대에서 일어날 생각을 하지 않는다는 거다. 그러니 녀석도 '16:00'으로 맞춰놔야 할 알람을 '04:00'으로 맞춰놨을지도 모르는 일이다.

새벽 네 시엔 당연히 해장술을 마시고 있었겠지. 알람소리는 옆에 있는 여자들 웃음소리에 묻혔을 게 분명하므로 녀석은 알람 설정의 오류를 알아챘을 리가 없다. 그렇다면 준이가 지금 집 침대 위에 뻗어 있을 거란 가정 자체가 틀릴지도 모르겠다. 그 새벽 네 시의 해장국 집에서 함께 술잔을 기울인 여자네 집에서 샤워를 하고 있을 가능성도 있다. 이 카페는 준이의 오피스텔에서 고작 십 분이면 닿는 거리에 있는데 여태 연락이 없는 걸 보면 그럴 확률이 더 높다. 다시 휴대전화가 울렸다. 이번에도 알람이다. 어떻게 두 번의 알람을 전부 오후로 맞춰놨던 걸까. 기가 막힌다.

이노그사 야 즈두 테뱌(가끔은 널 기다려).

카크 즈베즈다 베두트 테바(마치 별들이 널 인도하듯).

러시아 노래다. 두 시간 전쯤 카페에 막 도착했을 때 들었던 목소리다. 릴레이 계주의 바통을 이어받은 주자마냥, 등록해놓은 음악 리스트가 한 번 더 플레이되려나 보다. 초등학교 시절 계주에선 발이 늦은 내가 일 번, 나보다 빠른 준이가 이 번이었다. 성인이 된 후부터 약속 시간에 먼저 도착하는 건 늘 나였다. 오늘도 마찬가지다. 준이를 기다리기 위해 일부러 카페에 일찍 도착한 건 아니었다. 마침 S 잡지의 에디터들과의 미팅이 근처에 잡혔고, 그 미팅은 두 시간 전쯤 끝나버렸고, 다시 집에 들렀다 나오기엔 시간이 애매할 것 같았다. 노트북도 있으니 이 카페에서 글의 진도나 좀 뺄 요량이었다. 결과적으로 진도 빼기는 실패했지만 아무튼 그랬다. 카페는 아까보다 훨씬 더 북적였다. 드문드문 보이던 빈자리도 더 이상 보이지 않는다. 준이는 이 카페를 좋아했다. 집에서 가깝기 때문은 아니었다. 'Jan. to Dec.', 1월부터 12월까지라는 이름답게 일 년 내내 예쁜 여자들이 가득한 곳이라는 게 더 적합할 이유다. 글쎄. 난 편차가 좀 있단 생각을 하지만.

난 출입문과 화장실의 중간쯤 위치한 테이블에 앉아 있다. 글을 쓰기에 그리 좋은 자리는 아니다. 가게를 들어오는 사람뿐 아니라 화장실을 오가는 사람까지 시야에 들어오는 곳이기 때문이다. 그런 이유로 이 자리는 최고의 명당이다. 특히 남자들에게 인기가 좋다. 카페 내의 여자들을 자연스레 관찰할 수 있어서다.

'그 자리의 이점은 그것뿐만이 아냐. 내일 거기 앉아서 숨겨진 비밀을 잘 찾아봐.'

비밀은 개뿔. 어젯밤 준이는 먼저 도착하면 무조건 이 자리에 앉아 여자 탐색을 하고 있으라고 말했다. 명령과 부탁의 경계에 있는 문자 메시지를 마지막으로 녀석은 연락이 되지 않고 있다. 아직까지 연락조차 없는 친구의 명령을, 아니 부탁을, 굳이 되새길 필요는 없다. 하지만 난 무의식 중에 녀석의 부탁을, 아니 명령을 충실히 따르고 있었다. 파블로프의 개마냥, 지나가는 여자들에게 시선을 빼앗기느라 대부분의 시간을 허비해버렸다. 늑대는 개 과다.

아무튼 난 '사랑은 없어…' 뒤의 말을 잇지 못한 행동의 종지부를 찍어야 했다. 화면을 한참 쳐다봤다. 커서는 계속 깜박이고 있었다. 노트북을 덮어버렸다. 빨리 다음 글자를 입력해달라며 점멸하는 커서의 아우성이 애처로워 보였다. 서글픈 녀석. 노트북 주인은 여자 구경이나 하는데, 굳이 얼마 남지 않은 배터리를 써가며 무한대로 깜박일 수밖에 없는 안타까운 녀석. 점멸한다는 건 관심을 가져달란 의미다. 그 점멸을 지켜보는 사람에겐 의무가 있다. 순간과 순간 사이의 공백을 메우려는 노력을 제대로 바라봐줄 의무. 미진이와도 비슷한 대화를 한 적이 있다.

"연애 초기엔 서로의 순간들을 나노 단위로 쪼개서 신경 쓰거든. 그렇게 순간적인 관심을 지속으로 연결시키려는 게 사랑을 시작하는 연인들의 풋풋함이고."

"나한테 왜 그런 이야길 해? 내가 오빠 서운하게 한 거 있어?"

"그냥. 그런 게 다 귀찮아지면 이별이 오는 거란 생각이 들어서."

"그니까 그 이야길 왜 하냐고. 솔직히 말해. 뱅뱅 돌리지 말고."

"우리 요즘, 서로에게 관심이 없는 건 아니지만 관심이 없어져버린 듯한 기분이 좀 들어서. 넌 괜찮아? 안 외로워?"

"오빤 외로워?"

'응'이라고 말을 할까 말까 망설이는 내게 쏟아져 내리던 여름의 태양빛이 생각난다. 통유리를 등지고 앉아 있던 미진이는 등이 뜨겁다고 했다. 우린 얼음을 조금 주문했다. 미진이가 얼음 몇 개를 입에 넣고 씹었다. 나도 따라해보았다. 입안이 얼얼했다.

"얼음 같은 사랑이 좋을까, 수증기 같은 사랑이 좋을까." 더 이상 얼음을 씹지 못하고 녹이며 내가 물었다.

"그게 무슨 차인데?" 얼음을 씹으면서 또박또박 얘길 할 수 있다니.

"필요할 때 눈에 보이는 게 얼음. 그렇게 특별히 찾을 순 없어도 늘 존재하는 게 수증기?"

"그럼 수증기가 더 좋은 거 아냐?"

그때 난 얼음 같은 사랑이 더 나을 거라 주장했다. 보이지 않아도, 더 넓게 존재하는 게 낫다는 미진이의 말도 물론 일리가 있었다. 그래도 내 의견을 굽히지 않았다. 실은 알고 있었다. 더울 때만 먹는 얼음이 아닌, 보이진 않더라도 매 순간 존재하는 그런 수증기 같은 사이가 낫다는 그녀의 말이 옳을지도 모른다는 걸. 그 말에 동조한다면 싸움이 벌어지지 않았을 거란 걸. 그런데 당시의 난, 눈에 보이지 않는 무언가가 그저 불안했다. 순간과 순간 사이의 여백들. 미진이와 내 사이에 고개를 들이밀기 시작한 빈틈이 두려웠다. 그런 분절들을 당연하게 여기는 순간, 영 퍼센트였던 이별 가능성이 조금씩 상승하게 된단 사실을 지난 연애를 통해 학습한 터였다. 그것만은 막고 싶었다. 미진이와의 연애가 정말로 내 인생 마지막 연애이길 바랐으니까.

"오빠 말이 맞는 것 같네. 오빠랑 함께 있었던 장소는 생각나는데 그때 오빠 표정은 생각나지 않는 이유. 그런 것도 역시 순간의 단절 때문이겠지? 오빠도 날 외롭게 한 적 많았어."

"맞아. 나 역시 네가 대체 누군지 알 수가 없을 때가 있어. 예전엔 잘 보였는데 말이야. 내가 만나고 있는 여잔 대체 누군지 생각하게 될 때가 가끔 있거든."

굳이 할 필요가 없는 말이었다. 해서는 안 될 말이었다. 미진이가 자리에서 일어나 가게를 나가버리는 것으로 그날의 싸움은 끝이 났다. 미진이의 표정은 볼 수 없었다. 역광 때문이었을 거다. 그날 이후 난 말을 아끼는 법을 터득했다. 내가 나약했던 걸까, 미진이가 나약했던 걸까. 그때 좀 더 그녀를 강하게 붙잡았다면 어땠을까. 아무튼, 이제 정말로 미진이 이야긴 그만해야겠다. 재채기를 달고 사는 비염 환자가 된 기분이다. 아, 미진이가 늘 지적했던 이 '아무튼'이라고 얘기하는 습관도 좀 바꿔야 할 것 같지만. 아무튼.

더 이상 쓰고 싶은, 아니 써야 할 문장들이 생각나지 않을 땐 희망을 줘선 안 된다. 커서를 위해, 나의 안정을 위해 노트북을 닫은 행동은 미진이가 선언한 이별과 비교될 수 있을까? 내 퇴사와도 연결돼 있을까? 미진이에게서 대답을 듣고 싶다. 미진이는 지금 뭘 하고 있을까. 재채기를 참고 있을까, 웃음을 참고 있을까. 나보다 키는 크지만 불알은 더 작을 그 의사의 옆에 누워 있는 상상만은 하기 싫다.

다시 진동이 느껴지는 것 같았다. 휴대폰을 꺼냈다. 알람도, 전화도, 아무것도 아니었다. 문득 이렇게 가짜 진동이 느껴질 때가 있다. 앞으론 이런 일도 줄어들어야 한다. 그동안 내가 이 소설의 사건을 만들어낼 수 없었던 이유. 그건 아마 성장 포인트를 찍어야 할 순간임에도 계속 과거에 머물러 있어서가 아닐까. 성장 포인트를 찍은 주인공은 확실하게 앞으로 나아가야 한다. 그래야 극이 진행되고, 재밌어진다. 매 순간 진동이 울리는 듯한 착각을 해서도 안 된다. 그런 '상상 진동'만으로도 배터리가 다 소진될지 모르는 일이다. 오늘은 준이 녀석과 술을 거하게 먹어야 한다. 그러니 그때를 대비한 여분의 배터리는 아껴둬야 한다. 다시 주머니에 휴대전화를 넣는데 전화가 왔다. 준이의 전화번호가 점멸하는 게 보였다.

❷ 오빠와 먹는 김치찌개, 그가 사주는 똠양꿍

-여자 많냐?

-야. 이제 연락해서 한다는 말이… 여자랑 있어? 왜 안 와.

-주영이한텐 연락해놨어. 세운이는 지가 더 늦는다더라. 암튼 내가 술 쏜다.

-빨리 오기나 해.

-근데 진짜 예쁜 여자 한 명도 없냐? 그럴 리가 없는데?

방금 한 명이 들어오긴 했다. 열한 시 방향에 서 있는 여자다. 내 스타일은 아니다. 그래도 남자들이 절대로 시선을 떼지 못할 여신급 미모이긴 하다. 문제는 남자 친구가 있단 사실이다. 주문을 마친 그들은 하필 내 자리 근처에 앉아 본격적인 애정 행각을 벌이기 시작했다. 준이는 한 시간쯤 뒤에 도착할 것 같다는 얘길 마치곤 후다닥 전화를 끊었다. 전화가 끊어지기 직전 여자 목소리가 잠깐 들린 것도 같은데…. 다시 전화를 걸려다 참았다. 녀석의 지난밤을 추측하는 것보다, 이쪽에 앉아 있는 커플의 대화가 훨씬 흥미진진했다.

모르는 사람, 특히 커플의 수다를 별 수 없이 듣게 되는 건 그리 즐거운 일이 아니다. 싸우는 모습이라면 모를까. 그윽하게 서로를 쳐다보며 시답지 못한 얘기에도 깔깔거리는 모습은 오래보고 있을게 못된다. 심지어 솔로에겐 더욱 그렇다. 커플의 러브신을 보는 느낌은, 먹지도 않을 음식을 누군가의 강요에 의해 억지로 장바구니에 가득 담을 때의 짜증과 비슷할 거다. 심지어 계산까지 내가 해야 하는, 그런 총체적 난국. 노트북을 쳐다보며 과거 되새김질이나 하고 있던 남자의 억하심정은 절대 아니다. 아닐 거야.

자연스레 그들의 대화를 엿듣게 됐다. 한참을 듣고 있자니 언젠가 만났던 영화 홍보담당자가 생각났다. 나와 비슷한 또래의 여자였는데, '사짜 기질'이 다분한 사람이었다. 그녀가 홍보해야 할 영화는 꽤 진지하고 심각한 다큐멘터리 영화였다. 그런데 그녀는 그 영화를 마치 엄청난 액션로맨틱코미디블록버스터마냥 설명하는 게 아닌가. 드라마틱한 요소는 물론 대중적인 공감대가 거의 없는 영화를 그렇게 깔깔거리며 설명하던 여자의 목소리와 커플의 수다가 겹쳐 들리는 것 같았다. 영화표 가격과 맞먹는 팔천 원짜리 커피를 마시며 의도치 않게 이런 수다를 경청하게 되는 건 개방형 카페의 유일한 단점이 아닐까 싶다.

현재 내 눈앞의 다큐멘터리, 아니 초특급 액션로맨틱코미디블록버스터의 주인공을 맡은 여자의 외모에 대해 좀 더 자세한 얘길 해야겠다. 그래야 여러분도 내가 전하는 스토리에 좀 더 감정이입이 될 거다. 그녀의 미모를 묘사하는 방법은 간단할 것 같다. 카페 안 남자 손님들의 반응을 그리면 될 것이다. 그녀가 조금이라도 움직이면 남자들의 눈은 일제히 그녀를 따라 움직였다. 여자 친구와 한창 사랑을 속삭이던 남자들도, 희끗한 머리에 폴로셔츠를 입은 말끔한 아저씨도, 모두가 마찬가지였다. 청소기 어쩌고 미진이 어쩌고 하던 나도 마찬가지였다. 이럴 때 남자의 눈 근육은 불수의근임이 분명하다. 이 어쩔 수 없는 자연스러운 근육의 움직임을 여자들이 너무 나무라지 말아줬음 좋겠다. 여자들도 멋진 남자가 옆을 지나가면 세세히 파악한단 사실을 알고 있다. 다만 티가 나지 않는 거란 얘길 모 잡지의 여자 에디터에게서 들은 적이 있다. 굳이 눈동자를 움직이지 않더라도 한 번에 파악 가능한 레이더를 갖고 있어서 그렇다나.

남자들의 레이더는 그보다 구형이다. 그러니 한 칸, 두 칸 제대로 터지지도 않던 안테나가 다섯 칸의 위엄을 보이며 빠짝 섰을 때의 기분이 짜릿할 수밖에. 다른 게 섰단 얘긴 아니다. 물론 까만색 스키니진과 십 센티미터는 가뿐히 넘어 보이는 킬힐을 신고 또각또각 걸을 때 살짝살짝 드러나는, 각질 하나 없이 매끈한 아킬레스건의 곡선은 수컷들의 상상력을 자극하기 충분했다. 절정은 그녀의 힙이었다. 활활 타오르는 시선이란 단순한 은유가 아니란 걸 이참에 알았다. 카페 안 남자들 모두가 돋보기안경을 썼다면 그녀의 엉덩이엔 정말로 불이라도 났을 것 같다. 블랙 레더 스키니진에 반사되는 형광등 불빛과 그 빛이 모이는 봉긋한 어느 한 지점으로, 남자들의 이글거리는 시선이 끊임없이 집중되고 있었다. 그러니 과학시간에 했던 실험을 떠올려보면, 이건 불이 나도 이상할 게 없는 상황이었다. 어깨가 드러나는 넓게 파인 티셔츠 덕에 드러난 뽀얀 살결 또한 무시할 수 없는 피사체였다. 작은 얼굴에 잘 자리 잡은 눈과 코는 시술의 도움을 받은 것 같긴 했지만, 그런 것쯤이야.

이번에는 그녀 옆에 있는 재앙의 핵, 인생의 모든 행운을 한데 모아 갖게 된 것 같은 그 행운남에 대해 얘길 해야겠다. 그가 어떻게 생겼는지 정확하게 관찰하게 된 건 조금 전이다. 반복되던 러시아 노래가 흥겨운 라운지 음악으로 바뀌었고, 카페는 주말 저녁의 포문을 여는 분위기를 갖춰갔다. 그때 그녀 맞은편에 앉아 있던 남자가 맥북을 들고 일어나 여자의 옆으로 가더니 찰싹 붙어 앉았다. 생각보다도 더 키가 작았다. 방금 전까진 전혀 보이지 않았을 만큼 소파에 파묻혀 있었으니 여자보다 십 센티미터는 작은 게 분명했다. 검정 에나멜 광택의 사각뿔테 안경을 끼고 있었는데, 안경테 주위에는 거뭇거뭇한 여드름 자국들이 도드라졌다. 그녀를 사로잡은 그의 매력 포인트가 키나 피부는 아닌 게 확실하다. 애매한 기장의 연청색 바지와 소매가 늘어난 기모 후드티, 낡은 아디다스 농구화는 센스 있어 보이지도 않았다. 그러니 패션 센스도 아니다. 그의 매력이 뭘까? 재벌? 아이비리그? 의사? 법조계? 성격? 성(性)격? 속궁합? 제발 그것만은 아니길.

이유가 뭐든지 간에, 그는 이 카페에서 가장 성공한 수컷임을 스스로 인지하는 듯했다. 보란 듯이 그녀의 어깨에 머리를 기대는 행동, 그녀가 귀여운 강아지를 다루듯 그의 머리를 쓰다듬었을 때 스윽 고개를 돌리며 보인 위풍당당한 미소가 그 증거다. 이어 그는, 다리를 축 늘어뜨린 채 세상에서 가장 나른한 표정으로 맥북을 그녀에게 툭 하고(공손하게도 아니고) 건넸다. 그러자 깜짝 놀란 표정으로 컴퓨터 화면에 집중하던 그녀가 그의 목에 두 팔을 걸고 뽀뽀를 수차례 하는 것이 아닌가! 무어라 쉴 새 없이 이야기하는 그녀를 잠깐 쳐다보던 그는 다시 한 번 고개를 쭉 빼곤 목 운동을 했는데, 카페 내 다른 수컷들의 레이더 신호를 완전히 차단하기 위한 일종의 영역 표시가 분명했다. 그녀는 이제 목 운동을 마친 그의 목을 안마해주기에 이르렀다. 그리고 '밀월여행'이란 단어를 언급했다. 밀월여행?

"엄마한텐 완벽하게 거짓말해놨어, 오빠. 지난번에 백화점에서 마주쳤던 이모 있지? 그 이모 친구가 일본에 있거든. 그분 집에 친구들이랑 간다고 뻥쳤어. 잘했지?"

왜 밀월여행인고 하니, 실은 그와 그녀는 일본에 있는 이모의 친구 집을 가는 게 아니라 태국으로 떠날 계획을 짜고 있던 거였다. 그들은 계속해서 맥북을 쳐다보며 대화를 나눴다. 방콕에 있는 레스토랑과 호텔을 고르는 것 같았다. 세상에! 정말로 치밀한 계획이었다. 일본에 가는 척하면서 태국으로 여행이라니. 그런데 어떻게 속일 수 있는 걸까. 만약에 부모님이 여행 사진이라도 보내달라고 하면? 카메라가 고장 났다는 핑계를 대면 될 거다. 일본 여행 기념품은? 현지 기념품을 태국공항에서 살 순 없지 않을까? 아, 면세점에서 화장품을 사면 되겠구나. 굳이 현지 기념품이 필요하다면 인터넷 쇼핑으로.

두 사람이 숙소 예약을 하는 대화까지 굳이 듣고 싶진 않았다. 정체를 알 수 없는 흥분을 가라앉히기 위해 준이와 지속적으로 메시지를 주고받았다. 준이는 내 상황을 무척 재미있어하며 '오 분 뒤'만 계속 외칠 뿐이었다. 어디쯤 온 건지 말해주지 않는 준이에게 짜증을 냈다. 그때 남자가 자리에서 일어났다. 다른 약속이 있는 모양이었다. 그의 외모를 다시 한 번 확인했을 때, 저 미치도록 부러운 남자의 정체가 뭔지 정말로 궁금해졌다. 진짜로 속궁합은 아니겠지. 둘은 가벼운 키스 후 아쉬운 작별의 인사를 했다. 진한 키스가 아니라 다행이었다. 남자가 카페를 빠져나갔다. 여자는 휴대전화를 꺼내 친구들과 전화를 했다. 그녀 역시 친구들과 다른 약속이 있는지, 우선 친구들을 이 카페로 부르려는 모양이었다. 그녀의 친구들이라. 준이에게 그 사실을 보고했다. 버퍼링이 필요 없는 답장이 왔다. [나 근처야. 우선 말 걸어봐. 번호라도 받든지.]

그래볼까? 하는 생각을 실천하기엔 내공이 부족했다. 이런 상태로 말을 걸어봤자 실패할 뿐이다. 우리 중에 이런 시도를 거리낌 없이 할 수 있는 건 준이밖에 없다. 나도 답장을 보냈다. [빨리 와, 빨리 오라고, 인마!]

그녀는 가방에서 커다란 거울을 꺼내 화장을 고치기 시작했다. 나는 저렇게 큰 거울을 들고 다니는 여자에게는 경계심이 든다. 십 분쯤 지났을까. 준이보다 그녀의 친구들이 먼저 도착했다. 준이에게 다시 한 번 문자를 보냈다. 막 도착한 친구들 세 명 모두 그녀만큼이나 출중한 미모의 소유자였다. 미녀 삼총사가 출입문에 들어서는 순간부터 자리에 앉을 때까지, 이번에도 카페 내 모든 남자들의 시선은 나와 같은 궤도를 그려댔다. 그런데, 대반전이 시작됐다. 그나마 수수한 차림을 한(그래도 몸에 딱 붙는 검정색 원피스였지만) 그녀의 친구 한 명이 다짜고짜 그녀에게 고함을 질렀다.

"너, 진성 오빠는 어쩌고!"

"얘는 갑자기 왜 난리야. 진성 오빤 좋은 사람이고, 상현 오빤 좋은 남자고."

응? 정리가 필요하다. 그녀들의 수다에 좀 더 귀를 기울였다. 아하.

조금씩 상황 정리가 됐다. 조금 전까지 그녀의 옆에 앉아 있던 행운남은 그녀의 남자 친구가 맞다. 행운남의 이름은 상현이다. 그런데 그녀에겐 진성이란 또 다른 남자 친구가 있다. 그녀는 양다리 상태다. 잠깐. 양다리는 아니란다. 둘 다 사귀는 건 아니고, 적당히 간을 보고 있을 뿐이라는 게 밝혀졌다. 그녀의 남자 친구로 간택될 확률이 좀 더 높은 남자는 진성이가 아닌 방금 전의 행운남, 상현이다. 그래서 그녀가 그와 함께 태국 여행을 가는 건지, 아니면 태국 여행 갈 준비를 완벽하게 해준 상현 같은 남자에게 더 끌리고 있는 건진 알 수가 없다. 미모의 여자 어부(더 이상 여신으로는 보이지 않았다)가 친구들에게 말을 이었다.

"진성 오빠 김치찌개 같은 남자, 상현 오빠 똠양꿍 같은 남자인 거야. 똠양꿍은 세계 3대 수프잖아? 근데 김치찌개는 아랫집 뒷집 옆집 아줌마도 끓일 수 있는 거거든."

진성이란 남자와 하루하루 만나는 게 즐겁긴 하단다. 데이트의 즐거움은 상현보다 진성에게서 더 느낀다고 했다. 그런데 그와의 미래가 그려지진 않는단다. 그저 좋은 사람 정도로 그칠 뿐이라는 거였다. 상현은 그와 대조적이라고 했다. 만날 때 큰 즐거움은 없지만 그와는 안정적인 미래를 꿈꿀 수 있을 것 같다고 했다. 진성이는 오늘을 함께 보내기 좋은 남자, 상현이는 미래를 함께하기 좋은 남자라며 커피를 마시는 그녀와 눈이 마주쳐버렸다. 어떤 표정을 지어야 할지 몰라 시선을 피해버렸다.

한 가지 의아한 게 있었다. 어째서 그녀는 김치찌개보다 똠양꿍이 더 귀하다고 생각하는 걸까. 김치찌개도 미국에선 상당히 귀한 음식이다. 반대로 똠양꿍은 태국에선 너무나 흔하게 팔린다. 음식의 가치는 가격으로 매겨지는 게 아니다. 백번 양보해서 가격으로 가치를 매긴다고 해도, 그 음식이 어느 나라에 있느냐에 따라 가격이 달라진단 걸 그녀는 간과하고 있었다. 남자도 마찬가지다. 어느 여자 옆에 있느냐에 따라 바보가 되기도, 왕이 되기도 하니까.

이후 그녀들의 대화 주제는 자연스레 태국 여행으로 옮겨갔다. 그 행운남, 아니 호구남일지도 모르는 상현이라는 남자와 떠나는 럭셔리한 태국 여행에 대한 것이었다. 자세한 이야기는 생략하고 싶다. 이미 이 시점에서 많은 남성들은 분노 에너지 상승을 겪을 테고, 여성들은 일반화하지 말라는 흥분 에너지를 상승시키고 있을 테니까.

화장실에 가고 싶어 자리에서 일어났다. 혼자 카페에 있을 때 안 좋은 점 하나. 화장실을 갈 때 짐을 그냥 두기가 애매하단 거다. 특히나 이 카페의 화장실은 외부에 있었다. 준이가 올 시간이 다 된 것 같아 아예 짐을 챙겨 나왔다. 아차, 비밀번호가 필요한 화장실이란 게 생각났다. 다시 카페에 들어가 카운터에 갔다. 비밀번호가 적힌 종이가 카운터 어디쯤 붙어 있었던 것 같은데 찾을 수 없었다. 바쁘게 음료를 준비하고 있는 종업원을 부르기가 미안해 잠시 기다렸다. 그때, 그녀들의 것으로 짐작되는 웃음소리가 뒤에서 들려왔다. 뭐가 그리도 즐거운 걸까 싶어 고개를 돌리니 그녀들에게 말을 걸고 있는 사람이 보였다. 하, 이런 게 바로 기가 막힌 전개다. 낯익은 뒷모습. 준이였다.

③ 비싼 차라고 해서 지나치게 조심스럽게 모는 사람은 바보다

준이는 인기가 많다. 녀석의 가장 큰 매력은 언행일치의 행동관이지 않을까 싶다. 본인이 원하는 것과 하겠다고 장담한 것을 무조건 성취하는 사람의 표본이랄까? 그 타율도 장난이 아니다. 메이저리그 타자의 최고 타율은 휴 더피가 1894년에 기록한 0.440라는데, 준이가 뭔가를 쟁취할 때의 타율은 0.990쯤은 될 거다. 주영이는 그런 준이의 타율에 대해 이렇게 결론을 내렸다.

'무작정 하고 싶은 걸 하겠다 말하는 게 아니라 할 수 있는 걸 하겠다고 해서 그런 거지.'

결코 무모하기만 한 도전은 하지 않는단 얘기다. 나와 세운이가 '준이는 무모한 모험도 참 잘하는 것 같다'고 얘기하는 것과는 완전히 다른 의견이었다. 준이는 과연 이길 수 없는 싸움을 굳이 하려 들지 않았나? 준이의 도전엔 철저한 계산이 깔려 있는 걸까? 계산 가능한 도전과 모험이란 게 애초에 존재할 수 있나?라는 질문들은 몇 차례 술자리의 논쟁거리가 됐다. 당사자인 준이는 옆 테이블의 여자들과 이야기를 나누느라 늘 정신이 없었다. 언젠가의 술자리에서 이렇게 말한 적은 있다.

"난 사랑같이 형태가 없는 건 절대 안 믿어. 그보단 지금 내 눈앞에 있는 여자라는 존재를 믿는 게 훨씬 편하지 않냐? 좋아하는 게 뭔지, 그걸 주면 어떤 표정을 지을지 빤히 보이잖아?"

사랑은 믿지 않지만 여자는 믿을 수 있단 준이의 지론은 나와는 반대였다. 난 오히려 사랑이라는 감정은 존재한다고 믿지만(미진이와의 이별 이후 그 믿음이 조금 약해졌다곤 해도) 다수의 여자들을 믿지 않는 쪽에 가깝다. 주영와 세운이는 또 다른 방향의 가치관을 갖고 있다. 주영이는 여자와 사랑 모두 의미가 없다며 믿지 않았고, 세운이는 여전히 여자와 사랑 전부를 믿는 쪽이다.

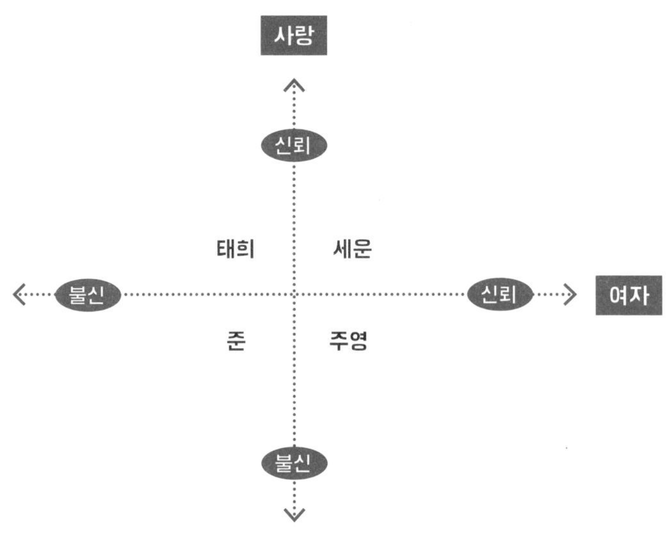

태희, 세운: 사랑이란 감정에 대한 믿음은 개인의 고찰만 있다면 혼자서도 얼마든지 쌓을 수 있어. 여자는 복잡하고 어려워. 그리고 나도 모르는 사이에 나를 배신할 수도 있잖아.

준, 주영: 왜 귀찮게 그런 고찰을 하고 있어. 상대를 심각하게 보지 않으면 나 역시 받을 상처가 줄어들지 않겠어? 눈앞에 있는 여자들 표정이야말로 심플하잖아.

사분면을 다툼 없이 골고루 차지하고 있는 우리는, 그래서 여자와 사랑에 대한 논쟁이 잦았다. 나와 세운이가 진실한 감정을 추구하는 기쁨에 대해 이야기할 때면, 준이와 주영인 왜 그렇게 피곤하게 여자를 만나느냐는 식이었다. 물론 주영이는 많은 말을 하지 않았다. 다만 추상적인 감정을 좇느라 현실적인 연애의 즐거움을 잃어버리지는 말라는 준이의 의견에 늘 암묵적인 동의를 할 뿐이었다. 비록 내 가치관과 많이 다르다곤 해도, 난 준이의 말을 존중했다. 연애를 잘하는 데 더 도움이 되는 사고방식인 건 분명했기 때문이다. 그래서 난, '왜 보이지도 않는 사랑을 하려고 해. 연애나 열심히 하면 되지. 욕심을 버려'라는 준이의 멘트를 강의에서 즐겨 활용한다. 욕심이 없는 사람이 의연하게 현재를 즐길 수 있단 건 맞는 말이다. 그뿐인가. '쿨'해 보이는 사람들은 '핫'하기만 한 사람보다 훨씬 인기가 좋은 경우가 대부분이다. 여자들에겐 더욱 그렇다. 언젠가의 미팅 자리에서 준이의 파트너가 이런 말을 한 적이 있다. '여자들은 수많은 사회적 책임과 이미지를 신경 쓰며 살아가야 해. 그러니 굳이 또 착한 여자의 역할을 강요하는 진지한 남자는 참 답답하지. 차라리 야생의 자유로움

을 허락하는 쿨한 남자들이 더 매력 있지 않겠어?'

타인에게, 특히 이성에게 쿨한 자세를 취할 수 있는 사람일수록 본인이 설정한 목표를 향한 집착과 집중력은 대단하다. 반드시 설정한 목표를 이루는 준이에 대한 몇 가지 일화가 있다.

고등학교 삼 학년 때다. 준이에겐 영어 과외 선생님이 있었다. 당시 인기 있던 '호노카'(품번은 생략하겠다)라는 일본 AV 배우를 닮은 그 선생님은 늘 도발적인 모습으로 우리의 상상 속을 헤집고 다녔다. 어느 날 문득 준이가 그 과외 선생님을 꼬셔보겠다고 선언했다. 나와 세운이는 말도 안 되는 소리라고 난리를 쳤고 주영이는 말없이 박수를 쳤다. 그리고 대학교 일 학년. 준이는 우리 중 제일 먼저 첫경험을 했는데(난 당연히 준이가 좀 더 일찍 경험을 해봤을 줄 알았지만) 상대가 바로 그 선생님이었던 것이다. 주영이 녀석이 육성으로 헉, 하는 탄성을 자아냈을 정도니 그 사건이 우리에게 얼마나 충격을 줬는지 짐작할 수 있을 거다.

그로부터 일 년쯤 지나 두 번째 사건이 발생했다. 준이는 당시 사귀던 여자 친구와 해외여행을 가겠다며 일 학년 겨울방학 직전부터 과외 알바를 시작했다. 준이의 제자들 중엔 음대를 준비하던 고3 여학생이 있었는데, 고등학생답지 않은 성숙한 분위기에 소녀 특유의 애교까지 갖춘 귀여운 학생이었다. 언젠가의 술자리에서 준이는 '난 걔가 대학가면 무조건 사귀어볼 거다. 지금 여자 친구랑은 그쯤이면 헤어질 듯한 예감이 들거든' 하고 말했다. 우린 준이가 전자발찌를 찰 그날을 기념하며 술잔을 부딪쳤다. 주영이가 입대하기 전날이었던 것 같다.

그런데 정말로 일 년 후, 주영이의 상병 휴가를 기념하던 술자리에 대학생이 된 그 아이가 나타난 것이다. 준이의 손을 꼭 잡은 채로. 또 다시 주영이는 헉, 하는 탄성과 함께 들고 있던 군모를 떨어트렸다. 안타깝게도, 그 새내기 음대생은 제대로 된 미팅과 소개팅도 못 해보곤 준이의 고무신이 됐다. 그렇게 청춘의 이 년을 날려버린 그 아이가 지금이라도 예쁜 사랑을 하고 있길.

준이의 매력은 언행일치뿐만이 아니었다. 영특한 잔머리도 한몫했다. 여자에게 인기가 좋은 남자들을 보면 머리가 좋은 경우가 많다. 녀석의 영특함을 짐작할 수 있는 게 바로 이런 상황이다. 몇 주 전 주말이었던 것 같다. 우리 넷은 술자리를 옮기기 위해 함께 길을 걷고 있었다. 그때 우리 넷의 시선이 동시에 움직였다. 시선이 다다른 곳엔 뒤태가 장난 아니게 매력적인 여자가 걸어가고 있었다. 당연히 앞모습이 궁금했다. 그런데, 별 내색 않는 주영이 녀석까지 눈이 커진 마당에 준이 녀석이 의외로 관심이 없어 보이는 게 이상했다. 가위바위보를 해서 앞모습을 확인해볼 사람을 정하자는 제안에도 준이는 심드렁했다. 이럴 놈이 아닌데? 결국 준이를 제외한 나와 세운이, 그리고 주영이만 가위바위보를 했다. 내가 졌다. 그리고 내가 가장 먼저 실망을 했다. 믿을 수 없다는 표정을 짓던 세운이도 후다닥 뛰어가선 실망스러운 표정을 하고 돌아왔다. 그즈음 그녀와의 거리가 완전히 좁혀졌다. 주영이가 으음, 하고 짧은 한숨을 쉬었다. 준이는 그런 우리들을 안타까운 듯 쳐다봤다. 준이에게 물었다.

"웬일로 네가 안 움직였냐? 거기다 왜 지금 그렇게 태연한 표정인 거지?"

"인마. 당연히 이런 결과가 나올 줄 알고 있었지."

준이의 분석은 놀라운 것이었다. 그 여자와 반대 방향에서 걸어오는 남자를 통해 여자의 미모를 판단할 수 있단 거였다. 좀 전의 뒤태미녀가 앞태까지 출중했다면, 이쪽 방향으로 걸어오는 남자가 한 번 혹은 두 번 이상은 힐끔거렸어야 한다는 게 준이의 의견이었다. "지나가는 여자를 대하는 남자들의 본능이야 다 똑같은 거다. 걔들이 관심 없어 하는 여자한테 내가 관심 가지게 될 일은 거의 없지"라고 준이는 다시 한 번 강조했다. 난 진심으로 준이가 대단하다고 생각한다. 오늘도 마찬가지다. 내가 화장실에 간 사이 준이는 그 블랙 스키니진 어장관리녀의 전화번호를 받았다고 했다. 발레파킹 직원에게 차 키를 받고 시동을 거는 준이에게 물었다.

"어떻게 번호까지 받았어? 대단하다, 진짜."

"똠양꿍, 걔? 돔페리뇽 사주겠다고 하니까 바로 번호 주던데? 걔들 생각보다 엄청 어리더라? 자기 주변 오빠들은 기껏해야 테킬라밖에 안 사준다나. 귀엽지 않냐?"

도로에 차가 별로 없는 걸 확인한 준이는 액셀를 강하게 밟았다. 거치대에 꽂아놓은 아이폰에선 90년대 힙합이 흘러나왔다. 최근에 스피커를 업그레이드했다더니 확실히 베이스 소리가 더 묵직해지긴 했다. 시끄러운 음악 소리는 차 내부의 공기를 더욱 빨리 연소시킨다. 그래서 좁은 이 인용 스포츠카의 내부를 더욱 협소하게 느껴지게 만든다. 이는 속력을 올릴수록 배가되는 짜릿한 긴장감에 꽤 큰 몫을 한다고 준이가 말했다. 엔진의 요란한 진동이 조수석에 앉아 있는 내 등까지 전해졌다. 그때 준이의 아이폰에 메시지가 몇 개 떴다. 좀 전의 블랙 스키니진이었다. 준이는 그녀를 '똠양꿍'으로 저장해놓은 듯했다. 메시지 알림음 때문에 음악이 몇 번 끊겼다. "운전 중에 왜 이렇게 메시지를 보내고 그러냐, 얜." 준이는 짜증을 내며 메시지를 확인하지도, 당연히 답장을 하지도 않았다. 그런 미녀에게 짜증을 내다니. 이런 게 바로 선수의 여유다. 조금 있다 다시 메시지가 떴다. 이번에는 스키니진의 친구였다. 세상에, 친구 번호는 또 언제 받은 건지. 마침 신호가 걸려 차를 멈춰야 했다. 그제야 준이는 메시지를 확인했다.

"애들이 오늘 놀자는데 어쩌지? 놀까?"

신호가 바뀌려는 걸 감지한 준이는 대충 단답형 답장을 보냈다. 정말이지 저 여유는 어디서 샘솟는지 궁금했다. 카페 안의 모든 남자들이 쳐다보던 미녀의 연락처를 아무렇지 않게 받고, 또 그들을 아무렇지 않게 대하는 강심장은 어떻게 하면 단련되는 걸까. 준이가 속도를 내기 시작했다. 이 차를 산 지 얼마 안 됐을 때, 세운이가 운전석에 앉은 적이 있었다(난 뒤쪽에 마련된 짐칸에 있었고). 준이는 세운이에게 맘껏 밟아보라 권유했지만, 세운이는 차가 가진 속력을 절반도 확인하지 못했다. 운전 실력이 나빠서는 아니었다. 준이의 차라서 더 조심스레 다뤄야 했던 것도 아니었다. 녀석은 그냥, 이 비싼 차를 처음 모는 경외감과 조심스러움 같은 것에 사로잡혀 있었다. 준이가 세운이에게 해줬던 말이 생각난다.

"비싼 차를 탄다고 해서 차를 주인 모시듯 하면 그건 주객이 전도된 거야. 어차피 비싼 차일수록 보증기간 동안에는 엔진이나 서스펜션 같은 건 얼마든지 갈아주거든. 물론 외부 흠집 같은 건 조심해줘야겠지만. 이 비싼 괴물을 몰면서 아껴준답시고 함부로 못 다루고 눈치만 보는 건 예의가 아니지 않겠냐."

조수석에 앉아 잔소리를 하던 준이는 결국 세운이와 자리를 바꿔 앉았다. 그리고 파킹에 놓여 있던 기어를 전진으로 바꾸며 강조했다.

"쫄면 안 돼, 인마. 여자든 차든 운전석에 있는 건 너라고."

무의식 중에 나오는 욕설이나 짜증 같은 운전 습관은 그 사람의 성격을 짐작케 한다. 비싼 차를 거칠게 다룰 수 있는 여유. 그건 미녀를 다른 여자들과 다름없이 대하는 태도와 닮아 있는 것 같다고 준이에게 말했다. 준이가 웃으며 대답했다.

"보증기간 동안에는 확실하게 즐기고 그 이후에는 다른 차로 갈아탈 의향이 언제나 있다는 점, 그럼에도 외부 흠집 등에 대해선 확실하게 관리하며 되도록 흠집 나지 않게 하는 능숙한 운전 실력이 있다는 점, 공영주차장에 열두 시간 주차비를 주고 다음 날 찾는 한이 있더라도 대리 기사는 절대로 부르지 않는다는 점. 뭐 그런 게 내 연애랑 비슷하긴 하네. 근데 걔들한테 연락해, 말아? 빨리 정해."

아무래도 연애 칼럼니스트에 어울리는 건 내가 아닌 준이일지도 모르겠단 생각이 든다.

4 엉킨 이어폰을 푸는 방법

준이의 직업에 대해서 소개하지 않은 것 같다. 사 년 전까지만 해도 준이는 잘나가는 애널리스트였다. 이 년 전엔 인기 있는 게임TV의 아나운서였으며, 지금은 소셜데이팅앱을 개발하는 벤처기업의 대표다. 잘나가던 애널리스트였던 준이가 갑자기 퇴사를 하더니 아나운서가 됐을 땐 모두들 어이가 없었다. 물론 180센티미터 정도의 키에 다부진 몸매, 말끔한 피부와 반무테 안경이 잘 어울리던 준이는 아나운서가 되기에 충분한 외모를 갖고 있긴 했다. 그런데 녀석이 모두의 예상과는 다르게 경제TV가 아닌 게임TV의 아나운서가 된 거다. 게임을 즐기지도 않는 녀석이 왜? 대답은 간단했다. '인생 자체를 게임처럼 살고 싶으니까.'

우리는 그 말을 그저 놀고 싶다는 의미로 받아들였다. 실제로 준이는 매년 'G-star'에 가서 늘씬한 모델들의 연락처를 자연스레 받아오기도 했다. 그걸 더 편하게 하고 싶어서, 란 농담도 했던 것 같다. 그런데 나중에 알게 된 준이의 의지는, 생각보다 진지한 종류의 것이었다. 녀석은 자신의 게임을 '플레이play'가 아닌 '매치match'로 여기는 것 같았다. 준이는 늘 대적해야 할 목표가 없는 삶을 지루해했다. 만나는 여자에게도 그 공식은 똑같이 적용됐다. 사람들은 준이가 '플레이'의 의미로 여자를 대한다고 생각했다. 그래서 가벼운 만남이 잦아지는 게 아닌가 걱정했다. 난 준이가 '매치'를 할 상대를 만나고 싶은 거란 생각이 들었다. 그래서 준이가 데이팅앱의 이름을 고민할 때, 두말할 것도 없이 '매치'를 추천했다. 준이가 내게 그 이유에 대해 물었다. 생각한 대로 준이에게 설명해줬다. 네가 말한 게임은 '플레이'가 아니라 '매치'가 아니겠냐고. 준이는 내게 제발 그런 말장난을 사십 퍼센트만 줄이면 인기는 두 배, 글발은 세 배가 늘어날 거라고 했다. 그래도 준이는 내 의견을 받아들여 앱의 이름을 '매치'로 결정했다. 이 앱을 통해 '웨딩마치'에 이르는 커플이 많아지길 기원한다고 축하해줬다.

삼 년 전에 그런 준이의 매치 상대가 정해진 적이 있다. 요령과 허무함은 비례한다고 늘 이야기하던 준이에게 그 비례의 법칙을 깨준 상대가 나타난 것이다. 서지연. 그녀는 나도 아는 여자, 아니 내가 소개해준 여자였다. 이제 와서 하는 얘기지만 내가 퇴사 직전까지 다녔던 회사는 'ACE'라는 패션잡지사다. 뭐 중요한건 아니니 넘어가기로 하고, 아무튼 그때 알고 지낸 피쳐에디터의 생일 파티에서 지연이를 처음 만났다. 지연이는 다른 잡지사의 인턴 기자였는데 업계 사람들 사이에선 꽤 유명한 친구였다. 회사에 들어오기 전부터 일상 및 패션을 주제로 한 파워블로거로 유명했기 때문이다. 그날 마침 준이에게서 놀자는 연락이 왔고, 근처에서 술을 마시고 있던 준이를 흔쾌히 그 에디터가 초대했다. 그게 지연이와 준이의 첫 만남이었다.

세 살 아래인 그녀는 준이와 성격이 비슷했다. 솔직하고 대담했으며, 말하는 것에 거리낌이 없었다. 지연이의 외모가 준이 타입은 아니라고 생각했는데, 준이는 그녀에게 급속히 빠져들었다. 준이는 지연이와 일 년 정도 연애를 했고, 그 기간 동안 녀석은 백팔십도 변한 모습을 보였다. 각종 술자리나 파티에 코빼기도 보이지 않았을뿐더러, 가끔 우리와 삼겹살에 반주를 기울이는 것 빼곤 술도 조금씩 줄이기 시작했다. 그렇게 녀석이 원하던 매치는 웨딩마치로 전환되는 듯했다.

그런데 종착 직전에 준이가 넘어져버렸다. 다시 스타트 라인으로 돌아온 녀석은 상처투성이가 됐다. 우린 그 이유를 깊숙이 캐묻지 않았다. 지연이 역시 그쯤 퇴사를 했다는 얘길 들었다. 그러곤 블로그를 폐쇄하고 잠수를 타버렸다. 뭐, 현재의 준이는 지연이를 만나기 전 모습으로 돌아왔다. 사랑은 믿지 않지만 여자의 본능은 누구보다 믿는, 그런 준이로.

운전 중 나눈 이야기의 주제는 대부분 블랙 스키니진을 입은 여자였다. 그녀는 어떻게 두 남자를 동시에 만나게 됐을까. 시간 차를 두고 두 남자와 소개팅했던 걸까, 아는 오빠의 생일 파티에 가서 인맥을 넓힌 걸까. 남자 친구와의 고민을 상담하던 학교 선배였을까, 클럽에서 만난 오빠일까. 뭐, 이런 얘기들.

"그러니까 여자 주위에 남자들을 그냥 놔두면 안 되는 거야."

"그거야 준이 너 같은 놈들 때문인 거지."

이성을 많이 알고 지내려는 욕심쟁이는 여자든 남자든 요즘 세상에 참 흔하다는 얘길 끝으로 준이가 잠시 침묵했다. 그러다 글로브

박스를 뒤지더니 껌이 있냐고 물어왔다. 마침 어제 사놓은 껌이 생각나 노트북 가방을 열었다. 없었다. 나오라는 껌 대신 이어폰이 툭 떨어졌다. 완전히 엉켜 있었다. 가방 속에 넣을 땐 분명히 아무렇지 않았던 이어폰이 어떻게 이렇게까지 엉킬 수 있는 건지 매번 신기할 따름이다.

"그렇게 풀리지 않는 매듭은 그냥 잘라버리는 편이 나아."

구시렁거리며 매듭을 푸는 내게 준이가 말했다. 이어폰을 어떻게 자르냐는 내게 준이가 계속해서 말을 이었다. 남녀 관계 역시 그렇게 꼬여버리는 순간이 있는 것 같다고. 아무렇지 않게 내버려뒀던 감정이 나도 모르는 사이에 복잡해져서 도무지 어찌할 수 없게 되는 상황이 오면, 그냥 그땐 잘라버리는 게 나은 것 같다고 말하며 유턴을 했다. 몸이 한쪽으로 쏠렸다. 목적지에 거의 도착했다는 내비게이션의 음성이 들렸다. 이런 얘길 진지하게 하는 준이의 모습은 조금 낯설다. 주영이나 세운이라면 모를까. 평소의 준이 입에서 쉽게 나올 만한 얘기는 아닌데. 그런데 가끔 나와 둘이 있을 땐, 준이 역시 꽤나 진지하게 말을 걸어올 때가 있다. 지연이와의 이별 후론 더 잦아진 것 같다.

신호에 자주 걸리는 것 같단 생각이 들었다. 아니나 다를까. 준이 역시 오늘 따라 신호를 잘 못 먹는 것 같다(자주 신호에 걸리는 걸 말하는 준이의 표현이다)고 말했다. 껌을 씹지 못한 준이는 담배를 피우고 싶어 했다. 담배와 껌을 사기 위해 차를 세웠다. 난 준이를 기다리며 엉킨 이어폰을 푸는 데 집중했다. 도무지 풀리질 않았다. 그때 파란색 머스탱 한 대가 요란한 소리를 내며 준이의 차 앞에 멈춰 섰다. 요란하게 개조된 머플러 소리만큼이나 과하게 멋을 낸 남자가 운전석에서 내렸다. 조수석에서 내리는 여자도 화려한 분위기이긴 매한가지였다. 막 계산을 마치고 나오던 준이와 편의점에 들어가던 그들이 마주치는 게 보였다. 둘은 편의점 앞 의자에 앉아 맥주를 마시기 시작했다. 안주도 없었다. 난 이어폰의 매듭을 풀며, 준이는 담배를 피우며 그들의 얘길 들었다. 서로의 남자 친구, 그리고 여자 친구에 대해 얘기하고 있었다. 각자의 연인을 씹고 있었다는 게 정확한 표현일 거다. 아, 그게 안주였구나.

둘의 대화는 분위기가 묘했다. 분명히 연인은 아닌 것 같았지만 연인보다 더 가깝게 느껴지는, 스킨십을 못 할 만큼 떨어진 거리였지만 간간히 티 나지 않게 스킨십을 하는, 서로의 연인에게서 온 문자를 확인하고 답장을 보내는 데 더 집중하는 것 같으면서도 실은 현재 함께 있는 사람에게 더 집중을 하는, 그런 묘한 분위기.

"쟤들 저거, 불법 정차야." 담배꽁초를 버리던 준이는 일부러 크게 얘기한 것 같았다. 그들의 시선이 잠시 우리를 향했다. 남자가 무어라 말을 했지만 준이가 거는 시동 소리에 묻혀버렸다. 우린 순식간에 그곳을 벗어났다. 준이가 내게 껌을 건네며 물었다.

"니가 보기엔 아까 걔들 무슨 사이 같냐." 준이의 껌 씹는 소리가 유난히 크게 들렸다.

"사귀는 건 아닌 것 같고. 뭔가 핑크핑크한 건 맞고."

"넌 남녀 사이에 친구가 있다고 믿냐?" 갑자기 준이가 질문을 달리하며 물었다. 난 아니라고 대답했다. 이제야 좀 신호가 먹힌다며 속력을 더 높이던 준이가 다시 물었다.

"그럼 연애 칼럼니스트가 생각하는 친구와 아는 사람의 경계는 뭐냐."

"그거 설명하는 게 진짜 힘들어. 친구, 아는 사람, 남자, 그 경계. 근데 준이 넌 무조건 친구가 있다고 생각하는 쪽 아닌가?" 뭔가 논쟁의 불씨가 지펴졌다는 예감이 들었다. 이렇게 급하게 난 불은 따뜻하기보단 뜨거울 때가 많은데.

"친구는 무슨 친구. 남녀는 그냥 남녀야." 어라? 준이가 예상을 벗어난 대답을 했다.

"넌 주위에 친구랍시고 두는 여자애들 많았잖아." 내가 다시 물었다. 이런 질문은 답을 정해놓고 던지는 질문이다. 별로 질이 좋지 않은 질문.

"걔들이 친구냐? 자고 싶은 여자, 그래서 관리해야 하는 여자, 아니면 절대로 하기 싫은 여자. 뭐 그런 거지. 그러다 섹스를 하든 안 하든, 그냥 아는 사이로 지내든지 아님 다시 모른 사람이 돼버리든지 별 상관없는 여자들인 거지. 말했잖아. 여자들이랑 사랑 같은 걸 나누는 것만큼 시간 낭비인 게 없다고. 너나 세운이가 그래서 연애를 잘 못하는 거야. 진지병 걸려서." 준이는 은근히 내 속을 긁는 말을 할 때가 있다.

"너도 지연이랑 진심으로 사랑했으면서 뭔 소리야. 그땐 너도 사랑을 믿었을 거 아냐."

"내가 확실히 얘기할게. 난 여자는 믿지만, 사랑한다고 말하는 여자는 안 믿어." 차가운 준이의 목소리가 뜨거워질 기미를 보이던 대화를 조금 식혀줬다. 준이에게 좀 미안해졌다. 준이가 다시 강조했다.

"그리고 그렇게 믿는 거랑 이렇게 믿는 거랑은 종류가 다른 거야.

내가 여잘 믿는다고 한 건, 그냥 여자의 그 이기적인 본능을 믿는다는 거야. 거기에 맞춰서 행동만 해주면 어떤 여자든 어렵지 않다는 거고. 난 사랑은 절대 안 믿어, 인마." 준이가 계속 말을 이었다. "요새 애들이 말하는 '케미'라는 거 말이야. 남녀 사이에 친구가 될 수 있다고 믿는 인간들은 케미가 절대 생길 수 없는 관계도 있다고 믿거든? 언제 터질지 모르는 시한폭탄이란 걸 전혀 모르는 말이지. 영원히 터지지 않는 폭탄이 세상에 몇 퍼센트나 될 것 같냐?"

잠시 대답을 생각했다. 폭탄이 터지지 않을 확률은 모르겠지만 세상에는 백 퍼센트 쿨한 사람이 없단 건 확실하다. 가끔 준이와 벌이는 이런 논쟁은 좀 피곤하다. 가치관은 다른데 경험은 비슷하기 때문이다. 그러니 서로의 생각이 맞니 그르니 하며 끝을 보려 할 때가 있다. 오죽했으면 세운이와 주영이가 우리에게 이런 별명을 지어줬을까. '아빠'. '아가리 빠이터'들이라고.

"니가 그렇게 남자 친구 있는 여자들을 많이 꼬셔봐서 그런 거 아냐?" 나의 훅 한 방.

"그럴 수도 있지." 준이가 가드를 올렸다. "근데 그런 여자들이 꼭 어떤지 아냐? 자기 스스로 절대 자긴 그럴 수 없다고 철저히 믿는 여자들이야." 잽을 날릴 준비를 하는 준이의 원투 펀치가 연달아 이어졌다. "그런 애들이 더 쉽거든. 친구 사이라고 자기 주문을 철저히 외우는 애, 그냥 아는 사이라고 신경 안 쓰는 애들. 그게 너무 견고하니 부수기 더 쉬운 거야. 한 번 부서지면 회복하기도 어렵고. 상대의 마음도 자기랑 같을 거라 철석같이 믿고. 부러지기 쉽게 단단하지, 아주." 준이의 카운터가 곧바로 이어졌다. "연락을 매일 주고받는 남녀가 있다고 쳐. 그래. 우선은 친구라고 치자. 그럴 땐 보통 연인이 나누는 연락이랑 별반 다르지 않은 연락을 주고받거든? 다만 그 케미라는 게 채워지지 않았다고 안심하고 있을 뿐이지. 근데 그런 연락이 일정량의 케미 없인 또 이뤄지지 않아요, 씨발. 그리고 그 망할 케미가 점화되는 순간에 친구 관계는 쫑나고, 결혼도 쫑나는 거야. 빵! 폭탄 터지는 거지! 뉴클리어 런치 디텍티드다, 젠장!" 준이가 신호를 보더니 급브레이크를 밟았다.

"왜 욕이야, 갑자기." 준이가 이렇게 흥분하는 건 처음 본다.

"너희가 예전에 그랬잖아. 나한테 오버하지 말라고."

얘길 마치곤 음악 볼륨을 한껏 높이는 준이를 쳐다봤다. 준이는 노래를 따라 부르기 시작했다. 우리가 언제 준이보고 오버하지 말라는 얘길 했지?

아… 그때!

지연이가 아는 오빠와 술을 마신다며 연락이 되지 않던 날이었다. 그날 준이는 직접 두 눈으로 지연이의 거짓말을 확인하고 말았다. 집착과 의심이란 단어는 준이와는 전혀 어울리지 않는 것이었다. 그런데 그날 밤의 준이는 달랐다. 무언가를 느꼈던 탓일까. 지금까지 한 번도 내보이지 않았던 모든 집착과 의심을 탈탈 쏟아냈다. 우린 준이와 계속 술을 마셔주고 있었다. 그러다 술에 취한 지연이가 '잘 들어갈 거야'란 문자 이후에 연락이 끊어졌고, 준이는 거의 이성을 잃었다. 나와 주영이는 '지연이는 네가 생각하는 것 같은 일을 벌일 사람은 아니다'고 준이를 위로했다. 세운이는 '네가 그런 적이 있어서 더 오버하는 게 아니냐'며 준이를 나무랐다. 나무라기보단 놀렸다는 게 더 적절할 것 같지만.

그런데 준이의 의심이 사실로 밝혀지고 말았다. 선수 형(준이의 친한 형이다. 우리가 아지트로 삼고 있는 이자카야를 운영하고 있다. 지금은 준이 얘기가 급하니 자세한 설명은 나중에!)이 제보해준 사실이었다. 주영이와 세운이는 술에 취해 집에 가버린 상황이었고, 나 역시 제정신이 아니긴 했지만 준이와 함께 움직이기로 했다. 우리가 선수 형이 얘기한 동네에 도착했을 때, 거기엔 집에 들어간 줄만 알았던 지연이가 있었다. 지연이가 그토록 옹호하던, 준이가 그토록 경계하던, 그 '아는 오빠'도 함께. 정신이 번쩍 들었다.

생각해보니 방금 전의 편의점 앞 상황과 비슷했던 것 같다. 난 그때도 준이의 차 조수석에 타 있었고, 담배를 사서 나오던 준이는 조금 떨어진 곳에서 지연이를 지켜봤다고 했다. 지연이는 그것도 모른 채 '아는 오빠'와 즐겁게 캔맥주를 마셨단다. 그 상황에서 준이가 어떻게 참았는지, 어떻게 아무 사건 없이 그 상황을 벗어난 건진 정확히 기억나지 않는다. 준이와 함께 술을 마신 기억밖에 없다. 서럽게 울던 준이의 모습은 꿈이 아니었다.

그다음 날도 준이와 술을 마셨다. 다음다음 날부턴 주영이와 세운이도 함께 술을 마셨다. 준이는 차라리 지연이가 변명을 했으면 좋겠다고 했다. 그 남자와 늦게까지 술을 마셨다는 사실을 속이려 한 것보다, 아무 일 없었다며 그를 옹호하는 태도가 더 짜증난다고 했다. 그날의 상황을, 그와의 관계를 합리화하는 모습이 미치도록 싫다는 준이에게 해줄 말이 없었다. 그런데 이 눈치 없기로 유명한 세운이가 취해서는 또다시 막말을 한 것이다.

"준이 너도 그런 여자들 많지 않아? 그럼 이해할 수 있는 거잖아. 안 그래, 태희야?"

"야, 내가 아무리 여자를 좋아해도, 어? 그건 맞는데, 그래도 난 지연이 만나는 동안에는 그 누구하고도 따로 만난 적 없어. 아무리 친구라고 해도 만난 적 없다고. 일 때문에 대화하는 게 아닌 이상, 여자랑은 일대일 대화창도 절대 안 열었다고. 알겠냐?"

준이가 진지하게 화를 냈다. 그렇게 새벽까지 논쟁이 벌어졌다. 대체 내 여자 친구 주위의 남자를 어느 선까지 허용을 해야 하는 건지에 대한 답은 도무지 내릴 수가 없는 것이었다. 오래 두고 가까이 사귄 벗인 건지, 한 번 인연을 맺고 몇 년간 보지 않은 사이도 친구라 할 수 있을지. 경조사 혹은 단체 모임 때 볼까 말까 한 사이라면 모를까, 단체방도 아닌 개인 메시지 창을 통해 자주 일상을 공유하는 놈을 친구로 봐야 하는 건지. 우리 모두 동의한 사실은, 일상을 공유하며 자주 대화하는 남자는 단순한 친구라고 보기엔 무리라는 거였다.

"아는 오빠, 친한 오빠, 좋은 오빠, 원래 알던 오빠, 남친 욕하는 오빠, 초등학교 동창, 친구 남친의 친구, 여친 선물을 함께 골라달라는 친구, 헬스장 트레이너, 게이 친구, 소울메이트, 취재원하다 알게 된 오빠. 이런 애들이 지연이 주위에 얼마나 널려 있는지 알아? 씨발, 내가 진짜!" 준이가 분에 못 이겨 소리쳤다.

"그렇다고 일일이 만나지 말라며 간섭할 순 없는 노릇이고." 주영이가 한숨을 쉬었다.

"걔들 다 꿍꿍이 있는 거라고, 절대 믿지 말라고 했을 때 지연이가 뭐라 했는 줄 아냐?"

–왜 세상 모든 남자들이 다 오빠 같을 거라 생각해? 그 오빤 절대 아냐.

준이는 지연이의 말투를 흉내 내며 눈물을 조금 보였다. 세운이는 천하의 준이도 사랑에 빠지면 별 수 없는 것 같다며 박장대소를 터트렸다. 주영이도 피식하고 웃었다. 이게 웃을 일이냐며 발광하던 준이도 별 수 없다는 듯 쓴웃음을 지었다. 그렇게 또 밤새 술을 마셨다.

준이와 같은 상황을 겪는 남자들이 많다. 하지만 그들 모두 조리 있게 논쟁할 말발을 갖고 있진 않다. 그저 육체적 접촉의 위험성만 운운하며 감정을 쏟아내는 데 정신이 팔린다. 그렇게 우리 남자들은 '남녀 사이를 떠난 범인류적인 우정 따윈 생각 못 하는, 일차원적인 스킨십만 상상할 뿐인, 유치한 남자'로 전락해버리고 만다. 사랑에 빠진 준이 역시 그랬고.

속내는 훨씬 복잡하다. '그 남자가 너한테 뽀뽀라도 하면 어떡해!'라는 단순한 걱정이 아니란 얘기다. 그 남자가 가진 늑대 본성을 우선적으로 염려하는 건 맞다. 준이 역시 그 '오빠'를 맹신하는 지연이의 태도가 정말 답답했다. 비록 첫 만남이 술자리이긴 했지만 나에게는 어떤 추파도 던지지 않았다는 오빠, 오히려 친구에게 관심을 보이면서 말을 걸어왔다는 오빠, 대화를 몇 마디 나눠보니 생각도 바르고 매너가 좋았다는 그 오빠. 여자들이 이런 얘길 할 때면 남자들은 하나같이 이런 생각이 든다.

'정말로 몰라서 그러는 거야, 알면서도 그리 믿고 싶은 거야? 그게 아니라면 좋은 사람만 만나는 여자라는 자부심, 혹은 내가 만나는 사람은 반드시 좋은 사람이라는 정당성을 확보하고 싶은 거야?'

끊임없이 그 오빠를 '좋은 사람'이라 옹호하는 여자 친구를 보면 정말로 기가 막힌다. 여자들이여, 그렇게 젠틀해 보이는 인간들이 오히려 더 위험한 선수라는 걸 알아야 한다!

물론 그 외침은 닿지 않는다. 심지어 남자 친구보다도 그 오빠를 더 믿는 모습을 대놓고 드러낸다. '세상 모든 남자를 믿지 않더라도 나만은 믿어!'라는 나의 말엔 코웃음 치던 여자 친구가, 그 오빠를 그렇게나 믿는단 사실은 대단히 혼란스럽다. 이게 끝이 아니다. 남녀관계에서 중요한 건 정신적인 유대감이지 스킨십이 아니라는 그녀의 평소 논리가 떡 하니 버티고 있다. 남자들은 어리둥절할 수밖에 없다.

스킨십이 없으므로 친구일 뿐이라는 그 논리에 '사랑에는 스킨십보다 정신적인 유대감이 중요하다며?'라고 되묻고 싶다. 메시지를 주고받으며 일상을 공유하고, 영화보고 밥 먹고 커피를 마시는 등 데이트에 준하는 시간을 보내는 건 분명 정신적인 유대감을 형성한단 얘기 아닌가. 다른 남자들과 스킨십을 하는 상황을 상상하는 것만이 기분 나쁜 게 아니다. 그들과 정신적인 유대감을 쌓는 시간 자체가 신경 쓰이는 거다. 남자 친구에겐 늘 예쁘게 보이고 싶어서 말할 수 없는 이야기를 이성 친구에겐 자연스레 터놓을 수 있어 좋다는 여자들이 간혹 있다. 그건 마치 나는 손도 대지 못했던 내 여자 친구의 일기장에, 다른 놈이 낙서를 해놓은 걸 보는 기분과 똑같단 걸 알아주길.

유대감의 형태가 다르다는 말, 남자 친구가 바쁠 땐 다른 형태의 유대감을 통해 공허함을 채우고 싶단 여자들의 말은 정말로 이기적이다. 육체적 접촉보다 더 무서운 게 정서적 교감이라는 걸 남자들도 아주 잘 안다. 직업상 필요한 것이 아닌 이상, 호감이 아예 없는 여자의 이야기를 경청하는 남자는 없다. 일상을 궁금해하지도 않는다. 밥을 사주기는커녕 함께 먹는 것도 꺼릴뿐더러 문자메시지에 답장하기도 귀찮을 뿐이다.

물론 케미가 생길 확률이 영 퍼센트에 가까운 관계가 있을 순 있다. 하지만 그 관계는 애초에 '친구'가 될 수 없다. 그저 '아는 사람' 정도인 관계가 유지될 뿐이다. 남녀 사이에 '일상적인 안부를 묻는 진짜 친구' 같은 관계가 유지되긴 확실히 어렵다. 가까운 동창이나 동네 친구라면 '아는 사람'에 포함되겠지만, 그들과 매일 연락을 하는 순간 관계의 형태는 바뀐다. 시한폭탄. 내 여자 친구가 그런 시한폭탄을 들고 있는 걸 보면서 즐거울 남자는 없다. 그날의 논쟁 역시 '아는 사람, 친구, 썸'에 대한 자신만의 기준을 명확히 하는 여자가 좋다는 것으로 결론이 났다. 그런 여잘 찾아낼 확률에 대해선 지금까지도 미스터리로 남아 있지만.

"야, 걔들 진짜 적극적인데? 같이 놀아야겠다. 주영이도 거의 도착했대."

막 주차를 마친 준이가 물었다. 방금 전까지 심각한 표정을 짓던 준이도, 그날 논쟁을 벌였던 준이도 아니었다. 그냥, 원래의 쿨한 준이였다. 아니다. 원래의 준이가 어떤지는 나도 잘 모른다. 녀석이 정말로 사랑을 믿지 않는 건지, 믿기 싫어진 건지. 분명한 건 지연이와의 이별 이후 조울증 증상이 도드라졌단 사실이다. 뭐, 병원에 갈 정도는 아닌 것 같고.

차에서 내리는데 가방 안에 있던 이어폰이 툭 떨어졌다. 여전히 엉켜 있었다. 자주 엉키는 이어폰을 억지로 풀다 보면 늘 한쪽만 고장이 난다. 준이의 말이 맞다. 내 손에 들린 이어폰 한쪽 전선 피복이 벗겨진 게 보였다. 잠시 망설이다 쓰레기통에 넣어버렸다. 그때 주영이의 차가 도착했다. 주영이와 인사를 하는 사이, 선수 형이 가게 문을 열고 나와 우릴 맞아줬다. 우리가 도착한 곳은 '유메'라는 이름의 이자카야로, 그날 문제의 현장을 준이에게 전달해준 바로 그 선수 형이 운영하는, 우리가 자주 술을 마시는 일종의 아지트다.

5 닭발과 시메사바

고등어는 예민한 생선이다. 그물에 걸리면 쇼크로 죽어버리는 일이 허다하다. 그렇게 죽어버릴 경우엔 선도가 급격히 떨어져 비린내가 강해진다. 그러니 죽이는 것도 잘 죽여야 한다. 웬만한 기술을 가진 주방장이 아니고서는 고등어 회를 맛있게 뜰 수 없는 이유가 그것이다. '웰다잉'의 마스코트로는 고등어가 딱이지 않을까. 제주도 음식을 전문으로 하는 향토음식점이 아닌 이상 고등어 회를 맛볼 수 있는 곳은 서울에서 찾기 힘들다. 대부분 선술집이 '시메사바'라고 불리는 고등어 초회를 메뉴에 갖춰놓긴 하지만 제대로 맛을 내는 곳은 드물다.

유메는 그 시메사바가 인기 메뉴인 선술집이다. 한남동 본점을 시작으로 신사동에 분점까지 냈을 정도로 꽤 인기가 좋다. 고등어 요리에 특히 민감한 주영이가 극찬할 정도로 유메의 시메사바는 맛이 좋다. 유메를 운영하며 주방까지 담당하고 있는 선수 형이 고등어만큼이나 예민한 사람이라 그럴 거란 얘길 한 적이 있다. 서른여덟 살인 선수 형은 준이가 애널리스트를 하던 시절 친해졌다고 한다. 이름만 선수일 뿐 다른 의미의 선수는 절대로 아니라고 하는데, 얘길 들어보면 반드시 그런 것만은 아닌 것 같다. 형은 연애 전과가 상당했는데, 꽤 긴 시간의 짝사랑 후엔 연애 대신 요리에만 전념을 했단다. 요즘도 술에 취하면 그 짝사랑녀 얘길 가끔 한다. 확실히 모든 남자들에겐 짝사랑 경험이 있다. 그리고 대부분 실패로 끝난다. 그건 주영이도 마찬가지였다.

"준아." 주영이가 말없이 자기 접시를 툭툭 쳤다. "그렇게 먹으면 고등어가 제 맛을 낼 수 없어. 잘 봐. 고추냉이를 간장에 풀지 말고."

"조금만 덜어서 회에 올리고 생강에 간장을 좀 적셔서 무순 세 개랑 같이."

준이가 주영이 대신 멘트를 읊었다. 주영이는 준이와 나를 번갈아 보며 어깨를 으쓱해 보였다.

"이 새끼 또 취했네. 섞이면 다 똑같다니까, 인마." 준이가 고등어 한 점을 주영이의 입에 넣어버렸다.

평소의 주영이는 말이 없다. 가끔 멋들어진 비유를 읊거나 지식백과 어딘가에 있을 것 같은 정보를 전달해주긴 하지만, 원체 말이 많은 스타일이 아니다. 그래도 분위기를 잘 맞추긴 한다. 누구에게서도 찾아볼 수 없는 독특한 술버릇도 있고.

취하기만 하면 시메사바를 맛있게 먹는 방법을 강조하는 게 주영이의 주사다. 원래는 삼겹살을 맛있게 굽는 법에 대해 설명하는 게 주영이의 주사였다. 치이이익. 불판에 올려놓은 물방울이 증발하기 시작하면 가장 맛있게 고기를 구울 수 있는 온도로 불판이 달궈졌다는 거라며, 돼지고기든 소고기든 상관없이 세 번만 뒤집어야 한다는 게 주영이의 주장이었다. 물론 우리가 그 주장을 따르며 고기를 구워 먹은 적은 별로 없다.

삼겹살 대신 시메사바 맛있게 먹는 법을 읊기 시작한 건 제대 직후부터였다(확실히 삼겹살보단 고등어 쪽이 주영이의 이미지에 어울린다). 군대에서의 기억 때문이란 게 주영이 자신의 분석이었다. 주영이는 해양경찰에서 복무했는데, 어부들에게서 갓 잡아 올린 생선을 받으면 회를 떠서 직원들에게 대령하는 일이 복무 중인 전경들의 몫이라고 했다. 흔들리는 선실에서 메스꺼움을 참아가며 회를 뜰 때 가장 다루기 힘든 생선이 바로 고등어라고 한다. 나는 직접 고등어 회를 떠본 적은 없지만 주영이가 그렇다면 믿을 만했다. 주영이의 직업은 요리사였기 때문이다. 주영이의 부모님은 그걸 부정했지만, 우린 주영이의 직업을 요리사라 말하고 싶다.

주영이는 대단히 까다로운 혀를 갖고 있다. 본인 스스로는 편식이 아닌 미식임을 강조한다. 주영이는 미식과 편식의 차이가 철학의 유무라고 했다.

"타인이 내 철학에 공감을 하면 미식이고, 공감하지 못하면 편식이 되는 거겠지."

그런 주영이의 말을 들을 때면 준이는 얘기하곤 했다. 여자를 만나는 데 있어선 나 역시 '미식남'일 거라고. 그러면 우린 준이에게 폭식이나 하지마, 라는 대답을 해주었다. 그런 대화는 주로 선수 형의 이자카야에서 이뤄졌다. 이곳을 즐겨 찾는 이유는 안주 선택에 민감한 주영이의 입맛을 사로잡은 안주가 많기 때문이기도 했다. 주영이는 선수 형의 주방에서 일을 한 적도 있었다. 하지만 두 달 만에 일을 그만둬야 했다. 아버지에게 들켜버렸기 때문이다.

주영이의 엄지발가락 근처에 있는 흉터 하나가 바로 그날 생긴 상처였다. 여느 때와 다름없이 주방 오픈 준비를 하던 주영이는, 열려 있던 가게 문 근처에서 형체를 갖추기 시작하는 아버지의 모습을 보고선 들고 있던 칼을 떨어뜨리고 말았단다. 하필이면 그 칼이 슬리퍼를 신고 있던 주영이의 엄지발가락을 스친 거다. 주영이는 상처의 아픔을 느낄 새도 없이 아버지에게 끌려 나갔다. 결국 다음 날, 고향인 남원으로 강제 소환을 당한 주영이는 반년간 가업을 물려받기 위한 수행을 했다. 그렇게 한동안 연락이 끊겼던 주영이를 다시 만난 장소도 이곳이었다. 녀석의 잠수를 걱정하던 기간이 지나고, '뭐, 잘 살고 있겠지'라는 생각에 준이 녀석이 주선한 삼 대 삼 미팅을 한창 즐기고 있던 때였다. 가게 문이 드르륵 열리며 갑자기 나타나던 주영이의 모습이 생생하다. 처음엔 주영인지 몰랐다. 한 달은 면도하지 않은 듯 덥수룩한 수염이 달려 있었다. 여자들은 다짜고짜 자리에 앉는 괴인을 의아하게 쳐다봤다. 주영이가 천천히 입을 열었다.

"씨발."

이십 년 만에 처음 듣는 주영이의 욕이었다. 녀석은 접시 위에 놓여 있는 마지막 남은 시메사바 한 조각을 집어 먹었다. 약간의 고추냉이와 무순 세 개와 간장에 적신 생강을 우아하게 얹은 채로.

주영이의 가업, 남원에서 억지로 했던 일, 그건 바로 칼을 만드는 일이었다. 주영이는 대대로 칼 만드는 기술을 물려받아야 하는 명인의 후손이었고, 아버지께선 인간문화재로 등록된 유명한 장인이시다.

그리고 주영이는 외아들이었다. 깨달음을 뜻하는 오(悟)라는 한문이 새겨진 칼을 일반인들은 잘 모를 거다. 나도 잘 몰랐다. 하지만 전문가들 사이에선 대단히 유명한 칼이다. 서울 시내 유명한 레스토랑의 쉐프들은 물론, 요리와 관계된 사람은 그 칼을 모르는 사람이 없으며 특히 한식 조리사들에겐 꿈의 칼이라는 얘길 잡지에서 읽은 적이 있다. 주영이 아버님이 만드신 칼은 한 자루에 오백만 원 이상을 호가했으며 주영이의 할아버지께서 돌아가시기 전에 만든 칼 스무 자루는 수천만 원의 가치를 갖고 있다고 했다. 언젠가 아버님이 만드신 칼 몇 자루를 주영이가 갖고 온 적이 있었다. 우린 그걸 한 경매 사이트에 팔아 그토록 가고 싶었던 나이트클럽에 가서 룸을 잡았다. 즐겁고 여유로웠던 나이트클럽 유랑기의 엔딩은… 짐작했을지 모르지만 아버님의 등장으로 끝을 맺는다. 한 바탕 혼이 난 후 준이가 주영이에게 물었다.

"야, 아버지 칼을 훔칠 게 아니라 네가 그런 칼을 만드는 장인이 돼서 팔면 되잖아. 안 그래?"

그때 잠시 고민한 것을 제외하면, 주영이는 가업을 잇는 걸 극도로 싫어했다. 어릴 땐 그냥 싫었고, 청소년기엔 마치 대장장이 같은 것이 볼품없어 보여서 싫었으며(그 칼의 가치를 알 턱이 없었으니), 대학생땐 일종의 속박같이 느껴지는 게 싫었다고 한다. 어차피 정해져 있는 인생이란 것이 주영이를 괴롭혔고, 녀석은 한동안 방황했다. 그러다 주영이가 요리사를 직업으로 삼겠다고 했을 때 우린 이유를 물었다.

"아버지가 만든 칼을 도마에 마음껏 쳐대고, 매일 갈고, 그렇게 자유자재로 다루면 후련해질 것 같아서."

그건 칼을 다루는 걸 좋아하는 게 아니냐고 물었을 때 주영이는 아무 말이 없었다. 이쯤에서 주영이의 연애 이야길 해야겠다. 본인은 인정하기 싫어했지만, 우리의 짐작으론 녀석이 가업을 물려받기 싫어하는 이유 하나가 더 있었다. 연상의 여인 한 명을 만나고 생긴 트라우마였다.

복학을 한 직후였던가. 주영이가 엄청난 짝사랑에 빠진 적이 있다. 세 살 연상의 누나였는데, 그녀도 주영이가 싫지는 않았는지 두 사람은 어쩌다가 섹스를 하게 됐다. 이후에도 자주 데이트를 하는 것 같았는데 어찌된 일인지 둘은 사귀질 않고 있었다. 주영이는 분명히 사귀고 싶단 고백을 했지만, 그녀는 그저 부담 없이 현재를 즐기고 싶단 대답을 들려줄 뿐이었다고 한다. 주영이의 미래가 불투명하단 게 그 이유였다.

주영이는 그녀에게 자신의 집안에 대해 말하지 않았다. 그리고 당시 주영이는 여러 개의 아르바이트를 통해 겨우 학자금과 생활비를 충당하고 있었다. 가업을 잇겠다는 의지를 보이지 않는 이상, 절대로 용돈을 줄 수 없다는 게 주영이 아버지의 확고한 의지였고 주영이 역시 그 고집을 고스란히 물려받았다. 주영이가 좋아했던 누나는 청담동에 즐비한 고급 레스토랑의 코스 요리를 즐겼는데, 주영이는 그녀의 요구에 한 번도 응한 적이 없었단다. 그녀는 주영이의 얇은 지갑 때문인 것으로 착각했겠지만 오히려 정반대의 이유였다.

우린 주영이 덕에 고급 레스토랑에서 공짜 음식을 먹은 적이 몇 번 있었다. 주영이 집안에서 만든 칼은 거의 모든 레스토랑의 오너 쉐프들이 애용했고, 그들은 당연히 주영이를 알아봤다. 그래서 주영이가 갈 때면 메인 쉐프가 직접 요리를 한 뒤 우리 테이블에 와서 음식 맛을 자세히 물어보곤 했다. 비단 칼 때문만은 아니었다. 그저 맛있다는 말만 반복하는 우리와는 다르게 주영이는 재료와 식감, 양념과 조리법에 대한 소감을 늘 상세히 전달했다. 그 절차는 꽤 부담스러워 보였는데 언제나 능숙하게 소화해내는 주영이를 보며 감탄하곤 했다. 그건 주영이가 고급 레스토랑을 방문했을 때의 일종의 법칙과도 같은 것이었다. 그 상황 자체가 귀찮진 않았지만, 자기 앞에 앉아 있는 타인의 눈빛이 그 상황으로 인해 바뀌는 걸 보는 게 거북스럽다고 주영이는 늘 얘기했다. 아르바이트로 생계를 꾸리는 자기 모습을 보며 실망하던 여자들이 그런 상황에선 급격히 호의적인 태도로 바뀌는 게 대표적인 예라고 말했다.

녀석이 처음부터 집안 얘기를 숨기려 한 건 아니었다. 칼을 만드는 집안에서 태어나 가업을 이어야 할지도 모른단 얘길 꺼내면 여자들의 반응은 대부분 두 단계로 나뉜다고 했다. 찌푸린 눈썹을 억지 다림질해가며 '그래요?'라는 무미건조한 대답을 하는 것, 그리고 그 주제론 더 이상의 대화를 이어나가지 않으려 한다는 것이었다. 그런 반응쯤은 충분히 이해할 수 있었단다. 이쪽 세계를 잘 모르는 사람이니만큼, 당연히 칼을 만드는 직업을 낯설게 생각할 수 있는 거니까.

그런데 함께 레스토랑에 가서 VIP 대접을 받기라도 하면, 혹은 그와 비슷한 상황을 통해 주영이 집안의 화려한 실체를 알게 되면, 백팔십도 바뀌어버리는 여자들의 태도는 도무지 이해할 수 없다고 했다. 녀석에게 있어 그런 태도 변화는 두 번 마주하기 싫을 만큼 괴로운 것이었다. 본인이 그토록 벗어나고 싶어 하던 선천적인 속박이 자신의 호감도를 상승시키는 이유가 되고, 또 좋아하는 여자의 속내를 들춰내는 데 한몫한다는 것이 그리 달가운 일은 아니었을 거다.

그래서 주영이는 집안 얘기는 웬만해선 하지 않게 됐다. 태어날 때부터 정해진 부와 명예가 영향을 끼칠 관계라면 애초에 만들 필요가 없는 거라 믿었다. 그 누나에게 역시 마찬가지의 태도를 고수했고 잘 지켜지는 듯했다. 하지만 녀석의 신념은 결국 사랑에 졌다. 주영이는 그녀를 마지막 사랑이라고 생각했고 모든 걸 밝혔다. 그 이후부턴 그녀가 좋아하는 고급 레스토랑에도 마음껏 데려갔다. 결과는 한 치의 오차도 없었다. 누나는 그날 이후로 주영이를 대하는 태도가 달라졌다. 급기야 연애의 여러 과정을 건너뛰고선 결혼에 대한 의지까지 보였다. 한동안은 주영이도 마냥 행복해했었다. 그러나 결국 그녀의 지나친 태도 변화에 주영이가 완전히 실망하게 되는 사건이 벌어지고 말았다. 그녀의 친구들에게 식사를 대접하는 자리가 화근이었다. 예상보다 빨리 자리를 박차고 나온 주영이가 우리가 모여 있던 술집에 도착하자마자 했던 말이 기억난다. '누나의 친구들을 만나게 됐단 기분 좋은 기대감과 긴장이, 죽은 지 일주일은 더 된 고등어 비늘을 코에 붙인 듯한 거북스러운 비릿함으로 바뀌어버렸어.'

친구들과 함께한 식사에서 그 누나가 삼 분의 이 가까이 되는 시간을 할애한 이야기 주제는, 주영이 집안의 부와 명예였다. 백화점과 호텔에서 VIP 대접을 받을 때의 기분, 연간 해외여행의 빈도수와 여행지에서 방문하게 되는 고급 레스토랑의 가격대(그곳에서 파는 음식의 맛이 아닌), 결혼식이 열릴 화려한 장소(결혼 생활의 따뜻함이 아닌). 뭐, 그런 것들. 그러다 주영이의 진로에 대한 얘기가 나왔는데, 그녀가 주영이를 대변하며 자랑스럽게 얘기했단다. 우리나라, 아니 세계에서 가장 뛰어난 칼을 만드는 장인이 될 거라고.

주영이는 어떻게 사람이 그렇게 순식간에 변할 수 있느냐며 한탄했다. 그 누나와의 이별 이후 주영이가 제대로 연애하는 걸 본 적이 없다. 준이는 그런 주영이를 나무랐다. 여자든 남자든 화려한 걸 손에 넣고 싶은 건 본능이라고. 그냥 그런 여자만 안 만나면 되는 거지, 여자 한 명에게서 받은 상처로 모든 여자를 규정짓고 괜한 '피해자 코스프레'는 하면 안 된다고. 잠깐, 오늘의 준이는 본인도 그런 코스프레를 하고 있지 않았던가.

"그거 아냐? 안주 취향이랑 성격의 상관관계." 주영이 술을 따라주며 준이가 말했다. "주영이 봐. 성격이 예민하니까 꼭 지 같은 고등어회를 좋아하잖아."

주영이가 피식 웃었다. 우린 다 같이 소주잔을 비웠다.

"매운 닭발이나 껍데기, 곱창 종류를 좋아하는 여자들은 잠자리에서도 꽤 자극적인 걸 좋아해. 이건 증명된 바는 없지만 내 경험상 거의 이백 퍼센트다, 이백 퍼센트." 그런 논리가 어디 있느냐며 내가 되물었지만 준이의 결론은 확고했다.

"매운 건 맛이 아니라 자극이니까. 매운 걸 즐기는 혀를 가진 여자는 확실히 온몸의 세포가 자극에 민감할 수 있지." 주영이는 조용히 준이의 말을 거들었다. 둘은 확실히 비슷한 구석이 있다.

"근데 세운이는 왜 이리 늦냐? 여자애들 거의 다 왔다는데."

준이가 세운이에게 전화를 걸었다. 주영이가 무슨 여자냐며 내게 물었다. 준이의 활약상을 주영이에게 설명해주려는데, 마침 세운이가 헐레벌떡 뛰어 들어왔다. 세운이는 숨도 고르지 않고 말을 쏟아내기 시작했다.

"여… 여기 오는데 진짜 대박인 애들 봤다? 진짜 내가 일 년간 본 여자 중 제일 예쁜 애들 세 명이 한데 모여서 이 근처에 있는 거야."

세운이를 진정시키기 위해 연달아 소주 세 잔을 먹여줬다. 후래자는 역시 삼 배주니까.

그럼에도 여전히 흥분을 가라앉히지 못하는 세운이 뒤로 여자 네 명이 들어왔다. 새빨간 립스틱에 블랙 스키니진. 낯익은 얼굴이었다. 세운이가 놀란 표정으로 내게 속삭였다. "쟤들이야, 쟤들! 진짜 예쁘지?"

그녀들이 우리 테이블에 앉았다. 난 낯익은 여자 어부와 눈인사를 나눴다. 주영인 말없이 시메사바 한 점을 집어 들었고, 세운이의 동공은 흰자위를 덮을 지경으로 커졌다. 여자 어부는 시메사바를 좋아한다고 했다. 준이는 여자들에게 우릴 소개하기 시작했다. 그때 난 준이의 얼굴에 잠깐 스치는 묘한 표정을 봤다. 그 심각한 기운의 정체가 밝혀진 건 한참 뒤의 일이다.

6 소주와 사케 그리고 샴페인

토요일 오후 세 시. 세운이네 집. 지난밤 숙취 때문에 머리가 지끈거린다. 아까부터 카드 사용 내역이 찍힌 문자를 확인하던 준이가 괴성을 질렀다. 그 소리에 세운이와 주영이도 잠에서 깼다.

"정산!"

"뭐야. 많이 나왔어?"

"놀라지 마…. 1차 이자카야 이십만 이천 원, 2차 가라오케 육십만 원, 3차 클럽에서 샴페인…."

"미쳤었네, 너네." 주영이가 뭘 그렇게 많은 돈을 썼냐는 듯 놀란 표정을 지었다.

"세운이 넌 안주 좀 그만 시키라니까. 1차 이거 다 너 때문이잖아."

"안주 가격 때문 아닐걸? 여자애들이 비싼 술 시켜서 그렇지."

"선수 형이 2차 거의 중반쯤에 합류한 거 맞지? 형 오고 술 더 시켰나?"

"아니, 안 시켰어. 네가 그 스키니 걔랑 이야기하고 들어올 때쯤 형

왔잖아."

"선수 형도 같이 놀았어?"

"주영이 네가 도망쳐서 그런 거잖아."

"근데 준이 넌 그 까만 스키니 걔랑 무슨 얘길 그렇게 길게 했어?"

잠시 정적이 흘렀다. 준이는 잠시 날 쳐다보곤 뭐라 대답을 하려는 듯했으나 다시 정산 얘기로 돌아갔다. 무슨 할 말이 있는지 재차 물어보려던 내 목소리는 준이와 세운이가 벌인 싸움의 시작으로 묻혀 버리고 말았다.

"어어, 준아. 잠시만. 왜 우리 넷이서 나눠? 여덟 명이서 나눠야지."

"그건 또 뭔 개소리야."

"여자애들은 돈 안 내? 왜 우리만 내는데? 어제 같은 경우엔 같이 내야지."

"세운이 이거 또 이러네. 걔들한테 어떻게 받냐, 인마."

"입금해달라고 문자 보내면 되잖아. 걔들 당연히 그렇게 생각하고 있을걸?"

"야, 이 미친놈아!"

"뭐가 미친 건데!"

소음을 견디다 못한 주영이가 침대에서 일어났다. 나도 화장실로 잠시 대피했다. 믹서 소리가 들렸다. 화장실에서 나오니 토마토와 사과, 요구르트와 꿀을 넣어 해장 주스를 만드는 주영이가 보였다. 준이와 세운이의 소음은 믹서 소리에 눌려 다행히 잦아들고 있었다.

"야, 주영아. 이 답답한 놈은 주스 만들어주지 마라."

"그러고 싶은데 여기가 세운이 집이잖아." 주영이는 세운이에게 먼저 주스를 주며 말했다.

"에이씨, 진짜. 근데 주영이 넌 그렇게 사라지면 좋냐? 사 대 사 맞추느라 개고생했잖아."

"선수 형 있었다며. 자, 토마토에 들어 있는 라이코펜 성분이 숙취에 제일 좋은 거 알지? 이제 우리 모두 정신 차릴 때가 된 것 같네."

주영이가 만든 주스를 먹고 나면 확실히 속이 진정된다.

"애들아. 내 말이 맞지 않아? 우리가 걔들 먼저 부른 것도 아니라며. 같이 놀았으니 여덟 명이서 같이 나눠야 하는 거잖아."

세운이는 계속해서 억울함을 호소했다. 나와 준이는 별다른 대꾸 않고 빈 컵을 주영이에게 줬다. 주영이도 아무 말 없이 설거지를 시작했다. 이런 세운이를 보는 건 미팅 다음 날마다 벌어지는 일종의 통과의례다. 주영이는 애초에 포기했고 난 내성이 생겼다. 준이는 여전히 세운이를 바꿀 수 있을 거라며 포기하지 않고 있다.

"생각 좀 해봐. 걔들 그렇게 개념 없는 애들 아니었잖아. 안 그래?"

"응. 그럼 세운이 네가 한번 말해봐. 내가 지금 단체 대화방 만든다."

말이 끝남과 동시에 준이는 정말로 단체 대화방을 만들어버렸다. 주영이는 왜 날 끼워 넣느냐며 방을 나갔다. 여자들 중 한 명도 말없이 나갔다. 세운이가 다급해진 표정으로 타이핑을 했다. '하이.' 준이가 포기했다는 듯 고개를 절레절레 흔들었다. 선수 형은 아직 자고 있는지 이 사태를 확인하지 못한 것 같다.

"남자란 이유로 우리가 전적으로 비용을 부담하려는 행동들이 여자의 자존감을 낮추는 거야. 걔들도 당연히 그런 건 원하지 않을 거고. 물론 갑자기 돈 얘길 꺼내기 힘들겠지만, 뭐 저쪽에 그런 총대 맬 사람이 설마 한 명도 없을까?"

"우리 세운이가 총에 맞아 죽지나 않아야 할 텐데."

세운이는 기간제 교사다. 현재는 여고에서 역사를 가르치고 있다. 그리고 세운이는… 잠깐, 갑자기 열띤 논쟁이 시작됐다. 어제의 미팅에서는 누가 가장 '루저'였는지에 대해!

각자의 기억을 더듬으며 치열한 복기가 시작됐다. 나, 준이, 세운이 그리고 도망친 주영이를 대신한 선수 형. 우리가 1차를 시작한 가게는 유메 옆에 있는 또 다른 선술집이었다. 유메엔 여덟 명이 앉을 수 있는 자리가 없었고, 근처 가게로 자리를 옮기는 사이에 주영이는 도망가버렸다. 자리가 흐지부지되는 걸 걱정한 준이가 급한 대로 선수 형에게 연락을 했고, 결국 사 대 사 미팅 술자리가 만들어진 것이다.

"저흰 소주 못 마셔요. 사케 마시면 안 돼요?"

우리가 소주를 시키려는 찰나, 여자 2(편의상 번호를 붙이도록 하겠다. 블랙 스키니진이 여자1이다. 나머지 친구들은 각각 2, 3, 4)가 사케를 주문하길 원했다. 오늘 같은 날엔 '아빠 힘내요(간바레 오또상)'가 딱이라는 여자 2의 해맑은 웃음을 아무도 외면할 수 없었다. 이유는 간단했다. 여자 2는 부모가 준 선천적 선물과 후천적인 노력이 잘 융합되지 않고선 도저히 만들어질 수 없는 매력적인 몸매를 뽐내고 있었으니까. 사케를 먹으면 딱 기분 좋게 취한다는 여자 2의 말에 남자들의 망설임은 온데간데없이 사라졌다. 그래! 사케 한두 팩 먹고 재밌게 놀 수 있다면야!

그때였다. "그냥 소주 먹자. 사케는 머리 아프잖아" 하는 여자 1의 목소리가 들렸다. 우리의 시선이 동시에 그녀에게로 집중됐다. '잘못들은 거 아니지?'라는 눈빛을 준이와 주고받고 있을 때, 토닉워터를 섞으면 소주도 얼마든지 맛있는 술이 된다는 그녀의 목소리가 다시 들렸다. 와우!

남자들은 보고 싶다. 사랑이나 우정의 감정이 전혀 쌓이지 않은 첫 만남, 으레 남자가 계산을 책임져야 하는 자리에서 굳이 외국 술만을 선호하는 모습보단, 소주도 마실 수 있다며 분위기를 맞추는 여자들의 모습을.

빨리 취하게 만들기 위함이 아니다. 그런 목적이라면 오히려 나른함을 유발하는 와인이나 사케, 혹은 소주보다 높은 도수의 보드카가 나을 거다. 내 돈을 자기 돈마냥 아껴주는 태도도 물론 매력적이지만, 그 이유가 전부는 아니다. 중요한 건 또 있다. '나 이런 술만 마시는 사람이야'보단 '나 이런 술도 얼마든지 마실 수 있어'라는 태도가 무척 반가운 거다. 특별한 경우를 제외하곤, 연애 초기에는 대부분 남자들이 데이트 코스를 준비한다. 이때 취향에 맞지 않는다는 이유로 기획을 반려당하거나, 센스 없단 평가를 받는 것만큼 속상한 일이 없다. 그런 의미에서 편견 없이 다양한 종류의 즐거움을 공유할 수 있는 여자는 모든 남자들의 이상형이다.

그래서 우린 '한국 술을 사랑해야지', '소주만큼 깔끔한 술이 없어. 보드카나 소주나 한두 잔 먹기 시작하면 똑같아'라는 말들로 여자 1의 제안에 힘을 싣기 시작했다. 웃음으로 화답하며 종업원을 부르는 여자 1에게 여자 3이 다시 말했다.

"그럼 우리 일본 소주 먹자! 원래 토닉워터엔 비잔클리어가 딱이잖아!"

'블라인드 테스트 해볼래? 토닉 섞었을 때 일본 소주랑 한국 소주 구분할 수 있어?'라고 되받아칠 용자는 우리 중에 없었다.

이 정도면 성공적인 미팅이라는 사실에 우린 암묵적인 동의를 하고 있었다. 세운이와 선수 형은 여자 2와 3의 장단을 맞춰가며 일찌감치 파트너십을 맺었고, 준이는 여자 4와 미팅인지 소개팅인지 모를 분위기를 형성하며 적극적으로 대화를 나누고 있었다. 문제는 나와 여자 1이었다. 난 여자 1과 굳이 긴 대화를 하기 싫었다. 할 만한 얘기가 없었다. 진성이와 상현이란 남자의 정체에 대해 물어볼 수도 없었고, 똠양꿍과 김치찌개의 차이에 대해 설명할 수도 없었다. 최소한의 예의를 다하고 싶긴 했지만 내키질 않았다. 혼자서 휴대폰을 만지작거리는 여자 1 역시 굳이 나와 대화하고 싶은 눈치는 아니었다. 결국 준이와의 대화를 멈춘 여자 4가 여자 1의 옆으로 몸을 당겨 앉아 대화를 나누기 시작했다. 난 혼자 술을 마셨다. 내 옆으로 자릴 옮긴 준이가 분위기를 개선해보려 노력했지만 쉽지 않았다. 여자 1과 4가 화장실에 간 틈을 타 준이가 내게 말했다.

"야, 내가 왜 여자 4랑 얘기 많이 하는 줄 알아? 솔직히 여자 1이 맘에 들거든. 근데 여자 1이랑 이 밤의 끝을 잡고 많은 얘길 하려면 여자 4를 즐겁게 해줘야 할 것 같아. 표정이 심상찮은 게 분명히 1차 끝나면 집에 간다고 할 것 같단 말이지. 그러니까 도와줘."

알겠다고 고개를 끄덕이는데 여자 1과 4가 화장실에서 돌아왔다. 여자 4가 겉옷을 챙기려는 걸 본 준이가 서둘러 외쳤다. "이제 2차 갑시다!" 여자 4는 준이의 예상대로 집에 가야 한다며 뜸을 들였지만 나머지 세 명은 준이의 말에 찬성을 외쳤다. 2차 장소를 정하는 데 의견이 갈렸다. 여자 4와 3이 노래를 부르고 싶다 말했고, 우린 술을 좀 더 마시길 원했다. 실랑이가 길어지자 여자 2가 제안했다. "그럼 가라오케 가면 되잖아요!"

굳이 가라오케를 갈 필요가 있을지 우리가 망설이는 사이, 여자 3이 신난 듯 말했다. "거기 가면 게임도 하고 놀기 좋지 않아요? 밀폐된 곳에서 게임해야 더 재밌는 벌칙도 많이 하죠."

수컷들의 본능에 불이 붙는 소리가 들렸다. 콜!

그 후 가라오케에서 벌어진 상황은 반전의 연속이었다. 소주가 쓰다며 못 먹겠다던 여자 2는 연거푸 샷을 외치며 소주보다 독한 보드카를 마셔댔다. 여자 4는 마이크를 놓지 않고 노래를 부르더니 심지어는 구두까지 벗어던지고 맨발의 섹시댄스 투혼을 펼쳤다. 게임 벌칙을 수행하는 데 있어 여자 3이 오히려 찬물을 끼얹은 것 역시 반전이었다. 처음 본 남자랑 어떻게 뽀뽀를 하냐며 벌칙을 거부한 것이다. 반전은 여기서 끝나지 않았다. 뽀뽀 벌칙을 거부한 지 삼십 분이 채 지나지 않아, 처음 본 남자랑은 절대로 뽀뽀할 수 없다던 여자 3이 선수 형과 키스를 하고 있는 게 아닌가. 물론 모두가 보는 룸 안에서였다.

그쯤 난 많이 취해 있었다. 그리고 노래를 더 부르고 싶다며 답답해하는 여자 4와 꽤 많은 대화를 나눴다. 괜찮은 친구 같았다. 본인은 미팅이나 소개팅, 헌팅 같은 건 즐기지 않는데 오늘 자리는 무척이나 재밌다며 눈웃음을 보였다. 예뻤다. 그 시간에도 여자 3과 선수 형의 애정 행각은 멈출 줄 몰랐고 누군가 해장국을 먹으러 가자는 제안을 했다. 그게 좋을 것 같아 자리를 정리했다. 룸을 나오자마자 물 흐르

듯 계산대를 스쳐지나 가게 문을 나서는 그녀들의 뒷모습이 보였다. 아주 자연스럽게 2차의 계산 역시 우리 몫이 됐다. 새벽 공기가 꽤 쌀쌀했다.

"재밌었죠! 우리 아니면 오빠들이 언제 이렇게 재밌게 놀아보겠어요. 그쵸?"

"잘 먹었어요! 해장국은 우리가 쏠게요!"

1차 술자리보다 두 배는 더 나온 가라오케 술값을 여자들에게 내라고 하긴 애매했고, 이미 해장국을 쏘겠다고 한 그녀들에게 굳이 회비를 거두긴 더 애매한 것이었다. 사실 대단히 특별한 상황은 아니었다. 금액의 차이만 있을 뿐, 대부분의 미팅 자리에서 흔히 겪는 예상 가능한 범주의 일이니까.

3차 해장국집에 도착하자마자 소주를 못 먹는다던 여자 2와 3이 소주를 시켰다. 그것도 붉은색 오리지널로. 이쯤 되면 굳이 그런 태도를 나무랄 정신도, 의지도 없어진다. 어느 순간 선수 형과 여자 3이 사라졌단 걸 깨달았지만 그것 역시 아무도 신경 쓰지 않았다. 소주와 해장국이 거의 비워졌다. 한참 얘기를 주고받던 여자1과 2가 우릴 보며 말했다. "애프터 클럽 갈래요?"

그 말은 곧 '클럽에 가서 좋은 자리를 잡아! 그럼 거기 있는 샴페인 일체를 증발시켜줄게!'라는 의도를 내포하는 게 분명함에도, 준이는 내게 눈치를 주며 클럽을 가자는 제안에 승낙했다. 여자 1의 기분을 맞추려는 듯했다.

그때 자리에서 일어난 여자 4가 내 손을 잡고 편의점에 가자고 졸랐고, 그녀의 손을 잡고 나가 바나나우유를 사서 해장국집에 돌아와

보니 그곳엔 아무도 없었다. 여자 4는 굳이 그들을 따라가지 말자며 날 지그시 쳐다봤다.

"야, 잠깐만. 선수 형 문자 왔는데, 대박." 준이의 말에 어제의 미팅 복기가 중단됐다.

"뭔데?"

"형이 대리 불러서 차에 탔는데 갑자기 여자 3도 형 차에 탔대. 그러더니 분당에 있는 형 집까지 따라왔다네. 형이 원래 너무 들이대는 여자 좀 무서워하잖아. 그래서 얼른 택시 태워 보내려는데 형한테 다시 키스를 했다는 거야."

"진짜?"

"어, 그러면서 형한테 아침까지 같이 있자고 했다네? 그래서 형이 근처 모텔에 가서 결제까지 하고 나니까, 갑자기 집에 간다 했대. 심지어 데려다달라고. 그래서 형이 걔 집까지 데려다줬다는데? 걔 집은 일산."

말을 마친 준이가 엄청나게 웃기 시작했다. 우리도 준이를 따라 한참을 웃었다. 그러다 갑자기 세운이와 주영이의 시선이 날 향하는 게 느껴졌다. 난 별 수 없이 여자 4와의 엔딩을 복기해 들려줬다. 해피엔드였다면 좋았겠지만, 불행히도 대단히 슬픈 엔딩이었다. 요약하자면 이렇다. 둘이서 소주를 한 병 더 마시며 이런저런 얘길 나누는데 여자 4의 전화가 계속 울려댔다. 당연히 부모님일 거라 생각했지만, 아직 반전은 남아 있었다. 전화를 받고 온 그녀의 입에서 나온 말이 가관이었다. "남자 친구 때문에 이제 가봐야 할 것 같아요. 결혼

전에 더 놀고 싶은데! 오늘 즐거웠어요! 아, 모바일 청첩장 보내줄게요!" 해장국집 계산을 마치고 쓸쓸하게 버스를 기다리던 난 여자 4의 번호를 지워버렸다. 와우.

"네가 제일 호구네. 쓸데없이 마음이나 열려 하고."

준이가 날 향해 안타깝다는 듯 말했다. 잠깐. 준이와 세운이의 엔딩은? 나와 주영이는 입을 꾹 닫고 있는 세운이에게 무슨 일이 있었느냐고 캐묻기 시작했다. 준이는 그냥 집에 왔다고 얼버무리곤 피자 가게에 전화를 걸었다. 세운이가 준이의 눈치를 보는 게 느껴졌다. 거짓말이 서툰 녀석. 결국 몇 차례의 심문 끝에 듣게 된 둘의 엔딩은 이랬다. 클럽에 간 준이와 세운이는 예상대로 샴페인 한 병을 주문했다. 별 수 없었단다. 반병 정도 마셨을 때까진 분위기가 좋았는데, 갑자기 여자들이 대열을 이탈해선 아는 오빠들에게 인사를 하기 시작했단다. 결국 여자들은 다음에 또 놀자는 말과 함께 사라져버렸고, 둘은 나머지 술을 처리한 뒤 클럽에서 나와 김밥에 라면을 먹고 집에 귀가를 했다는, 그런 씁쓸한 엔딩.

우리에게 남은 건 정산이었다. 아무리 그녀들을 씹고 뜯는다 해도 어제 쓴 돈이 돌아오는 건 아니었다. 결국 씁쓸한 회비 공지만 남게 되는 이런 미팅을 처음 겪는 건 아니었기에 초연해지기로 했다. 딩동거리는 벨소리가 들렸다. 피자가 도착했나 보다.

"내가 예전에 어디서 들었는데. 여자들은 재미도 없는데 더치페이까지 해야 하는 미팅을 최악으로 생각한다는 거야. 재밌는 걸 공유한다면 재미없는 것까지 공유해야 하는 게 인지상정 아냐? 결국엔 그게 여권신장에 가장 필요한 거라고." 치즈가 쭉 늘어지는 피자를 한 조각 베어 물며 세운이가 투덜거렸다.

“그게 여자고, 또 남자야. 자연스레 그렇게 사회화된 거지. 체면 때문이든 우리가 숨겼던 욕망 때문이든. 앞으로도 더치페이하자는 이야기는 죽어도 할 수 없을걸?” 준이의 대답은 일리가 있었다.

“그냥 이제부턴, 재미없는 미팅은 주선자가 책임지고 회비 수금하는 걸로 정하자. 2차 술자리로 이어지지 않을 것 같은 1차 술자리, 혹은 양심상 지나치게 많이 나온 술자리 계산은 남녀 모두 회비를 거두는 걸로 하는 거야. 미팅은 감정을 쌓기 위한 연애나 소개팅과는 다르잖아. 더치페이 이야길 꺼내는 게 결코 치사하거나 찌질하지 않단 걸 남녀 모두 깨달아야 한다고. 건강한 미팅 문화 조성을 위해.”

순식간에 피자 두 조각을 해치운 세운이가 선생님답게 정리했다. 우린 고개를 끄덕이며 대답해줬다.

“응, 그러면 본보기로 어제 술값의 반은 네가 계산하는 걸로.”

7 피리 부는 남자

"태희야. 요즘도 남자들 상담 많이 들어오냐?" 준이가 물었다.

"남자들 상담은 확실히 점점 늘어나는 것 같은데."

"나 아는 형이 상담 좀 받고 싶대."

"무슨 일 때문에?" 내가 하려던 질문을 세운이가 대신 해버렸다.

"그 형이 며칠 전에 꽃뱀을 만난 것 같더라고. 내가 대충 대처방안을 얘기해주긴 했는데, 정신적인 케어는 아무래도 전문가인 너한테 맡겨야 하지 않을까 싶어서."

"꽃뱀?!" 세운이가 기겁을 하며 자리에서 일어났다. 의자가 넘어지며 요란한 소리가 났다. 카페 안 사람들이 우리 테이블을 힐끔거렸다. 준이는 창피한 얼굴로 들고 있던 잡지의 책장을 빠르게 넘겼다. 주영이가 의자를 정리했다. 괜찮냐는 주영이의 물음이 전혀 들리지 않는 넋 나간 표정으로, 세운이가 화장실에 다녀오겠다 말했다. 녀석의 뒷모습을 보며 우린 눈빛을 주고받았다. 똑같은 생각을 했을 거다. 웃을 수도 울 수도 없는, 꽃뱀에게 당했을 때의 세운이의 모습을.

꽃뱀은 실제로 존재하는 파충류다. '율모기'라고도 하는 '유혈목이'라는 뱀이 있는데 이 뱀을 흔히 꽃뱀이라 부른다. 한국에서 가장 흔한 뱀으로 전신에 꽃이 핀 것 같은 알록달록한 빛깔의 무늬가 있고 신경 독을 갖고 있어 물리면 근육이 경직되고 호흡이 어려워진다. 유혈목이에 물리면 전신 내출혈이 일어나고, 심하면 사망에 이르기도 한다.

파충류든 사람이든 물렸을 때의 증상은 비슷하다. 그 충격으로 사고가 정지되며 일상생활을 불가능하게 만드는 소문은 경직된 상태를 지속시킨다. 꽃뱀에게 당해 법적 절차가 진행되면 두통 및 현금 출혈이 시작된다. 승소 여부에 상관없이, 사망에 이르는 것과 맞먹는 정신적 타격을 받기도 한다. 유명인의 사례에서만 꽃뱀이란 단어가 등장하는 것 같지만, 일반인들 중에도 꽃뱀의 피해자 수는 상당하다.

어른들은 얘기했다. 밤에 휘파람을 불면 뱀이 나온다고. 나는 마음껏 휘파람을 불어봤다. 당연히 뱀은 나오지 않았다. 그런데 성인이 되고 나서, 그 실상을 알게 됐다. 두둑한 지갑을 활짝 연 남자들이 그 기분에 들떠 휘파람을 부르고 웨이터를 호출하고 술을 주문하고 여자를 부르기 시작하면, 호구 냄새를 맡은 화려한 꽃뱀이 하나둘 모여들기 시작한다. 그런 꽃뱀들을 몰고 다니는 남자를 우리는 피리 부는 남자, '피부남'이라고 칭했다. 본인들이 피리를 불면서 뱀들을 조종하는 줄 알고 있지만 실은 그 반대다. 안타깝지만 우리의 세운이 역시 한때 피부남 체험을 한 적이 있다. 그 철저하고 경계심 강한 세운이가 당했다는 데서 꽃뱀들의 가공할 사냥 실력을 가늠할 수 있다.

잠깐 말했듯, 세운이는 여고에서 역사를 가르치고 있다. 본인 말로는 학교에서 꽤 인기가 있다고 하는데, 성인 여자들에겐 도통 인기가 없다. 180센티미터는 되는 키에 호리호리한 몸, 말끔한 피부를 가진 세운이의 외모가 크게 거북스러운 건 아니다. 중요한 건, 재미와 요령이란 핵심 포인트가 없다는 거다.

정말로 재미가 없다. 심지어 재미가 부재한 공간을 과한 진지함이 꿰차고 있다. 그 진지하고 엄격한 모습에 호기심을 느끼는 여자들도 더러 있긴 하다. 그런데 그런 여자들조차 도망가게 만드는 놀라운 재주가 하나 더 있다. 똥고집이다. 이건 뭐, 준이나 나나 주영이도 마찬가지겠지만, 아무튼 세운이는 검증된 데이터가 아니면 결코 믿지 못하는 강한 자의식의 소유자다. 진실과 사실의 경계를 확실히 구분한다고나 할까. 본인이 직접 확인하고 증명한 사실이 아닌 이상 결코 동의하지 않는, 금강석 수준의 단단한 자의식을 갖고 있는 게 바로 세운이다.

그 단단한 자의식과 연관 있는지 모르겠지만, 세운이는 엄격한 평등주의자기도 했다. 남녀의 데이트 문화에서 역시 마찬가지다. 그게 나쁜 건 아니지만, 참 아이러니하게도, 연애를 잘하는 사람 중엔 마초(기사도와 혼용되는)가 오히려 많다. 사사건건 평등의 잣대를 들이대며 남녀의 희생을 똑같이 요구하는 남자는 인기가 없다. 소개팅에 나가 더치페이를 요구하는 남자보다는, 여유 있게 먼저 지갑을 여는 남자가 당연히 더 인기가 많다. 심지어 모텔비까지 똑같이 내야 하지 않느냐고 주장하는 남자를 누가 좋아하리.

그렇다고 세운이가 단점투성이인 못난 남자란 말은 아니다. 여자 경험이 많이 없으니 우리 중에 가장 순진했고, 세상을 움직이는 가장 중요하고 큰 동력이 사랑이라고 믿는 낭만주의자이기도 했다. 여자도 믿고 사랑도 믿는 순수한 청년이란 얘기다.

귀여운 면도 있다. 셀카를 즐겨 찍는다. 언젠가 셀카를 자주 찍는 사람은 사이코패스일 확률이 많다는 기사를 누군가가 단체 메시지창에 올렸을 때, 그건 바로 세운이라는 데 이견이 없었다. 확실히 기사 내용처럼 자의식이 강한 사람들은 자화상에 관심이 많다. 그런데 그놈의 셀카가 문제의 시발점이었다.

연달아 소개팅을 실패하고 짜증나 있던 어느 여름날부터, 소개팅 앱에 맛을 들이게 된 거다. 이용자가 그리 많지 않아 다음 버전으로의 업그레이드 계획을 세우고 있던 준이가, 경쟁사의 데이팅 앱을 사용해보던 중 알게 된 사실이다. 어디서 많이 본 얼굴이 게시판에 등록돼 있었다나. 데이팅 앱이라면 준이의 앱이 있음에도 불구하고, 굳이 경쟁사의 앱을 이용한 걸 보면, 우리에겐 철저히 비밀로 하려던 것 같다. 우린 추궁 끝에 세운이가 일 년 정액 결제까지 마치고선 만남을 시도하고 있단 걸 알았다. 세운이를 가장 나무란 사람이 바로 준이였다. 데이팅 앱에서 예쁘고 성격까지 좋은 여잘 만날 확률은 극히 제로에 가깝다는 거였다. 그 말을 들은 세운이가 황당해하며 준이를 나무랐다.

"넌 데이팅 앱을 개발하고 있는 대표가 어떻게 그런 말을 하냐? 무책임하게."

준이는 세운이의 말에 이렇게 반박했다.

"그건 마치 내 여동생을 진짜 친한 친구에겐 소개해줄 수 없는 그런 느낌이라고!"

준이보단 세운이의 말에 훨씬 공감이 갔다. 진짜 친한 친구에게도 소개해줄 수 있는 그런 앱을 만들어보라는 우리의 충고를 준이도 겸허하게 받아들였다. 세운이도 좀 그렇게 우리 얘길 들었다면 좋았으련만. 녀석의 고집은 꺾이지 않았다. 하필 세운이의 동료 선생님 중 데이팅 앱에서 괜찮은 이성을 만나 결혼까지 골인한 사람이 몇 있었고, 그 사실을 코앞에서 목도한 녀석은 데이팅 앱의 힘을 절대적으로 믿었다. 미국 같은 곳에선 앱으로 결혼하는 커플이 이제 삼십 퍼센트를 넘어섰다는 자료를 우리에게 보여주기도 했다. 결국 우린 세운이를 설득하길 포기했다. 귀찮았다. 그래서 세운이의 희망찬 여정을 즐겨보기로 했다. 세운이의 휴대폰을 통해 앱상에 존재하는 다양한 여자들을 함께 구경하기도 했다. 그중에 꽃뱀이 숨어 있었던 건 준이조차 예측할 수 없었던 일이었다.

뱀은 욕망의 화신으로 여겨진다. 욕망은 충족되면 될수록 그 몸집을 키운다. 뱀이 끊임없이 허물을 벗는 것과 같다. 꽃뱀은 허물 대신 옷을 벗는다. 옷을 벗는 꽃뱀들은 클럽이나 술집 등의 유흥가에 주로 서식한다. 데이팅 앱은 꽃뱀들의 신규 서식지라고 볼 수 있다. 오프라인에서 여성에게 사랑받지 못해 온라인으로 도피한 남자들의 고독감. 그게 바로 꽃뱀들의 먹이다. 앱을 통해 이성을 만나려는 남자들 중엔 자존감이 부족한 남자가 꽤 많다. 사진을 올리고 스펙을 공개하는 등, 그렇게나 적극적으로 이성을 만나려는 노력을 하는 사람들이 어떻게 자존감이 낮겠느냐고 생각할 수 있지만, 그런 노력은 자신감을 바탕으로 할 뿐이다. 자존감과 자신감은 다르다. 자신감은 타인의 반응을 에너지원으로 삼아 유지될 수 있지만, 자존감 관리는 본인의 강한 정신력이 필요하다. 그래서 타인에게 휘둘릴 위험도가 가장 높은 사람이 바로 자존감은 낮은데 강한 자신감으로 포장된, 상처받지 않기 위해 스스로의 벽을 견고히 하고 있는, 그런 유약한 나르시시스트다.

물론 세운이가 자신감이 없는 캐릭터는 아니었지만, 녀석은 계속되는 소개팅 실패로 자존감이 상실된 상태였다. 상실된 자존감은 어마어마한 고독감을 만들어냈고, 결국 데이팅 앱에 빠져버렸고, 그러다 꽃뱀까지 만나게 된 거다. 사건의 전말을 들었을 때, 우린 진심으로 녀석에게 사과했다. 우리가 조금만 덜 놀렸더라도 꽃뱀에게 걸리지 않았을 터였다. 분명히 엄청난 미녀가 자기에게 말을 걸었다며 신나게 채팅방에서 떠들어댔을 거고, 우린 그럼 그 섹시하고 예쁜 여자의 사진을 공유하라며 부추겼을 거고, 세운이는 또다시 신이 나서 그녀를 만나는 상황에 대해 실시간으로 이야기를 들려줬을 거다. 그랬다면 그 외모와 그 상황을 종합해 유추한 우리 중 누군가가 분명히 의문점을 제기했을 거고, 세운이에게 트라우마를 남긴 꽃뱀 사건은 일어나지 않았을 게 분명하다.

꽃뱀이 먹잇감을 잡아먹는 방법은 여러 가지가 있다. 그중에서도 대표적인 것이 세운이가 당한 방식이다. 몇 차례 연락으로 남자에게 호감이 있음을 어필한다. 그리고 정해둔 술집에서 만난다. 그렇게 예쁜 여자가 술집까지 정해서 남자에게 오라고 하는 일은 흔치 않으므로 이때 의심을 했어야 한다. 순진한 세운이는 그걸 몰랐다. 이것도 자의식이 강한 남자들의 특징이다. 바보 같은 놈. 심지어 그녀가 준비한 술집은 외모와는 너무나 다른 허름한 호프집. 세운이는 그 술집을 보고선 '생각보다 검소한데? 요즘 여자들이랑 다르게'라는 생각을 했다고 한다. 오, 마이, 갓.

이제부터는 세운이의 이야기를 듣고 내가 상상해본 과정이다.

메뉴판을 본 세운이는 깜짝 놀란다. 사만 원짜리 감자튀김에 오만 원짜리 수박화채? 이런 곳이 있느냐며 따지려는 세운이 옆에 그녀가 앉아버린다. 훅 끼치는 진한 향수 향이 세운이의 코에 침투하기 시작한다. 검정색 반투명 스타킹으로 무장한 허벅지가 잠시 눈에 들어오고, 물컹한 가슴이 닿을 듯 말 듯 팔짱을 끼는 여자. 세운이의 뇌는 점점 마비되며 정상적인 사고를 잃을 준비를 한다. 그 결정타가 되는 한 마디. "여긴 조명도 없어. 난 이렇게 어두운 자리가 좋더라? 비밀스럽게 무슨 일이든 할 수 있을 것 같잖아."

꽃뱀의 속삭임이 세운이의 귀를 간질인다. 호구라는 단어가 투입될 준비를 하고 있지만 움직일 의지를 완전히 상실해버린 뉴런 탓에 세운이는 알 길이 없다. 안 그래도 안주를 여러 개 시키길 좋아하던 세운이는 그날 술값만 삼십만 원을 썼다. 그것도 혼자서. 쓸데없는 소비를 싫어하고 첫 만남의 더치페이를 좋아하던 그 세운이가.

얘기를 듣던 준이는 대체 걔가 누구냐며 고함을 질렀다. 진심으로 화가 난 듯했다. 그 호프집은 아마도 꽃뱀용 메뉴판을 따로 만들어놓고 상습적으로 작업을 하는 곳일 거라며 주영이가 얘기했지만 세운이는 고개를 저었다.

"설사 그런 곳이었다고 해도 무슨 사정이 있겠지. 유흥업에 종사하다가 빠져나오고 싶은데 그러지 못하는 걸지도 모르잖아."

세운이는 정말로 그녀에게 빠져버린 것 같았다. 무슨 말도 안 되는 이야기냐고 생각할지 모르지만, 사람에게 호감을 가진 사람처럼 미친 사람은 없다. 그 호프집에 다시 한 번 가보자는 준이의 말에도 세운이는 극구 거부했다. 그녀를 굳이 지켜주려는 의도를 도무지 이해할 수 없었다. 준이가 한 가지 이유가 짐작된다고 했다. 그건 바로 '몸정'이 들었다는 것. 세운이와 그녀는 아마도 섹스를 했을 거란 얘기였다. 그러나 세운이는 아직 그녀와 잠을 자지 않았다고 했다. 그것 역시 그녀가 나쁜 여자가 아님을 증명하는 이유가 아니겠느냐며 우리를 설득했다. 우린 혹시나 그녀가 세운이에게 돈을 요구해오지 않는지 늘 감시했다. 힘든 일이 있다며 연락을 해오든, 아예 조건만남 제안을 하든, 선입금을 요구해올 수도 있다.

결국 우려한 일이 벌어졌다. 세운이가 그녀를 만나 두어 차례 섹스를 해버렸다. 녀석이 정신을 차린 건 고소장이 날라온 후다. 그녀가 세운이를 성폭행 혐의로 신고한 것이다. 심지어 임신 협박까지.

하필 세운이는 그날 콘돔을 끼지 못했다고 했다. 녀석은 원래 콘돔 없는 섹스에 대해 대단히 부정적이었지만, 취한 상태에서 육탄공세로 몰아붙이는 그녀에게 설득당할 수밖에 없었단다. 그날 들어간 모텔에는 콘돔이 없었고(여자가 미리 작업을 해둔 것이었다), 콘돔을 사러 나가겠다는 세운이의 의지는 결국 무너지고 말았다.

"야! 너 거울 안 보냐? 그런 여자가 왜 너랑 자? 어? 그 정도 미모의 여자가 갑자기 들이댈 땐 경계를 해야 하는 거야. 걔 갑자기 모텔 입구에서부터 더 취하지 않았어?"

"응. 좀 그랬던 것 같기도."

"평소엔 모텔비 더치페이도 잘만 얘기하던 놈이 왜 그땐 안 그랬어? 어? 아, 이 답답한 새끼."

"왜 그렇게 발끈하냐?"

준이는 자신이 대학교 때 경험한 꽃뱀과의 만남에 대해 털어놨다. 처음 듣는 이야기였다. 2학년 때쯤이었다고 한다. 준이는 클럽에서 만난 여자와 모텔에 들어갔다. 그 모텔에도 역시나 콘돔이 없었고 그걸 사러 가려는 준이를 여자가 극구 말렸다는 거였다. 자신은 늘 약을 복용하고 있으니 괜찮다며, 없이 하는 게 느낌이 더 좋다며 유혹하는 그녀에게 그 대단한 준이 역시 무너지고 말았다. 그녀는 다음 날 명품백을 사주지 않으면 신고를 하겠다고 준이를 협박했고, 준이는 기지(?)를 발휘해 이태원에서 AA급 이미테이션을 사줬다고 한다. 역시, 준이는 대단한 녀석이다.

"그래도 난 그런 클럽 같은 곳에서 놀다가 만난 여잔 아니었으니까. 우린 꽤 긴 시간 채팅하면서 대화가 잘 통한 거라고. 얼굴이나 몸매에 혹했던 게 아니라."

"미친 새끼. 아직도 그런 말이 나오냐? 이거나 저거나 똑같아, 인마. 넌 그럼 걔랑 섹스하기 싫어서 당했냐? 솔직히 내가 할 말은 아니지만, 외모 보고 혹하는 철없는 남자들이 늘 우선적으로 먹잇감이 되는 거야. 그러니까 나처럼 미녀와의 섹스에도 초연해야지."

준이는 계속해서 세운이에게 잔소리를 해댔다. 가만히 듣고 있던 주영이가, "뭐 세운이만 문제겠어? 남자들이 미녀에 혹하는 건 사실이지. 반대로 남자 스펙에 혹해서 나쁜 남자인지도 모르고 빠져버려 당하는 여자들도 많고. 세운이 너무 나무라지 말자"라고 세운이를 다

독였다. 그러곤 "그런 여자들은 또 어디서 나타날지 모르니 이런 기회를 통해 성숙을 이루면 돼"라고 제법 어른스러운 소리까지 이어갔다. 주영이가 계속해서 말했다.

"아름다움이 갖는 힘은 상당해. 힘으로 상대하기 어려운 천하장사의 옷을 벗길 수 있는 건 미녀의 말 몇 마디란 말도 있잖아? 반드시 육체적 아름다움만이 꽃뱀의 무기가 아니라는 사실도 명심해야 해. 아름다운 꽃뱀보다 더 무서운 건 그 화려한 무늬를 숨긴 채 접근하는 여자들이니까."

주영이는 자신이 알고 있는 꽃뱀에 대한 이야기를 하며 세운이에게 술을 따라줬다. 주영이의 말에 따르면 큰 범죄의 일으킨 꽃뱀 중엔 오히려 평범한 외모의 소유자가 많단다. 남자든 여자든 외모가 화려하지 않다 해서 경계를 늦추면 안 된다는 건 나도 동의하는 바이다. 아무리 견고한 경계라 해도, 그걸 무너뜨릴 수 있는 건 아름다운 외모보단 그들의 치명적인 화술일 때가 더 많다. 뱀이 혀를 날름거리며 냄새와 열을 감지하듯, 남자의 돈 냄새와 사랑에 대한 열망을 파악하려는 꽃뱀의 혀를 가장 조심해야 한다.

그 후 세운이는 놀랄 만한 태도 변화는커녕, 달라진 게 별로 없다. 여전히 녀석은 데이팅 앱을 즐긴다. 오랜만에 함께 모인 오늘의 술자리에서도, 녀석은 지금 메시지 삼매경에 빠져 있다. 그 대상자는 엊그제 앱을 통해 자체 소개팅(?)을 한 여자다. 물론 모든 데이팅 앱에 그런 꽃뱀들만 있는 게 아니고, 오히려 건강한 연애를 바라는 남녀들이 더 많은 건 맞다. 하지만 어떻게 내용증명까지 날아올 뻔한 사건을 그렇게 말끔히 잊어버릴 수 있는지 의아하긴 하다.

아, 달라진 게 하나 있긴 있구나. 콘돔을 늘 가지고 다니는 습관이 완전히 들었다. 콘돔 없이는 절대로 섹스를 하지 않는다는 신조도 예외 적용이 없다. 그것으로 일련의 사건들에 대한 소화를 마친 게 분명하다. 여기서 문제는, 그 좋은 습관이 오히려 세운이를 괴롭히기도 한다는 거다. 지금 녀석에게 닥친 상황이 그렇다.

좀 전까지 메시지 삼매경에 빠져 있던 세운이의 하소연에 따르면, 현재 그녀는 세운이에 대한 엄청난 실망감에 빠져 있는 상태란다. 휴대폰 속의 그녀와는 사귄 지 이틀 정도 됐을 때, 급하게 모텔에 가게 됐다고 한다. 하필 늘 챙기던 콘돔을 집에 놓고 온 날이었다. 당연히 지갑 속에 콘돔이 있을 줄 알고 안심했던 세운이는, 낭만적인 분위기가 절정으로 치닫던 결정적인 순간, 그게 없음을 깨달았단다. 그녀가 안심해도 되는 날이라며 그냥 하자고 했지만, 세운이는 거기서 곧바로 '스톱'을 외쳤다고 한다. 그녀는 원망과 한심함과 어이없음이 섞인 시선으로 세운이를 바라봤고, 세운이는 지금 나가 콘돔을 사오겠다고 했단다. 그러나 그녀는 자신이 괜찮다는데도 끝까지 '스톱'만을 외쳤던 세운이의 행동에 흥분이 식었다며 냉랭하게 텔레비전만 봤다고 한다. 세운이가 울먹이며 말했다.

"걔가 그러더라고. 넌 날 그렇게 책임지기가 싫으냐고. 난 오히려 걔를 지켜주려 한 거잖아. 왜 이해를 못 하는 거지."

준이가 답답한 듯 말했다.

"네가 뭔데 걔를 지켜주냐. 하고 싶다고 신호를 줄 땐 그냥 앞뒤 생각 말고 하는 거야."

주영이도 준이의 말을 거들었다. "사람을 움직이는 근원적인 에너지가 바로 욕망이거든. 그걸 시스템으로 얽어매려 하면 안 돼. 그게 나쁜 남자들이 사랑받는 이유지."

세운이는 여전히 휴대폰을 보며 울상을 짓고 있었다. 그때였다. 준이가 갑자기 세운이 휴대폰을 빼앗더니 주머니에 넣었다. 그러곤 꽤 진지한 표정으로 말했다.

"나 말할 거 있다."

"뭔데?"

"그때 세운이가 꽃뱀한테 당한 덕분에 꽃뱀들이 절대 접근할 수 없는 앱을 개발하면 어떨까, 하고 생각했었거든."

"오. 그래서?"

"그래서 가입할 때 엄격한 절차를 거치는 데이팅 앱을 개발해볼까 해서 개발자랑 진행 중이었어. 근데 그게 어느 정도 윤곽이 나올 것 같네."

"야, 그럼 축하해야 하는 거잖아?"

"잘됐네. 그럼 어디로 갈까. 대박 기원하며 자리 옮겨야지."

"그래서 지금 예약 끝냈다."

"응? 어디 예약?"

우리 셋은 말을 마치고 슬금슬금 웃음을 드러내는 준이를 의아한 표정으로 쳐다봤다.

"태희 넌 요새 시간 많지? 아, 그리고 내가 장담하는데 미진이 마주칠 일 절대 없다." 미진이라니. 왜 갑자기 연일 상한가에 거래 중지 먹히는 소리람.

"갑자기 여기서 미진이가 왜 나와. 무슨 예약인데?"

"주영이도 주말은 뺄 수 있을 거고. 세운이 너도 삼 주 후에 무조건

목, 금 휴가 내봐."

"뭐야, 어디 놀러 가려고?" 세운이가 준이에게서 폰을 되찾아오며 물었다. 준이가 대답했다.

"푸껫. 숙소랑 비행기 표는 내가 방금 전부 예약했으니까 나머지 비용은 너희가 부담하는 걸로. 콜?"

"푸껫?!"

사랑은 없다(0204).hwp

마침내 도남은 성 앞에 도착했다. 최소한의 입장료만 있다면 누구나 입장 가능한, 누구에게나 열려 있는 성이다. 성 안의 사람에게서 받은 초대장을 내밀면 입장료 없이 들어갈 수 있었다. 초대장을 꺼내던 도남의 눈에 들어온 건 입장을 위해 늘어선 놀랄 만큼 긴 행렬이었다. 행렬을 이룬 사람들의 표정은 무척이나 들떠 있었다. 그 주위를 서성이는 사람들도 보였다. 성 안으로 들어가길 망설이는 듯했다. 도남은 그들을 지나쳐 행렬의 끄트머리에 섰다. 덩치 좋은 남자 두 명이 출입문 앞에 서 있었다. 그들은 사람들의 신상을 일일이 확인하고, 성으로의 출입을 허가하는 도장을 찍어주고 있었다. 도남의 차례가 됐다. 조금 망설였지만 손목을 내밀었다. 차가운 도장이 살갗에 닿는 느낌이 낯설었다. 신기한 도장이었다. 밝은 곳에선 전혀 보이지 않지만 어두운 곳에선 밝게 빛나는.

'과연 난 병정이 될 자신이 있는 걸까?'

누가 갑의 위치가 되는가, 하는 '밀당'의 연애. 그런 '갑을 연애'에 지친 사람들이 모여드는 성. 그래서 성 안에 들어서는 모든 사람들은 모두 병정이 된다. 그들의 연애를 병정의 연애라고 부른다. 갑을의 연애가 아닌 병정의 연애.

도남은 더 이상 갑을 연애에 집착하기 싫었다. 완전히 그럴 수 있을 거란 자신은 없었지만 분명히 그래야만 한다고 생각했다. 그래서 이곳까지 온 것이다. 쿵. 쿵. 쿵. 성의 소리가 본격적으로 들려왔다. 이 통로를 지나고 나면 다시는 성 밖으로 나갈 수 없을지도 모른다는 생각에 도남은 잠깐 걸음을 멈췄다. 도남은 그 남자를 떠올렸다. 초대장을 준 남자.

성으로 가겠다고 결정했던 날, 술자리에서 만난 사람이었다. 그는 도남에게 "어차피 도남 씨 나이쯤 되면 입장료만으로 그곳을 즐기기엔 무리가 있어. 무슨 말인지는 들어가 보면 알 거야. 그러니 입장료 낼 돈으로 차라리 술을 한 잔 더 사 마셔"라고 말하며 초대장 한 다발을 건넸다. 그는 성에서 탈출한 사람이었다. 자신은 십수 년을 성에서 살았으므로 더 이상 그곳에 미련이 없다고 했다.

"성을 탈출하는 걸 막는 사람들이 있나요?"

"딱 한 사람 있지. 바로 자기 자신."

그는 도남에게 밤새 여러 가지 이야기를 해줬다. 성 안에서 벌어지는 일, 성을 탈출하기까지의 어려움 등등. 그가 제일 강조한 것은 성 안을 제대로 들여다본 적이 없는 사람들이 우스운 착각을 한다는 거였다. 성 밖의 사람들은 너무나 당연히, '병정 연애'란 갑을 연애에 비해 형편없이 낮은 수준의 사랑이란 생각을 한다고 했다. 그는 고개를 절레절레 흔들었다.

"내가 아무리 성 안의 세계에 질려서 탈출했다곤 하지만, 그런 착각에는 절대 동조할 수 없어. 이런 말을 하면 아마도 그들은, 아니 너희들은 여전히 날 성 안의 사람이라고 생각할지도 몰라. 뭐, 별 수 없지. 근데 난 이렇게 생각해. 단순히 갑을병정이라는 서열 때문에 병정 연애란 말이 생긴 걸까? 병정이 갑을보다 뒤쳐진다고 생각해? 천만에. 그 망할 놈의 밀당을 반드시 필요로 하는 갑을 연애에 관심이 없을 뿐이라고. 병정의 연애는 갑을보다 후진 게 아니란 걸 명심해. 하… 난 갑을의 연애에 정말이지 지쳐버렸어. 의리를 지키려다 을이 되기나 하는 그 짜증나는 갑을 관계."

자유의 기쁨. 연애 속 권력관계에서 완전히 자유로울 수 있는 게 병정 연애라고 그는 말했다. 덜 사랑하거나 더 사랑하는 권력관계, 만남과 이별의 쳇바퀴에서 온전히 자유로워질 수 있다고 했다. 다만, 한계 없는 자유가 그리 즐겁지만은 않은 거라고도 했다. 도남은 의아해졌다. 사람이 사람을 좋아하게 되면 상대를 가지고 싶고 상대도 날 가졌으면 좋겠단 마음이 드는 게 당연하지 않은가. 그런데 어떻게 소유 대신 자유를 선택할 수 있는 걸까. 도남의 의문을 들은 그가 말했다. 성 안에서 살아가다 보면 저절로 그렇게 된다고. 그러니 직접 경험해보라 했다. 단지 도남이 자신과 같은 낭만주의자일 경우엔 허무함과 괴리감만큼은 늘 경계하라고 충고했다. 다시는 자의로 성 안을 구경할 일은 없겠지만, 병정의 연애 방식만은 고수할 거라는 마지막 말과 함께 그는 자리에서 일어났다.

그의 말을 완전히 이해해보기 위해서라도 성 안을 제대로 들여다봐야겠다고 도남은 생각했다. 그래서 이곳까지 오게 된 것이다. 도남의 심장을 울리는 둔탁한 베이스음이 점점 더 커졌다. 손목에 찍힌 도장이 빛나는 게 보였다. 그리고 그 도장의 야광 불빛과는 비교도 안 될 만큼 커다란 조명도 보이기 시작했다. 형형색색의 화려함이 성 안을 가득 메우고 있었다. 낮보다 더 화려한 밤의 세계였다. 사람들의 옷차림도 하나같이 가벼워 보였다. 도남도 입고 있던 재킷을 벗었다. 그렇게 도남의 성 생활이 시작됐다.

chapter2.

◆

성 안의 병정들 vs. 성 밖의 사람들

◆ ◆ ◆ ◆ ◆ ◆ ◆ ◆ ◆ ◆ ◆ ◆ ◆ ◆ ◆ ◆ ◆

연애의 즐거움을 얘기하는 건 수월하지만,
연애의 힘듦을 내 기준에 맞춰 재단할 순 없다.
상담을 하거나 칼럼을 쓸 때, 연애에 대해 필요 이상의
행복한 환상을 심어주지 않는 건 그런 이유에서다.

오히려 남녀 간에 일어나는 다소 가볍고
자극적인 여러 사정을 다루는 편이다.
진지하고 아름다운 것들의 중요성은 굳이 강조하지 않아도
잘 알지만 상실의 공포는 제대로 가르쳐주지 않으면 모른다.
한 치 앞의 가시덤불을 인식하지 못하는 것이
사랑에 중독된 사람들이니까.

그래서인지 언젠가 이런 질문을 받은 적이 있다.
왜 현실의 암울한 면을 굳이 보여주려 하느냐고.
당신이 말하는 게 정말로 현실이 맞느냐고.
픽션이 아니냐고.

누군가에겐 자명한 현실이
누군가에게는 픽션으로 느껴지기도 한다.
우리 각자는 이렇게나 다른 삶을 살고 있다.
그렇게나 다른 누군가를 만나 연애를 한다.

나를 버리느냐, 그를 버리느냐.
결국은 그것이 문제다.
서로 다른 삶을 살아왔다고 해도,
앞으로 둘만의 새로운 세상을 만들어서
함께 살아가면 된다. 그 일은 상당한 부지런함을 요구한다.
결국은 우리의 게으름이 후회의 원인이 된다.

8 공항에서 마주치지 말아야 할 사람

새벽 여섯 시 삼십 분. 공항은 생각보다 붐비지 않았다. 서편 게이트 옆에 무리지어 있는 사람들이 눈에 띄긴 한다. 대략 오십 명쯤? 새벽인 걸 감안하면 꽤 많은 인원이다. 그들 뒤쪽에 있는 스타벅스를 향해 걸어가다 잠시 멈춰 그들을 구경했다.

여유가 있었다. 사십 분이나 늦을 것 같다는 준이의 연락을 방금 받았다. 그 통화에서 주영이가 준이의 차에 함께 타고 있단 사실을 알게 됐고, 그다음 걸려온 전화에선 믿었던 세운이마저 이십 분 정도 늦을 거란 얘길 들었다. 녀석들이 어디쯤 왔는지 캐묻기보단 공항에 모여 있는 사람들의 정체를 알아보는 편이 재밌을 것 같다.

모여 있는 사람들은 세 개의 그룹으로 나뉘는 듯하다. 우선 게이트를 향해 애타는 시선을 쏘아대며 누군가를 기다리는 여성들이 있다. 그들은 말로만 듣던 스타의 '사생팬'들로 짐작된다. 남성 팬들이 한 명도 보이지 않는 걸 보니 곧 등장할 스타는 설현이나 수지, 전지현이나 한예슬 같은 미녀 연예인은 아닐 게 확실하다.

다음 그룹은 남성들이 대부분이다. 그들은 무심한 표정으로 카메라를 만지작거리며 '나 기자야'라는 오라를 온몸에서 뿜어내고 있다. 그 두 그룹 사이에 정체를 짐작할 수 없는 여성 무리가 있었다. 직관적인 느낌으론 팬이 분명한데, 그녀들의 양 어깨엔 기자들보다 더 묵직한 '대포 렌즈'가 걸쳐 있다. 아! 말로만 듣던 '기자형 사생팬'.

기자들이 하나둘 움직이기 시작했다. 스타가 도착할 시간이 다가오자 미리 팬들의 인터뷰를 따놓으려는 것 같았다. 우상을 향한 팬들의 간절한 목소리와 눈빛을 마이크와 카메라에 적극적으로 담아내는 기자들 대부분은 나이가 젊어 보였다. 한쪽에는 척 보기에도 오십 대는 되어 보이는 중년 기자들이 만사가 귀찮다는 표정으로 여전히 게이트를 노려보고 있었다. 나오기만 해봐라, 네놈 때문에 내가 지금 새벽부터 여기서 무슨 고생이냐, 하는 짜증을 꾹꾹 누르는 표정으로. 그런 아저씨 기자들 중 몇몇이 내 앞을 지나 흡연구역으로 걸어갔다. 전자담배도 금지한 공항 내 금연 정책을 온갖 미사여구를 써서 비판하는 목소리가 들렸다. 기자다웠다.

갑자기 팬들의 웅성거림이 커졌다. 나도 그쪽으로 자연스레 고개를 돌렸다. 팬들의 눈빛은 확실히 기자들과 달랐다. 마치 막내아들의 제대를 기다리며 부대 앞에 선 엄마와 누나 같달까. 게이트에서 나오는 내 우상을 사랑으로 감싸주겠단 의지로 똘똘 뭉친 기운은 거대한 바리케이드를 만들어냈다. 기자들의 음울한 기운과 상반되는 양의 기운이었다. 이렇게 아예 다른 기운을 뿜어내면서도 같은 목적을 가지고 한 장소에 모인 사람들을 구경하는 게 재밌었다. 자리를 벗어나려는데 세운이에게서 전화가 걸려왔다.

–태희야, 진짜 진짜 미안. 애들은 아직 안 왔지?

"왔겠냐, 설마. 근데 여기 오늘 연예인 오나 보다."

–진짜? 누구? 여자? 예뻐?

"몰라, 나도 못 봤어. 너 아메리카노 마실래? 아이스?"

스타벅스 앞에 도착했다. 줄이 꽤 길었다. 새벽의 공항에서 제일 바쁜 곳 중 하나가 스타벅스가 아닐까 싶다. 이 시간에도 문을 여는 카페가 있단 건 큰 축복이다. 열심히 커피를 뽑아내고 있는 아르바이트생들이 보였다. 이들은 몇 시에 출근하는 걸까. 이들만큼이나 방금 전의 팬들 역시 엄청나게 부지런한 사람들이란 생각이 들었다. 고개를 돌려 그들을 다시 쳐다봤다. 문득 이만한 환대를 받을 만한 연예인이 과연 누구일까 궁금해졌다. 팬들이 모여 있는 곳에서 일본어와 중국어로 대화하는 소리를 들었던 것도 같다. 꽤 인지도가 있는 한류 스타인 건가.

뭐 누구든지 간에, 라고 생각하는 건 내 앞에 서 있는 사람도 마찬가지인 것 같았다. 십 년은 묵은 듯한 담배 찌든 내와 방금 막 연소를 마친 담배의 탄내가 한데 섞인, 그런 구린 냄새가 나는 사람이었다. 구겨진 폴로셔츠를 입고 전자담배를 자랑스레 목에 걸고 있었는데(흡연을 하면서도 꼭 이렇게 전자담배를 매고 다니는 사람들이 있다. 이미지 관리용이라나), 알고 보니 좀 전에 흡연구역으로 걸어갔던 기자 중 한 명이었다. 그는 커피를 받고선 옆에 있는 후배에게 쌍욕을 하기 시작했다. 젤을 발라 빳빳하게 세운 스포츠머리가 조명을 받아 번들거렸다.

"야, 비행기 시간 다시 확인해봐. 오늘 오는 거 맞긴 맞지? 그리고 저 빠순, 아니 재들한테 가서 몇 시 비행긴지 다시 한 번 물어보고. 이런 염병, 조카뻘되는 새끼가 여친이랑 귀국하는 게 뭐 그리 큰일이라고 새벽부터 이래야 하냐고. 나도 연애 못 하는 판에. 안 그러냐?"

젤을 왁스로 바꾸면 연애에 도움이 될 것 같은데요, 데오도런트도 좀 사용하시고, 담배도 좀 끊고, 더불어 욕도 끊고, 라고 말해주고 싶었지만 참았다. 선배의 부름을 받은 젊은 기자는 서둘러 팬들 쪽으로 뛰어갔다. 내가 커피를 주문하는 동안 선배 기자는 의자에 앉아 휴대폰 게임을 시작했다. 그는 내가 주문한 두 잔의 커피가 나올 동안 꼼짝도 안 하고 휴대폰 화면에만 집중했다. 후배만 시키지 말고 일어나서 좀 움직이시죠, 연애를 잘하는 첫 번째 요소가 바로 부지런함이거든요, 라고 얘기하고 싶었지만 참았다. 세운이와는 서편 게이트 앞에서 만나기로 했다. 팬과 기자 무리 역시 여전히 서편 게이트 쪽에 있는 게 보였다. 커피를 들고 다시 그쪽으로 걸어가는데, 급히 뛰어오던 누군가가 내게 부딪치고 말았다.

"죄송합니다."

이십 대 초반쯤 되는 여자였다. 자그마한 체구에 귀여운 이미지긴 했지만 내 취향은 아니었다. 그러니 운명 같은 부딪침은 분명 아니었다. 그녀의 말을 받아 죄송하다는 말을 하려는데 다시 전력으로 질주하는 그녀가 보였다. 분명 커피를 사러 가려나 싶었는데, 이내 팬 무리 쪽으로 방향을 틀었다. 그녀의 운명의 상대가 곧 등장할 모양이었다. 잠시 후 그쪽 무리가 어디론가 우르르 이동하는 게 보였다. 등장하는 게이트가 바뀐 것 같았다.

그때, 손에 뭔가 끈적끈적한 것이 느껴졌다. 커피가 쏟아진 것이었다. 이런! 얼른 바지부터 확인하니 다행히도 무사했다. 안도의 한숨이 나왔다. 자랑하려는 건 아니지만, 이 바지는 무려 이 주일이나 걸리는 구매대행을 통해 산 고급 리넨 반바지다. 푸껫도 아닌 인천공항에서 커피 얼룩을 묻힐 순 없는, 그런 귀중한 여행 준비물인 것이다. 서쪽 게이트 무리 틈에 섞여 있는 그녀가 보였다. 기자들보다 더 좋은 자리를 차지하기 위해 혼신의 어깨싸움 중이었다. 힘내시길.

저 열정! 팬들은 새벽의 스타벅스 아르바이트생과 견줄 만큼 부지런했고, 내가 들고 있는 아메리카노보다 뜨거운 사람들이었다. 먹고사는 일과 직접적인 연관이 없음에도 저렇게 큰 에너지를 쏟을 수 있다는 건 대단한 일이다. 아, 연관이 없어서 가능한 건지도 모르겠다.

스타를 향한 팬들의 감정 역시 일종의 사랑이라고 할 수 있을까? 그들의 감정은 일방향이며, 무조건적이다. 사랑을 받는 대상이 즐겁기만 하면 되는, 노력한 만큼 똑같이 되돌려 받지 않아도 되는 마음이다. 누군가를 좋아해도 된다는 허락만으로 만족할 수 있는 팬들의 사랑. 그 감정은 어떤 성질의 사랑일까 궁금해졌다. 이성을 짝사랑하는 것과는 또 다른 종류다. 이성을 짝사랑하는 건, 아무리 혼자서 밑 빠진 독에 물을 붓는다고 해도 하루하루 욕심이 불어나기 마련이니까. 외롭고 고독하다는 자각을 하기 마련이니까.

팬들의 사랑처럼, 외로운 사랑법에 완전히 만족할 수 있다면 어떨까? 좋아하는 사람을 향해 가지게 되는 실망감과 배신감, 그로 인해 생기는 각종 싸움들과 최후의 이별까지도 면할 수 있을까? 팬들은 의리로 똘똘 뭉쳐 있다.

삼십 대가 되면 그런 일방적인 사랑 방식에는 관심이 별로 없어진다. 젊었을 때 꿈꿨던 진실되고 영원한 사랑에 대한 관심도 적어진다.

그 영원한 사랑의 존재에 대한 신뢰를 백 퍼센트로 유지하는 게 힘든 걸 안다. 창대한 만남 후에 경험한 사악한 이별들 덕분이다. 그렇게나 만나고 싶었던 산타클로스가 사실은 몰래 분장한 아버지나 삼촌이었음을 알게 되는 것과 비슷한 이치일까. 뜨거운 가슴보다 차가운 머리로 사랑을 이해한다. 더 이상 모험 따윈 하지 않는다. 나도 마찬가지다. 지금 입고 있는 이 리넨 반바지를 구매하는 절차도 그랬다. 고작 바지 하나를 사기 위해 사람들의 구매평을 일일이 확인하고, 직접 찍은 사진 후기까지 보고 난 후에야 사겠다는 결심이 선다. 손해를 보지 않으려 이렇게까지 계산적으로 바뀐 내가 저들처럼 무조건적인 사랑을 다시 할 수 있을까? 내가 아는 한, 거의 모든 삼십 대 남자들은 앞으로 해야 할 사랑이 무조건 쌍방향이어야 한단 걸 강조한다. 일방향 사랑의 가치를 우상시하는 삼십 대는 거의 없다. 그런 사랑이 숭고하다는 말은 위안이 되지 않는다. 자위는 이제 지쳤다. 야동을 끊는단 얘긴 물론 아니지만.

그런 의미에서 친구들과의 우정은 참 괜찮은 종류의 사랑이다. 지나치게 서로를 구속하지 않으면서 쉽게 변하지도 않는다. 일방적이지도 않다. 물론 늘 약속 시간에 삼십 분씩 늦는 친구가 있고, 늘 내가 먼저 와서 기다려야 하는 관계가 존재한다. 하지만 그 정도 짜증이 심각한 실망으로 발전할 일은 거의 없으며 관계가 쉽게 끊어지지도 않는다. 지독한 담배 냄새를 맡으며 얘길 나누거나, 이 주 동안이나 기다렸다 받은 흰색 바지에 커피를 쏟는다고 해도 그냥 넘겨버릴 수 있는 관계는 회사 동료도, 여자 친구도 아니다. 친구밖에 없다. 친구…. 그러니 내 사랑하는 친구들이 이젠 좀 와줬으면 좋겠다. 제발.

시간에 딱 맞춰서 공항에 도착해도 된다는 내 의견을 굳이 묵살해 가며, 조금 일찍 모이자고 이야기했던 내 소중한 친구들아. 이제 내 눈앞에 승무원들이 점점 자주 나타나고 있단 말이다. 지금껏 생각 않고 있다가 이제야 인식해버렸단 말이다. 이곳에서 절대로 내가 마주치지 말아야 할 한 사람, 그녀와 마주칠지도 모르는 확률을 줄여야 하지 않겠니. 팬들이 스타를 기다리는 표정보다 더 사랑스럽게 날 기다리던 사람. 게으르진 않지만 굳이 뜨거운 사랑을 원하지도 않았던 사람. 온갖 짜증을 내며 막말하던 선배보다 새벽의 공항을 더 싫어했던 사람. 그래도 타국의 공항은 늘 새로운 두근거림이 있다며 여행을 즐겼던 사람. 그러다 내가 아닌 새로운 남자와의 두근거림을 찾아 떠난 사람. 미진이.

9 시차는 남겨놓기로 해

절대로 끊어지지 않을 관계라고 믿으면 뭐든지 할 수 있다. 아무렇지 않게 매번 지각하고, 무의식중에 짜증을 내고, 욕을 하고.

[야, 씨발. 미쳤냐? 언제 오냐? 존나 늦네, 진짜.]

짜증과 욕을 반복하는 이런 문자에 어떤 반응도 하지 않는 것 역시 마찬가지다. 뭔 짓을 해도 우리 우정이 끊어질 리 없단 믿음 때문이겠지. 하지만 지금만큼은 내 친구들이 그 절대명제에 한 번쯤 의문을 가졌으면 한다. 지금 메시지를 확인하지 않으면 조태희가 지구 상에서 사라져버릴지도 모른다는 생각을 한 번쯤 해보길, 그래서 내가 보낸 메시지들 앞에 붙어 있는 '3'이라는 숫자가 사라지길 간절히 바라고 있다. 마침 '3'이 '2'가 되는 게 보였다. 이어서 세운이의 메시지가 왔다. 이제 막 도착해서 승강기를 기다리고 있단 거였다. 그와 동시에 네댓 명의 승무원 무리가 내 앞을 지나갔다. 헉. 미진이와 같은 항공사다. 야, 빨리 여길 벗어나서 보딩해야 한다고! 재차 메시지를 보냈다. 짜증은 덜어내고 간절함을 섞었다. 제발.

공항을 배경으로 다큐멘터리 영화를 찍고 싶었던 적이 있다. 대학교 삼 학년 때다. 공항 행정과에 문의했더니 어마어마한 사용료(약 삼백만 원)를 지불해야 한다는 답장이 돌아왔다. 학생이 취미 활동에 지불하기엔 부담스러운 금액이었다. 결국 난 도둑 촬영을 결심했다. 육 밀리미터 카메라를 들고 몰래 촬영을 감행한 거다. 그러다 공항을 순찰하던 청원경찰의 눈에 발각돼 버렸다. 한참을 도망 다니며, 맘을 졸여가며 간신히 촬영을 했다. 결과는 좋지 않았다. 그때 기분이 떠올랐다. 재미 부분이 도려진 채 불안함만 오롯이 남아 있는 기억이.

'내가 왜 불안해야 하는 거지? 새로운 세계로 떠나는 두근거림이 가득한 이 넓은 공항에서, 지난 연애로 인해 궁핍하고 옹졸한 조바심을 가질 필요는 없잖아?'

아무리 마음을 잡아보려 해도, 미진이가 공항을 돌아다니는 모습이 자꾸 상상되는 건 어쩔 수가 없었다. 다시 청소기를 꺼내야 하는 건가. 그렇게나 샅샅이 청소를 했건만 대체 어디에 떨어져 있던 부스러기가 다시 눈에 밟히는 걸까. 미련이 남아 있지 않단 것과 그녀를 마주치고 싶지 않은 건 좀 다른 문제 같다. 여행을 가고 싶지 않았던 이유도 그 때문이었다. 혹시나 미진이와 마주치기라도 하면 어떤 말을 해야 할지, 어떤 감정이 북받쳐 오를지 알 수가 없다. 그러니 지금 내겐 세운이의 도착이, 주영이와 준이의 도착이 절실하다. 게이트를 등지고 출입구를 향해 두리번거리던 그때였다. 뭔가 이상한 기분이 들었다.

뒤를 돌아봤다. 낯익은 실루엣이 시야에 들어왔다. 설마. 설마. 그녀일 거란 확신은 없었지만 몸이 저절로 반응해버렸다. 정신을 차려

보니 게이트 근처 기둥 뒤였다. 기자들과 팬클럽 무리가 갑자기 나를 지나쳐 뛰어가기 시작했고, 나는 방금 봤던 실루엣, 미진이가 속해 있을 가능성이 있는 승무원 무리의 동선을 놓쳐버리고 말았다.

"뭐해, 여기서?"

등이 서늘해졌다. 다행히 남자 목소리. 세운이였다. 얼른 아메리카노를 건네며 세운이의 등 뒤에 숨었다. 어깨 너머로 실루엣을 다시 찾아봤다. 피해야 하는데 왜 굳이 찾으려는지 이유를 알 수 없었지만… 세운이의 어깨 너머로 좀 전의 실루엣이 다시 보이기 시작했다. 세운이는 잔뜩 들뜬 목소리로 주영이와 준이가 주차를 하고 있음을 알렸다. 그리고 추가로 무어라 얘길 했는데 귀에 들어오지 않았다. 실루엣이 점점 가까워지고 있었다. 그녀일까, 아닐까. 그녀인가, 아닌가. 다행이다. 그녀가 아니었다. 안도의 한숨이 저절로 나왔다. 세운이가 날 의아하게 쳐다보며 물었다.

"뭔데? 왜 숨는 건데?"

"숨긴 뭘 숨어. 야, 짐 부치는 줄 엄청 길다. 빨리 가자."

에취! 재채기가 나왔다. 멀리서 손을 흔드는 준이와 주영이가 보였다. 그때 서쪽 게이트 쪽에서 여자들의 환호성이 들려왔다. 카메라 플래시가 터지는 소리도 들렸다. 저들이 기다리던 스타도 이제야 도착한 것 같았다. 그게 누구인지 딱히 관심 가지는 사람은 우리 넷 중 아무도 없었다. 난 좀 궁금하긴 했지만, 그보단 빨리 이곳을 벗어나야 했다. 다행히 우리가 이용할 타이항공의 탑승구는 미진이의 항공사와 멀리 떨어져 있었다. 서둘러 출국 절차를 밟고, 마침내 비행기 좌석에 앉아서야 완전히 안심이 됐다. 비행기의 이륙을 알리는 안내 방송이 나왔다.

'잠깐, 설마 미진이가 회사를 옮기진 않았겠지. 이 좁은 기내에서 마주치기라도 하면 어쩌지.'

하나둘 지나다니는 승무원들을 유심히 관찰했다. 다행히 미진이와 닮은 사람조차 없었다. 부끄러워졌다. 그래서 난 결심했다. 돌아오는 공항에서 미진이와 마주친다고 해도 의연하게 대처하기로. 그래! 그러려면 푸껫에 모든 짐을 버리고 오는 거다!

"근데 왜 하필 푸껫이야?" 영화를 보겠다며 의자에 붙어 있는 기계를 만지작거리던 세운이가 준이에게 물었다. 주영이도 준이를 쳐다봤다. 주영인 90년대에 제작된 느낌의 푸껫 여행 책자를 보던 중이었다.

"그 책은 뭐야, 대체." 준이가 웃었다.

"서점에서 샀어." 주영이는 대충 대답하곤 다시 책에 집중했다. 클래식이라고 하기엔 촌스러운 구석이 있는 놈.

"담요 하나만 주실래요?" 준이가 지나가던 승무원을 불렀다.

"푸껫? 나 추운 거 싫어하잖아. 겨울 여행은 역시 동남아지. 근데 방금 그분 예쁘지 않아?."

"그러니까 동남아 중에서 왜 굳이 푸껫인 거냐고." 세운이가 재차 질문했다.

"저, 혹시 페이퍼클립 있으세요? 아이폰 유심칩을 좀 빼야 해서요."

담요를 건네던 승무원은 머리핀을 하나 뽑아 준이에게 건넸다. 그때부터 준이는 승무원과 얘길 나누기 시작했다. 푸껫에서 여자들이 가장 좋아하는 레스토랑을 왜 저 승무원에게 묻는 건지. 준이의 끼는 때와 장소를 가리지 않는다. 왜 푸껫인지에 대한 질문의 대답은 몇 마디의 수다가 오간 후에야 들을 수 있었다. “형님만 따라와, 일단. 도착하는 순간부터 내가 플랜 쫙 짜놨으니까.”

말을 마치고 수면 안대를 낀 준이는 곧장 잠이 들어버렸다. 기내가 춥진 않았지만 담요를 목까지 덮고 있었다. 준이는 추위에 약했다. 반대로 난 더운 걸 싫어한다. 물론 여름엔 비키니라는 특수성이 있긴 하지만, 그래도 겨울이 좋다. 선호하는 계절은 태어난 시기로 정해진단 얘길 한 적이 있다.

‘8월 중순에 태어난 준이는 여름을 좋아하고 1월 말에 태어난 난 겨울을 좋아하잖아? 실제로 여름에 태어난 사람은 더위에 강하고 겨울에 태어난 사람은 추위에 강한 경우가 많거든.’ 준이는 그건 그냥 우연의 일치라고 말했다. 예외가 더 많을 거라고도 했다. 그리고 모든 것에 그렇게 법칙을 만들어 분석하려는 내 성격을 나무랐다.

6월에 태어난 주영이는, 자신은 좋아하는 계절이 딱히 없다고 말했다. 사계절의 변화 자체에 큰 흥미가 없다는 거였다. ‘칼을 만드는 작업은 일 년 내내 뜨거운 용광로와 함께하고, 하고 싶은 걸 하게 내버려두지 않는 집안 분위기는 사계절 내내 혹한기거든.’

9월에 태어난 세운이 역시 자긴 주영이와 마찬가지로 선호하는 계절이 없다고 말했다. ‘어차피 덥든 춥든, 하루 중 대부분의 시간을 차 아니면 실내에서 보내게 되지 않아? 에어컨도 있고 히터도 빵빵하잖아. 주차장에서 내리면 바로 실내로 들어가는 사람한텐 계절에 대한 호불호가 딱히 없지 않나.’ 일리 있는 말이었다. 다만 당시에 세운이는 자가용이 없었단 사실이 지금 생각해도 웃긴 지점이긴 하다. ‘너 자동차 안에 있는 에어컨이랑 히터 켤 줄은 아냐?’며 놀리던 준이를 향해 발버둥을 치다 술병을 깨던 세운이가 생각난다.

그게 몇 년 전이더라. 지금의 세운이는 많이 달라졌다. 자동차가 생겼고, 운전 경력이 오 년 정도 됐고, 당연히 에어컨과 히터도 켤 줄 알며, 준이와 견주어도 손색없을 만큼 베스트 드라이버가 됐다. 사와디캅? 코쿤캅? 주영이에게서 푸껫 관광 책자를 넘겨받아 태국어 몇 마디를 중얼거리는 세운이의 목소리가 들렸다. 녀석은 뭔가를 단단히 결심했다. 이번 여행에선 색다른 자기 모습을 보여줄 거라나.

다른 모습이라. 이십 대에 비해 늙긴 했지만, 예나 지금이나 친구들의 모습은 큰 변화가 없다. 원래 알고 있던 모습 그대로의 친구들을 늘 마주한단 얘기다. 지인의 새로운 면을 발견하려면 여행이라도 떠나봐야 한다는데 우린 그러질 못했다. 정말이다. 짧다면 짧고 길다면 긴 십수 년의 세월 동안, 우린 단 한 번도 함께 여행을 가본 적이 없다. 준이가 좋아하는 여름에도, 내가 좋아하는 겨울에도 마찬가지였다. 누군가 한 번쯤은 스키장이나 바닷가에 가자고 했을 법도 한데, 우리의 귀차니즘은 그렇게 티끌처럼 쌓여 태산이 됐다. 미진이와 지연이는 우리 그룹의 그런 점을 신기해했다. 준이 커플과 함께 넷이서 술을 마셨던 날이 생각난다. 우연히 여행 얘기가 나왔고 지연이가 의아한 듯 질문을 했다.

"남자들은 보통 우정 여행 많이 가지 않아요? 제주도에 바이크 타러 간다든지, 그런."

"너무 친해서 굳이 그런 여행을 통해 친목을 다져야 할 필요를 못 느낀 거지." 대답을 망설이는 날 대신해 준이가 말했다. 난 공감의 몸짓을 격하게 취하며 준이와 건배를 했다. 지연이는 피식하고 웃으며 우리의 빈 잔에 술을 따라줬다. "오빠들은 그냥 매일 이태원에서 술 마시느라 그런 거잖아요?" 이번엔 미진이와 지연이가 둘이서만 건배를 했다.

생각하지 말자. 완전히 한국을 벗어나 날고 있는 지금, 우리를 떠나버린 두 여자를 굳이 떠올릴 필요는 없다. 대신 옆자리에 앉아 있는 친구들을 쳐다봤다. 준이는 아까부터 일어나질 않고 있다. 자는 척하는 것 같기도 하고. 녀석의 적극적인 리드가 없었다면 우린 지금도 유메에서 술이나 마시고 있었을 거란 생각이 든다. 여전히 의아하긴 하다. 그저 앱 업데이트가 잘될 것 같단 이유로 비행기 표와 호텔 예약까지 해서 이 여행을 계획하다니? 그런 준이의 모습에서 다소 생소한 뭔가가 느껴졌다. 뭔가 숨겨진 의도가 있는 건가. 뭐, 아무래도 좋았다. 준이에겐 나중에 고맙단 말을 해야겠다.

푸껫에 가기 위해선 방콕에서 한 차례 환승을 해야 한다. 그 시간까지 합해 대략 일곱 시간 정도면 푸껫공항에 도착할 거였다. 도착하면 준이가 말해주겠지, 뭐. 생각을 멈추니 목이 좀 말랐다. 마침 승무원들이 음료를 권하고 있었다. 보라색 바탕에 황금색 무늬로 치장된 유니폼이 매력적이었다. 난 물과 함께 맥주를 시켰다. 세운이는 어느새 준이의 어깨를 베고 자고 있었고, 주영이는 하우스 와인을 주문했다. 주영이와 조용히 건배를 했다. 우리에게 음료를 준 승무원이 계속해서 기내를 왔다 갔다 하는 게 보였다.

아! 그게 그 말이었구나.

깨달음은 역시나 갑자기 찾아온다. 미진이가 했던 얘기 말이다. '우리 승무원들은 열여섯 시간 동안 걸어서 샌프란에 간다'는 말의 의미를 이제야 이해하게 됐다. '걸어서 샌프란에 도착한다'는 말은 어떤 비유나 은유가 아닌, 사실 그 자체였구나. 직설적이던 미진이의 말투가 떠올랐다.

당시엔 그 말의 정체를 전혀 알지 못했지만, 부정적인 맥락인 건 충분히 눈치챘었다. 그래서 미진이의 투정에 적당한 호응을 보냈다. 이해가 가지 않는다고 해서 질문을 하기보단 그녀가 처한 감정에 공감을 해주는 게 더 나을 거라 생각했기 때문이다. 그녀는 다섯 번도 넘게 이야길 했었고 난 그때마다 이해를 미뤘다.

혹시 그래서 다섯 번이나 강조를 했던 걸까? 내가 늘 이해를 미뤄서?

이제 와서 생각해봤자 소용없는 일이지만 조금 미안한 기분이 들었다. 공감해준답시고, 얘기의 본질을 이해하려는 의지 없이 대충 넘기는 걸로 보였을 테니까.

진동이 느껴졌다. 알람이 울리고 있었다. 한국 시간에 맞춰둔 알람이었다. 휴대폰을 껐다. 나흘간의 여행에 필요한 푸껫용 시각으로 리셋하기 위해선, 푸껫에 도착해서 휴대폰을 재부팅하면 그만이다. 전원이 켜진 곳의 위성 신호를 받은 휴대폰은, 그곳의 시간으로 세팅된다. 참 편한 세상이다.

그런데, 지금 울린 알람은 몇 시에 울렸다고 해야 할까?

여기는 푸껫과 한국 사이 어디쯤이다. 푸껫과 한국 사이엔 두 시간의 시차가 있다. 그럼 방금 알람이 울린 시간은 몇 시라고 해야 맞는 걸까? 그런 생각을 하다 잠이 들었다.

꿈을 꿨다.

난 엄청나게 큰 알람시계를 등에 지고 길을 걷고 있었다. 길의 형태는 계속 바뀌었다. 길의 모양도, 종착지의 형태도 시시각각 변하는 게 보였다. 워싱턴의 오벨리스크가 보였다가, 샌프란시스코의 금문교가 보였다가, 종국에는 푸껫공항의 모습까지 보였다. 가본 적도 없는 푸껫공항이 꿈에 등장할 줄이야.

그러다 길가에 있는 문을 하나 봤는데, 그게 열리며 미진이가 등장했다. 익숙한 푸른색 블라우스. 헤어지던 날 입었던 바로 그 옷이었다. 미진이는 커피를 내 반바지에 태연히 쏟아버리곤 앞으로 성큼성큼 걸어갔다. 폰 게임을 하던 기자가 그런 미진이의 사진을 찍고 있었고, 그때마다 내 등에 있는 시계에서 진동이 느껴졌다.

주영이와 준이 그리고 세운이가 나타났다. 녀석들은 이 번잡한 소동에는 아랑곳없이 깊은 잠을 자고 있었다. 그들의 머리에선 마치 만화마냥 'Zzzz…'라는 말풍선이 스멀스멀 생겨나고 있었다. 난 그 신기한 광경을 별 감흥 없이 지나쳐 미진이에게 다가갔다. 가까스로 그녀에게 닿았다. 미진이는 어디선가 거대한 화이트보드를 가져왔다. 거기엔 문장 하나가 쓰여 있었는데, 또박또박 그 문장을 읽는 미진이의 목소리가 들렸다.

'한국에서 출발해 푸껫으로 향하는 비행기 안에 있는 승무원의 속도와 속력을 구하시오.'

과학 시간인가. 속도와 속력의 차이는 알고 있었다. 속도에는 방향성이 있고 속력에는 없다. 그래서 이동거리의 차가 존재한다. 미진이는 답을 재촉했다. 그리고 서둘러 답을 내지 못하면 헤어질 거라 말했다. 그 긴박한 감정이, 미진이를 떠나보내지 않기 위한 내 조바심이 느껴졌다. 한참을 생각하던 내가 마침내 정답을 말하기 위해 고개를 들었는데, 한 남자와 자리를 떠나는 미진이가 보였다. 키는 183센티미터 정도, 잡지의 '핫가이 컨테스트' 같은 페이지에 자주 등장하는 몸짱이었다. 다리 사이에는 덜렁거리는 뭔가가 보이는 것도 같았다. 둘은 뭐가 그리 즐거운지 연신 깔깔 웃으며 내게서 멀어져갔다.

등에선 수차례 알람의 진동이 울렸다. 곧이어 꿈속의 난 그 알람의 진동이 모스 기호임을 알아챘다. 진동의 주기에 따라 화이트보드에 한 글자 한 글자 기록하는 내가 보였다. 뭐라고 썼는지는 모르겠다. 속도와 속력 문제에 대한 답이었을까. 미진이에 대한 반성문? 펜을 떨어트리면서 잠에서 깼다. 의심할 것 없이 완벽한 개꿈이었다.

그렇게 잠이 들다 깨길 몇 차례 반복했다. 아까의 꿈이 이어지길, 그래서 내가 쓴 글자를 확인하길 바랐지만 그런 일이 벌어지진 않았다. 어느 순간 완전히 잠에서 깼다. 창 너머로 항구의 불빛들이 보였다. 랜딩 준비를 하겠다는 안내 방송이 나왔다. 방콕이구나. 의자의 각도를 제대로 하고 안전벨트를 맸다.

휴대폰의 알람이 울린 정확한 시간에 대해선 굳이 정답을 낼 필요가 없겠다는 생각이 들었다. 두 시간의 시차는 그냥 그대로 둬도 상관없겠지. 이별을 고했던 시간에 존재했던 사람과 그 이별에서 멀리 떠나온 사람 사이의 시차는 어쩔 수 없이 존재하는 게 아닐까. 우린 그렇게 별 수 없이 시간 여행자가 된다. 그래도 시차를 일일이 계산하는 시간 여행자는 없다. 현재 자신이 서 있는 곳의 시간을 제대로 확인하면 그만이다. 그 이전의 마음과 지금 마음 사이의 시차도 굳이 계산할 필요 없다. 물론, 지난 시간과 장소를 기준으로 맞춰놓은 알람이 현재도 계속 울리게 둬선 안 되겠지만.

푸껫으로 가는 비행기로 환승한 후엔 거의 잠을 자지 않았다. 글을 조금 썼다. 웬일로 진도가 좀 나갔다. 푸껫공항은 의외로 입국 절차가 간단했다. 공항에서 빠져나오자마자 콧구멍으로 고온다습한 동남아의 공기가 훅 들어왔다. 요즘엔 한국의 여름도 동남아와 별반 다를 게 없긴 하지만. 아무튼, 사와디캅! 코쿤캅!

사랑은 없다, 메모(푸껫으로 향하는 비행기에서).hwp

성의 생활은 도남의 예상과는 많은 것이 달랐다. 특히 일 층과 이 층 그리고 삼 층 이상으로 나뉜 각 층의 분위기는 성 밖에선 도무지 짐작할 수 없던 것이었다. 그곳을 채운 사람들의 눈빛이나 분위기가 천차만별이라는 것도 마찬가지였다. 성에 대한 중독의 정도가 그런 차이를 만들어내는 거라고 도남은 생각했다.

일 층은 크게 위화감이 없었다. 단순히 성 안을 구경하러 들어온 사람도 여럿 있었다. 그런 사람들에겐 한 잔의 음료가 무료로 제공되었다. 한가운데엔 스테이지가 있었다. 처음 성을 방문했거나, 성에서의 장기적 생활에 관심이 없는 사람들이 그곳으로 모여들었다. 이들이 성을 방문하는 목적은 대부분 스테이지에서 에너지를 발산하는 것이었다. 그들은 성 밖에서 쌓인 스트레스를 확실히 풀고 성문이 닫히기 전에 밖으로 빠져나갔다. 신기한 게 있었다. 성 안에서 오랫동안 머문 사람들, 이 층과 삼 층 이상에 머무르는 다수 중엔 스테이지에 오르려는 사람이 없었다. 그들은 그저 각 층에 설치된 테라스에서 일 층 사람들을 내려다보기만 했다.

도남은 성의 이 층에 있었다. 그에게서 건네받은 특별한 초대장 덕분이었다. 아마도 그는 삼 층 이상의 VIP였던 것 같다. 도남이 가진 초대장으론 삼 층 이상도 충분히 갈 수 있었다. 하지만 삼 층 이상에 오래 머무를 엄두가 나지 않았다. 그래선 안 될 것 같았다.

호기심에 삼 층에 며칠 머문 적이 있었다. 고작 삼 층이었지만, 도남은 그곳의 생활에 질려버렸다. 그러곤 갑을이든 병정이든 어느 쪽으로 치우치지 말자는 다짐을 하고 이 층으로 내려왔다. 가끔 일 층과 이 층에서 마주치는 사람들의 대화 속에 삼 층 이상의 사람들이 신화 속 주인공처럼 등장하기도 했다. 얼마짜리 집에서 얼마짜리 차를 타고 얼마짜리 옷을 입고 얼마짜리 결혼을 했고 얼마짜리 술을 시켜선, 얼마짜리 어쩌고 얼마짜리 어쩌고. 그럴 때마다 도남은 허탈한 웃음이 났다.

사람이나 사랑에도 얼마짜리 가격표가 붙어 있다, 라는 게 도남이 내린 결론이었다. 갑과 을의 밀당은 없다 해도 병과 정의 가격 차이가 존재하는 곳. 그 가격표로 인한 상실감은 갑을의 연애에선 도저히 상상할 수 없는 것이었다. 심지어 가격표를 정하는 건 키, 외모, 체력, 꿈 같은 것이 아니었다. 그저 갖고 있는 재력만으로 판가름되는 경우가 많았다. 돈을 많이 가졌다는 이유만으로 높은 가치를 갖게 되는 건 어찌 보면 당연한 일일 수도 있지만, 그렇게 사람의 가격표가 결정되는 건 좀 허무하단 생각이 들었다. 이건 마치 베스트셀러 리스트에 올라야 베스트셀러가 되고 흥행작이 되어야 흥행을 더 일으키는 그런 일과 비슷하다고 도남은 생각했다.

사실 성 안의 시장경제는 도남이 처음 성에 들어왔을 때부터 의아했던 것 중 하나였다. 마트에선 기껏해야 천 원 안팎이던 생수가 오천 원에, 이삼만 원 내외의 주류는 이십오만 원 이상에 팔리고 있었다. 고작 테이블이 하나 덩그러니 놓여 있을 뿐인데 그 공간에서 술을 먹기 위해선 십만 원 내외의 금액을 줘야 했고, 그보다 더 편한 소파라도 있는 곳은 사십만 원을 웃도는 가격을 요구했다. 성 밖에서도 지역마다 주차 요금이 다르긴 했다. 그건 땅값의 차이라고 이해할 수 있었다. 그런데 이곳의 현상은 그렇게 이해할 수 있는 것도 아니었다. 그것에 대해 아무도 이의를 제기하지 않고 거리낌 없이 지출을 하고 있단 게 더 신기했다. 그런 비정상적인 지출을 이견 없이 흔쾌히 즐기는 남자들이 여자들에게 인기가 더 좋았다.

확실히, 이러한 비정상적 소비의 주체는 대부분 남자였다. 그것으로 가격표가, 계급이 결정되었다. 남자들은 스스로의 계급을 과시하며 여자들의 호감을 얻고 싶어 했다. 생산하는 능력이 아닌 소비하는 능력만으로 결정되는 계급. 여자들 역시 굳이 그걸 마다할 이유가 없으므로 그들의 소비를 즐겼다. 그 맛에 길들여진 성 안의 여자들은 점점 더 본인의 지갑을 열지 않는 것에 익숙해졌다. 그저 예쁘고 화려하게, 또 과감하게 스스로를 치장하기만 하면 얼마든지 성 안의 문화를 즐길 수 있었다. 도남은 여기에도 갑과 을이 존재하는 게 아닌가? 라는 생각을 잠시 했지만 이내 고개를 저었다. 단순하지가 않았다. 지갑을 열어 여자들의 호감과 하룻밤 쾌락을 쉽게 얻는 남자들이 갑인 건지, 그런 남자들을 꿰뚫어 보고 화려한 치장과 미소로 지갑을 열게 만들어 본인이 원하는 욕구를 채우는 여자들이 갑인 건지, 알 수가 없었다.

누군가에겐 기회의 땅일 수 있겠단 생각도 들었다. 잘생긴 외모가 아니어도 두둑한 지갑만으로 이성을 만날 수 있는 기회의 땅이며 너무나 쉽게 모르는 사람을 만나고 순식간에 깊은 관계에 빠지는가 하면, 다시 모르는 사람이 되어 다음 주에 다시 만날 수도 있는, 묘한 곳이었으니까. 별과 같이 반짝이는 조명도 있고 하룻밤 만리장성을 쌓을 견고한 벽도 존재하며 그곳에 입성하기 위해 자본을 획득하면 뭐든지 이룰 수 있는 곳이 바로 성이었다.

그곳에서 뿜어져 나오는 유흥의 소리와 쾌락의 향기는 충분히 사람들을 홀릴 만했다. 오늘도 성 밖에서 열심히 생산 활동을 하던 사람들이 즐거운 소비를 위해 성 안으로 모여들었다. 성 안은 상상 이상으로 화려하고 넓으며, 누구에게나 열려 있어 자유롭게 들어갈 순 있지만 쉽게 빠져나올 순 없다. 육체적인 속박이 있는 건 아니다. 화려한 조명과 흥겨운 음악, 그곳을 가득 채운 남녀의 자극적인 움직임과 달콤한 말, 음주가무와 섹스의 즐거움을 맛본 사람들은 다시 성을 떠올리기 마련이다. 한 번 그 영역에 발을 디딘 사람들은 그렇게 성의 노예가 되고 만다. 술에 취해 비틀거리는 성의 노예들이 보였다. 부딪히는 사람들에게 시비를 걸고, 술병을 깨고, 지나가는 여자를 함부로 만지기도 했다. 도남은 그런 광인들 사이에 있단 사실이 문득 역겨워졌다.

도남은 그동안의 성 생활을 떠올리며 천천히 이 층에서 내려왔다. 손에 들고 있던 초대장은 스테이지 옆에 놓인 테이블에 버렸다. 도남이 버린 초대장을 들고 신이 나서 이 층으로 올라가려는 사람이 보였다. 한쪽에선 서둘러 성을 빠져나가는 사람들의 움직임이 보였다. 표정을 보아하니 적응하지 못한 것 같았다. 저렇게 성 안의 어둠에 동화되지 못한 사람들은 성 안의 분위기를 퇴폐라는 단어로 일축하며 거부감을 드러내겠지. 도남은 선택을 해야 했다. 그들에게 합류할지, 아니면 남아 있을지.

도남은 이미 그런 이질감과 어색함, 성 안의 어둠을 즐길 수 있을 정도로 적응한 상태였다. 성을 나가는 출구 대신 이 층으로 향하는 계단을 바라보는 사람이 되어버렸다. 본격적인 소비가 시작되는 이 층 이상의 장소, 그곳에 입성하고 즐기기 위한 금액. 누군가에겐 부당할 수 있다고 생각되는 소비가 공공연하게 이뤄지는 까닭은 그것이 일종의 능력으로 과시되기 때문이다. 스테이지에서 흥을 즐기는 사람들을 아래로 내려다보며 관조적 태도를 즐길 수 있는 자리를 선사하고, '나는 너희와 다르다'는 기분을 느낄 수 있도록 VIP라는 호칭을 부여한다. 그렇게 계급이 탄생한다. 계급에 오르기 위해 필요한 건 명예나 학벌, 성격과 진정성 따위가 아닌 오직 돈이다. 도남도 그 맛의 달콤함에 빠졌던 적이 있다. 하지만 이젠, 그 중독에서 벗어나기 위해 일 층으로 내려온 터였다.

소비와 낭비의 경계에서 돈과 시간, 감정과 정력을 마음껏 분출하는 사람들 중 간혹 진정성을 찾고 싶어 하는 이들이 있다. 결국 그들에게 돌아오는 건 대부분 허무함이다. 도남도 마찬가지였다. 일찍이 성을 탈출했던 그가 허무함을 조심하라고 한 게 비로소 이해가 갔다. 돈과 물질의 교환에 뻥튀기가 있으니 감정의 교환 역시 그럴 수밖에 없다는 건 당연하다. 특정 장소에 있다는 이유로 본래 갖고 있던 가치의 몇 십 배로 과대평가되는 한 병의 술처럼, 사람에 대한 판단도 그렇게 뻥튀기되는 거다. 제대로 분간할 수 없는 어둠 속에서 만난 사람이 밖에서도 만족스러운 경우가 드문 이유는 비단 어둠과 밝음의 차이 때문만은 아닐 거란 생각이 들었다. 그럼 이 어둠에서 벗어나는 수밖에 없다.

도남은 생각했다. 소모적인 감정 다툼에서 벗어났다고 생각하는 건 초연해진 것일까, 비겁해져버린 걸까? 그저 오와 열을 맞춰 행군하는 무표정한 병정들처럼 움직여야 할 때 움직이고 멈춰야 할 때 멈춘다. 멈추지 못해 괴로운 일은 없고 멈추기 싫을 때 멈춰야 하는 것에 대해 불만도 없다. 남들보다 내가 더 많이 움직여야겠단 열정은 당연히 상실한 지 오래다. 그저 남보다 뒤처지지만 않게, 남들만큼만 적당히 보폭을 맞춰 걷는 병정의 연애는 그래서 다르다. 도남은 병정의 연애와 자신이 어울리지 않는다고 생각했다.

성을 빠져오던 도남은 문득 의문이 들었다. 성에는 이름이 없었다. 성의 이름은 단지 성을 방문하는 사람들의 대화 속에서 유추될 뿐이었다.

쾌락의 성, 소비의 성, 유흥의 성….

10 우리에게 펜트하우스가 필요한 이유

"빠이 선셋리섯 크랍."

세운이가 택시기사에게 목적지를 정확히 전달해냈다. 일단은 박수를 쳐줬다. 굳이 태국어로 할 필요는 없었을 것 같지만.

부산에 송정·해운대·광안리가 있다면, 푸껫엔 빠통·까롱·까따가 있다. 우리가 묵을 리조트인 선라이즈 플라자는 까롱비치 근처에 있었다. 택시는 야시장이 유명한 반잔 마켓을 지나 유흥가인 방라로드를 지났다. 방라로드 너머로 보이는 해변이 빠통비치라고 주영이가 설명해줬다. 곧이어 까롱비치를 알리는 표지판이 나왔다. 해변과 해변 사이의 거리가 멀지 않은 것 같았다. 택시가 속도를 줄이며 숙소에 다다랐음을 알렸다. 우린 사 박 오 일간의 일정을 되짚었다. 오늘은 숙소에 짐을 푼 뒤 곧장 빠통 시내로 나가서 술을 먹는다. 내일은 마사지와 맛집 탐방을 하고 술을 먹는다. 그다음 날엔 피피 섬 호핑 투어를 하고 술을 먹는다. 넷째 날엔 서핑을 하고 휴양을 즐기며 술을 먹는다. 이게 바로 준이가 짠 대략적인 일정이었다.

“먹을 곳은 주영이가 알아서 데려가줄 거고.” 준이의 말에 주영이가 고개를 끄덕였다. “마사지는 내가 알아놓은 데로 가자. 정실론에 있는 곳.” 준이가 자신만만하게 말했다.

“정실론이 쇼핑타운 말하는 거지? 거기 마사지 숍이 괜찮대?” 세운이가 준이에게 물었다.

“안 가봐서 모르지. 블로그나 카페 글을 좀 믿어보는 수밖에.”

“어어? 그런 거 절대 믿으면 안 돼, 준아.”

“괜찮아, 인마. 다 생각이 있으니까.”

택시가 멈췄다. 리조트의 외관은 사진과는 조금 차이가 있었다. 역시 세상에서 제일 무서운 건 사진발이라며 준이가 웃었다. 세운이는 굳이 또 그 말을 받아 블로그 광고의 위험성을 재차 강조했다. 짐을 로비까지 옮겨준 기사에게 팁을 주는 사이, 리조트 직원이 걸어 나왔다. 세운이와 준이는 계속 실랑이를 벌였고, 주영이가 체크인 서류를 작성했다. 굳이 새로운 마사지 숍을 찾아보겠다는 세운이의 말을 흘려듣던 준이가, 할 수 없이 입을 열었다.

“여기 푸껫이야. 아무리 광고 블로그가 많다 해도 한국만큼 썩어 있진 않을 거 아냐. 그리고 뭐, 과대포장이었다고 해도, 어차피 우리가 마사지 숍 비교하면서 다닐 거 아니잖아? 어차피 거기서 거기야. 그리고, 아무리 광고라고 해도 거길 반드시 가야 할 이유는 따로 있지.”

“뭔데?” 우리 셋은 동시에 준이를 쳐다봤다.

“한국 여자.” 준이가 당연한 걸 묻느냐는 듯 대답했다.

“한국 여자가 왜?” 웰컴드링크로 받은 땡모반(수박 주스)을 마시며 세운이가 물었다.

"하, 이 답답한 놈. 세운이 너 설마 오 일 내내 우리끼리만 술 마시려고 한 건 아니지?"

"그럼?"

"잘 생각해봐. 내가 거길 검색할 수 있었단 얘긴, 푸껫 여행을 오는 사람이라면 누구나 검색을 할 수 있는 곳이란 얘기야. 여자애들이 동남아 오면 무조건 하고 가는 게 마사지란 거 알지? 그러니까 생각을 해봐. 여자애들끼리 푸껫 여행을 준비한다고 쳐. 걔들이 블로그로 푸껫의 인기 마사지 숍을 검색했어. 그다음 과정이 뭘까?" 준이가 세운이를 보며 물었다.

"블로그에 많이 올라온 숍을 포인트로 잡고 오겠지." 주영이가 대신 대답을 했다.

"빙고." 주영이와 준이가 하이파이브를 했다.

"그런 포인트에 가기만 하면, 얼마든지 한국 여자애들을 만날 수 있단 얘기야. 이 넓은 푸껫에서 우리가 한국 여자애들을 찾을 수 있는 가장 빠른 방법이 그거 아니겠냐?"

세운이가 준이를 진심으로 존경스럽다는 듯 쳐다봤다. 나도 마찬가지였다. 그런 생각을 할 줄이야. 다시 한 번 준이의 잔머리에 감탄하며 리조트 직원을 따라 걸었다. 리조트는 몇 개의 동으로 나뉘어져 있었다. 우리가 묵을 펜트하우스 동은 입구에서 조금 거리가 있었다.

리조트 내부는 외관을 보고 우려했던 것보단 훨씬 괜찮았다. 수영장도 넓었고, 건물도 깨끗했다. 새하얀 대리석 통로를 걸어 마침내 펜트하우스 동에 도착했다. 현관문을 열었을 때, 우리 넷은 동시에 헉, 하고 탄성을 질렀다. '대박'이라는 표현밖에 할 수 없었다. 문을 열자마자 보이는 거대한 통유리창과 거기서 쏟아지는 햇빛, 창 너머로 보이는 지평선, 그 옆에 마련된 소규모 풀이 있는 거실은 칠십 평은 족히 될 것 같았다. '뭐 이정도면 괜찮네'라고 덤덤한 표정을 짓기엔 지나치게 좋은 숙소였다. 복층 구조도 마음에 들었고 창 근처의 실내 자쿠지도 좋았다. 일 층에 있는 방 세 개와 이 층에 있는 방 두 개 모두 킹 사이즈의 침대가 놓여 있는 것까지 확인한 준이가 근엄한 표정으로 얘기했다.

"이 좋은 데서 우리끼리만 술을 먹는다면, 우린 아마 평생 후회할 거다. 정말이야."

빠통비치에 있는 방라로드는 푸껫에서 가장 유명한 유흥가다. 전 세계에서 몰려온 다양한 국적의 관광객들과 그들의 눈길을 사로잡는 화려한 바, 끊임없이 호객 행위를 펼치는 반라의 여자들이 거리에 가득했다. 우린 우선 첫 끼니를 해결하기로 했다. 주영이의 안내에 따라 도착한 곳은 '넘버 식스'라는 식당이었다. 줄이 어마어마하게 길었다. 중국인들이 가장 많았고 한국 사람들도 꽤 보였다. 우린 주영이에게 여기가 그렇게 맛있는 곳이냐고 물었다. 주영인 대답했다. "몰라, 블로그에서 찾았어."

줄을 서기 귀찮았던 우린 그냥 옆 가게로 들어갔다. 마찬가지로 태국 음식을 파는 곳이었다. 메뉴 하나당 가격이 백오십 바트, 원화로는 약 오천 원밖에 하지 않는 식도락의 천국이었으므로 여덟 개의 메뉴를 시키기로 했다. 세운이는 팟타이(볶음 국수), 카오팟 쌉빠롯(파인애플 볶음밥), 쏨땀(어린 파파야 샐러드) 같은 간단한 이름의 요리는 물론, 깽키에우완까이(치킨 그린커리), 팟팍붕파이댕(모닝글로리 볶음), 까이

팟멕마무앙(닭고기 캐슈넛 볶음)과 같은 어려운 이름의 메뉴까지 굳이 태국어로 주문을 했다. 물론 똠양꿍도 시켰다. 문득 그 블랙 스키니진이 생각났다. 차례로 나오는 음식들을 보며, 준이에게 물었다. 그 후에 그 여자애랑 연락한 적이 있느냐고. 준이는 내 질문에 대한 대답은 않고 되레 다른 질문을 우리에게 던졌다.

"내가 왜 굳이 펜트하우스를 예약했게?"

"가격 대비 괜찮아서?"

세운이는 대답을 마치고 오이 한 조각을 입에 넣었다. 서빙된 거의 모든 접시엔 오이 몇 조각이 곁들여져 있었다. 이건 동남아 식당의 특징이다. 꽤 화려하게 조각된 오이다. 일일이 깎아낸 건 아니겠지.

"클럽이나 나이트가 대부분 지하에 있잖아. 거기로 들어갈 때 있는 어두컴컴한 통로의 역할, 과하게 요란한 조명과 스피커가 하는 역할, 밖의 물가에 비해 터무니없이 높게 책정된 술의 가격, 그런 고가의 샴페인을 사주는 남자들이 인기 많은 이유, 전부 다 마찬가지야."

"뭔데?"

"여자들에게 최면을 거는 거지." 준이는 맥주를 한 모금 마시고 말을 이었다. "지금 당신이 있는 이곳은 현실이 아니다. 판타지다. 일탈을 해도 좋은, 그런 가상공간이다, 뭐 그런 최면. '이건 하지 마라. 저건 하지 마라' 하는 제약에서 벗어나라. 여긴 현실이 아니다. 맘대로 욕망을 표출해도 좋다. 이렇게 최면을 걸어야 재밌게 놀 수 있잖아. 조명과 음악, 비싼 가격과 럭셔리한 분위기는 그 최면을 돕는 미장센인 거야."

"일리가 있네." 음식 사진과 가게 내부 사진을 찍던 주영이가 고개를 끄덕였다.

"펜트하우스도 마찬가지야. 현실에서 그렇게 좋은 집에 사는 여자들이 얼마나 되겠냐. 오늘은 일탈해도 좋은 날이란 걸 제대로 느끼게 하려면, 펜트하우스 같은 숙소는 필수인 거야."

"그냥 돈이 많아 보여서 좋아하는 게 아닐까?" 세운이가 되물었다.

"굳이 미장센을 완성시키지 않아도, 여행지에서의 만남이 주는 낯섦 자체를 즐기는 여자들도 많잖아. 여행 자체가 판타지니까." 나도 세운이의 말을 거들었다. 그래도 준이의 의견은 확실히 일리가 있는 것 같다.

식사를 마친 우린 준이의 분석을 시험해보기로 했다. 소화를 시킬 겸 방라로드를 왕복해서 걷는 동안, 눈은 지속적으로 한국 여자를 찾았다(헌팅하러 여행온 거냐며 비판할 사람들이 있겠지만, 뭐 대부분의 남자들이 이렇다. 더군다나 빠통이란 곳은 딱히 역사적 유물과 의미 있는 관광지가 있는 곳이 아닌 유흥가이므로 이해해주길 바란다).

블로그에서 인기 있는 가게 주위엔 정말로 한국 관광객들이 많았다. 그렇지만 1. 우리 나이 또래의 2. 괜찮은 외모를 가진 3. 여자 네 명으로 이뤄진 그룹이라는 3요소가 충족되는 관광객 무리는 쉽게 발견할 수 없었다. 지성이면 감천이라. 드디어 네 명의 여자를 만나게 됐다. 정실론에서 방라로드 사이에 있던 '테이크 이지'라는 작은 펍에서였다. 대학생쯤 돼보이는 여자 네 명이 셀카봉으로 사진을 찍는 게 보였다. 준이가 능숙하게 "제가 찍어드릴게요"라고 말을 걸었다. 그런데 시큰둥한 주영이를 제외한 나머지 멤버들이 차츰 화기애애한 분위기를 만들어가던 도중, 준이가 갑자기 일어나자고 하는 거였다. 응? 대학생 동생들에게 인사를 하고 펍을 빠져나왔다.

"왜? 애들 착하던데?"

"여자 넷이 모인 그룹의 전형적인 역할 분배가 어떻게 되는 줄 아냐. 한 명이 엄청난 미모를, 그다음이 적정 수준의 미모 혹은 몸매를, 한 명은 질문과 요란함을 그리고 나머지 한 명은…."

"나머지 한 명은?"

"파투를 담당하지." 준이의 명쾌한 결론에 웃음이 났다.

"제일 구석에서 세인트제임스 스트라이프 티 입고 있던, 걔. 아마 백 퍼센트 파투 담당이었을 거다. 공짜로 술 사주고 시간만 허비할 필요는 없잖아?"

가게를 빠져나온 우린 다시 걸었다. 왜 걸어야 하는지도 모르고 그냥 걸었다. 방라로드 구석구석을 완전히 파악할 수준이 됐다. 준이는 틈만 나면 누군가와 통화했다. 준이의 태도에 신경 쓸 힘도 없었다. 그러다 세운이가 바 하나를 발견했다. '우리끼리 술 마시는 게 낫겠다', '차라리 아까 걔들이랑 먹었어야 한다' 같은 불만이 터져 나올 때쯤이었다. 세운이가 가리킨 바의 창가 자리에 맥시 드레스 차림의 여자 세 명이 앉아 있었다. 형형색색 드레스에 밀짚모자 그리고 셀카봉. 한국 사람이길 바랐다. 그때, 준이가 나타났다. 준이는 그녀들에게 성큼 다가가 뭐라 말을 건넸다. 여자들이 웃기 시작했다. 그녀들 중 한 명이 우릴 향해 들어오란 손짓을 했다. 아쿠아블루색 풍성한 드레스를 입고 앉아 있었음에도 불구하고 탄탄하고 날씬한 몸매라는 게 확연히 느껴지는 여자였다. 그녀는 화장기가 전혀 없음에도 이목구비가 또렷한, 세 명 중 미모 파트를 담당하고 있음이 분명했다. 그녀만큼은 아니지만 나머지 두 명 역시 충분히 매력적인 외모였다. 그녀들은 우리를 즐겁게 맞아줬고, 적지 않은 대화를 했다. 그러다 세운이가 찍어놓은 우리의 숙소 사진이 화제가 됐다. 한 명이 구경해보고 싶다며 소리 질렀고(술이 조금 취한 모양이었다), 우린 당연히 환영한다며 함박웃음을 지었다. 그때 준이가 자리에서 일어나며 말했다.

"그럼 이 자린 빨리 정리하는 걸로 하고. 난 나가서 툭툭 잡을게."

총무를 맡은 세운이가 계산을 했다. 잘 먹었단 인사조차 없는 그녀들을 보며 세운이가 살짝 인상을 찡그렸지만 주영이가 눈치를 줬다. 대로변으로 나가자 툭툭 기사와 얘길 나누고 있는 준이가 보였다. 온갖 전구로 치장된, 요란한 힙합이 흘러나오는 툭툭이었다. 좌석 한 구석엔 뮤직비디오가 나오는 화면까지 있었다. 여자들이 먼저 올라타 신난 듯 셀카를 찍는 사이, 주영이와 세운이가 자리에 앉았다.

"야, 준아. 이거 말고 좀 더 큰 거 없나? 그냥 콜밴 부를까?"

"여기 왔는데 이런 거 한번 타봐야지. 자리 괜찮네. 여섯 명 타면 딱인데?"

"아니, 쟤들은 괜찮은데, 우리가. 응? 왜 여섯이야?"

"삼 대 삼. 여섯 명이서 놀아야지."

준이는 세운이의 옆에 자리 잡고 앉는 날 쳐다보기만 할 뿐 올라탈 생각을 하지 않았다.

"그럼 오늘 신나고 재밌는 밤 보내세요! 헤이! 고우! 레오 레오(빨리 빨리)!"

준이가 말을 마치곤 반대 방향으로 휙 뛰어갔다. 여자들은 잠시 어리둥절한 표정을 지었지만 이내 다시 사진을 찍는 데 집중했다. 준이가 사라지는 걸 보며 전화를 걸었다. 몇 번이고 다시 해도 받지 않았다. 그러다 문자가 왔다. 볼일이 좀 있으니 재밌게 놀라는 것이었다. 어딜 간 거지, 대체?

11 공갈, 빵

즐겁게 술을 먹은 다음 날엔 늦게까지 푹 잔다. 반대로 속상한 술자리를 보냈다면 아침 일찍 잠에서 깨곤 한다. 지난밤 실수에 대한 불안감 때문인지, 어제의 속상함에서 벗어나 새로운 하루를 빨리 시작하고 싶어서인지도 모른다. 오늘은 아침 일찍 잠에서 깼다.

우리 넷 전부 그랬다. 모두가 이렇게 일찍 일어난 건 거의 처음이 아닐까 싶다. 일어난 김에 숙소 주변을 산책했고, 근처에서 발견한 노점에서 고기국수를 먹었다. 준이는 별다른 재료가 들어간 것 같지 않은 사십 바트짜리 국수가 이렇게 맛있어도 되는 거냐며 감탄했다. 고기국수의 국물은 분명 숙취를 풀어주기에 충분했지만, 지난밤의 찜찜함은 여전히 풀리지 않았다.

사라졌던 준이가 다시 숙소로 돌아온 건 새벽 두 시쯤이었다. 숙소에 함께 온 여자들 세 명과의 분위기가 냉랭해졌을 때였다. 게임을 하다 지친 우린(정확히 얘기하면 나와 주영이와 세운이) 대화를 시작했다. 그런데, 이건 거짓말이 아니라, 그녀들이 자꾸만 '19금' 이야기를 하는 게 아닌가.

"근데 한국말 참 신기하지 않아요? 특히 오르가즘이란 단어 봐요. 분명히 영어인데 한국말의 '올라간다'는 말이랑 비슷하잖아요. 오름. 올라간다. 오르가즘."

"대-박. 진짜 그렇네. 근데 남자들도 오르가즘 연기할 때가 있다면서요?"

"어머, 정말? 진짜 그래요?"

"몰라. 태희 넌 그래본 적 있어? 주영이, 넌?" 세운이의 말에 나와 주영인 조용히 고개를 흔들었다. 오르가즘 연기를 해본 적이 있던 것 같기도 한데 일단은 대답하는 게 좀 귀찮았다.

"저도 그런 생각해본 적 있어요. 오늘이란 단어는 뭔가 늘어지는 느낌? 그리고 내일이란 단어는 뭔가 일을 엄청 해야 할 것 같은 느낌." 그나마 그녀들의 말을 받아주는 세운이가 고마웠다.

"근데 우리 이렇게 얘기만 할 거예요?"

그녀들 중 한 분께서(이때부턴 존댓말을 해야 할 듯싶다) 마침내 불만을 터뜨렸다. 말을 마친 그분께선 클럽에 가고 싶다고 조르기 시작했다. 다른 사람들이 별 반응 없자, 휴대폰으로 노래를 틀더니 혼자 일어나 춤을 추기 시작하는 게 아닌가. 그러자 나머지 두 분 역시 환호성을 지르며 골반을 흐느적대기 시작했다. 세운이는 천천히 일어나 거실의 전등 스위치를 반복해서 점멸시켰다. 그녀들의 분위기를 맞춰주는 세운이의 모습에 박수를 보내고 싶었다. 주영이는 그 시끄러운 와중에도 고개를 꾸벅이며 졸고 있었다. 그러다 벌떡 일어난 주영이가 도무지 잠이 와서 안 되겠다며 침실에 들어가버렸다. 그녀들이 우리 눈치를 보더니 음악을 껐다. 그러곤 남은 술을 홀짝이며 모종의 시선을 주고받았다. 나와 세운이는 눈꺼풀에 힘을 주며 겨우 졸음을 참고 있었다. 분위기를 회복시켜야 할 것 같은데 귀찮음이 앞섰다. 준이가 필요했다. 그런데 정말로 준이가 나타났다. 갑자기 현관문이 열리고, 술에 잔뜩 취한 준이가 들어오더니 그대로 현관에 쓰러진 거다.

깜짝 놀라 잠이 깼다. 나와 세운이는 얼른 현관으로 달려갔다. 준이를 겨우 일으켜 부축하려는데 "재밌게 놀았어요"란 말이 들렸다. 어느 샌가 퇴장할 준비를 마친 그분들이 현관 쪽으로 걸어온 것이었다. 그분들은 즐거웠다는 인사와 함께 순식간에 사라져버렸다. 클럽이나 가야겠다는 읊조림과 함께. 그 뒷모습을 보며 어이가 없었지만, 지금은 사라진 어이를 찾을 때가 아니었다. 준이부터 옮겨야 했다. 주영이가 자고 있는 방이 현관에서 제일 가까웠다. 방문을 열고 준이를 침대 위로 옮겼다. 주영이는 잠시 깨어나 우릴 쳐다보더니 다시 잠들어 버렸다.

난 소파에 쓰러지듯 누워 멍하니 천장을 쳐다보고 있었다. 세운이가 바닥에 흩어진 술병들을 치우는 소리가 들렸다.

"그냥 내버려두자. 내일 치우게."

세운이는 반대편 소파에 털썩 누우며 내 말에 동의를 했다. 그때 주영이가 침실 문을 열고 나왔다. 잠과 술에서 완전히 깬 듯했다. 주영이는 조용히 우리를 불렀다. 그리고 이쪽으로 오란 손짓을 했다. 세운이와 함께 소파에서 일어났다. 주영이의 시선이 향하는 곳까지 다다랐을 때, 흐느끼는 준이가 보였다. 흐느낌보단 오열에 가까운 울음이었다. 우린 조용히 문을 닫아주었다.

"여행이 좋긴 좋네. 이 자식이 뭘 이렇게 빨리 먹는 거 처음 보지 않아?"

준이는 자기보다 빨리 국수를 먹은 세운이를 보며 놀랍다는 듯 말했다. 그럴 만도 했다. 함께 식사를 할 때면 제일 늦게 먹는 사람은 항상 세운이였다. 건강을 위해 열 번씩은 꼭꼭 음식을 씹는 습관 때문이기도 했고, 다른 사람의 이야기를 경청하고 거기에 일일이 대꾸해주는 게 원인이기도 했다. 오늘은 달랐다. 가장 늦게 국수를 먹은 건 준이였다. 마음이 쓰였다. 가장 빨리 음식을 먹는 사람은 늘 준이였다. 그런데 국수를 다 먹은 세운이가 맥주 한 병을 더 주문할 때까지도 준이의 젓가락은 여전히 녀석의 손에 쥐어져 있다. 나와 주영이는 어젯밤에 있었던 세운이의 행동들에 대해 준이에게 얘기해줬다. 눈은 그대로 준이의 이상 징후를 관찰하고 있었다.

세운이의 얘길 들은 준이가 한참 동안 웃었다. 공갈빵 같은 웃음이었다. 속이 텅 빈 공갈빵. 예전에도 이런 적이 있었던 것 같은데 기억이 나질 않았다. 어제 봤던 준이의 눈물 역시 공갈이었다면 좋았겠지만, 그건 진짜였다. 무엇 때문이었을까? 준이에게 어디까지 기억 나냐고 묻자, 숙소 현관에 도착해서 여자 세 명을 본 것까지만 기억이 난다 했다. 주영이가 준이에게 말했다.

"이제 말하지 그래. 어디로 사라져서 뭘 하다가 나타난 건지."

"…." 준이가 뜸을 들였다.

"뭔데? 빨리 좀 말해봐." 나와 세운이가 동시에 준이의 대답을 재촉했다.

침묵. 다시 침묵. 세운이가 시킨 맥주를 마시곤 또 한 번 침묵.

한참 후에야 준이는 젓가락을 테이블에 놓으며 입을 뗐다.

"나 지연이 만났다."

지연이? 설마 그 지연이?

"누구? 뭐?"

"서지연?!"

"어제? 여기서 만났다고?"

"왜, 신기하냐? 일단 마사지 좀 받으러 가자. 왜 이렇게 뻐근하지."

우리 셋의 반응을 겨우 진정시키며 준이가 콜택시를 불렀다. 빠통 시내에 도착할 때까지 아무도 준이에게 말을 걸지 않았다. 난 지연이에 대한 마지막 기억을 더듬고 있었다. 주영이나 세운이 역시 마찬가지였을지 모른다. 준이에게 할 말을 정리해야 했다. 내가 기억하는 지연이의 마지막 모습은… 지연이의 출판계약 기념 파티에서였다.

준이와 지연이가 연애를 한 지 일 년쯤 됐을 때였나….

잡지 기자이자 파워블로거였던 지연이에겐 출간 제의가 많이 들어왔다. 그중 한 출판사와 계약을 한 지연이는 블로그에 썼던 글들을 토대로 연애에 대한 에세이집을 낼 거라 말했다. 그맘때쯤 준이는 지연이에게서 받았던 충격(거짓말을 하고 편의점에서 아는 오빠랑 술을 마시던 장면을 목격한)에서 완전히 회복된 상태였다. 혹시나 헷갈리는 사람이 있을까 봐 말해두지만, 당시 난 연애 칼럼니스트가 될 생각은 꿈에도 하지 못하던 사람이었다. 그저 잡지사의 노예로 규칙적인 월급을 받고 있었을 뿐이다.

책 계약 소식에 지연이보다 더 들뜬 건 준이였다. 지연이는 파워블로거라서 쉽게 계약을 했다고 대수롭지 않게 얘기했지만, 준이는 그런 겸손한 모습까지 멋지다며 지연이를 칭송했다. 그녀가 계약한 곳은 전자책 마케팅에 주력하는 출판사였다. 전자책 시장에서 꽤 두각을 나타내기 시작한 신흥 회사답게, 전자책에 특화된 내용을 쓰게 될 것 같다는 지연이의 얘길 들었던 기억이 난다.

준이는 사랑하는 여자 친구를 위한 축하 파티를 계획했다. 지연이는 실제로 책을 출간한 것도 아닌데 그렇게까지 할 필요가 있느냐며 준이를 말렸다. 그럼에도 녀석은 출간한 것과 다를 게 뭐 있느냐며 라운지 바를 통째로 빌렸다. 파티는 성공적이었다. 꽤 으슥한 곳에 있는 소규모 라운지 바였음에도 많은 지인이 방문해 그곳을 꽉 채웠다.

마침내 지연이가 소감을 말할 차례가 됐다. 그녀는 파티를 준비한 준이에게 가장 먼저 감사를 표시했다. 둘은 사랑을 가득 담아 키스를 나눴다. 부러운 모습이었다. 키스를 마치고 지연이를 껴안고 있는 준이의 표정은 그 어느 때보다 행복해 보였다. 이건 나만 알고 있는 비밀이지만, 그쯤 준이는 프러포즈를 계획하고 있었다. 계약 기념 파티에서 프러포즈를 하면 어떻겠느냐는 내게 준이는 말했다.

"야, 평생 한 번뿐인 프러포즈인데 지연이 축하하는 자리에서 동시에 진행하면 되겠냐. 두 번 행복할 수 있는 일을 나 편하자고 한 번만 해주면 안 되잖아."

그때 난 준이가 의외로 낭만적인 구석이 있다고 생각했다. 지연이가 관계자들과 인사를 나누는 사이 준이는 들고 있던 샴페인을 한 번에 마시며 우리 쪽으로 걸어왔다. 그리고 주영이와 세운이, 내 술잔에 술을 가득 따라줬다. 지연이를, 그리고 그녀를 사랑하는 자신을 축하해달라 했다. 우리는 진심으로 축하해줬다. 그때, 출간할 책의 방향에 대해 얘기하는 지연이의 목소리가 들렸다.

"『카트린 M의 성생활』이란 책에 대해 아시는 분 있으세요?"

"그 미술 평론가 카트린 밀레?" 누군가가 대답했다. 지연이의 친구인 듯했다.

"맞아요. 현대미술평론가이자 전위적인 미술 잡지 『아트 프레스』의 편집장이죠. 『카트린 M의 성생활』이란 책은 그녀가 열여덟 살부터 겪었던 성 경험을 솔직하고 담담하게 기술한 책이에요. 2001년에 출간되자마자 삼십만 부가 팔리면서 베스트셀러가 됐고요."

지연이가 왜 저런 얘길 하는 거지? 준이조차 어리둥절한 표정이었다. 준이는 들고 있던 샴페인 잔을 테이블 위에 놓고 지연이의 말에 집중했다.

"몇 달 전에 꽤 재밌는 기사를 봤어요. 영국에 사는 한 노부인의 자유로운 성생활에 대한 기사였죠. 그날 우연히 '결혼한 남성 열 명 중 3.7명이 간통을 경험했다'라는 기사도 보게 됐어요. 먼저 간통 기사를 여자 친구들에게 보여줬을 때 난리가 났어요. 남자들의 바람기 갖고 한참 동안 수다를 떨었죠. 그런데 웃긴 게 뭔지 아세요?"

다들 지연이의 다음 말을 기다렸다.

"그 노부인이 삼십오 년간 관계를 가진 남자 수가 삼천 명이라는 뉴스에는 별 다른 호응을 하지 않았어요. '세상에 그런 여자도 있네', '여자들 모두가 그렇진 않지'라는 식으로 대충 넘어가며 말이죠. 남자의 간통 경험 수치에 대해서는 치를 떨던 친구들조차 여성의 간통은 전혀 딴 세계 얘기인 듯 신경을 쓰지 않았어요. 여성과 남성의 성욕이 다르게 해석된단 얘기죠."

나도 그 기사를 보긴 했다. 그 노부인은 '평생 한 사람과 섹스를 해야 하는 건 참을 수 없는 일'이라며 '섹스가 삶의 목적은 아니지만 열정이다'라고 말했다. 자유로운 성생활의 물꼬를 튼 계기는 남편이라고 분명히 밝혔지만, 기사의 포커스는 오로지 노'부인'의 성생활이었다. 몇 년 전 한국에서도 비슷한 기사가 있었다. '천 명의 남자와 성관계 할 것'이란 여배우의 말에 대한 인터뷰였다. 한 인간이 자신의 성욕을 드러내는 것이 뉴스가 될 수 있으며 그것이 대중들의 관심을 끌어 모으는 수단으로 작용한단 사실이 놀라웠던 기억이 난다. 같은 이슈의 주체가 남성이었다고 해도 대중들이 똑같이 반응했을지 의문이 들었었다. 그러고 보니 그 기사를 내게 보여준 게 준이였던 것 같다. 지연이가 보내줬던 거구나.

"전자책 시장이 활발해지면서 가장 혜택을 받은 작품. 그게 바로 여러분이 잘 알고 계신 『그레이의 50가지 그림자』예요. 그런 자극적인 내용의 전자책을 구매하는 독자 구십구 퍼센트가 여자라는 사실은 모르셨죠? 가끔 일 퍼센트의 남자 유저가 발견이 되면 프로그램의 오류가 아닐까 하는 실랑이가 벌어질 정도로 남자들은 관심이 없다고 하더라고요." 출판사 직원과 지연이가 마주 보며 웃었다. 직원은 지연이의 말이 진짜라는 듯 고개를 끄덕였다. 사람들의 눈이 지연이의 다음 말을 기대하며 빛나기 시작했다. 특히 남자들. 준이의 표정이 조금씩 굳어가는 게 보였다.

"여자의 욕망과 남자의 욕망은 다르지 않습니다. 오늘 이 자리를 보니 여자 성비가 거의 이 대 일로 많은데요. 전 특히 여성들이 '이거야!' 하고 박수를 칠 수 있는 그런 연애, 아니 섹스 에세이를 쓸 거예요. 그건 아마도 백 퍼센트 제 경험에 근거한 이야기가 될 거고요."

준이의 표정이 완전히 굳어졌다. 지연이도 그런 준이의 표정을 본 듯했지만 태연하게 말을 이었다.

"이걸 단순히 제 섹스 경험담이라고 생각하지 않았으면 좋겠어요. 누군가는 이런 제 기획을 대단한 고백이자 아나키스트적인 시도라고 할 테지만, 너무 그렇게 생각할 필요도 없어요. 어차피 우리 여성들도 성적 욕망은 남자에게 뒤처지지 않거든요. 남자들은 섹스할 장소를 찾고 여자는 구실을 찾는다는 말을 없애버리고 싶어요."

사람들이 박수를 쳤다. 나와 세운이, 그리고 주영이만 준이의 표정을 살폈다.

"남성에게만 능동적 성욕이 존재한다는 인식을 없애고, 수동적인 줄만 알았던 여성들도 자신의 성욕을 마음 놓고 표현할 수 있는 사회가 이상적이지 않아요? 그럼 남자들도 편해질 거예요. 한국 여성들이 연애 시 남성에게 의존적일 수밖에 없는 이유가 특히 그거거든요. 원초적인 스킨십에서조차 욕망을 터부시당하는 현실. 기본적인 식욕과 성욕의 해소에 대한 주도권을 남성에게 빼앗겨버린다면 관계는 절대로 평등해질 수 없습니다. 성적 자기결정권이라든지 하는 거창한 말은 쓰지 않겠어요. 다만, 서로가 먹고 싶을 때 먹고 싶다 말하고, 하고 싶을 때 하는, 그런 건강한 연애를 위해!"

지연이가 잔을 높이 들었다. 사람들이 잔을 따라 들며 크게 환호했다. 우린 잔을 들 수 없었다. 물론 그녀의 평소 성격으로 봤을 때 예상 가능한 일이긴 했다. 하지만 사건이란, 예상 가능했음에도 실제로 마주쳤을 때는 더 당황스러운 법이다. 준이가 애써 크게 웃었다. 그리고 우리에게 잔을 높이 들어 올리자는 제스처를 보였다.

생각났다! 어렴풋이 기억나는 그때의 웃음. 그게 공갈빵 같았다. 지연이가 한 말들이 전부 공갈이길 바라는, 속이 텅 비어 있는 그런 준이의 웃음.

솔직히 말해 당시의 난, 준이의 표정이나 지연이의 말에 백 퍼센트 집중할 수 없는 상황이었다. 아이러니하게도, 내가 처음 미진이를 만난 곳이 바로 그 파티였기 때문이다.

빵. 빵. 빵! 공갈이라고밖에 생각할 수 없는 엄청난 폭죽들이 미진이 주위에서 터지는 기이한 광경이 내 눈앞에 펼쳐졌으니까.

12 사람이 개를 물면 뉴스가 된다

마사지는 역시 태국이다. 한국과는 비교도 안 되는 가격에 높은 수준의 마사지를 받을 수 있다. 마사지를 받고 노곤해진 우리는 근처 바에 들어가 간단히 맥주를 시켰다. 근처 가게들에 비해 상대적으로 손님이 없는 곳이었다. 좀 더 시끄러운 곳으로 가자는 준이를 억지로 앉혔다.

거리엔 여전히 관광객들이 많이 보였다. 지난 이틀과 다른 새로운 풍경이 있다면, 다수의 퍼레이드였다. 거리의 왼쪽에선 건장한 남자 모델 몇몇이 상의를 탈의한 채 의류브랜드를 홍보하고 있었다. 여자 관광객들은 마음껏 그들을 만지고 사진 찍으며 환호했다. 오른쪽에선 비키니를 입은 여자들이 호객 행위를 하며 걸어오고 있었다. 이번에는 남자들이 환호할 차례였다. 하지만 그들은 완전히 그녀들과 가까워질 수 없었다. 그녀들에게선 '우리와 더 가까워지고 싶다면 돈을 내고 우리 가게에 와야 한다'는 무언의 압박이 느껴졌다. 그것에 응하고 지갑을 여는 사람만이 그녀들과 대화를, 그리고 그녀들의 몸에 손을 댈 수 있었다.

"난 저런 게 싫어." 한참동안 휴대폰을 보고 있던 세운이가 갑자기 인상을 찌푸리며 말했다. 주영이가 세운이의 시선을 따라 거리를 쳐다봤다. 준이 역시 말없이 거리를 보고 있었지만 그 시선 끝에 뭐가 있는진 알 수 없었다. 거리엔 여전히 퍼레이드가 펼쳐지고 있었다.

"저런 현상 때문에 남자는 일종의 우상화, 여자는 반대로 상품화가 되는 거거든. 남자가 역차별당해서 억울하단 말이 아니라. 보통의 텔레비전 프로그램에서도 말이야. 남자가 여자를 만지면 큰일나지만 여자 출연자들은 몸 좋은 남자들을 막 만지면서 환호하잖아?"

"그게 왜?" 준이가 고개를 돌리며 세운이를 쳐다봤다.

"그런 게 아무렇지 않게 받아들여지는 이유가 있어. 아무래도 사회적으로 강자로 여겨지는 게 남자고, 여자는 약자니까. 강자가 약자에게 하는 건 폭력이지만 약자가 강자에게 하는 건 일종의 판타지가 주는, 드라마틱한 까따르시스 같은 거지."

"그래서?" 준이의 질문이 필요 이상으로 날카로웠다. 기분이 나빠진 것 같았다.

"매체 속에서 그게 당연하게 여겨질수록, 여자는 약자라는 이데올로기가 더 강화될 뿐이라는 거야. 신체 능력이야 별 수 없다고 쳐도, 욕구를 해소하는 것에서조차 그러면 안 되는 거 아냐?"

"그니까 지금 그 말을 하는 이유가 뭐냐고."

잔뜩 화가 난 표정의 세운이가 휴대폰을 테이블 위로 툭 던졌다. 인터넷 서점의 메인 화면이 보였다. 그곳엔 이달의 '화제의 책'으로 뽑힌 지연이의 책 표지가 있었다.

"남녀 간 성욕에 차이를 두니까 이런 게 이슈화되는 거 아냐. 준이 넌 알고 있었어?"

"당연하지. 내가 파티까지 해줬잖아. 계약했으면 책이 나오는 건 당연한 거 아냐. 야, 근데 우리 왜 이런 데 있냐. 좀 시끄러운 곳 안 갈래? 가기 전에 한잔 마시고."

준이가 테킬라를 시켰다. 키가 자그마한 점원이 테킬라 병을 가져왔다. 준이는 건배도 하지 않고 혼자 술을 따라 마셨다. 난 사실, 지연이의 책이 출간된 걸 진즉 알고 있었다. 애들에겐 굳이 말하지 않았다. 준이를 비롯해 주영이, 세운이 모두 책을 그리 즐겨 읽는 편이 아니었고 당연히 신간 소식에도 어두웠다. 그래서 모를 줄 알았다. 굳이 알릴 필요는 없다고 생각했다. 지연이 책의 출간을 알게 된 건 몇 주 전 출판사 미팅 자리에서였다. 내 책의 방향을 잡기 위한 회의를 잠시 한 뒤 식사를 했다. 그곳에서 지연이의 책이 화두가 된 것이다. 출판 관계자들은 지연이의 책에 대해 부정적인 시각을 갖고 있었다.

— 근데 말이죠. 여자의 성욕이 왜 책의 소재가 돼야 하는 거죠? 내용의 발칙함 때문에 기분 나쁜 게 아니고요. 여자의 솔직담백한 섹스 이야기란 소재가 대중의 관심을 끈다는 것 자체가 거북스러워요. 남자가 자기 섹스 이야기 써봐요. 솔직 담백한 고백이 아니라 야설밖에 더 되겠어요?

— 확실히 여자의 성욕은 남자의 그것과는 다르게 해석되지. '새로운 것(NEWS)'이 되는 시장인 것도 분명해. '개가 사람을 물면 뉴스가 되지 않지만 사람이 개를 물면 뉴스가 된다'고 하잖아? 남자에겐 당

연히 있는 성욕이, 여자에게도 존재한다는 걸 밝히는 것 자체가 뉴스가 되는 거야. 웃긴 일이지. 사람이 사람의 본능을 얘기하는 게, 사람이 개를 무는 것마냥 보통의 범주를 넘어선 일이 된다니. 누굴 나무라겠어. 우리 같은 사람들이야, 그걸 잘 이용해야 하는 거고. 너무 나쁘게 생각하지 마.

난 그때 아무 말도 하지 못했다. 하지만 마음속으론 그들의 말에, 아니 그들이 가진 부정적인 시각에 동의했다. 준이도 그런 비슷한 맥락으로 화가 났고, 그때 벌어진 틈을 좁힐 수 없어서 헤어진 줄 알았다. 그런데 그게 아니었다. 벌써 혼자서 테킬라를 네 잔 정도 마신 준이가 지연이와의 이별에 대해 자세히 얘기하기 시작했다.

지연이의 계약 파티가 있었던 그날.

내가 미진이의 연락처를 받고 한창 얘길 나누고 있을 때, 준이는 술에 잔뜩 취한 지연이를 집에 데려다주고 왔다. 주영이와 세운이가 자리를 옮기자고 얘기했다. 우린 근처 포장마차에서 밤새 소주를 마셨다. 준이는 술을 많이 마셨다. 그리고 속상한 마음을 드러냈다.

그 전자책 출판사에 지연이의 원고를 소개해준 게 바로 준이였단다. 계약이 이뤄지기 전에 출판사 직원들을 불러 술자리까지 마련해줬었단다. 준이는 지연이가 가진 재능이 아깝다고 생각했고 그걸 꼭 키워주고 싶었다고 했다. 그런데 그런 내용으로 책을 쓸 줄은 몰랐다는 거다. 블로그에 있는 글들과 출판사에 보냈던 샘플 원고는 전혀 그런 글이 아니었다고 했다. 아마 출판사 직원의 강요에 의해 기획이 변경됐을 거라며 욕을 하기 시작했다. 소주 한 병을 더 마시고선 지연이를 원망했다. 아무리 출판사 직원이 강요하더라도 본인이 싫었다면 하지 않았을 텐데. 왜 굳이 알고 싶지 않은 자기의 과거를 드러내려는 거냐며 속상해했다. "날 사랑하는 건 맞겠지?"라고 우릴 향해 물었다.

"준아. 지연이가 그런 책 쓴다고 해도 걔가 너에게 주는 사랑이 반감되거나 하는 건 아니잖아. 어쩌면 결혼 전에 자기를 제대로 보여주고 싶어서 그런 걸 수도 있고."

"개소리야." 세운이의 말에 준이가 단언했다. 그건 개소리라고.

"하긴 누구나 그런 마음이 있잖아. 있는 그대로의 나를 보여줘도 이 사람이 날 사랑해줄까?라는 의문. 지연이는 그걸 정말로 시험해보고 싶었는지도 모르지. 배우자를 찾기 위한 마지막 시험 같은 걸로." 민망해진 세운이를 거들고 준이를 어떻게든 이해시키기 위해 내가 꺼낸 말이었지만, 정말로 개소리를 지껄이고 있단 생각이 들었다. 너무 작위적이고 억지스러운 해석이었다. 그리고 그게 진실이라 해도 딱히 기분 좋을 건 없다. 어떻게 하면 준이가 덜 속상할까.

"그러니까 그런 걸 왜 하냐고. 나랑 있었던 얘기도 다 할 거 아냐. 굳이 왜?" 속상해하는 준이의 빈 잔에 주영이가 술을 채웠다. 겨우 잔을 비워낸 준이가 말했다.

"있잖아. 지연이가 그러더라고. 책의 재미를 위해 뭐, 여자 주인공이 결혼을 한다거나 하는 해피엔드는 절대 아닐 거라고. 근데 나랑 지연이의 실제 연애가 지금 엔딩이 난 게 없잖아. 이게 무슨 기분인지 아냐?"

우린 아무 말도 할 수 없었다. 준이는 잔뜩 술에 취해 말을 이었다.

"남자가 썼고 여자가 썼고, 그런 문제가 아니야. 이런 책엔 주연과 조연이 있을 수밖에 없거든. 지연이가 뭐 때문에 쓰는 건진 모르겠는데… 뭐, 지 과거 고백하듯 털어놓고 자아성찰도 하고, 트라우마가 있었다면 그것도 나름 해소하고, 거기다 타인에게 그런 쿨함도 인정받는 보너스까지 얻겠지. 근데 그 과정에 걸쳐 있는 조연들은 입장이 다르거든. 주연이 밟고 지나갔던 조연의 삶. 그 상처투성이가 재조명되는 거야. 그리고 자기가 상처받았던 당시엔 미처 몰랐던 주인공의 속내까지 제대로 확인하게 될 거고."

"그래도 넌 그 책의 주연일 거 아냐"

"야, 그런 책에 주인공은 오직 한 명, 글 쓴 사람뿐이야. 나 역시 주인공의 성장을 돕는 조연일 뿐이라고. 연애나 섹스, 데이트를 함께하는 조연. 운 좋으면 현재진행형인 조연. 하지만 엔딩까지 남을지는 불확실한 조연이지."

말을 마친 준이는 테이블 위에 엎드려 잠이 들었다.

여기까지가 우리가 알고 있는, 그날 벌어졌던 일이다. 이후 준이와 지연이가 어떤 대화를 나누었는지는 알 수 없었다. 준이 녀석이 아무 말도 하지 않았기 때문이기도 하지만, 사실 난 그날 이후 미진이와 가까워지기 위해 정신이 없었다. 미진이는 지연이와 아주 가까운 친구는 아니었다. 지인의 지인으로 알게 돼 일 년에 서너 번 정도 함께 만나는 사이라고 했다. 그래서 지연이의 원고 작업에 대한 이야기를 미진이에게 묻는 일은 없었다.

준이가 지연이와 이별했단 얘길 들었을 때, 왜냐고 더 물을 수 없었다. 그간 우리가 몰랐던 준이의 아픔은 상상을 초월하는 것이었다.

원고 작업이 한창인 지연이의 집에서 준이는 원고의 일부를 보게 됐단다. 그곳에는 예상대로 지연이의 연애, 그리고 섹스 이야기가 적나라하게 쓰여 있었다. 준이는 지연이를 이해하려고 했다. 책이 완성되면 프러포즈를 해야겠다는 생각 하나로 지연이의 원고 작업을 도와주고 있었단다. 그러다 책의 후반부에서 인내심의 한계를 뛰어넘는 내용을 발견한 것이다. 준이를 만나는 도중 만났던 남자에 대한 내용이었다. 편의점에서 함께 있었던, 바로 그 '아는 오빠'.

"뭐?!"

"진짜 그날 그 기분을 너넨 절대 모를 거다. 씨발." 준이가 술을 더 시켰다.

준이가 본 원고엔 모든 사실이 적나라하게 드러나 있었다. 준이에게 거짓말을 하고 아는 오빠와 밥을 먹었던 일, 술을 먹었던 일, 손을 잡았던 일, 그가 키스를 시도했던 일. 그리고 모텔에서 정신을 차린 어느 날 아침의 일까지. 물론 글의 마지막에 그 오빠와의 연락을 완전히 끊어버렸다는 내용이 나오긴 했단다. 그때 준이는 괴로웠다. 이 참을 수 없는 분노의 원인이 뭔지 혼란이 왔다고 했다. 당시에 저질렀던 현상들과 거짓말에 화가 나는 건지, 그걸 이제 와서 밝히는 태도가 더 화나는 건지 도무지 알 수 없었다고 했다. 준이는 지연이와의 멀어진 틈을 도무지 채울 수가 없었고, 책의 마지막 장 집필이 한창이었을 때 둘은 이별하고 말았다. 준이가 먼저 그녀에게 이별을 통보했다. 지연이도 자연스레 받아들였다.

"나 원래 책 안 읽잖아. 근데 왜 하필 그건 제대로 다 읽었는지 모르겠다. 안 봤으면 그냥 잊을 수 있었을 텐데."

지연이의 책이 출간된 사실을 알게 된 준이는, 다음 날 바로 구매했다. 그리고 빠른 속도로 읽어 내려갔다. 준이가 알지 못했던 지연이의 과거들이 열거됐고, 둘의 이별을 야기했던 그 장도 버젓이 있었다. 드디어 마지막 장. 마지막 장의 내용은 준이도 몰랐다. 이별 후 지연이 혼자 완성한 부분이었기 때문이다. 준이는 마지막 장을 읽으며 펑펑 울었다고 했다. 그 안의 내용은 오직 준이 얘기뿐이었다. 준이를 어떻게 사랑하게 됐으며 현재 얼마나 사랑하고 있는지, 준이와 함께할 미래에 대한 상상, 순간적으로 저질렀던 과거의 실수와 그것에 대한 진심 어린 뉘우침이 세세하게 적혀 있었다.

그리고 자서전을 쓰게 된 이유가 에필로그에 나와 있었다고 했다. 지연이 역시 준이와 결혼을 하고 싶었고, 자신을 진심으로 사랑해주는 준이에게 선택권을 주고 싶었단 게 지연이의 속마음이었다. 선의의 거짓말을 했지만 본인이 잘못한 건 틀림없는 사실이었고 이런 여자를 사랑할 수 있느냐는 질문을 준이에게 던져보려던 것이었다. 그리고 자신의 부끄러운 과거를 대중에게 드러내는 것보다 큰 사과는 없을 거란 게 지연이 나름대로 결자해지를 하는 방식이었다. 다시는 그런 실수를 하지 않겠단 다짐으로, 준이와 함께 더 건강하고 단단한 미래를 만들고 싶단 소망을 마지막으로 책은 끝을 맺는다고 준이가 말했다.

그걸 보는데 그냥 눈물이 났다고 했다. 조금 더 그녀에게 다가가지 못했다는 후회가 밀려와서 가슴이 먹먹해졌다고 했다. 준이는 지연이를 잊지 못하고 있었다. 그녀를 다시 만나고 싶었지만 엄두가 나질 않았다. 아무리 다른 여잘 만나도 지연이를 잊을 수 없던 준이는, 우연히 지연이의 '사생팬'을 만나게 됐다고 했다. 그 팬의 정체가 놀라웠다. 카페에서 만났던 블랙 스키니진이었다.

"걔가 지연이를 무슨 교주처럼 떠받들더라고. 그날 카페 들어가자마자 이상하게 낯이 익다 싶었는데 지연이 블로그에 매일같이 댓글 달던 애였던 거지."

"걔가 최근의 지연이에 대해 너보다 더 잘 알고 있었다고?"

"당연하지. 사생팬인데. 그니까 지연이 푸껫 여행 스케줄까지 나한테 가르쳐줬지. 내가 이거 알아내려고 걔한테 샴페인까지 사주면서 개고생한 거 생각하면, 진짜, 아우."

놀라운 사실들이 한꺼번에 너무 많이 쏟아지니 정신이 없었다. 심지어 비행기에서 승무원에게 푸껫에서 여자들이 가장 좋아하는 레스토랑을 물었던 것 역시 지연이와 가기 위한 장소를 물색하기 위해서였단다. 승무원이 가르쳐준 해물요리집에 지연이와 갔는데 대단히 만족스러웠다며 기뻐하는 준이의 모습을 보니, 내가 아는 그 준이가 맞나 싶을 정도였다.

"근데 여태까지 우리한테 숨긴 이유가 대체 뭐야. 알았다면 우리도 도와줬을 거 아냐."

"쪽팔리잖아."

우리의 질문에 준이는 간단하게 대답했다. 준이의 좌우명은 정말로 '쪽팔리는 삶을 살지 말자'다. 어젠 지연이와 밥을 먹고 뭘 했냐는 질문에는 묵비권을 행사하는 준이였다. 오랜만에 보는 준이의 밝은 웃음이 반가웠다.

"내가 다른 비밀 하나 가르쳐줄까."

"또 있어?"

"빨리 말해봐. 말한 김에."

"있잖아."

"뭔데!"

"나 지연이랑 헤어진 이후로 다른 여자랑 한 번도 한 적 없다?"

"지랄."

"못 믿겠으면 말고."

"네가? 정말로?"

"그게 꼭 지연이 때문에 뭐, 의리를 지키고 사랑을 계속하고 그런 게 아니라. 정말로 잘 안 되더라고. 무슨 트라우마처럼 여자랑 섹스할 상황이 되면 막 메스껍고, 그것도 잘 안 서고 그러더라? 웃기지 않냐? 내가 그래서 비아그라까지 챙겨왔다니까. 혹시나 지연이랑 얘기가 잘돼서 그렇고 그런 상황까지 갔는데 안 설까 봐 겁나서."

지연이와의 향후 관계에 대해선 한국에 가서 생각해보겠다는 게 준이의 결론이었다. 그때 갑자기 옆 테이블의 일본 여자 둘(꽤 아름다운)이 주영이에게 말을 걸어왔다. 세운이는 서둘러 휴대폰을 꺼내 번역기 앱을 검색했다. 아직 우리에겐 이틀이 더 남았으니 클럽이나 가자던 준이는, 테이블이 소란스러운 틈을 타 내게 슬쩍 말했다.

"근데 넌 미진이 소식 안 궁금하냐?"

"응. 별로. 근데 왜?"

"걔 얼마 전에 결혼 직전에 파혼했대. 자기가 그냥 엎었다더라고."

13

갓.
갓.
갓.

피피 섬 호핑투어 스케줄은 취소했다. 세운이가 물갈이를 심하게 했다. 불쌍하게도 아침 내내 화장실을 들락거렸다. 동남아를 그렇게 다녀도 이상하리만큼 물갈이를 피할 수가 없다며 울상 짓는 세운이는 완전히 영혼이 빠져나간 듯했다. 다시 화장실에 들어가는 녀석을 뒤로하고, 주영이와 함께 숙소를 나왔다. 여기저기를 둘러봤다. 정실론에 가서 기념품도 샀다. 첫날 가지 못했던 레스토랑인 넘버식스도 가봤다. 옆 가게와 크게 다를 바 없는 맛이라는 데 주영이도 동의를 했다. 준이에게서 연락이 왔다. 지연이를 만나고 있는데 잠깐 오겠느냐는 제안이었다. 둘만의 시간을 더 보내라고 답장을 보냈다. 지난번에 갔던 마사지숍을 한 번 더 갔다. 딱히 다른 숍을 찾기가 귀찮았다. 마사지를 마치고 나오자 세운이에게서 연락이 왔다. 다 나았다며 먹을 걸 사서 오란 문자였다. 확실히 괜찮아졌냐고 물었더니 내일 서핑도 문제없을 거란 답장이 왔다. 숙소로 돌아가는 차비를 아끼기 위해 준이에게 연락을 했다. 밤늦게 들어가겠으니 먼저 들어가란 연락이 왔다. 내일 서핑 스케줄은 문제없겠냐고 물었다. 'OK!'라고 답장이 왔다.

나흘째 아침이 밝았다. 하루밖에 남지 않은 여정을 생각하니 아쉬웠다. 숙소에도 정이 들었는데. 탄성만 나오던 첫날에 비해 익숙하고 편안한 공간이 됐다. 다행히 세운이의 상태는 완전히 괜찮아졌다. 준이도 어젯밤엔 멀쩡한 상태로 현관에 들어왔다. 지연이와 뭘 했는지 굳이 묻지 않았다.

서핑은 우리가 이번 여행에서 가장 기대하던 스케줄이다. 간단히 아침을 먹고 까따비치로 향하는 택시를 탔다. 빠통비치는 물이 깨끗하지 않았고, 까롱비치는 상대적으로 물이 맑긴 했지만 서핑하기엔 파도가 그리 높지 않았다. 서핑엔 까따비치가 최적이었다.

해변으로 걸어가는 길엔 다양한 서프숍들이 있었다. 숍을 운영하는 사람들은 관광객들에게 서핑보드를 빌려주며 강습까지 해주었다. 그러다 시간이 나면 언제든지 파도를 탔다. 낮이든 밤이든 비가 오든, 언제든지 원하기만 하면 해변으로 나가고, 서핑을 하지 않는 날엔 이웃들과 맥주를 마시며 인생을 즐기는 사람들이었다. 빈틈없이 까맣게 그을린 탄탄한 피부에서 그들의 삶의 밀도가 느껴졌다.

주영이는 그들과 눈이 마주칠 때마다 무조건 인사를 했다. 그런 주영이의 모습은 좀 의외였다. 잘 걸어가던 주영이가 갑자기 걸음을 멈췄다. 그리고 태국말로 쉴 새 없이 수다를 떨고 있는 사십 대쯤 된 아저씨 세 명을 쳐다봤다. 부러움의 눈빛이었다. 우리도 걸음을 멈추고 주영이를 쳐다봤다. 세운이가 주영이의 걸음을 다시 재촉했다. 주영이가 누군가를 이렇게나 부럽게 쳐다본 적이 있었나, 하는 생각이 들었다.

“하루의 시작과 끝을 마음대로 정할 수 있는 삶은 어떨까?” 주영이가 물었다.

“주영이 너랑 태희는 그러고 있는 거 아냐? 준이는 회사에, 난 학교에 구속돼 있지만.”

“난 태어난 순간부터 탈출할 수 없는 우리가 있지. 인생 자체를 가둬버린.”

“아… 너희 집? 그것도 그렇네. 시작은 별 수 없이 하게 됐어도, 끝은 우리 마음대로 할 수 있는 자유와 권리란 게 주어져야 하는 건데.”

우린 어떤 게임을 플레이하고 있는 게 아닐까? 게임의 이름은 ‘데일리 루틴Daily Routine’. 플레이어는 하루를 시작하는 휴대폰 알람에 침대에서 일어난다. 손목에 차고 있던 시계 모양의 열쇠가 어디론가 사라져버린 걸 깨닫는 플레이어. 어디선가 도우미가 나타나 얘기한다. ‘그 열쇠는 어떤 자물쇠를 열 수 있는 비밀의 열쇠야. 늘 네가 갖고 있었지만 그 소중함을 몰랐기에 사라져버렸지. 이제 당신은 방문 밖으로 나가야 해. 열쇠를 다시 찾아 자물쇠 하나를 열어야 하거든. 그러지 않으면 열쇠는 또다시 사라져버릴 거야. 자물쇠는 하루의 끝을 알리는 알람이 있는 곳에 있어. 알람을 휘감고 있는 사슬의 중심부에 자물쇠가 있지.’ 플레이어는 깨닫는다. 이 게임은 사라진 시계 모양의 열쇠를 찾아 자물쇠를 푸는 게 마지막 관문이란 걸. 열쇠를 다시 손목에 감고 잠이 드는 엔딩을 위해서 플레이어는 집을 나선다.

이 게임의 어려운 점은, 열쇠를 가져간 거대한 악당 같은 건 등장하지 않는다는 점이다. 그 열쇠는 플레이어의 직장 상사 손목을, 연인의 손목을, 혹은 교수와 친구들의 손목을 오가며 주인공을 혼란에 빠트린다. 미니게임이 펼쳐지기도 한다. 지인들이 플레이어를 중간에 몰아놓고 열쇠를 던져 주고받으며 플레이어를 농락한다. 이 미니게임에서 이기면 엄청난 보너스가 주어지지만 거의 성공하기 힘든 난이도다.

다시 열쇠를 찾아 헤매길 반복하는 플레이어. 대략 아홉 시간 정도의 게임 타임이 지나도 열쇠를 획득하지 못한 플레이어 앞에 열쇠가 나타난다. 운이 나쁜 게이머들은 스물네 시간이 지나도 열쇠를 찾을 수 없지만 대부분의 유저들은 아홉 시간에서 열두 시간 정도의 게임 타임이 지났을 때 열쇠를 획득할 수 있다. 그때 도우미가 나타난다. 본인의 힘으로 열쇠를 찾아 낸 게 아니라 열쇠가 플레이어 앞에 스스로 모습을 드러냈을 경우엔, 내일 또다시 이 게임이 시작된다고 얘기하는 도우미. 하루의 끝을 알리는 알람 소리가 들린다. 뭐가 됐든 너무 피곤한 플레이어는, 내일의 게임은 내일 하겠단 결심을 하며 잠이 든다. 언제쯤 엔딩 영상을 보게 될지 알 수가 없다. 치트키를 써서 보게 된 엔딩 영상의 마지막 장면은 대충 이렇다. 알람을 휘감고 있던 사슬의 정체를 밝혀 내는 주인공. 사슬 끄트머리 어딘가에 아주 작게 쓰인 단어가 클로즈업된다. '관계(關係)'라는 두 글자다. '수고하셨습니다.'

"여기 사람들의 손목엔 아주 단단히 고정된 저마다의 시계가 있는 것 같아. 방향을 알 수 없는 초원, 깊이를 알 수 없는 바다, 무슨 일이 벌어질지 모르는 삶. 그 어디서도 믿고 따를 수 있는 그런 나침반과 크로노그래프가 기본으로 장착된 시계. 거친 파도와 삶을 정복하기 위해 필요한 자신만의 시계." 주영이가 말했다.

"그런 시계로 '시계(視界)'를 확보해야 바다를 개척하고 삶을 개척할 수 있는 건가?"

손목을 내려다보며 아쉬운 표정을 짓던 주영이가 내 대답에 살짝 웃었다. 세운이가 외쳤다. "야! 파도 대박이야!" 콘크리트 대신 모래가 밟히기 시작했다. 해변을 보며 준이가 말했다.

"친한 애널리스트 형이 있거든. 아, 선수 형이랑도 친해. 형이 서른 두 살 되던 해에 갑자기 일을 그만둔다더라? 그리고 한국에서 집을 완전히 정리하더니 하와이 가서 저렇게 서핑숍을 운영하면서 산다는 거야. 낮엔 파도 타고 밤엔 사람들과 함께 마시고. 그다음 날 또 가게 열고. 열기 싫을 땐 열지 않고. 걱정은 그저 날씨 정도? 딱 하루를 버틸 정도로 돈을 벌고, 그걸 그대로 다 써버리고. 재산의 축적 같은 건 그냥 신경 안 쓰고 내일보단 오늘을 즐기며 살고 있대. 말만 들었을 땐 몰랐는데 여기 와서 보니 정말로 그 형이 부럽네."

우린 고개를 끄덕였다. 준이가 한숨을 쉬며 천천히 입을 열었다.

"연애하는 것도 그럴 수만 있다면 좋을 텐데. 안 그러냐?"

"그게 어떻게 연애하는 건데?"

"몰라, 인마. 그냥 그렇다고." 준이는 서핑숍을 찾아보겠다며 혼자 뛰어가버렸다.

모든 시작에는 끝이 있다. 시작한 사람에겐 그 끝을 정할 수 있는 권리까지 주어진다. 연애도 마찬가지다. 사랑을 시작한 사람은 언제든 이별할 권리를 갖게 된다. 이별의 권리를 행사하는 건 낯설고 무서운 일이다. 그래서 자꾸만 미룬다. 별 수 없이 그 권리를 행사한 후엔 자유가 주어지지만, 자유를 어떻게 다룰지 몰라 한동안 먹먹하다. 그때 필요한 건 책임감이다. 이별 후 다시는 연락하지 말아야 한다는 책임을 완수하는 건 세상에서 제일 어려운 과제 중 하나다. 준이는 그걸 완수해낸 줄 알았다. 모든 과정을 무사히 끝내고 다른 세상을 살아가는 줄로만 알았다. 그런 준이가 여전히 그 시작과 끝 사이의 어떤 지점에서 살아가고 있었단 사실에, 사실 충격을 받았다. 뭐, 나도 마찬가지인 것 같다. 미진이의 파혼 소식에 순간적으로 심장이 내려앉는 기분이 들었던 걸 보면, 나 역시 애매한 지점에 서 있는 게 분명하다.

바다 내음이 났다. 어디서부터 시작됐는지 모를 파도가 끊임없이 넘실대고 있었다. 저 수평선의 끝을 도무지 알 수 없는 것처럼, 지난 연애가 끝나는 지점 역시 영원히 알 수 없는 건 아닐까 하는 걱정이 됐다. 그건 당연한 거다. 그러니 끝나는 지점을 확인해서 끝내는 게 아니라, 그 지점을 확인하려는 호기심 자체를 없애야 한다. 그게 바로 이별을 견뎌내는 과제의 처음이자 마지막 요령이다.

해변에 사람이 많지 않아 다행이었다. 사람들은 현실의 언어를 잠시 어딘가에 두고 온 듯, 음악을 듣고 책을 읽으며 온몸으로 햇살을 받고 있었다. 간간히 사람들의 대화가 들렸지만 이내 파도 소리에 묻히길 반복했다. 그게 좋았다. 현실의 복잡한 언어가 바다의 단순한 언어에 잡아먹히는 게 좋았다. 해변을 조금 걸었다. 그러다 보이는 바에서 맥주와 수박 주스를 사서 근처의 적당한 선 베드에 누웠다. 준이가 한 시간쯤 후부터 서핑보드를 빌릴 수 있다며 돌아왔다. 한 시간은 이렇게 누워 있을 수 있겠구나. 우린 잠시 말을 잊고 바다를 바라봤다. 침묵을 깬 건 아이패드로 뭔가를 한참 보던 세운이였다.

"너희 혹시 '갓'에 다른 단어 붙이는 거 들어봤어?"

"…갓뭐시기인가 하는 아이돌?"

"갓이 'GOD', '신(神)'이잖아. 그래서 보통 '갓' 어쩌고 하면 특정 분야에서 신과 같이 범상치 않은 능력을 발휘해 눈에 띄는 성과를 보이는 사람을 말한대. 근데 '갓솔로'란 말도 있더라고. 준이 같은 애들."

"전지전능한 솔로 생활을 즐기는 사람? 여자를 신처럼 잘 만나는 사람?"

"아니, 방금 막 헤어진 사람."

"야, 나 몇 년 전에 헤어졌거든?"

"근데 여기 나온 갓솔로들이 겪는 증상이 너랑 딱 비슷하다니까."

아이패드 화면에 떠 있는 건 한 포털 게시판의 글이었다. 며칠 전 이별을 겪은 한 남자의 고초가 상세히 적혀 있었다.

영원할 것 같던 사랑이 끝난 허무함과 이별의 아픔은 정상적인 하루 일과를 수행할 수 없게 만들어요. 시간이 약이라고, 인간은 망각의 동물이라는데 고작 열한 개의 숫자로 이뤄진 그녀의 전화번호조차 잊히질 않네요. 만난 기간보다 두 배의 시간은 흘러야 완벽히 잊을 수 있다죠? 제발 그 말이 맞지 않길 바라요. 저 삼 년 연애했는데 육 년간 어떻게 이러고 살아요? 진짜 두려운 건, 그보다 더한 시간이 흘러도 다른 사랑을 시작할 수 없을 것 같다는 거예요.

미진이와 이별을 한 직후의 기분이 떠올랐다. '사랑이 다른 사랑으로 잊힌다'는 노랫말도 있지 않느냐는 지인들의 응원에 힘입어 닥치는 대로 소개팅이며 미팅을 해댔다. 허무했다. 분명히 평소였다면 매력적이라고 느꼈을 법한 여자들이었는데, 전혀 감흥이 없었다. 그런 일이 반복될수록 더 이상 사랑에 빠질 수 없을 것만 같은 이차적 두려움이 엄습했다. 처음 겪는 증상은 아니었지만 어김없이 경험한다는 사실이 놀라웠다.

단순한 그리움뿐 아니라 일종의 양심의 가책이었는지도 모르겠다. '갓'이라는 단어를 졸업하기 전까지는 옛 연인에 대한 예의를 지키고 싶어진다. 지난 사랑에 대한 예의를 지키기 위해 다른 사람을 만나면 안 될 것 같은 의무감(?)이 생기는 거다. 너무 쉽게 다른 사랑을 시작하면, 지난 사랑에 충실했던 내 모습이 변질될 것만 같아 거북하다. 어느 한쪽이 그 의무감과 거북함을 이겨내기 전까지는, 차라리 먼저 그 감정들에서 벗어난 옛 연인을 발견하는 게 편할지도 모른다. 서운함과 원망으로 양심의 가책들을 밀어낼 수 있으니.

마지막 문장까지 괴로움이 느껴지는 글이었다. '이별이란 미래에 동의한 책임감뿐 아니라, 행복했던 과거를 잊지 말아야 한다는 의무까지 다해야 하는 현재를 어떻게 이겨내야 갓솔로에서 탈출할까요?'

그 글에는 백여 개의 댓글이 달려 있었다. 진지하게 조언하는 댓글도 몇 개 보였다. 문득 화면에 지나치게 집중한 나와 준이를 쳐다보는 세운이와 주영이의 시선이 느껴졌다. 준이와 난 누가 먼저랄 것도 없이 아이패드 화면에서 시선을 뗐다. 마침 가게 직원이 우릴 향해 손짓했다. 서핑보드가 준비된 모양이었다.

서핑 초보자인 나와 준이는 바디의 길이가 긴 롱보드를, 주영이와 세운이는 숏보드를 골랐다. 보드를 꽤 타는 주영이는 그렇다 쳐도 세운이가 숏보드를 고르다니? 깜짝 놀라 쳐다보는 나와 준이의 의문을 주영이가 대신 풀어줬다.

우린 양평에서 주영이가 활동하고 있던 서핑 동호회의 사람들과 함께 서핑한 적이 있다. 준이는 동호회 사람들 중 탄탄한 몸매의 미녀를 발견했고, 준이가 서핑하는 여자의 매력을 알아가는 동안, 세운이는 서핑의 단맛을 알게 됐다.

그날 이후 세운이는 주영이를 졸라서 여러 번 서핑을 했다. 나와 준이가 한참 연애에 빠져 있을 때였다. 처음으로 숏보드 위에 올라탔을 때, 세운이는 서퍼들이 파도와 사랑에 빠지는 마음을 알 것 같다며 엄청 들떴다고 한다. 문득 연애에만 빠져 있던 시간이 허무해졌다. 롱보드와 숏보드 길이 차이만큼의 무언가가 남기라도 했나? 뭔가 있긴 하다. 아마추어 롱보드에서 벗어나 당당하게 숏보드를 탈 일, 그렇게 능숙하게 파도를 즐길 일은 평생 없을 것 같은 그런 자포자기의 심정.

"그 시간에 여자나 만날 것이지." 준이가 세운이를 보며 웃었다.

"우리가 그런 말할 처지는 아니잖냐." 난 준이를 보며 웃었다.

"왜, 부러워?" 세운이가 득의양양한 웃음을 지었다.

"나 먼저 간다." 강습이 필요 없는 주영이가 먼저 바다에 뛰어들었다. 세운이도 뒤따라 뛰어들었다.

세운이는 정말로 능숙하게 파도를 탔다. 녀석은 연습을 했다. 그래서 파도를 제대로 이해할 수 있게 됐다. 연애는 연습을 할 수 없다. 그래서 아직도 이별의 여파 속에서 허우적대고 있는 거다. 어쩔 수 없이 감정을 추스르는 기간을 받아들일지라도, 의무감에 지나치게 휘둘리진 않아야 한다. 그래야 이별의 파도를 다룰 수 있다. 나와 준이는 그걸 못 하고 있다. 롱보드 위에서 제대로 서지 못하고 파도에 휩쓸려버리는 것처럼, 바다보다 훨씬 더 복잡한 해류가 흐르는 감정의 파고 역시 제대로 다룰 수가 없는 거다. 주영이와 세운이가 신나게 서핑을 즐기는 걸 보며 준이와 난 잠시 휴식을 취했다.

"야, 태희야. 근데 나 궁금한 게 하나 생겼는데." 준이가 물었다. "헤어지고 나서 언제가 다시 사랑을 시작하기 좋은 타이밍이냐?"

"네가 그런 걸 묻다니. 우리가 아저씨가 되긴 됐나 보다."

"그런 건 딱히 정해지지 않았다고 생각하는 게 맞겠지? 누군가 나타나면 하게 되겠지?"

"그런 고민 상담엔 정말로 답이 없어. 솔직히 짜증나는 상황인 거잖아. 걔가 감정 추스르기도 전에 내가 먼저 시작하면 걘 내 사랑이 부족했다고 생각할 거고, 근데 또 걔가 딴 놈이랑 시작한 걸 보면 내가 짜증이 날 거고."

"그러니까! 지연이 페북에 뭐 '연애 중' 이런 상태메시지 있는 것도 엄청 신경 쓰이고."

"너 그런 것도 찾아봤냐? 쿨내 나는 준이가?"

"그러니까 네가 날 제대로 모른다는 거야, 인마. 아무리 쿨해도 한 번은 제대로 뜨거워질 때가 있거든."

파도를 상대하고 돌아오는 늠름한 주영이와 세운이가 보였다. 탄탄한 구릿빛 피부가 오후의 태양빛을 반사하며 빛나고 있었다…면 좋았겠지만 두 녀석의 몸은 그 정도까지 좋진 않았다.

"쟤들 잘 타네, 진짜. 난 서핑 힘들던데. 태희 넌 감이 좀 잡혀?"

"아니. 나도 자연스레 파도 타는 게 진짜 힘들더라고. 파도가 약하면 다음 파도를 기다리느라 무시해버리고, 반대로 강한 파도엔 괜히 이겨보려다가 타이밍을 놓쳐버리고."

"그거 진짜 파도 타는 걸 얘기하는 거야, 아님 연애 얘기야?"

"아까 바닷물 엄청 먹었을 때, 갑자기 미진이랑 사귈 때가 떠오르더라? 난 정말 걜 제대로 알지 못했던 걸까. 우리한테 닥쳤던 크고 작은 파도를 제대로 이겨낸 적이 없었을까. 이별은 그냥 이별일 뿐인데 특별한 이별이 어디 있다고 그렇게 걔의 배신을 갖고 갑론을박을 했을까."

"바다에 너무 오래 있잖아? 그럼 소금기 때문에 젖꼭지가 막 아파. 너무 오래 있으면 안 돼."

"바다를 길들이려는 생각 자체가 잘못됐던 거야. 바닷물에 몸을 담글 수 있단 사실 자체를 즐겼어야 했는데."

"어이, 초보들. 뭐하냐. 파도가 무서워?"

세운이가 우릴 향해 득의양양하게 웃었다. 손을 좀 흔들어주다가 파라솔 아래서 눈을 붙였다. 꿈을 꿨다. 꿈에 '갓'이 나왔다. 신이라고 해도 되는데 굳이 자기 이름을 '갓'이라고 밝혔다. 어떻게 생겼는지는 잠에서 깨어나자마자 까먹었다. 어쨌거나 꿈속의 갓은 모태솔로였다. 사랑을 한 번도 해본 적이 없는 갓은 대단히 달콤해 보이는 사랑의 열매를 발견하곤 직감적으로 위험을 느꼈다. 나는 우선적으로 불완전한 인간에게 그걸 줘서 시험해보려는 갓을 극구 말렸다. 그러자 갓은 나에게 선택권을 줬다. 인간들에게 주기 싫다면 네가 먹으라고. 그때 파도가 밀려와 열매와 나를 삼켜버렸다. 열매는 엄청나게 큰 파도 위에 떠 있게 됐다. 어디에선가 많은 사람들이 서핑보드를 들고와 열매를 향해 허우적대기 시작했다. 난 해변을 돌아봤는데, 그곳에는 무표정하게 미녀들을 거느리고 있는 주영이와 뒤늦게 바다로 뛰어드는 준이가 보였다. 다시 고개를 돌렸을 땐 저기 멀리서 파도를 타고 오는 세운이가 보였다. 심지어 서핑보드도 없이 맨발로. 사람들이 열매를 향해 나아가려 할 때 난 해변으로 가기 위해 허우적대다가 잠에서 깼다. 난 꿈을 잘 꾼다. 잡생각이 많은 사람들의 특징이라나. 그때 휴대폰이 울렸다.

한국에 계신 부모님의 전화였다. 할아버지가 돌아가셨다.

14

눈을 쳐다볼 수 있다는 것

다행히 비행기 표를 구할 수 있었다. 극구 말렸지만 준이와 주영이, 세운이도 내 뒤를 따라 급히 한국으로 돌아왔다. 입관식 전에 할아버지의 모습을 볼 수 있어 다행이었다. 차가운 할아버지의 볼에 마지막으로 입을 맞췄다. 눈물이 났다. 내 눈물이 할아버지의 볼을 타고 흘렀다. 영화처럼 짠, 하고 할아버지가 깨어나는 일은 없었다. 마지막으로 할아버지 품에 안겨 잠든 적이 언제였더라. 한 번쯤 어릴 적처럼 할아버지 품에 안겨 자보고 싶단 생각을 했었다. 하지만 매번 할아버지 집에 갈 때마다 다음에, 다음에, 하며 미뤄왔다. 결국은 하지 못했다. 이제 기회가 없다.

할아버지의 귀에 사랑한다고 말씀드렸다. 할아버지는 눈을 꼭 감은 채 움직이질 않았다. 내가 사랑해요, 라고 이야기하면 할아버지의 볼엔 늘 같은 모양의 주름이 그려졌다. 그리고 따뜻하게 웃어주셨는데. 할아버지의 눈동자는 더 이상 볼 수 없을 거다. 할아버지의 눈빛은 내가 아주 꼬맹이였던 시절부터 성인이 된 지금까지, 늘 한결같

왔다. 나도 그랬을까? 할아버지도 내가 변하지 않았다고 생각하셨을까? 한 번만 더 할아버지의 눈동자를 보고 싶다.

오직 살아있는 사람과만 나눌 수 있는 것, 바로 서로의 눈동자를 보는 일이다. 서로의 눈동자를 바라보며 대화하고, 나를 보고 있는 사람의 눈에 내가 비치는 걸 확인하는 일. 무사히 발인까지 마쳤다. 준이와 주영이, 세운이가 할아버지의 관을 함께 들어줬다. 고마운 친구들에게 술을 한잔 사려 했는데 그럴 겨를이 없었다. 정신없이 이 주가 지났다.

"그때 미안했다. 괜히 나 때문에 하루 일찍 귀국하고."

"인마, 미안은 무슨. 어차피 몇 시간 후면 비행기 탈 거였는데."

"고맙다, 암튼."

말없이 술을 마셨다. 할아버지의 눈동자를 다시 볼 수 없어서 후회스러웠던 얘길 해줬다. 부모님이든 조부모님이든 살아계실 때 잘해야 한다며 술을 꽤 마셨다.

"카페에서 연애하는 커플들도 그렇잖아. 눈에서 레이저 같은 게 막 나오고. 할아버지를 보는데… 유일하게 볼 수 없는 게 할아버지 눈동자더라. 진짜 한 번만 더 보고 싶었는데."

"힘내라. 태희야."

"부모님은 좀 괜찮으셔?"

"예상은 하고 있던 일이라서. 당연히 힘들긴 하지만 긍정적으로 생각하기로 했어. 할아버지랑 할머니랑 이제 같이 계실 수 있거든. 원래 할머니 묘가 다른 곳에 있었는데, 이번에 같이 모셨어."

"잘됐다."

"그래. 두 분 행복하실 거야."

6.25 참전 용사였던 할아버지는 호국원에 안치되셨다. 할아버지와 할머니를 함께 호국원에 모시고 돌아오던 날, 날씨가 참 맑았다. 푸르고 따뜻했다. 그렇게 신선한 공기를 마셔본 건 처음이었다. 할아버지의 미소가 생각나는, 이십 년 만에 할머니와 재회한 할아버지의 행복한 웃음이 떠오르는 그런 날이었다. 그래서 우리 가족은 더 슬퍼하지 않기로 했다.

할아버지와 할머니는 금실이 좋으셨다. 숱한 만남과 이별의 허무함을 겪었음에도, 여전히 내가 사랑에 대한 희망의 끄트머리를 붙잡고 있는 이유는 그 때문이 아닐까 싶다. 화목하셨던 부모님이나 조부모님 덕분에, '남녀가 유지 가능한 행복의 수명'에 대해선 비관적인 생각을 않게 된다. 그 근원적인 믿음이야말로 희망을 낳는다. 무수히 많은 싸움이 벌어져도, 지금까지 믿었던 행복이 와르르 무너져도, 그 뒤에 나타날 또 다른 행복에 대한 희망을 갖게 된다. 그 가치관이야말로 결혼을 결정하는 데 있어 가장 중요한 지점이라고 생각했다.

나는 미진이와 싸울 때마다 얘기했다. '이렇게 자주 싸우게 되면 반드시 불행해질 것'이라는 생각보단, '싸우긴 하지만 우린 결국 행복해질 거야. 지금은 그걸 향해 나아가는 시행착오 과정일 뿐'이라는 생각을 더 많이 해야 한다고. 미진이는 되레, '싸우더라도 행복할 수 있단 건 너무 자신만만한 얘기 아냐? 그렇게 오만한 생각을 하기 전에 싸우지 않을 방법부터 생각해야지'라며 날 훈계했다. 물론 그 말도 맞는 말이었다. 하지만 내 말도 맞는 말이었다. 우린 이상적인 연애와 사랑의 형태에 대해 생각 차이가 너무 컸다.

각자가 생각하는 바람직한 가족의 형태도 달랐다. 언젠가 내가 '사람을 만날 땐 가정환경이 가장 중요한 것 같다'고 미진이에게 말했을 때, 그녀는 '그렇지. 경제적 윤택함에 따라 사람의 생활양식은 바뀌니까'라고 대답했다. 내가 하고 싶었던 이야기는 그런 게 아니었다. 경제력이 아닌 '화목력'이라고 해야 할까? 미진이는 그런 얘긴 불필요한 거라 말했다.

가치관은 만남과 이별의 횟수나 빈도, 겪어온 연애의 모양새에 따라 결정되는 게 아니다. 오히려 자라온 가정의 분위기로 인해 결정될 가능성이 크다. 가족 안에서의 학습은 그래서 중요하다. 태어나 처음 속하게 되는 집단, 개인의 사회화가 이뤄지는 가장 작은 단위가 가족이기 때문이다. 사랑한단 얘길 즐겨하는 가족과 그렇지 않은 가족의 색깔은 분명히 다르다. 한쪽이 더 좋다거나 한쪽이 틀렸다는 게 아니다. 다를 뿐이다. 하지만 때때로 우린, 서로 다른 걸 틀렸다고 주장할 때가 있다. 그러니 연애를 시작할 땐 사랑에 대한 가치관이 맞는 사람과 만나는 게 편하다. 그걸 제대로 인식하기 전에 사랑에 빠져버리는 게 늘 문제지만.

미진이는 자신의 아버지가 다른 아버지들에 비해 무뚝뚝한 걸 딱히 불만스러워하지 않았다. 오히려 지나치게 밀접한 부부 관계에 거부감을 드러냈다. 그리고 부부 사이에도 거리감이 중요하다고 주장했다. 나는 그로 인해 관계가 경직되는 것을 우려했고, 미진이는 거리를 둠으로 인해 주어지는 휴식을 대단히 소중히 여겼다. 나는 사랑을 상대방에 대한 끊임없는 관심이라 생각했고 그녀는 그것이 불필요하다 생각했다. 미진이는 '나'라는 존재가 '우리'라는 관계보다 언제나 앞서는 게 건강한 연애의 비법이라고도 말했다. 물론 그 말엔 동의했다. 그래도 난, 우리라는 관계를 위해 때로는 나를 버릴 수도 있는 게 아니겠느냐고 되물었다. 그런 게 큰 사랑이라고 생각했다. 그녀는 너무 커도 부담스럽다고 했다. 무조건 큰 게 좋은 거라 생각하는 건 남자들의 대단한 착각이란 말도 덧붙였다.

그런 가치관의 차이를 극복할 수 없을까 봐 늘 걱정했었다. 이별 직후엔, 아마도 그런 게 이별의 원인 중 하나로 작용했을 거란 생각을 했다. 지금은 아니다. 오히려 그런 쓸데없는 걱정을 했던 내 모습이 미진이를 답답하게 하지 않았을까 싶다. 일어나지 않은 일에 대한 걱정은 덧없는 거였다. 진정한 사랑, 큰 사랑, 완벽한 사랑을 하는 게 중요한 게 아니다. 그걸 성취하는 것에만 정신이 팔려 상대를 괴롭히고 있는 건 아닌지 반성하는 편이 낫다. 내가 주고 싶은 사랑을 무조건 강요해선 안 되는 거였다. 설사 내 사랑이 더 크다 하더라도, 사랑의 크기보다 우선해야 할 것은 상대방이 원하는 사랑의 형태다. 우리 부모님도, 할아버지와 할머니도, 미진이의 부모님도, 딱히 거창한 사랑을 하려 했던 게 아니다. 그냥 자기 옆에 있는 현재의 사람을 늘 똑같이 바라보고 아껴줬을 뿐이다. 그리고 나는 그걸 모르지도 않았다.

인간은 망각의 동물이다.

카드 기계가 고장 난 택시에서, 만 원짜리 지폐를 꺼내며 다시금 깨달았다. 신권을 아무리 자세히 들여다봐도 구권의 모양이 생각나질 않는 거였다. 처음 신권이 등장했을 때의 낯섦은 어렴풋하게 떠오르는데, 몇 십년간 써왔던 옛 지폐의 모양은 전혀 기억해낼 수 없다는 사실이 놀라웠다. 씁쓸하기도 했다. 망각은 이토록 무서운 것이다. 그러나 고마운 과정이기도 하다. 더 이상 그리움으로 괴롭지 않을 수 있게 해주니까.

할아버지가 돌아가신 지도 세 달이 훌쩍 지났다.

별 다를 것 없는 일상이 반복됐다. 이런저런 글을 썼고, 푸껫에서 만났던 아쿠아블루 원피스의 연락처를 받긴 했지만 따로 연락을 하진 않았다. 대신….

우선 친구들 얘기부터 해야겠다. 준이는 지연이와 몇 차례 더 만난 것 같다. 앱 개발은 순조롭게 진행되는 듯했다. 업데이트만 할 예정이었던 앱을 아예 새로 만들고 있다는 얘길 들었다. 세운이는 여전히 일주일에 두 번 이상 소개팅을 하고 있다. 지난 달쯤 정규직 교사 전환 이슈가 있었던 것 같은데, 그 이후론 별 말이 없다. 주영이는 친한 형의 스튜디오를 빌려 쿠킹클래스를 몇 차례 열었는데, 큰 소득은 없었다. 스튜디오가 있던 동네의 미시들이 엄청나게 몰려들어 주영이 얼굴을 구경하긴 했는데, 그 바람에 본인의 요리 실력에 대한 검증은 하지 못했다는 게 주영이의 아쉬움이었다. 주영이의 부모님이 삼 주 정도 서울에 올라오시기도 했다. 나이프 브랜드 대표들이 참석하는 컨퍼런스 때문이라고 했다. 주영이를 함께 데려가고 싶으셨던 것 같은데 녀석은 삼 주 동안 절대로 방 안에서 나가지 않겠다는 의사를 표명했다. 때문에 우리도 주영이를 삼 주간 보지 못했다. 드디어 오늘, 주영이 부모님이 내려가셨다는 얘길 들었다. 마침 금요일이기도 했기에 오랜만에 넷이서 만나기로 했다. 세운이가 두 달 전의 여행을 추억하기 위해 태국 음식점에서 모이면 어떻겠느냐고 제안했다. 딱히 반대는 없었다. 난 오늘 친구들에게 털어놓을 사실이 하나 있다.

"여기가 완전 현지 스타일이라더라. 분위기가 딱 그렇지?"

"뭐야, 조세운이. 그렇게 싫어하던 블로그 보고 온 거야?"

"친구한테 들었는데?" 오랜만에 듣는 준이와 세운이의 티격태격.

"여기 괜찮아. 몇 번 와봤거든. 난 맥주부터 좀 마실게." 방문 밖에 있는 아버지의 기운 때문에 질식할 뻔했다며 주영이가 맥주를 시켰다. 메뉴는 세운이가 시키기로 했다. 푸껫이 아니었으므로 서너 개만 알아서.

"볶음 국수랑, 그 나물 같은 거 볶은 거랑, 게에 카레 묻혀놓은 것 우선 주세요." 로마에선 로마법을, 태국에선 태국말을, 한국에선 한국말을 충실하게 따르는 세운이였다. 맥주가 먼저 나왔다. 이제 고백을 해야겠다.

"나 사실, 4월에 미진이 만났다."

"누구? 푸껫에서 만난 걔들 중 한 명?" 세운이가 인상을 찌푸리며 말했다. 준이가 한숨을 쉬며 대신 설명을 해줬다.

"아니, 태희 이 자식 예전에 사귀던 여자 있잖아. 의사랑 바람나서 헤어진."

"걔?! 너도 준이처럼 계속 연락했어?"

준이가 세운이를 째려봤다.

"아니, 그런 건 아니고. 아무튼 결론은 완전히 정리했어. 끝."

"끝은 예전에 났잖아. 만나긴 왜 만난 거야, 대체." 주영이가 날 보며 물었다.

"어떻게 해서 소식을 듣게 됐는데. 정리하기 위해서라도 한 번은 만나야겠더라고." 말을 마치고 맥주를 단숨에 들이켜버렸다. 준이가 날 쳐다봤다.

4월 1일 만우절이었다.

오랜만에 만난 미진이는 많이 수척해 보였다. 이런 저런 얘기를 하다가 서로의 최근 연애에 대한 질문까지 닿게 됐다. 파혼에 대해서는 굳이 물어보지 않았다. 미진이는 그저, '사귀던 사람과 꽤 오랜 연애 이후에 헤어졌어'라고 말했다. 굳이 숨길 필요가 있는 걸까? 내가 알고 있단 걸 미진이도 분명히 알 텐데. 오랜만에 말을 삼켰다. 뜨겁고 무거운 추를 삼키는 기분은 아니었다.

인간은 망각의 동물이 확실하다.

그녀가 내게 준 아픔이나 잘못 같은 건 확실히 잊어버렸다. 그땐 왜 그렇게 시시비비를 가리려고 했을까. 단순한 취향의 차이 정도로 치부해버리면 좋았을 문제들이었는데. 대단히 이상적인 사랑을 꿈꾸는 사람과 냉정하고 현실적인 사람이 만나면 당연히 싸우기 마련이다. 행복할 확률이 낮을지도 모른다. 뭔가가 존재할 수 있다고 믿는 사람과 없다고 생각하는 사람의 언쟁이야 오죽할까. 화합보단 분쟁이 훨씬 자연스러운 그림이다. 그래도 충분히 사랑할 수 있는 거였다. 당시엔 나도, 미진이도 서로의 취향을 완벽히 이해하려 들지 않았을 뿐이다. 그러다 보니 이별의 조짐도 눈치채지 못했다. 상대를 납득시키는 데 급급해서, 정작 멀어지고 있던 우리 사이의 거리 따윈 신경 쓸 시간이 없었다.

선물이든 사랑이든, 내가 주고 싶은 것보단 상대방이 원하는 걸 줘야 한다. 화려한 사랑을 원하는 사람에게 따뜻한 사랑을 줘봤자 큰 감흥이 없다. 달달한 연애를 꿈꾸는 이에게 철저하게 절제된 감정을 전달하면 오히려 더 외로워할 뿐이다. 그래서 가치관이 중요한 거다. 표현의 방식이나 요령은 나중 문제다.

"각자 뭔가를 완성하려는 게 아닌, 너와 뭔가를 만들어나가는 시간 자체를 사랑이라고 느꼈으면 좋았을걸." 나는 미진이를 보며 말했다. 미진이 역시 그랬으면 좋았을 거라고 웃었다.

"오랜만에 만났는데 술이나 마실까?" 미진이가 말했다. 미진이와 난 둘 다 술을 좋아했다. 우린 카페에서 술집으로 자리를 옮겼다. 조금 술에 취한 그녀는 내게 물었다.

"사람이 변하는 걸까, 사랑이 변하는 걸까?"

"변한다는 건, 유통기한이 있는 거겠지."

"술은 유통기한이 차암 길어서 좋아. 그치, 오빠?"

"자기 유통기한을 제대로 확인하는 사람이 얼마나 되겠어? 내 사랑은 변하지 않는다고 자신하는 사람들 중에."

"오빤 나한테 그 얘기할 때 유통기한 얼마쯤으로 생각했어?"

"당연히 난 제한 없음이었지."

"귀엽네. 오빠 오랜만에 보니."

"미진이 넌 얼마였는데?"

"글쎄. 난 엄청 프레시한 사랑만을 오빠에게 주고 싶어서 유통기한이 짧았나?"

미진이는 어딘지 모르게 조금 달라진 듯했다. 뭐가 달라졌는지 분석하진 않았다. 당연한 거였으니까. 사람은 변한다. 외형도 변하고 성격도 조금씩 바뀐다. 머리카락도 자라고 손톱도 자란다. 목소리도 바뀐다. 걸음걸이, 억양, 식습관, 모든 게 변한다. 그럼 사랑은? 모르겠다. 사랑은 애초부터 형태가 정해지지 않은 거다. 그러니 그 추상적인 형태의 변화를 논한다는 것 자체가 모순이 아닐까? 굳이 정리를 하자면 이런 거다. 시시각각 변해가는 사람이라는 틀이 있다. 그 틀을 채우고 있는 내용물이 바로 사랑이다. 틀이 변하면 내용물 형태도 바뀌는 게 당연하다. 그럼 그 내용물은 바뀌었다고 할 수 있나? 아니다. 비록 틀의 형태에 따라 담겨 있는 상태가 달라질 뿐, 내용물의 성질은 결코 변하지 않는다. 이때 내용물의 성질은 한 사람의 인생 그 자체다. 그러니 우리가 누군가를 사랑하게 되면 그 사람의 인생 자체를 그대로 받아들일 줄 알아야 한다. 틀이 아닌 내용물 자체를. 난 그걸 해내지 못해서 미진이랑 헤어졌다. 가치관이 맞아야 한다고만 생각했을 뿐, 미진이의 가치관을 그대로 받아들이진 못했다.

"그래서 그날 잤냐? 헤어진 남녀가 그렇게 오래 얘기하면 뻔하잖아." 이야길 듣고 있던 준이가 물었다. 주영이와 세운이도 날 쳐다봤다. 접시가 거의 비워지고 있었다.

"야, 다 먹었네. 다른 데 갈까?"

"왜 대답을 회피해. 잤어, 안 잤어?"

"안 잤다." 난 단호하게 얘기했다. 세운이는 어떻게 그런 질문을 친구한테 하느냐는 표정을 준이에게 지어 보였다. 마치 자긴 하나도 안 궁금한 것처럼. 세운이가 말을 이었다.

"근데 모든 게 변한다곤 해도 말이야. 뭐 하나쯤은 안 변하도록 노력하겠다는 다짐은 해줘야 하는 거 아냐? 그게 불가능하다 해도, 그런 무한대의 노력을 할 여력은 갖추고 연애를 시작해야지."

"그래서 세운이 네가 연애를 제대로 못 하는 거야."

"내가 뭐가 어때서."

"세상에 너나 태희같이 생각 많은 놈들이 있으니까, 괜히 나같이 평범한 사람들이 나쁜 남자 소릴 듣는 거잖아. 뭐가 그리 낭만적이냐. 연애는 현실이야, 현실." 준이는 이런 주제만 나오면 늘 꾸짖듯 얘기하는 경향이 있다.

"자신에 대한 확신 없이 영원함을 남발하는 건 좋지 않지. 그런 면에선 준이 말에 한 표. 확신 없이 영원을 약속할 바엔 그냥 현실의 즐거움을 보장해주는 편이 더 착한 거 아냐?" 이럴 때의 주영이는 역시 준이 편이다.

늘 그랬듯 우린 의미 없는 논쟁을 계속했다. 아니, 논쟁이 아닌 경쟁이었다. 본인의 연애 스타일이 더 낫다는 걸 인정받기 위한 경쟁. 세운이가 갑자기 심각한 표정으로 질문을 던졌다.

"가만 있어봐. 그럼 우리 중에 제일 연애 잘하는 사람은 누구지?"

"그걸 말이라고 하냐. 나지, 나." 준이가 당연하다는 걸 묻고 있다는 듯 피식 웃었다.

"옛 여자 친구를 푸껫까지 쫓아가서 만나고 온 누군가가 할 소린 아닌 것 같은데." 세운이가 다시 웃었다. "태희는 남 참견은 잘하는데 자기 연애는 못 하고. 쿨한 준이에게선 새로운 모습을 봤고, 주영이는 아예 연애에 관심이 없고."

"그럼 세운이 넌?" 일일이 우리를 분석하는 세운이를 보며 준이가 물었다.

"난 나 자신을 누구보다 잘 알고 있잖아. 너무 잘 알아서 연애를 못하니 슬플 뿐이지."

"정말로 그렇게 생각해? 아니지? 농담이지?"

"우리 있잖아. 그럼 누가 일 년 안에 가장 행복한 연애를 하는지 한번 볼까? 혹시 알아? 이러다가 누가 갑자기 결혼한다고 할지." 준이와 세운이의 언쟁을 무마시키며 주영이가 말했다.

결국 주영이의 예언은 이뤄졌다. 이 태국 음식점에서 우리 중 두 명의 청첩장을 주고받게 될 줄은, 이때까지만 해도 상상도 못 한 일이었다. 예언이 확인된 건 일 년 후의 일이다.

사랑은 없다, 메모(0401).hwp

미진이와 많은 얘기를 했던 것 같다. '했다'가 아닌 '했던 것 같다'고 하는 이유는 기억이 가물가물해서다. 대화 내용은 정확히 기억나지 않는다. 술값을 계산한 시간으로 짐작했을 때, 꽤 긴 시간 얘기한 것만은 분명하다.

얼마나 마셨던 걸까. 아무튼 우린 좀 많이 취했을 테고, 술이나 깨자며 근처를 좀 걸었을 테고, 그러다 보니 좀 더 함께 있고 싶었을 터였다. 술을 더 먹자니 배가 불렀을 테고, 그렇게 호텔에 도착했을 테다.

호텔 방에 들어선 순간부턴 조금씩 기억이 난다. 미진이가 먼저 샤워를 했다. 샤워기에서 쏟아지는 물줄기 소리를 들었다. 그러다 잠이 들었다. 문득 눈을 떴을 때 흰색 천장과 스프링클러가 보였다. 고개를 돌렸다. 가운을 입은 미진이가 빤히 쳐다보고 있었다.

"나 얼마나 잤지?"

"오빠. 요즘 피부 관리 안 해?"

우린 여전히 각자 하고픈 말만 하고 있었다. 모든 질문에 반드시 대답할 의무는 없지만 사소한 질문에도 대답을 해주려는 노력이 사랑이다. 뭐, 우린 사랑하지 않기로 한 사이 아닌가. 헤어진 연인이 이런 걸로 싸울 필요는 없다.

"근데 우리 왜 여기서 이러고 있냐." 발목을 덮고 있던 이불을 목까지 끌어 올렸다. 바스락거리는 소리가 났다. "이불 좋네." 민망함을 조금이나마 감추려 했지만 쉽지 않았다.

"오빠가 오자고 했잖아. 굳이 또 호텔을 가야 한다면서. 우리 사귈 땐 모텔만 가지 않았었나?" 그럴 리가 있나. 그랬구나. 전혀 기억이 나질 않는다. 여기 오자고 한 것도 그렇고, 사귈 때 모텔만 갔단 사실도 기억에 없다.

맞다. 우린 그 언젠가의 휴일에 S호텔에 하룻밤 묵은 적이 분명히 있다! 제주도나 해외여행을 갔을 때도 숙박만큼은 무리해서 호텔을 선택했고. 아, 그런 건 '휴가 특수'였으므로 평상시 섹스를 했던 장소가 모텔이라는 사실에는 변함이 없는 건가….

미진이는 내가 호텔을 가야 한다며 우기던 모습이 귀여웠다며 웃고 있었다. 뭐랄까, 뼈가 있는 웃음이긴 했지만 충분히 소화할 수 있었다. 씹어먹을 듯 서로를 헐뜯던 이별을 겪으며 단련된 강력한 턱 근육의 힘이다.

"파혼했단 얘긴 오빠한테 하는 게 아니었는데."

"응? 방금 얘기 안 했으면 나 몰랐을걸? 나 어제 엄청 취했거든."

"그래?"

멍하니 천정을 쳐다보는 미진이가 보였다. 눈 뒤쪽이 텅 비어 있는 듯한 표정. 오랜만에 봐도 달갑지 않은 표정이었다. 한때 열렬히 사랑했던 사람이 파혼이란 슬픈 과정을 겪었단 건 당연히 속상한 일이다. 본인 주도하에 파혼이 진행됐다 하더라도.

"잠깐. 근데 조금 전 반응은 뭐야. 반응이 이상한데?"

"응?"

"기억이 안 난다며. 그럼 내 파혼 얘긴 방금 처음 들었단 거잖아. 근데 그렇게 태연해?"

아차.

"실은 준이한테 들었어. 그냥 그랬다는 것 정도만."

"그 오빠 지연이랑 헤어진 거 아니었어?"

"응. 근데 최근에 우연히 만난 것 같더라." 자세한 얘긴 하지 않았다. 미진이는 한동안 입을 열지 못했다. 미진이를 감싸고 있는 공기의 온도가 조금 뜨거워진 것 같았다. 기분 탓이길 바랐다.

"오빠들끼리 나 엄청 씹었겠네."

"씹긴 왜 씹어." 기분 탓이 아닌 게 분명하다.

"알 거 아냐. 그 결혼 내가 엎은 거."

"응. 그게 어때서. 싫으면 그럴 수도 있는 거지."

"오빠를 버리고 만난 그 남자를 또다시 버린, 그런 여자 이미지야 뻔하지, 뭐."

"네가 생각하는 그런 거 절대 없어. 우리 그렇게 남 걱정 많이 하는 사람들 아냐."

"근데 나 정말로 궁금한 게 있는데." 오랜만에 미진이의 뿔을 구경할 것 같은 예감.

"뭔데?"

"오빠랑, 오빠 친구들, 아니 다른 남자들도 마찬가지야. 왜 다들 자기들이 세상에서 제일 불쌍한 남자인 것처럼 얘기해? 자기들은 원래 다 착한데, 나쁜 남자가 된 건 여자에게 상처를 받아서다, 이거야? 세상에 나쁜 여자들은 본인들이 다 만난 것처럼. 여자들이 모든 문제의 원인이라는 것처럼 얘길 하는 이유는 뭘까? 뭐가 그렇게 잘난 거야?"

화를 내고 있었다. 남자들에게, 나에게 그리고 자기 자신에게. 미진이의 눈에서 눈물이 떨어질 것만 같았다. 당황스러웠다. 그래서 침묵했다. 이럴 때 침묵하는 남자가 별로라고 했던가. 때론 침묵이 가장 현명한 해답이라고 했던가. 분명히 이런 상황에서 현명하게 대처하는 법에 대한 칼럼을 썼던 것 같은데….

"잘난 거 없지. 잘한 것도 없고. 응. 맞아. 당연히 잘못한 적도 많지. 늘 잘못해오고 있는지도 모르고. 근데 정말 진심을 다해 좋아했던 사람에게 배신당한 적이 있는 걸 어떡해."

"그게 나야?"

"응. 난 너 마지막 여자라고 생각했어. 그래서 최선을 다했고. 당연히 마음에 안 드는 게 많을 수밖에 없잖아. 서로 다른 사람 둘이 만났는데. 그렇지만 처음 시작할 때의 감정을 생각해서 아무리 힘들어도 다시 노력해야 하는 거 아냐? 그게 의리고. 넌 어렵고 귀찮은 것보다 편한 걸 택하려 한 거고."

"오빠가 만난 여자 중에 제일 썅년이 나야?"

"무슨 말을 그렇게 해."

우린 한동안 아무 말이 없었다. 침묵을 깬 건 미진이였다.

"오빠한텐 정말 미안해. 나도 정말 힘들었거든. 자신이 없었어. 불안했고. 그러다 보니까 내 걸 챙기게 되더라? 이기적이었단 거 인정해. 근데 오빠도 이기적이었던 거 알아? 오빤 늘 당당하고, 떳떳하고, 나보다 노력을 더 많이 한다고 생각했겠지만."

"내가 이기적이었어?"

"퇴사만 해도 그래. 나랑 미래를 함께하고 싶다면서 그런 식으로 갑자기 일을 그만두면 어떡해."

"그건 —"

"오빠가 말하는 의리, 그 의리 있잖아. 오빠의 꿈을 응원해주는 게 내 의리였다면, 나와의 안정적인 미래 계획을 좀 더 신중하게 생각해주는 게 오빠가 지켰어야 할 의리 아니야?"

할 말이 없었다. 나도 이기적이었구나.

"오빠 인생은 물론 오빠의 것이겠지만, 나도 서운한 건 서운한 거야. 난 오빠한테 무슨 존재인 건가. 사랑하고 있는 건 맞나. 사랑받을 수 있단 건 확실한가. 저 사람은 저렇게 자기 삶과 자기 시간을 독하게 챙기는데, 나도 그래야 하는 건 아닐까. 우리에게 이젠 오빠 것, 내 것이 아닌 우리의 것은 없어지는 게 아닐까."

"그 의사랑 소개팅한 게, 내가 퇴사한 다음이었다고?"

"아니. 그건 아냐."

"장난해? 근데 지금 하는 얘긴 뭐야."

"소개팅은 그 전에 했지만, 그 사람을 선택한 건 아니었어."

이게 뭔 개소리야, 라는 말이 목구멍까지 올라왔지만 하지 않았다. 잘 참았다, 조태희. 미진이도 정말로 미안한 표정을 지으며 말을 이었다.

"미안해. 내가 잘못한 거야. 오빤 강했지만 난 약했어. 그런 자릴 마다하지 못했고, 오빠에게 거짓말을 했고. 그 거짓말을 선의의 거짓말이라고 합리화도 했고. 오빠와의 정도 완전히 놓긴 싫었고. 그런 욕심쟁이에 겁쟁이라서 미안해."

"우리가 완벽하게 서로를 알 순 없지. 그걸 알려야 할 의무가 있는 것도 아니고. 그러니 숨기는 게 있을 순 있어. 나를 위해서 그랬다는 선의도 이해할 수 있고. 근데, 미진아. 상대방이 질문을 했을 때, 그때도 억지로 숨기려 한다면 그건 더 이상 선의의 거짓말이 아닌 거야. 그저 이기적인 거짓말이 될 뿐이지."

"미안해, 오빠."

"나도 미안했어. 이제 이런 얘기할 필요 없잖아, 우리."

"근데, 오빠."

"응?"

"나랑 다시 시작하고 싶단 생각해본 적 있어?"

미진이가 이런 말을 할 줄은 몰랐다. 물론 나랑 시작하고 싶단 얘기가 아닌, 그저 내 의중을 떠보는 거란 걸 알고 있다. 하지만 나와의 추억이 떠올라서 도무지 결혼을 할 수 없었다는 그런 말까지 하는 게 아닐까 하는 착각도 잠시 들었다. 그러다 내가 지금 바라는 게 뭔지 궁금해졌다. 내 착각이 아님을 미진이가 증명해주길 바라는 걸까. 내 착각으로 끝내길 바라는 걸까.

"한동안은 했어. 근데 이젠 안 해. 아마도 우린 또 여러 가지 일들로 엄청 다투고…."

"매일 싸우겠지. 또 똑같은 이유로 헤어지고."

"또 똑같은 이유로?"

"응. 응? 이상한 생각한 거 아니지? 오빠가 이기적으로 행동할 거란 얘기야. 멍청아."

"이거 봐. 우린 또 서로가 잘났다고만 얘기하고 있잖아." 웃음이 났다. 그냥 웃음이 났다. 미움도, 억하심정도, 안타까움도 없는, 말 그대로 그냥 웃음이었다. 미진이도 조금 웃는 게 보였다. 안고 싶었다. 팔을 뻗어 미진이의 머리를 조금 끌어당겼다. 나도 미진이의 곁으로 조금 움직였다. 바스락거리는 소리가 났다. 미진이의 살이 닿았다. 다시 바스락거리는 소리가 났다. 미진이의 목 언저리가 움찔거렸다. 침을 삼키는 소리가 났다. 누구의 소린지 구분하지 않아도 될 만큼 가까이에 있었다. 그래도 좀 더 끌어안았다. 미진이의 심장박동이 피부의 표면을 통해 그대로 전달됐다. 미진이가 날 쳐다봤다. 난 미진이의 입술을 봤다. 옛 생각이 났다. 처음 미진이와 키스를 했던 밤, 그날의 기억. 어라? 그런데 잠깐.

"근데 있잖아, 미진아. 내가 지금 안고 있는 건 과거의 너일까, 현재의 너일까?"

"둘 다 나잖아."

미진이가 내 가슴팍으로 파고들어왔다. 말랑말랑하고 부드러운 내 살결이 좋다고 얘기하던 미진이가, 팔베개를 하면 잠이 잘 온다고 했던 미진이가, 가끔은 내 위에 올라타 도발적으로 내려다보던 그 미진이가 내게 안겨 있었다.

그게 다였다.

껴안아보니 확실히 알 게 된 거다. 여기서 멈추는 게 낫겠구나. 멈춰야 한다.

목이 마르다고 얘기한 뒤 침대에서 일어났다. 미진이는 방금 전 내게 안겨 있던 자세 그대로 움직이지 않고 있었다. 냉장고에서 물을 꺼냈다. 딸깍. 뚜껑을 여는 소리가 엄청나게 크게 들렸다. 뒤에서 바스락거리는 소리가 났다. 미진이는 민망함과 당황스러움이 섞인 얼굴로 나를 보고 있었다. 이불을 코 끝까지 덮고선.

난 억지로 시선을 피했다. 살얼음이 있는 차가운 물을 억지로 들이켰다. 목구멍에서 시신경까지 전달된 묵직한 냉기가 저절로 눈을 질끈 감게 만들었다. 시렸다. 사실, 다시 눈을 뜨는 순간 보였던 미진이의 눈빛이 더 시렸다. 분명히 저런 표정이었던 것 같다. 미진이를 처음 안았던 날의 표정 말이다. 그날 밤의 상황에 대해선 분명히 기억이 난다. 세 번째 데이트, 한 병의 사케와 그렇고 그런 이자카야 안주들, 한 병의 와인과 치즈, 기네스 생맥주와 감자튀김, 많이도 먹었던 날. 길 위에의 키스, 분명히 신경을 쓴 것 같은 검정색 속옷. 아, 신경을 썼다는 건 내 착각일 수도 있겠다.

그런데 그 착각을 제외하곤, 그렇게나 다양한 현상들을 겪었을 때의 내 감정은 하나도 떠오르질 않았다. 첫 섹스를 했을 때의 짜릿함과 긴장감은 흔적조차 없었다. 청소기 문제인 걸까. 당시 행복했던 감정들은 분명히 부스러기가 아니었음에도 불구하고 그것마저 다 빨아들여버린 건 아닐까. 마치 자동모드로 돌려놓은 로봇 청소기마냥, 방구석 어디엔가 내가 흘려놓은 아주 작고 중요한 퍼즐조각을 멋대로 흡입해버린 걸까? 난 그것도 모르고 그걸 먼지와 함께 쓰레기통에 버려버린 걸까? 그럼 결국 그건 내 문제다. 애꿎은 청소기 탓을 할 게 아니었다. 종이공이 생각났다. 어릴 적 색종이로 접어 많이 갖고 놀았다. 몇 번의 접기 과정을 통해 완성한 평면의 종이공 모서리 어딘가에, 훅 하고 바람을 불어넣으면 비로소 부풀어 오른 종이공이 장난감이란 의미를 갖게 됐다. 지금 난 그럴 자신이 있을까?

자신이 있다 치자. 그럼 평면의 추억에 숨을 불어넣는 방법이란 건 대체 뭘까.

방금 전 미진이와 살이 닿았던 순간 조금 낯선 기분이 들었던 것도 그 때문일 거다. 사실 낯섦은 긍정적인 신호로 받아들일 수도 있다. 남자의 이상형은 예쁜 여자가 아닌 처음 본 여자라는 말도 있으니까. 그런데, 그 낯섦이 주는 두근거림조차 없었다는 게 더 큰 문제였다. 뭔가가 뭉클하거나 벅차오르는 것까진 기대하지 않더라도, 적어도 신체적인 자극은 받아야 하는 게 아닐까. 근데 서질 않았다. 그제야 몇 가지 감정들이 떠올랐다. 마지막으로 나눴던 섹스에서 느꼈던 허무함. 완전히 달아오르지 않던 몸, 룩소르의 숙소 침대 위에서 느꼈던 외로움, 거리감, 키스조차 없던 데이트, 그리고 완전한 암전….

미미한 불빛이라도 켜놓은 상태에서 연애를 진행하고 있는 커플이라면 모를까, 헤어진 후 수개월간 암전이 지속된 커플이라면 이래서는 안 되는 거다. 지난날의 불빛 한줌이라도 그리워하며 애꿎은 스위치를 딸깍거려보든지, 전구를 새로 바꿔 끼워보기 위해 한달음에 철물점으로 뛰어갈 의지를 보이든지, 어느 것이라도 좋으니 그런 행동을 시작할 수 있게 만드는 최소한의 자극이 필요하다. 지금 같은 상태로 섣불리 재결합을 시도하면 안 된다는 확신이 들었다. 완벽하게 정리되어 흐트러뜨릴 수 없는 무언가를 마주할 때의 이질감이, 더 이상 미진이를 쳐다볼 수 없게끔 만들었다.

이별 후 오랫동안 떨어져 있던 연인이 다시 시작하기 위해선 잘 정돈된 한 쌍의 신발, 여름을 기다리며 먼지가 쌓여가는 선글라스 케이스, 사 놓고 한 번도 쓰지 않아 오히려 사용하면 안 될 것만 같은 장식장 속의 가지런한 그릇, 뭐 이런 것들이 주는 안정감보다는, 아무렇게나 벗어놓은 신발, 현관에서부터 침대까지 널브러진 속옷들, 온갖 요리를 한답시고 어질

러놓은 주방과 같이 정돈되지 않은 무언가가 주는 아슬아슬한 자극이 필요하지 않을까? 열렬히 사랑할 때의 미진이가 물기를 잔뜩 머금은 생화였다면, 이별 후 내 머릿속을 가득 채웠던 미진이는 언제 바스러질지 모를 드라이플라워 같았다. 하지만 지금의 미진이를 보며 떠올린 건 아주 잘 만들어진 조화였다. 변하지 않는 조화. 변할 수 없는 조화. 시들 일은 없을 거라 단언하지만 향기를 맡을 수 없는 조화. 어떤 자연과도 완벽한 조화를 이루기 힘든, 인공적인 조화.

이제 난 미진이를 더 이상 안을 수 없다. 안길 수도 없다. 내 눈에 보이는 미진이의 몸이 나이를 먹고 쭈글쭈글해지는 과정을 볼 수 없다. 다른 남자가 본다 해도 상관없다. 당장 내일의 미진이가 어떤 모습인지도 알 수 없을 거다. 괜찮다. 궁금하지 않으니까.

이별을 두 번이나 하는 기분이 들었다. 별로였다.

미진이가 일어나 속옷을 입기 시작했다. 낯익은 팬티다. 엉덩이 부분이 망사로 처리된, 언젠가 내가 좋아한다 했던 그 검정색 팬티. 잘 지낼 수 있을 거란 말도, 다시 만날 일은 없을 거란 말도 굳이 하지 않았다. 이젠 말을 삼키는 게 익숙하다. 미진이도 그럴 거다. 우린 그동안 서로 너무 많은 말을 삼켜왔다. 달콤한 말을 삼킬 일은 거의 없으니 쓰디쓴 말을 주로 삼켜왔다고 보면 된다. 그럴 땐 목이 타들어가는 고통이 느껴진다. 가슴속 어딘가에 수북하게 쌓인 묵직한 추들도 있다.

"우리 옆집에 살던 고양이 있지? 걔 완전 늙었어." 문을 열고 나가려던 미진이가 말했다.

"그래? 엄청 귀여웠는데." 그땐 완전한 아기 고양이였다.

"오빤 고양이가 언제 어른이 되는 줄 알아?"

"아니?"

"꼬리도 자기의 일부라고 인정하는 순간이래."

미진이는 방을 나갔지만 난 침대에 좀 더 누워 있었다.

우리가 어른이 됐다고 느끼는 건 언제쯤일까. 자기 꼬리가 흔들리는 걸 보며 그걸 잡겠다고 아등바등하는 어린 고양이가 생각났다. 미진이와 헤어진 날부터 지금까지의 내 모습도 생각났다. 허무, 억울, 분노, 뭐 이런 감정들의 꼬리를 붙잡아 내 눈앞을 어지럽히지 못하게 하겠다며 애쓰던 나를 떠올렸다. 잡으려 하면 더 놓치기만 할 뿐인 꼬리잡기. 꼬리도 내 몸의 일부라는 것만 알고 나면 언제든 멈출 수 있는데, 왜 이렇게도 질질 끌어왔던 걸까. 야옹.

이건 도남과 라임의 이야기로 풀어내지 못할 것 같다. 아니, '사랑은 없다'라는 제목으로 쓰고 있는 이 글을 더 이상 이어가면 안 될 것 같은 기분이 든다. 아무튼 오늘은 만우절이다. 훗날 내가 이 메모를 거짓말이라 믿을 수 있을 만큼 기억이 포맷된다면 얼마나 좋을까.

호텔을 나서며 라디오를 틀었다. 디제이가 기가 막힌 선곡을 했다. 정원영의 「가버린 날들」. 내가 좋아했고 미진이가 싫어했던 노래다.

'아 — 가버린 날들 다시 찾는다면 — 우 — 그대 가슴 가득 나의 마음 나의 사랑 전할 텐데. 아 — 가버린 날들 다시 돌아와요 — 함께하던 시간 그때 그대로 머물러요 — '

chapter3.

◆

여자가 원하는 남편 vs. 남자가 원하는 내 편

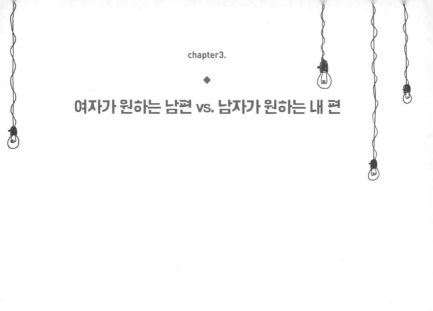

◆ ◆ ◆ ◆ ◆ ◆ ◆ ◆ ◆ ◆ ◆ ◆ ◆ ◆ ◆ ◆ ◆

모든 걸 알아줄 거라는 기대,
모든 걸 알 수 있는 사람이란 기대는 하지 말아야 한다.

어른이 되면 부모님과 싸우는 일이 잦아진다.
내 부모님은 정말로 대단한 어른이라고 믿었는데,
사실 부모님도 나와 별반 다를 것 없는 사람이란 걸 알게 됐을 때,
문득 실망스러운 지점을 발견했을 때,
어처구니없게도 우린, 감히 부모님을 나무라고 또 상처 입힌다.

연인과의 관계에서도 마찬가지다.
모든 걸 알아줄 거라는 기대를 했다가
아무것도 알아줄 리 없는 사람임을 알았을 때….
그렇게 내 기대에 못 미치는 모습들을 자꾸 보게 될수록
연인에 대한 실망감이 커진다.
그러다 결국, 말하지 않아도
날 알아줄 사람을 찾아 떠나려 하기도 한다.
하지만 그런 사람은 없다.
먼저 내 모든 걸 제대로 보여준다면,
누구든 날 알아주는 사람이 될 수 있다.

그러니 생각해보자.
상대가 내 편인지 확인하기 전에,
나는 과연 그에게 모든 것을 보여주려 했는지.
폴더 속에 꼭꼭 숨겨놓은 야동 폴더를
절대로 부모님께 들키지 않으려 노력하는 사춘기 소년마냥,
무언가를 숨겨놓고선 연인이 다가와 발견했을 때 화를 내진 않았는지.
겁을 주진 않았는지. 그래서 그가 날 알아가려는 노력에 제동을 걸진 않았는지.
내가 바라는 틀에 억지로 그를 끼워 맞추진 않았는지.
다른 누군가와 비교하진 않았는지.
나는 정말로 무조건적인 그 사람의 편이었는지.

15 나쁜 남자와 날파리

"오빠. 걔들은 아마 지금쯤 이렇게 생각하고 있을걸요? 줘도 못 먹는 찐따들이라고."

"인마. 말 좀 고급지게 해라. 먹긴 뭘 먹냐. 저렴하게시리."

준이와 오누이처럼 대화하고 있는 미녀. 가을 시즌부터 본격적으로 술자리에 출석 중인 새 멤버다. 이름은 오가희. 지연이의 열렬한 팬이자 블랙 스키니진을 즐겨 입는 대학생. 즐겨 찾는 카페는 준이의 집 근처 'Jan. to Dec.'. 김치찌개와 똠양꿍 오빠를 동시에 만난 적이 있지만 이제는 완전히 정리했다고 하는, 바로 그녀다.

미팅 당시 우리 앞에 드리웠던 암막을 걷어내고 알게 된 가희의 정체는, 평범한 스물다섯 살 대학생이었다. 아, 이제야 가희의 이름을 밝히는 이유가 있다. 우리도 여태까지 가희의 본명을 몰랐기 때문이다. 가희는 지금 푸껫에서의 일화를 듣곤, 도망치듯 숙소를 빠져나갔던 여자분들의 속내를 분석하는 중이다.

가희와 처음 술을 마신 건, 8월 말쯤 준이의 생일 파티에서다. 예쁜 친구들을 꽤 데려왔었고 우린 당연히 가희를 환영했다. 그 후부터 가희는 거의 팔 할에 가까운 술자리 출석률을 보여주고 있다. 혼자서 올 때도 있지만, 친구들과 함께 오는 가희를 우린 더 반겼다. 세운이는 이렇게 예쁜 애들과 친구처럼 지내며 함께 술을 마시는 날을 늘 꿈꿨다며 행복해했다. 정말로 행복한 표정이었다.

여자들에게 좀처럼 경계를 풀지 않는 주영이도 가희만큼은 받아들였다. 준이의 재회에 도움을 줬기 때문이기도 했지만, 다른 이유가 하나 더 있다. 두 사람 모두 요리사가 되고 싶다는 꿈을 꾸기 때문이었다. 언젠가 가희가 '레스토랑을 운영하고 싶다'며 자신의 꿈을 얘기한 적이 있었는데, 그 이후 둘은 요리에 대한 얘기를 하며 꽤나 친하게 지내고 있다.

"푸껫 개들은, 얘들이 착한 남자들이었단 걸 고마워해야 해. 나였음 숙소에 도착하자마자 아주, 이렇게! 저렇게!" 준이가 익살스러운 제스처를 취해가며 가희를 위협했다. 가희가 그런 준이의 공격을 가볍게 막아내며 말을 이었다.

"오빠들이 착하다고요? 세상에 착한 남자는 없어요. 한 여자를 위해서 본성을 억누르거나 착해지려 노력하는 나쁜 남자는 있을지 몰라도. 그쵸, 태희 오빠?"

"왜 걔한테 그걸 물어?" 가희의 손아귀로 고통스러워하던 준이가 가까스로 손을 빼며 가희를 쳐다봤다.

"태희 오빠가 예전에 썼던 칼럼 내용이잖아요."

나는 여전히 가희와의 사이가 거북하다. 가희도 그걸 알고 있다. 그런데 그녀는 일부러 더 불편한 기류를 형성할 때가 있다. 역시나 지금도, "근데 나 그거 보면서 든 생각인데, 태희 오빠랑 연애하는 여잔 좀 피곤할 것 같아요. 오빠 본인도 연애를 피곤해할 것 같고. 그쵸? 직업적 특성이겠지만, 아무래도 모든 걸 분석하려고 하니까. 그래서 연애를 못 하는 거 아니에요?"라며 내 속을 긁고 있지 않은가.

유독 내게만 날을 세우는 이유는 짐작할 수 있다. 언젠가 닭발 집에서 잔소리를 했던 게 화근일 거다. 당시 난 얼큰하게 취해 있었고, 그 자리엔 가희가 있었고, 난 그게 못마땅했다. 가희가 우리들의 술자리에 있는 광경을 아름답게 받아들이려면 그녀를 처음 봤던 날의 상황에 대한 해명을 들어야 할 것 같았다. 그래서 그날 가희에게 잔소리를 좀 했다. 두 남자를 어장 속에 넣어두고 관리하던 행동을 질책한 거다. 아가리빠이터에 오지라퍼.

'그게 뭐 어때서요?'라며 쳐다보던 가희의 차가운 웃음이 떠오른다. 그날의 실수가 생각보다 부끄러웠던 탓일까, 가희에게 갖고 있던 좋지 않은 감정은 완전히 사라져버렸다. 문제는 가희의 마음에 남아버린 앙금이다. 그녀는 그날 이후 종종, 아주 정확하면서도 예의바르게 몇 개의 비수들을 내게 꽂곤 한다.

가희의 창을 반박해낼 방패가 내겐 딱히 없다. 대부분 일리 있는 말들이었으니까. 그녀는 똑똑하고 영리했다. 연애에 관한 주제뿐만이 아니다. 주영이와 나누는 요리와 여행에 대한 이야기, 세운이와의 역사 퀴즈에서까지 곧잘 승리하곤 했다. 아름다운 외모에 박학다식함까지 갖춘 가희가 대단히 매력적인 여자라는 것에 우리 모두 동의했다. 난 가희가 가진 부지런함을 칭찬해주고 싶었다. 피부 관리와 몸매 유지를 위한 노력은 물론, 다양한 대화 주제와 지식을 확보하기 위한 호기심에는 상당한 부지런함이 요구되니까.

남은 건 솔직함이었다. 그마저도 언젠가의 술자리에서 확인이 됐다. 미팅에서 우리에게 했던 행동과 거짓말에 대해선 의외로 간단하게 대답을 했다.

"그냥 한번 놀려고 그러는 줄 알았죠. 가볍게 헌팅하는 오빠들한테 돈 쓰고 따로 연락할 만큼 외롭진 않거든요. 저 남자 많은 거야, 태희 오빠가 잘 알잖아요? 그리고," 당황한 내가 가희의 말을 끊고 변명을 하려는데 계속해서 말을 이었다. "오빠들은 딱 봐도 나쁜 남자 같아요. 뭐, 한 명은 애매하긴 하지만."

"뭐? 그 한 명이 누군데?!" 세운이과 준이가 동시에 물었다.

"그야 각자 생각에 맡길게요."

"여자들마다 나쁜 남자에 대한 정의가 다르지 않아? 연락을 많이 하지 않는 남자, 만나면 따뜻하지만 만나지 않을 땐 차가운 남자, 거리감을 늘 유지하는 남자. 또 뭐 있지?"

"그걸 종합하면 여자를 불안하게 하는 남자죠." 나쁜 남자들의 유형을 정리하려는 준이의 말을 가희가 간단하게 요약했다. 우린 다시 가희에게 물었다. 그러면 그런 짓을 할 남자가 아닐 것 같은 한 명은 대체 누구냐고. 가희는 술을 마시다 사레까지 들리며 웃어댔다. 축구공만 던져주면 죽일 듯 덤벼드는 남자애들 같다고 했다. 그러면서 말을 이었다.

"애초에 착한 남자로 태어나는 남자는 한 명도 없는 것 같아요. 노는 거 좋아하고 새로운 여자 좋아하는, 그런 본성을 갖고 다들 태어나죠. 그러다 저한테 진짜 반했을 경우엔 적어도 나 한 사람에게만은 착한 남자가 되는 거예요. 다른 경쟁자들과는 다른 차별성을 보여서 제게 선택받기 위해서. 오빠들은 어차피 제게 그런 감정 없잖아요? 그니까 제가 누굴 어떻게 생각하든 별로 중요하지도 않을 텐데 왜 자꾸 물어요. 오빠들이 나쁜 사람이라는 것도 아니고 그냥 나쁜 남자라는 것뿐인데."

참 똑 부러지게 말을 잘하는 가희였다. 우린 더 이상 가희를 괴롭히지 않았다. 준이만 계속해서 가희를 보챘다. 가희도 만만치 않았다. 확고하게 입을 다무는 가희를 보며 마침내 준이가 패배를 선언했다. 마지막 변론과 함께.

"가희야. 내가 제일 싫어하는 게 길에 함부로 쓰레기나 침 뱉는 거거든. 버스에서 어르신한테 자리 양보 안 하는 거랑. 그렇게 공공질서나 예의를 잘 지키는 사람이 결국엔 여자에게 잘하지. 약속도 잘 지키고. 그치?"

"널 보면 그 두 개가 전혀 상관없단 걸 알 수 있지. 오히려 반비례일지도." 주영이가 짧고 굵게 준이를 녹다운시켜버렸다. 가희가 주영이에게 하이파이브를 청했다. 준이는 입을 삐죽였다. 세운이는 그런 모습을 보며 한참을 웃었다. 난 웃지 못했다. 미진이가 떠올라서다. 미진이도 그런 면에선 대단히 착한 '사람'이었다. 하지만 나 외에 다른 이성과 관계(육체적이든 정신적이든)를 맺지 않기로 한 약속을 지키지 않았으므로 나쁜 '여자'인 건 분명하다. 차라리 착한 사람도 아니었다면 좋았을 거란 생각이 든다. 착한 '사람'의 모습을 마주할수록 나쁜 '여자'가 만들어내는 불안감이 상쇄됐다. 난 그 불안감을 해소하고 싶었던 것 같다. 관계가 위태해질 수도 있단 불안한 두근거림을,

미래에 대한 기대감이나 호기심쯤으로 억지로 환원시켜버린 적도 있다. 그런 내 모습은 위대한 낙관론자일까, 단순한 호구인 걸까.

"근데 태희는 그런 칼럼에, 상담에, 강의까지 하는데 왜 이렇게 연애를 못 할까."

"분석적인 거랑 요령이 있는 거랑은 다르니까요. 요령도 없는데 분석적이면 그것만큼 최악인 건 없는데. 아, 태희 오빠가 그렇단 건 아니고요!"

가희는 내게 술을 따라주더니 친구들과 만날 약속이 있다며 자리에서 일어났다. 딱히 원망하고 싶진 않았다. 술병을 모두 비운 우리도 일찍 자리를 파했다. 가희가 없는 술자리가 재미없어져서는 아니다. 내일 아침 스케줄 때문에 다들 많이 마시길 꺼렸다. 택시를 타지 않아도 되는 시간에 술자리가 파한 건 오랜만이었다. 지하철을 타도 괜찮았지만 버스를 타고 싶었다. 사람을 구경하고 싶을 땐 지하철을, 세상을 구경하고 싶을 땐 버스를 타는 게 좋다.

버스가 정차할 때마다 미진이를 떠올렸다. 또 떠올리고 말았다. 괜히 만났단 생각이 든다. 그 만우절 밤의 여파가 이렇게 클 줄이야. 이래서 헤어진 연인을 만나는 건 추천하지 않는다.

버스는 당시의 우리에게 익숙한 장소들을 지나쳤다. 정차를 하기도 하고, 그냥 지나치기도 했다. 그러다 꽤 오래 정차를 했다. 버스에 문제가 생겼다는 기사님의 목소리가 들렸다. 방송을 마친 기사님은 밖으로 나가 담배를 폈다. '기사님은 지금 무슨 생각을 하고 있을까? 혹시 저분도 이 정류장에 사랑하는 사람과의 추억이 있을까? 그렇다면 어쩔 수 없이 벌어진 이런 짜증나는 상황에서도 조금은 감상에 젖

게 될까?' 하는 생각이 들었다.

물음표들은 곧 사라졌다. 버스에 올라타던 기사님이 온갖 쌍욕을 하며 누군가와 통화를 시작했기 때문이다. 그와 동시에 불만을 토로하는 사람들의 목소리가 들려왔다. 버스를 간헐적으로 이용하는 사람보단 규칙적으로 버스를 타는 사람들의 불만이 더 심한 것 같았다.

"대체 언제까지 기다려야 하는 거요!" 사십 대 중반쯤 된 아저씨가 고함을 질렀다. 기사님은 죄송하다는 말과 함께 버스를 출발시켰다. 아저씨의 고함 때문에 출발한 건 아닌 게 분명한데, 타이밍이 참 절묘했다. 소란이 잠잠해지자 지나가는 풍경이 내는 소리를 들을 수 있었다. 내 웃음소리, 미진이의 짜증 섞인 목소리, 콧소리를 조금 넣은 애교, 동물 소릴 따라하던 웃음. 이명 현상인가. 귓구멍을 막기 위해 이어폰을 꺼냈다. 다행히 엉켜 있지 않았다.

창밖으로 공사 현장이 보였다. 낡은 병원이 있던 자리로 기억한다. 헌 건물을 부수고 새 건물을 세우는 듯했다. 요즘은 건물을 참 빨리 짓는다. 그래. 이 동네의 건물이 전부 새것으로 바뀐다면 어떨까? 미진이와 키스를 했던 어느 다세대주택의 주차장도 사라지고, 오후 다섯 시의 볕이 좋아 사진 찍기 좋다며 수십 장의 사진을 찍었던 골목도 사라지고. 그 모든 게 사라진다면 어떨까. 그래서 아무리 이 동네를 지나치더라도 미진이와 함께 거닐었던 길과, 소중하게 담았던 모든 것들을 다신 볼 수 없게 된다면 어떨까. 그럼 '여긴 변한 게 없는데'라는 생각 대신, '역시 모든 건 변하는 거야'라며 좀 더 위로가 될지도 모르는 일이다.

집에 돌아와 침대에 누웠다. 씻어야 하는데 몸에 힘이 들어가지 않았다. 멍하니 누워 있는데 가희의 말이 생각났다. 내가 분석적이라…. 언젠가 유튜브에서 보고 즐겨찾기 해놓았던 동영상이 생각났다. '미스터 빈'으로 알려진 배우, 로완 앳킨슨이 나오는 토크쇼였다. 영국의 유명한 코미디언이자 배우인 그는 영화나 드라마에서는 다소 우스꽝스러운 모습을 연기하지만 실제론 정말로 똑똑한 달변가다. 영상을 찾아 재생했다.

— 저는 상대방과 이야기를 할 때, 그가 재밌다고 느끼면서도 즉각적인 반응을 보이지 못합니다. 왜 이 사람의 말이 재미있다고 느껴지는지, 어떻게 재밌는지를 본능적으로 분석하려 하기 때문이죠. 그런 프로세싱이 지난 후 한참 뒤에야 크게 웃을 수 있어요. 그래서 가끔은 상대방에게 미안해지곤 합니다.

십팔…. 욕이 아니다. 남아 있는 휴대폰 배터리량이 눈에 들어온 것뿐이다. 이별을 분석하고 있던 내 모습이 그녀를 서운하게 했을지도 모른다는 생각이 들었다. 이별을 분석하고 아픔의 정체를 파악하느라, 이별의 본질에서 멀어진 모습을 보였을 수도 있다고 생각하니 부끄러워졌다. 이별을 연애나 사랑의 종착지로 여기면 안 된다. 헤어지는 날이 아닌, 이별의 아픔에서 완전히 졸업하는 순간이야말로 연애의 진짜 끝이다. 그녀를 원망했던 시간들, 그녀의 선택을 부정하며 그 원인을 분석하려 했던 시간들도 사랑의 일부다. 인정하긴 싫다 해도 분명히 그렇다. 우린 이제야 사랑을 끝낸 걸까.

우린 분명 손에 쥐고 있던 달달한 열매가 완전히 썩어버렸단 걸 알고 있었다. 도무지 먹을 수 없을 정도로 썩어버린 그것을 어떻게 처리해야 할지 몰랐다. 두 사람 다 자기 손에 더러운 걸 묻히기 싫어 차일피일 미뤘다. 먹을 수 없다면 그냥 버리면 되는 거였다. 어차피 버려야 할 것들이었다. 그러곤 다른 열매를 찾아내면 되는 거였다. 썩어버린 이유를 분석하는 데 시간을 보내느라 악취는 고약해지고 하루살이만 생겨났다. 너는 쓰레기봉투 버리는 걸 싫어했었지.

참, 오늘은 월요일. 음식물 쓰레기를 버리는 날이다.

16 기프티콘의 유효 기간에 대하여

오랜만에 카페에 왔다. 몇 시간 후, 옆 건물 세미나실에서 연애 강의가 있다. 노트북을 열고 작업을 좀 했다. 슬슬 공모전 제출 시기가 다가오고 있다. 사실 노느라 정신이 없어 얼마 쓰지도 못했다. 조금 더 변명하자면, 미진이를 만나고 난 후 찾아온 혼란 때문에 진도를 못 빼고 있다. 아무리 라임과 도남의 이야기를 쓰려 해도 자꾸만 나와 미진이의 이야기를 쓰게 된다. 다시 만난 게 다행인지 불행인지 모르겠다. 말끔하게 전부 치웠다고 생각한 방에서 끊임없이 부스러기들을 발견하고 있는 요즘이다. 이럴 땐 청소할 마음이 아예 사라진다. 한두 개여야 치울 맛이 나지.

남아 있는 페퍼민트 차를 한 번에 다 마셔버렸다. 쓰다. 특별히 페퍼민트 차를 좋아해서 시킨 건 아니다. 기프티콘이 있었다. '글 작업 중에 마셔, 오빠. 응원할게!'라는 메시지와 함께 마지막으로 받은 선물이다. 물론 발신인은 미진이다.

이별하기 한참 전에 받았던 거다. 기프티콘엔 유효기간이 있었다.

다행히 적당한 수준의 연장 기간도 있었다. 오늘 아침 난, 그 연장 기간마저 끝났다는 메시지를 받았다. 사용하지 않는다면 환불을 해준단다. 그녀에게 혹은 나에게. 그러긴 싫었다. 기프티콘을 선물할 당시의 미진이 모습이 떠올랐다. 눈동자엔 빛나는 별들이, 메시지엔 하트와 웃음소리가 넘쳐났었다. 몇 시간 후면 나와 같은 넋두리를 하는 사람들에게, '그렇게 감정 조절이 안 되면 요령 없단 소릴 듣거든요. 그런 남잔 인기가 없어요'라며 일깨움을 줘야 한다. 헌데 이렇게나 제 머리를 못 깎고 여기저기 땜빵만 남기는 꼴이라니. 지난주 강의에서 난 이런 얘길 했다.

'누군가의 마음을 못 얻는 것, 혹은 그걸 유지 못 하고 버림받는 것엔 별 다른 이유가 없어요. 그저 상대가 당신에게 반하지 않았을 뿐입니다!'

이걸 완전히 이해하고 실제 연애에 적용할 수 있는 사람이 과연 얼마나 있을까. 「그는 당신에게 반하지 않았다」라는 영화 제목으로도 유명한 이 명제를 모르는 사람은 거의 없지만, 그걸 자신의 연애에 적용하는 건 불가능에 가깝다. 그래도 저 문장은 강의에서 제법 유용하다. 강의 때마다 도입부에서 하는 말, 아마 오늘도 하게 될 말이 바로 저 명제를 간단히 축약한 거다.

'연애의 모든 스트레스를 해결할 수 있는 마법의 단어가 있습니다! 그건 바로! 〈아님 말고〉라는 네 글자죠. 하지만 우린 아님 말아야 하는 연애 대신 아닌 걸 되게 하려는 사랑을 꿈꿔서 이 자리에 모인 것 아닐까요?'라는 말로 강의를 시작하곤 한다. '아님 말고'를 실천하기 위해서는 엄청난 경험에서 우러난 요령이 필요하다. 요령. 우린 깨달아야 한다. '내 여자를 만족시키기 위한 사정 컨트롤법'을 정독할 시간에, 감정을 제대로 컨트롤하는 법을 먼저 수양해야 한다는 것을. 준이는 늘 이렇게 이야기했다.

"여자들이 머리를 쓰는 사랑은 싫다, 싫다 해도 그중 팔십 퍼센트는 감정을 절제하는 세련미에 홀린다니까." 나보다도 더 요령의 중요성을 모르는 세운이를 향한 단골 잔소리였다. 더불어 내겐, "물론 나머지 이십 퍼센트에 포함되는, 요령을 필요로 하지 않는 여자를 만난다면 더할 나위 없이 좋겠지만 미진이가 그런 여자는 아닐 거야"라고 했다. 나는 그 말이 싫었다. 준이보다 내가 더 미진이를 잘 알고 있다는 걸 증명하고 싶었다. 그래서 언젠가 미진이에게 이런 걸 물어본 적이 있다. 연애 초반이었다.

"진실한 사랑 그 자체가 중요한 거잖아, 그치. 요령이 그렇게 중요한 건 아니지?"

"요령도 중요하지, 오빠. 사랑도 중요하지만 사람도 중요하잖아."

준이가 더 잘 알고 있을지도 모르겠단 생각이 들었다. 이런.

"요령은 사람의 진심이 아니잖아."

"왜? 요령도 그 사람 캐릭터의 일부야. 봐봐, 오빠. 선물이란 건 그 내용도 중요하지만 전달하는 방식도 중요해. 아무리 비싼 선물을 샀어도, 편의점 봉지에 넣어서 툭 던져주면 그걸 엄청 공들여서 샀다고 어떻게 생각하겠어? 요령은 그런 포장법 같은 거야. 메시지가 중요한 만큼 그걸 전달하는 채널도 중요하다는 거지."

"아니, 적어도 연애에선 그럼 안 되는 거 아냐? 그럼 애초부터 사랑이 아니라 사람, 내용이 아니라 형식이나 방식을 따진다고 알려줘야지. 우아한 척, 진실한 사랑에 대해 운운하면서, 결국엔 요령이 없다고 등을 돌리는 여자들은 문제가 있어. 차라리 예쁜 여자 좋아한다는 남자들처럼 인정을 하든가." 말이 좀 심하게 나갔다. 역시 여자 친구와 이런 대화는 하면 안 된다. 그녀는 단호히 대답했다.

"응. 근데 나도 그런 남자에게 끌려. 그러니까 오빠도 요령을 좀 키워봐."

단순한 불만이라 생각했다. 여자들을 일반화하는 말에 대한 반발일 뿐이라고 생각했다. 요령을 중요하게 여기는 행동은 관계에 예의를 지키지 않는, 의리를 무시한 대답이라고 나무란 적도 있었으니까.

그래선 안 되는 거였다. 그녀는 내게 솔직했던 거다. 자신이 받고 싶은 사랑, 자기가 원하는 그런 연애의 형태에 대해서. 아무리 순도 높은 보석이라고 해도 능수능란한 세공사의 다듬질 과정을 거치지 않은 원석은 애용할 수 없다고 분명히 표현했다. 난 기껏 찾은 원석을 도무지 다듬을 수 없단 자격지심에 빠져 있던 건지도 모르겠다.

타인의 기호를 이해하는 요령을 부리는 게 어려웠던 난, 그저 내가 주고 싶은 사랑을 했을 뿐이다. 그게 편했다. 그래서 그녀를 놓쳐버렸다. 준이의 말이 맞았다. 주영이는 내게 모래성 싸움은 그만할 필요가 있다고 조언했다. 그리고 준이와 나의 차이에 대해 설명했다.

"쌓아올린 공든 탑이 유지되기 힘들 정도로 약해졌다 싶으면, 한 번에 성을 무너트릴 수도 있는 사람이 준이야. 그리고 다른 탑을 쌓는 거지. 모래는 백사장에 얼마든지 많으니까. 태희 넌 그 공든 탑을 무너트릴 자신이 없는 거야. 그래서 누가 먼저 그 탑을 무너트릴지 상대방 눈치만 보는 거지. 준이와 마찬가지로 백사장에 있는 모래를 사용하고, 또 다른 탑을 쌓을 수도 있는데 그걸 모르는 거야. 아, 어쩌면 그건지도 모르겠다. 처음부터 바닷물 가까이서 모래성을 쌓으려던 네 실수. 금방 파도가 밀려와 무너트릴 것도 모른 채 처음부터 단단한 성을 쌓으려던 그런 실수 말이야."

차례로 모래를 덜어가며 아슬아슬한 싸움을 즐기는 나와 미진이의 모습이 상상됐다. 성에 꽂은 깃발은 결국 넘어졌다.

이별 후에도 모래를 덜어내는 일이 계속 됐다. 깃발은 무너졌지만 성을 이루고 있던 모래가 남아 있어서다. 그걸 다 덜어내야 미련도 사라질 터였다. 가만히 놔둬도 파도가 알아서 정리해주는 것들이었다. 그런데 난 파도가 모래를 잠식하지 못하게 경계했다. 정리하더라도 내가 하겠다며 모래성을 이루던 모래를 여전히 백사장에 덜어내고 있다. 대체 뭘 하고 있는 건지 모르겠다. 신발에, 바지에, 여기저기 모래가 다 들어가는 건 내버려둔 채.

미련을 완전히 덜어내고 싶은 건 맞다. 그런데 이미 깃발마저 넘어진 성의 모래를 조심스레 덜어낼 필요는 없다. 그런 조심성이 있었다면 그녀와 성을 쌓을 때 발휘했어야 하는 거였다. 성의 깃발이 넘어지기 전에 그랬어야 한다.

기가 막힌 상황이다. 성을 파도로 쓸어버리고 싶은 마음과, 그 성이 파도에 쓸려간 뒤 마치 아무 일도 없었던 것처럼 평평한 백사장을 목도하기 싫은 마음의 충돌. 기프티콘의 유효기간을 계속 연장한 것 역시 그런 의도였다. 그걸 써버리면 남아 있던 마지막 희망이, 마지막 한 줌의 응원이 사라질 것 같았다.

연장 기간에도 마지노선이 있단 건 지난주에 알게 됐다. 소멸도, 환불도 해선 안 된다고 생각했다. 그럼 후회를 남길 것 같았다. 결자해지. 완벽한 이별을 위해선 완벽한 소모를 해야 한다. 그래서 반드시 사용하기로 마음먹은 거다. 기프티콘을 사용한 지금, 미진이의 흔적은 하나도 남아 있지 않다. 오늘로 정말, 완전히 안녕이다.

그런데 방금, 마지막 한 모금 남은 차를 마시려다 툭 하고 티백이 코에 달라붙어버렸다. 뚜껑을 닫고 먹었으면 이런 일이 없었을 텐데. 요령, 그놈의 요령.

뚜껑의 작은 구멍으로 뜨거운 음료를 마시는 건 정말로 어렵다. 컵을 많이 기울이면 갑자기 빠져나온 음료에 입을 데고, 컵을 살짝 기울이면 대체 언제쯤 음료가 구멍으로 나오는지 알 수가 없어 답답하다. 그것에 적응하려고 노력하는 게 옳은 건지 뚜껑을 열고 한 번에 많이 마시는 게 좋은 건진 여전히 알 수가 없다. 지금 깨달은 게 있다. 이렇게 오래 앉아 있을 거였으면 그냥 머그컵에 달라고 하는 건데. 종이컵에 담긴 차는 확실히 빨리 식는다. 심지어 뚜껑을 열어놓았으니 더 빨리 식을 수밖에 없다. 식어버린 건 정말로 맛이 없다. 페퍼민트 차도 연애도 그렇다. 오늘 강의는 이 얘기로 시작해볼까.

17 바버숍, 남자에 의한 남자를 위한 공간

놀자, 라는 말의 의미는 그때그때 다르다. 멤버 구성과 모임의 목적에 따라 놀이 형태가 달라진다. 딱히 규정지을 순 없지만, 대강 이런 코스로 놀게 되는 경우가 많다.

1차에선 식사가 될 만한 걸 먹으며 살아온 이야기를 간단히 나눈다. 그렇게 반주로 각 한 병 정도의 소주가 들어가면 슬슬 자리를 옮기자는 얘기가 나온다. 이동하는 도중 지나가는 여자들을 구경한다. 슬슬 여자 이야기가 고개를 든다. 2차 장소 역시 소주를 먹는 포차, 혹은 이자카야다. 주종을 바꿔 펍이나 바를 찾을 때도 있다. 2차에선 1차보다 빠른 속도로 술을 마신다. 대화 주제는 주로 삶에 대한 고민이다. 회사의 힘든 점, '금수저'와 '흙수저'의 차이, 모이지 않는 돈, 요즘 여자들 이야기, 결혼의 어려움, 만나고 있는 여자와의 다툼과 그 해결책을 강구하는 신세 한탄도 한다. 생각보다 섹스 이야기는 많이 하지 않는다. 하더라도 그저 '개랑 했냐? 안했냐?' 정도. 특히 진지하게 만나는 여자 친구와의 섹스 이야긴 거의 하지 않는다. 이건 여자들과 좀 다른 지점일 거다. 연인과의 섹스를 자세히 얘기하는 쪽은 오히려 여자들이란 얘길 들은 적이 있다.

말 그대로 고민을 주고받기만 한다. 'X 같은 세상! 답 없는 세상! 술이나 먹자!'라고 외치며 술만 마신다. 정말로 그 문제가 답이 없어서라기보단, 답을 찾기 귀찮은 거다. 남자들의 수다가 그렇다. 아주 특별히 공통된 관심사가 아닐 경우엔, 친구가 던진 얘길 그대로 받는 경우는 드물다. 상대가 던진 물음표에 대한 대답을 해주고 그것에 또 하나의 물음표를 더해가며 점진적으로 몸집을 키워가는 여자들의 수다와는 다른 점이다. 남자들은 중구난방으로 각자 하고픈 말을 할 뿐이다. 그래서 남는 게 없는 경우가 많다. 뭔가를 공유했다는 끈끈함으로 더 진한 우정을 나누게 되긴 하지만. 이래서 남자들이 공감능력이 부족하단 얘길 듣는 건지도 모른다.

이제 3차로 옮길 때다. 소모적이기만 한 대화는 더 이상 하지 않기로 한다. '오늘 만나서 놀 여자는?'이란 질문을 누군가 던진다. 시계를 보니 벌써 자정이 다 돼간다. 소주 두세 병 이상의 알코올이 몸에 흡수된 상태다. 술보다 재미가 더 고픈 때. 놀 시간은 얼마 남지 않았고, 집에 가야 할 때가 점점 가까워온다는 걸 깨닫곤 조급해진다.

이렇게 하루를 허비할 순 없어! 그러니 이성과 즐겁게 놀기라도 해야겠어!라는 목표의식이 설정된다. 누군가는 이런 목표를 애초에 설정해버리기도 한다. 그래서 빨리 행동에 옮긴다. 여자와 놀기 위해 친구들과 술을 마시는 사람, 친구들과 술을 마시다 보니 여자와 놀고 싶어지는 사람의 경계가 여기서 나뉜다. 낯선 여자와 술 마시는 자리를 마다할 남잔 없겠지만, 목표 설정 타이밍에 따라 선수와 선수가 아닌 사람으로 구분되지 않을까 싶다.

“근데 선수 형은 진짜 대박이지 않냐?”

토요일 아침은 느지막하게 일어나고 싶었는데, 준이의 전화 덕분에 잠에서 깨버렸다. 선수 형이 새로 연 가게에 예약을 잡아놨으니 가보자는 것이었다.

“지난번 만났을 때 얘기한 거기? 근데 술집이 아니라 다른 업종이야?”

“어, 바버숍이라던데.”

준이와 약속을 잡았다. 진즉에 둘이서만 술을 한잔하려던 차였다. 마침 주영이는 부모님의 호출로 지방에 내려가버렸고 세운이는 수학여행 답사를 간 상태였다.

선수 형의 바버숍은 한남동에 있었다. 술을 마실 거니 차는 놓고 나오라고 했다. 우린 한강진역에서 만나기로 했다. 웬일로 준이가 지각을 하지 않았다. 골목을 따라 걸으니 간판이 보였다. 멋스럽게 휘갈겨 쓴 ‘The Man’이라는 글자 아래 양각으로 새겨진 ‘Barbershop’이란 글자가 조명을 받아 빛나고 있었다. 파란색 페인트가 칠해진 직사각형 문이 열렸다. 가게 안으로 들어서니 묵직한 머스크향와 우디향 등 정체를 알 수 없는 진한 향기들이 한꺼번에 밀려 들어왔다. 남자 냄새. 정확히 설명할 순 없지만 이런 종류의 향기를 보통 남자 냄새라고 말하는 것 같다. 사우나에서 막 스킨을 바르고 나온 아저씨 냄새보다 고급스러운 건 분명하다.

“왔어?”

포마드를 발라 이 대 팔 가르마를 멋스럽게 낸 선수 형이 우릴 맞이했다. 개업 축하 선물로 준비한 콘돔 한 박스와 비아그라를 건넸다. 형은 진심으로 그 선물을 좋아했다. 지난 술자리에서 사업 얘길 하던 형은, 갑자기 발기가 안 된다며 스트레스를 토로했었다. 발기는 둘째 치더라도 사업 수완만큼은 정말 좋은 사람이었다. 꽤 잘나가는 이자카야를 두 개나 운영하고 있으면서도 일 년 만에 이렇게 새로운 영역으로 사업을 확장하다니.

형과 인사를 하는 사이, 이십 대 초반쯤 되어 보이는 남자 두 명이 우리의 외투를 받았다. 어림잡아도 185센티미터는 넘어 보이는 훤칠한 키에 탄탄한 몸매를 갖고 있는 모델 동생들이었다. 준이가 그들을 보며 말했다.

"우린 브라질산 호나우도고 얘들은 포르투갈산 크리스티아누 호나우두 같다!"

요즘 젊은 친구들은 확실히 우리와는 다른 몸을 갖고 태어나는 것 같다. 이건 지난주 술자리에서도 나온 얘기다. 옆 테이블에 꽤 괜찮은 여자들이 앉아 있었고, 그녀들과 합석하기 위해 벌어지는 치열한 경쟁을 한참 구경했다. 우린 그 경쟁에서 멀리 떨어져 있었다.

갓 대학생이 된 것 같은 이십 대 청년부터 탈모가 진행되고 있음이 분명해 보이는 아저씨들까지, 다양한 연령대의 남자들이 그 테이블을 점령하기 위해 애썼다. 결국 승자는 보드카 한 병과 과일 안주 세트를 시켜준 삼십 대 중반 그룹이 됐다…고 잠시 생각했으나 그녀들 중 한 명이 자리를 박차고 일어났다. 그러고선 맞은편에 앉아 있는 훤칠한 이십 대 모델 그룹에 끼어 술을 마시기 시작했다. 조금 후엔 여자들 전부가 그 테이블로 이동해버렸다. 결국 삼십 대 아저씨들은 신나게 게임을 하는 그쪽 테이블을 보며 남은 대용량 보드카를 처량하게 마실 뿐이었다.

우리가 마시던 술의 맛도 갑자기 더욱 쓰게 느껴졌다. 남자는 외모보다 능력이라고 주장하던 세운이는 입을 다물어버렸다. 남자의 외모가 중요치 않단 여자들의 말은 어디까지나 진지하게 감정을 쌓아가는 관계에 적용되는 이야기일 뿐이란 걸 준이가 강조했다. 우리 넷은 '아가'들에게 뒤처지지 않기 위해 열심히 몸매를 가꾸자고 다짐했다.

준이와 그날의 일을 얘기하는 사이 바버숍 직원들이 다가왔다. 잘 다려진 화이트 셔츠와 블랙 슬랙스를 입고 있었다. 또각거리는 블랙 로퍼를 신고 왔다 갔다 하며 작업을 준비하는 모델들의 모습은 바버숍 내의 조명 역할을 제대로 했다. 지금 막 걸친 흰 가운(어릴 적 봤던 그 이발사 가운과 별 다를 바 없는)조차 명품 브랜드의 S/S 컬렉션 같은 느낌을 주다니. 나와 준이는 그들의 자태와는 별개로 탈모 샴푸에 대한 이야기를 좀 했다. 어느덧 얼굴보다 머리카락에 더 투자해야 하는 나이가 됐다. 멀리서 선수 형이 걸어오는 게 보였다.

"형, 남자들을 위한 공간인데 여자가 없는 게 말이 돼?" 준이가 물었다.

"여기서 멋진 남자가 돼서 여자를 만나러 가는 거지." 명쾌한 대답이었다. 선수 형은 메뉴가 적힌 아이패드를 우리에게 보여줬다. 헤어컷을 하는 고객에겐 진과 코냑 등의 간단한 알코올류를 기본으로 한 잔씩 제공하고 있었다. 헤어컷의 종류는 의외로 단순했다. 미용실에서 할 수 있는 펌 같은 건 아예 없었다. 눈길을 끈 것은 'FATHER & SON HAIR CUT'이란 메뉴였다. 부자가 함께 면도와 이발을 받을 수 있는 코스라고 했다.

어릴 적 이발소에서 머리를 자르던 생각이 났다. 이발소는 소년들에게 남자임을 자각하게 해주는 유일한 장소였다. 그 남자의 모델은 물론 아버지다. 생활비를 벌어다주며 늘 피곤에 절어 있는 그런 아버지가 남성으로서의 멋을 유지하는 곳. 아버지에게 유일하게 허락되는 휴식과 사치의 공간이 바로 이발소였다. 그래서 아버지와의 추억이 담겨 있는 곳이기도 했다. 엄마의 간섭에서 벗어나 성인용 만화책을 보는 즐거움도 물론 쏠쏠했고. 그런 우리가 언젠가부터 미용실에서 머리를 자르는 게 당연해졌다. 멋을 부리기 시작하면서부터다. 이발소에서는 90년대 중학생 머리를 대표하는 상고컷, '○○클럽'으로 대표되는 '귀두컷' 등의 촌스러운 스타일밖에 할 수 없다는 게 지배적인 생각이었다.

"새로운 남성성, 멋진 남성성이 부활하는 시발점이 될 거야." 선수형은 자신 있게 말했다. 머리를 다듬기로 한 준이가 준비된 의자에 앉았다.

모델 직원 중 한 명이 무엇을 할 거냐고 물었다. 나는 미용실에 다녀온 지 얼마 되지 않았으므로 손질만 좀 해달라고 말했다. 준이가 머리를 자르고 난 뒤에 손질해도 늦지 않을 것 같으니 가게나 좀 구경하겠다고 했다. 가게 안에는 남자들의 취향을 반영한 각종 물품들이 있었다. 다양한 헤어와 스킨케어 제품, 잘 다려진 셔츠들까지. 시계 및 모자, 넥타이와 로퍼 같은 아이템을 모아놓은 공간 옆에는 피팅룸까지 마련돼 있었다. 그리고 그 옆에는 자전거 휠 및 오토바이 헬멧, 모형 RC카 등 취미를 위한 공간이 있었다. 이젠 남자들도 경쟁이 아닌 선택을 하는 존재라는 걸 보여줘야 한다는 형의 말이 잘 반영된 듯했다.

“형님이 그 칼럼 쓰신다는 분이죠? 안녕하세요.” 오이를 띄운 진을 건네며 젊은 직원 한 명이 말을 건넸다. 자신을 ‘테리’라고 소개한 친구에게 나도 인사를 건넸다. 형님이라니. 외모와는 다르게 구수한 말투를 쓴다고 생각했다. 테리는 내가 썼던 칼럼 중 편식남에 대한 얘기가 가장 와닿았다고 했다. 그 이후 내 페이지를 즐겨찾기 하고 친구 신청까지 했다고 한다. 그러고 보니 테리라는 사람을 친구 목록에서 본 것 같기도 하다.

“저도 싫어하는 음식은 절대 안 먹거든요. 굳이 먹을 이유가 없잖아요. 그게 진짜 공감됐어요. 어릴 땐 좋아하는 것만 먹으려는 게 편식이지만 성인은 싫은 걸 절대 안 먹으려 한다는 거.”

“얻어 걸린 거죠, 뭐. 근데 이십 대 아니에요? 제 칼럼은 삼십 대가 많이 보는데.”

“아니에요. 요즘은 그런 구분 없어요. 제 친구들 사이에서도 그 단어가 인기였거든요. 이십 대 중에도 여자 많이 만나본 애들은 거의 삼십 대만큼 편식 심할걸요?” 테리는 눈썹 손질을 보조하는 직원이었다. 준이가 머리 손질을 하는 동안 나와 심심함을 풀고 싶은 것 같았다.

“사실 제가 지난 주말에 소개팅이 잡혀 있었거든요. 근데 그냥 취소해버렸어요. 만나봤자 별로일 게 뻔했거든요. 시간도 아깝고, 돈도 아깝고. 그래서 노트북 들고 카페 가는 길에 타코 트럭이 보이는 거예요. 먹을까 말까 고민하다가 그냥 참았죠. 요즘 살도 좀 쪄서 게을러 보이기도 하고, 일해야 하는데 셔츠발도 안 받을까 봐서요. 솔직히 요새는 여자들도 남자 몸매에 은근히 예민하잖아요. 그래서 그 수많은 정크 푸드의 유혹을 뿌리치고 카페에서 샐러드 하나만 먹었다니까요. 근데 웃긴 게 뭔지 아세요? 내 옆에서 남자들 품평회 하고 있던 여자들은 휘핑크림 잔뜩 올라간 음료에 케이크는 또 종류별로 시켜서 엄청 먹는 거예요! 걔들이 뭐 잘못한 건 아니지만, 난 그런 애들한테 선택받기 위해 이렇게까지 애쓰는 건가 하는 기분도 들고."

"그래봤자 넌 걔들 안 만날 거잖아." 준이의 목소리가 들려왔다. 면도 크림을 턱에 바르고 이쪽으로 오고 있었다.

"네가 여자 사진보고 소개팅 취소한 거라며. 그럼 굳이 뭐 남녀 나눠서 억울할 필요는 없지 않냐? 걔도 너 욕하고 있을걸?" 준이의 말에 테리가 조금 민망해했다.

"그렇긴 하겠죠. 어쨌거나 전 태희 형 칼럼 재밌어요. 우리 남자들도 선택이란 걸 할 수 있는 존재임을 당당히 말해주셨잖아요. 대부분 그런 칼럼들은 여자들이 듣기 좋은 말만 하거든요. 여자는 현명한 선택을 하는 고차원적 존재, 남자들은 그저 자극에만 민감해 유희만 즐기려는 일차원적 존재라는 식으로 말이죠." 테리가 준이의 착석을 도우며 말했다. 외모에서 풍기는 이미지와는 다르게 연애 칼럼을 많이 읽는 듯했다. 세운이와 약간 비슷한 냄새도 나고.

"그 칼럼, 태희가 날 모델로 쓴 거 모르지? 거기 그런 내용도 있지 않았어? 평소에는 그렇게 예민하던 편식남들이 가끔 폭식기를 맞이

한다고. 내가 딱 그러거든. 평소엔 몸 챙기다가 술 먹기만 하면 타코 같은 칼로리 폭탄들로 해장. 여자 얼굴 그렇게 따지다가도 소주 세 병 먹은 상태에선 가리지 않고 막 들이대기도 했고."

"형, 저도 그런데요? 참, 태희 형도 여기 앉으세요. 면도랑 눈썹 관리 해드릴게요."

테리에게 억지로 떠밀려서 옆자리에 앉았다. 면도칼을 쥔 테리의 솜씨가 대단히 섬세했다. 그러고 보니 바버숍을 준비하던 선수 형이 이런 얘길 한 적이 있었다. 많은 사람들이 생각하는 것과 반대로, 디테일에 섬세하게 신경 써야 하는 일은 여성보다 남성이 훨씬 잘할지도 모른다고. 실제로 패션이나 미용, 혹은 요리업계에서 두각을 나타내는 건 남자들이 더 많은 것 같다는 얘기였다. 준이는 남자들에게 해주는 소개팅이 훨씬 어려운 법이라며 선수 형의 말에 맞장구를 쳤다. 남녀의 차이를 쉽게 얘기할 순 없다. 하지만 남성성이라는 단어에 굳이 '단세포'나 '직진' 같은 거칠고 투박한 이미지를 떠올릴 필요가 없단 건 맞는 얘기다. 이기적인 선택을 할 수 있는 존재라는 부분 역시 마찬가지고.

"타코보단 옛날에 먹던 빅맥이 죽였는데. 그치? 나 어떻냐. 이 스타일 괜찮지 않아?"

준이가 만족스러운 표정으로 거울을 보며 말했다. 머리 손질까지 모두 마친 준이는 정말 멋진 남자로 바뀌었다…는 찬사를 선수 형에게 보내긴 했지만, 솔직히 인사치레에 가까운 말이었다. 테리가 완성해놓은 준이의 머리 모양은 포마드를 발라 가르마를 타 전통적인 남성미를 강조했는데, 내가 선호하는 스타일은 분명 아니었다. 한창 남성과 여성의 경계를 운운하다가 이제 와서 전통적인 남성미를 강조하는 것도 웃기지만, 그런 복잡한 얘기를 떠나서 저런 헤어스타일은 갸름한 얼굴형을 가진 사람에게나 어울리는 거라고 생각했다. 물론 준이는 나나 세운이에 비해 얼굴이 갸름한 편이지만 나이가 들면서 턱이 좀 두꺼워졌다. 그 헤어스타일을 이십 대에 했으면 더 어울렸을 거라고 준이에게 말했다. 서글픈 사실이다. 난 테리에게 자연스럽게 만져달라고 말했다. 준이는 선수 형이 서빙해준 올리브가 들어간 진토닉을 마시며 이렇게 말했다. 초원을 누비는 자유로운 한 마리 말이 된 것 같다고. 깔끔해진 옆머리가 오늘 밤 달리는 데 공기저항을 덜 받게 할 것 같다나, 뭐라나.

18 연애 칼럼니스트도 해결할 수 없는 난제

난 그다지 강의를 잘하는 편이 아니다. 정말이다. 그런데도 강의 제안이 꾸준히 들어온다. 규칙적으로 강의를 나가는 건 아니다. 에이전시에서 연락이 왔을 경우 특강 형태로 진행이 된다. 강의를 기획해서 특정 회사나 단체와 연계해주는 강의 에이전시들이 요즘 들어 많이 생겨났다. 이번 강의를 의뢰해온 에이전시는 삼십 대 초반의 남자들, 그중에서도 '썸'조차 제대로 타지 못하는 솔로남만을 대상으로 한 강의를 의뢰해왔다. 언젠가의 내 칼럼 주제였던 '더치페이와 데이트 비용의 황금 비율'을 강의 내용으로 하자는 제안이었다. 흔쾌히 수락했다. 에이전시에서 강의 슬로건을 하나 만들어달라고 추가요청을 해왔다. 난 이렇게 정해줬다.

'남자들이여. 좋은 액세서리가 되자.'

강의는 성공적이었다고 생각했다. 이번에는 애프터서비스를 요구하는 수강자들도 많았다. 연락처를 물어온 몇 명에게 이메일 주소를 가르쳐주고 있었다. 그때 낯익은 목소리가 들렸다.

"태희 형님, 아니 작가님, 안녕하세요."

바바숍의 테리였다. 반갑게 인사를 했다. 매번 생각만 하다가 지난 번 바바숍 방문 덕분에 강의를 들으러 올 용기가 생겼다며 악수를 청했다. 뭔가 뿌듯했다. 대충 짐 정리를 하고 나가려는데 테리가 질문을 하나 해도 되겠느냐고 물었다. 시간 여유가 좀 있었기에 그러라고 했다. 그러자 테리는 표정을 조금 바꿔선 다소 공격적인 목소리로 내게 물었다. 아무래도 강의가 마음에 들지 않은 듯했다.

"작가님께서 아까 그러셨잖아요. 여자들에게 인기 있는 남자는 더치페이나 데이트 비용 문제에 대해 생각하지도 않는다고요. 여자들을 설득하는 데 에너지를 쏟아가며 논쟁의 승리자가 되기보단, 대수롭지 않게 대처하는 '쿨남'이 되어 인기를 얻으라고."

"그렇죠. 논쟁에선 승리해도 데이트할 기회는 오지 않으니까요."

테리와 내 대화를 듣고 있던 수강자 몇 명이 메모를 시작했다.

아, 뭔가 불안했다. 이 문제는 대단히 민감한 부분이다. 이번 강의명도 어느 정도의 위험부담을 안고 결정한 것이었다. 데이트 비용 문제에 불만을 가지고 있을 게 뻔한 남자들을 모아놓고 좋은 액세서리가 되라니. 별 수 없었다. 더치페이 문제는 정말로 답이 없다. 전통적인 남성성에 사랑과 희생이란 가치가 더해졌을 때의 문제를 해결하긴 힘들다. 그러니 과할 정도의 착취가 아니라면 남자들이 어느 정도 희생을 각오해야 지금 사회에서 도태되지 않고 연애를 할 수 있다. 만나는 여자의 성향에 따라 유연하게 소비하는 남자가 더 사랑받는다. 옳고 그름을 따지다가는 영영 연애와 담을 쌓게 될지도 모른다. 그래서 '가난한 연애가 미담으로 전해지는 시대는 지났음을 깨닫고, 어차피 이 사회에서 살아가는 이상 누구보다 열심히 버는 수밖에 없다'는 조언을 해버렸다. 그 방법이 옳은 해답은 아니지만, 적어도 이 자리에 모인 모태솔로들에게만은 그게 해법이 될지도 모른다고 말했다. 그런데 테리는 그것에 불만이 있는 듯했다. 테리가 다시 말을 이었다.

"'나를 사랑하면 이렇게 해줄 수 있는 거 아냐?'라는 건 괜찮아요. 그런데 '나는 여자니까 이렇게 해줄 수 있는 거 아냐?'라는 건 솔직히 기분 나쁘잖아요. 사실 며칠 전에 친구한테서 이런 얘길 들었어요. 남자와 여자의 수다 차이. 작가님은 이런 차이를 어떻게 생각하시는지 궁금하네요."

테리가 말한 남녀의 수다 상황은 이랬다.

남자의 수다

여자 친구에게서 지갑을 선물 받은 민수. 친구들을 만났다. 테이블에 일부러 지갑을 꺼내놓았지만 아무도 눈치채지 못한다. 민수 역시 굳이 먼저 자랑하긴 낯 뜨겁다. 그러다 한 녀석이 "어? 지갑 샀냐? 예쁜데?"라고 말을 했다. '드디어 자랑할 순간이 왔구나!' 하고 회심의 미소를 짓는 민수. 그런데 친구들의 반응이 그다지 뜨겁지 않다. 심지어 "넌 근데 네 여자 친구 생일에 뭐 사줬냐?"라는 질문을 받았다. 꽤 많이 줬다고 생각했는데 지갑보다 비싸진 않은 것 같다. 친구들의 야유가 시작됐다. "별거 해주지도 않고 비싼 걸 받은 이 양아치 같은 놈아!"

여자의 수다

남자 친구가 사준 귀걸이를 하고 친구들을 만난 아영. 자랑을 시작하려는데 막 도착한 다른 친구가 신상 가방을 들고 들어온다. 친구 네 명의 시선은 일제히 가방으로 쏠린다. "그 가방 뭐야?", "오빠가 사준 거야?", "예쁘다! 부럽다!"라며 질투 반 부러움 반의 시선을 던지는 친구들. 왠지 아영은 남친에게 받은 귀걸이가 초라해지는 기분이다. 그래도 예쁘다며 칭찬해주는 친구들 말에 조금씩 기분이 풀리고 있었는데 한 친구가 물었다. "그런데 너흰 남친 생일 때 뭐 사줬어? 내 남친 다음 주에 생일이거든. 뭐 해주지?"

남자 친구에게 가방을 선물 받았다던 친구가 말했다. "난 오빠 생일에 케이크 만들어줬는데 너무 좋아하더라! 재료 사고 데코까지 한다고 나 진짜 힘들었는데 오빠가 너무 좋아해줘서 다 풀리더라. 너도 그렇게 해봐." 친구들이 환호를 지르기 시작한다. "와, 남자 친구 너무 감동이었겠다. 진짜 정성 대박!" 아영은 그 환호에 동참하지 못했다. "가방까지 받고선 케이크만 만들어주는 건 좀 그렇지 않아? 난 귀걸이 받았으니깐, 적어도 귀걸이 가격의 선물 정돈 해줘야 하는 게 아닐까?" 아영의 말을 들은 친구들의 질타가 시작된다.

"넌 일대일로 교환하는 사랑을 하고 싶어? 여자가 더 사랑을 받아야 행복해져. 그거 몰라?"

테리를 비롯한 주변 수강생들이 순식간에 불만을 토로하기 시작했다. 어떻게 이런 걸 이해하고 액세서리가 돼야 하느냐고. 왜 더치페이 논쟁을 꺼내는 남자들에게는 '찌질하다', '계산적이다'라는 꼬리표가 붙느냐고. 왜 여자들만 대접만 받아야 하느냐는 목소리가 한데 모아졌다. 세운이가 특별 강사로 초빙됐다면 좋았을걸. 에이전시 측 사람은 곤란한 표정을 지으며 내게 양해를 구했다. 난 괜찮다고 얘기한 뒤 수강자들에게 다시 한 번 강조했다.

"실외 데이트가 시작되면서, 그 비용은 대체로 남성이 지불하게 됐죠. 경쟁의 본능을 가진 남성은 선택의 본능을 가진 여성에게 환심을 사고 싶거든요. 마음이 가는 이성에게 먼저 데이트를 신청하고, 돈을 빌려서라도 맛있는 걸 사주고 싶은 게 남자들의 심리죠. 물론 이 같은 남성들의 심리나 남성성의 신화를 이용하는 여성들은 문제겠죠. 테리 씨가 말한 사례처럼 일대일 교환에 이의를 제기하는 여성들이 분명히 있어요. 먼저 데이트를 신청한다거나, 심지어 데이트 비용까지 지출하는 등 여성이 좀 더 관심을 표시하면 사랑받지 못한다는 해괴한 논리죠. 그런 여성들은 이렇게 얘기해요. 남성의 무조건적 희생이야말로 값진 사랑의 결실이며, 그 결실로 대접받는 공주가 되기 위해 여성이 지녀야 할 것은 희생이나 배려심이 아닌 자존심이라고 말이죠. 어리석죠. 사랑을 받는 행복에만 빠져 사랑을 주는 행위는 제쳐둔 일부 여성들의 허언이에요. 그 일부가 소수인지 다수인지는 개인의 경험에 따라 달라지는 판단이겠지만."

"제 주위에도 그런 애들이 있거든요. '오빠, 나 배고파. 친구들 만나기 전에 나랑 밥 먹자'라고 한다든지, '나 친구들이랑 있는데 잠깐 올래?' 하는 식으로 마음을 흔들어놓거든요? 근데 걘 그저 밥값 내주는 오빠를 바랄 뿐이더라고요."

"그럴 때 곧장 달려가 지갑을 열어주는 난쟁이들이 있으니까 공주들이 사라지지 않는 거예요. 백설공주에게 일곱 난쟁이가 있었듯, 여러분의 공주님에게도 여러분을 제외한 다른 난쟁이들이 얼마든지 있을 수 있거든요. 그것도 모르고 무작정 충성하는 남자들이 많죠. 심지어 그녀는 왕자님을 기다리고 있을 뿐인데 말이죠. 여러분은 절대 그런 공주에게 휘둘리는 난쟁이가 되어선 안 됩니다. 왕자가 되세요."

그들에게 분명히 말했다. 남자의 무조건적인 희생을 당연히 여기지 않는 여성도 분명히 존재하므로 희망을 가져도 된다고.

테리 씨의 사례처럼, 여성들의 수다에선 남자 친구의 경제적 능력이 액세서리처럼 작용하는 일이 많다. 어떤 남자를 만나고 그 남자에게 얼마나 큰 사랑을 받고 있느냐가 마치 학벌, 토익 점수, 직장이나 연봉처럼 경쟁의 도구로 쓰이는 것이다. 남자들의 수다에서 미녀를 만나고 있는 남자가 차지하는 위상을 생각하면 이해하기 쉬울 거란 얘기에 모두들 공감을 표시했다.

그러니 그렇게 본인을 액세서리처럼 대하는 여자는 만나질 말든지, 혹은 미녀들에게 부름을 받기 위해 누구나 갖고 싶을 정도의 가치를 가진 액세서리가 되든지, 둘 중 하나가 될 수밖에 없지 않겠느냐는 결론을 내린 거라고 말했다. 다행히 테리를 비롯한 사람들의 오해가 조금 풀린 것 같았다. 강의 시간 안에 이렇게 설득했어야 했는데! 역시 난 강의를 잘하는 사람이 아닌 것 같다.

"내가 하는 배려와 희생을 제대로 알아주는 사람, 그래서 내가 더 많은 희생을 하지 않도록 나를 나보다 더 아껴주는 사람과 연애를 해야 해요. 꼭 남성성 문제가 아니라 해도, 그런 동반자인지 확인하기 위해서 우선 희생하는 절차는 불가피하겠죠? 그러니 희생을 겁내지 마세요. 사랑을 줄 수 있어야 받는 기회도 생깁니다."

"그런 생각만 갖고 있으면 썸 탈 수 있는 거죠? 네?"

마무리를 하려고 하는데, 옆에서 제일 열심히 필기하던 수강자가 물었다. 버섯 모양의 헤어스타일, 넉넉한 통바지와 브랜드가 큼지막하게 프린트된 티셔츠, 색상이 조잡하게 믹스된 구식 농구화와 늘어진 검정 백팩. 여성들이 제일 싫어하는 패션. 아, 생각났다. 강의 시간에 질문을 했던 수강자다. 질문의 내용은 방금과 똑같았다. 썸은 어떻게 타는 거냐고.

가장 대답하기 어려운 난제 중 하나다. 솔직히 말해, 외적인 매력이 너무 없을 경우엔 해결책이 없다. 여자들도 당연히 외모를 본다. 특별한 명예가 있는 직업이나 경제적 능력이 없는 한 외모가 받쳐줘야 소개팅이라도 성사된다. 하지만 그는 어느 자리에나 지금과 같은 스타일을 고수한다고 했다. 클럽이나 나이트, 힘겹게 마련한 미팅과 소개팅에서도 마찬가지라고 했다. 언젠가 한 잡지 에디터가 이렇게 얘기한 적이 있다.

'삼십 대 이상의 미혼 여자들은 기준이 높은 게 문제예요. 여러 사람 겪다 보니 눈이 높아져서 웬만한 남자는 하찮게 보이는 거죠. 삼십 대 이상 미혼 남자들은 두 가지 타입이에요. 아주 출중한 능력과 외모가 있거나 혹은 그 반대거나. 전자는 여자를 너무 잘 알아서 문제고 후자는 여자를 너무 몰라서 문제죠. 그런데 그 두 그룹의 미혼남 모두 공통점이 있어요. 어린 여자만 좋아한다는 거. 외로우면 미혼남녀끼리 만나면 그만이지 않겠느냐는 생각을 쉽게 하겠지만, 그건 절대 불가능한 거예요. 절대로.'

그 에디터의 말을 그대로 전했다. 그리고 사회가 요구하는 최소한의 외적 기준에 따라갈 수 없다면, '나는 이렇게 널 사랑하는데 왜 그걸 안 받아줘?'라는 낭만적 외침은 공허할 뿐이라는 것도 전했다. 지나치지 않을 정도의 외모에 대한 노력은 상대에 대한 배려이자 사랑을 하고자 하는 노력이 될 수 있단 사실을 명심하길 바랐다. 키가 작은 편이니 운동으로 몸을 가꾸라는 조언을 했다. 마지막으로 근육을 너무 만들면 옷발이 안 받으니, 무작정 근육의 크기를 키우기보다 탄탄한 근육의 밀도에 더 신경을 쓰는 게 중요하다는 말을 그가 열심히 받아 적었다.

"외적 매력을 가꾸는 것에 한계가 있을 것 같다면 마약 같은 화술이라도 익혀봐요. 여성들이 남성의 신체적 조건이나 경제적 능력을 보는 이유는 생존과 직결되기 때문이거든요. 하지만 생존이라는 단어 자체를 잊을 정도의 환각 상태에 빠지게 할 수 있는 치명적인 매력 포인트는 동서고금을 막론하고 화술이에요. 분명히."

"저희 가게 오면 제가 스타일링 확실히 해드릴게요. 그럼 좋겠죠, 태희 형님?"

테리는 날 다시 형님으로 부르고 있었다. 마음에 들면 형님, 마음에 들지 않으면 작가님으로 거리를 두고 싶었던 모양이다. 주관이 확고하다 해야 할지 일희일비하는 다혈질이라 해야 할지. 뭐, 내가 테리씨에게 삐친 건 아니고.

19 다품종 소량 생산 소개팅 공장

새로운 사람들을 만나면, 프리랜서 연애 칼럼니스트가 보내는 일상에 대한 질문을 받곤 한다. 그냥 남들과 비슷하게 보낸다며 얼버무리고 만다. 감추려는 게 아니다. 정말로 마땅한 대답을 찾지 못해서다. 프리랜서는 일이 있을 때와 없을 때, 그리고 많을 때 삶의 변화폭이 크다. 이번 주는 적당히 바쁘고 의외로 한가하기도 한, 딱히 마감에 쫓기는 일은 없었지만 외부 미팅이 적당히 잡혀 있는 평범한 날들이었다. 월요일엔 잡지사 및 온라인 매체와 미팅을 했고 화요일엔 하루 종일 공모전을 위한 소설을 썼다. '사랑은 없다'란 제목을 어떻게 바꿔야 할지는 여전히 미해결 난제인데 도무지 아이디어가 떠오르지 않았다. 고민을 안은 채로 수요일엔 연애 및 진로 강의를 했다. 그리고 그날 밤부터 목요일 새벽까지는 연재하는 칼럼을 썼다. 금요일엔 다음 달 잡지에 쓸 기사에 대해 에디터와 아이템 회의를 했고 그날 밤엔 애들을 만나 술을 마셨다. 토요일엔 오랜만에 영화와 책을 보며 좀 쉬었다. 그리고 일요일인 오늘은 주영이를 만나 커피를(아마도 술을 마실 것 같긴 하지만) 마시기로 했다.

약속 장소는 지난 금요일의 술자리에서 가희가 언급했던 카페였다. 회의에서 언급한 소개팅 아이템에 대한 이야기를 꺼내자마자 번뜩이는 눈으로 추천한 곳이다. 이유는 묻지 말고 무작정 가보면 안다며, 진귀한 주말 풍경이 펼쳐진다던 그녀의 말이 호기심을 자아냈다. 막 도착한 카페의 입구는 별다를 게 없었다. 카페에 들어서자 타워 형태의 커다란 조형물이 눈에 들어왔고 그 옆으로 엘리베이터가 있었다. 지하 일 층의 라운지와 삼 층의 루프톱 바를 포함해 총 네 개 층으로 이뤄진 카페의 내부는 조형물을 중심으로 가로로 긴 타원형을 이루고 있었다. 오픈한 지 얼마 안 된 때라 그런지 사람들이 많진 않았다. 콘센트가 있는 구석 자리를 골라 앉자마자 주영이에게서 연락이 왔다. 부모님을 공항에 바래다 드리고 오는 길인데 차가 좀 밀린다고 했다. 넉넉잡아 사십 분 정도는 걸릴 것 같다며 미안해하는 녀석에게 양꼬치와 연태고량주를 사라고 말했다. 물론 이백 밀리미터 대용량이다.

카페 한쪽엔 꽤 많은 책과 잡지들이 꽂혀 있었다. 그곳에서 읽을 만한 잡지를 몇 개 가져오며 토마토 주스를 주문했다. 들고 온 잡지 하나를 대충 다 읽고 주스를 반쯤 마셨을 때, 카페에 사람들이 점점 많아지고 있단 걸 알았다. 아니다. 점점이라고 하기엔 너무 순식간에 가득 차버렸다. 곧이어 가희가 왜 이 카페를 추천했는지 짐작되는 광경이 눈앞에 펼쳐지기 시작했다. 얼른 노트북을 열었다. 글을 쓰기 위함이 아니었다. 자연스레 그 광경을 구경하기 위해서다. 굉장했다.

내 앞으론 대략 스무 개 정도의 테이블이 일렬로 쭉 늘어서 있었는데, 의도치 않게 난 그들의 상석에서 관찰하는 입장이 됐다. 테이블은 짝을 맞춘 남녀들로 꽉 차 있었다. 남자들은 약속이라도 한 것처럼 테이블 바깥자리에, 여자들은 모두 안쪽 소파 자리에 앉아 있다. 먼저 도착한 사람이 나중에 도착하는 사람을 발견하곤 자리에서 황급히 일어난다. 그리고 어색한 인사를 나눈 뒤 자리에 앉는다. 물론 여자보다 먼저 앉는 남자는 드물다. 직원이 메뉴판을 가져다주면 남자가 여자에게 건네며 "드시고 싶은 거 고르세요"라고 이야기한다. 여자는 한참을 고르다가 다시 메뉴판을 남자에게 건네며 "전 아무거나요" 하며 어색하게 웃는다. 남자는 '아무거나'라는 말에 잠시 고민을 한다. 여자는 그런 남자를 위해 "전 그럼 아이스 아메리카노 마실게요"라고 친절히 대답해준다. 남자의 얼굴엔 비로소 화색이 돈다. 메뉴를 주문하자 잠시 정적이 흐른다. 잘 정돈된 레고 인형 같던 그들 중 한 명이 침묵에 불안감을 느끼면 비로소 조금의 움직임이 발생한다. 남자들은 여자의 눈을 쳐다보며 조금의 반응이라도 얻기 위해 그동안 연마해온 입담을 쏟아내고, 여자들은 일정한 간격으로 고개를 끄덕이며 최대한 예의를 다하는 중이다. 저런 소개팅 교본이 있는 건가, 라는 의문이 들 정도로 잘 짜인 각본을 습득하고 온 사람들 같았다. 그 각본의 정체는 아마도 기계공업을 소개하는 다큐 애니메이션쯤 될 것 같다. 그들 중 하자 없이 우량한 제품만이 출고가 되겠지.

"뭘 보고 있는데 표정이 그렇게 재밌어?"

"야, 빨리 여기 앉아서 저거 봐봐."

도착한 주영이를 얼른 옆에 앉혔다. 주영이 역시 처음 보는 광경에 신기해했다. 한 커플이 나가면 또 다른 커플이 그 자리를 채웠고, 새로 온 커플은 방금 전의 커플과 거짓말처럼 똑같은 행동을 했다. 대사가 완벽히 들리진 않았지만, 지문이 거의 동일한 대본을 숙지한 연기자들을 보는 것 같았다. 심지어는 조금 전에 나간 소개남과 복장까지 동일한 남자가 등장하는 걸 본 우리는 완전히 질려버린 채 카페를 빠져나왔다.

"대단하네. 저렇게 사람을 만나면 재밌을까?" 주영이는 한 번도 소개팅을 해본 적이 없다.

"전문가에게 물어봐야지, 그런 건."

세운이에게 전화를 걸었다. 받지 않았다. 뭘 하는지 점심부터 연락이 되질 않고 있다. 메시지를 확인하면 여기로 합류하란 메시지를 남겨뒀다. 대답 않는 세운이 대신 준이가 난리였다. 준이는 오늘 아침 일찍 업무 때문에 중국으로 출장을 갔다. 미팅 사이의 시간이 너무 심심하다며, 나와 주영이가 어딜 가서 뭘 먹고 누굴 만나는지 일일이 보고해달라고 했다. 특히나 여잘 만난다면 사진이라도 몰래 찍어달라고 애걸복걸했다. 잠시 떨어져 있는 한국이, 아니 한국 여자가 너무 그리워서 간접적인 상상이라도 해야 할 것 같다나.

[오늘 여자 사진 찍을 일은 없을 것 같은데. 우린 지금 네가 알려준 양꼬치 집 들어왔거든.]

[진짜? 가지볶음에 꿔바로우랑 피단두부도 시켰냐? 연태랑 칭따오 말아먹고 싶다, 정말.]

[중국 본토에 갔으니 아저씨들이랑 그렇게 마시면 되겠네.]

[야. 진짜 아저씨들 엄청 마셔대. 나 좀 살려주라.]

난 이 가게를 좋아했다. 다소 허름하고 테이블들이 가깝게 붙어 있긴 하지만 남자들끼리 술 한잔하기엔 딱인 노포였다. 가게의 분위기와는 달리 양고기 질이 수준급이었고 가지볶음과 꿔바로우도 맛이 좋았다. 음식 맛에 까다로운 주영이도 이곳은 괜찮게 생각했다. 사실 준이가 가르쳐준 곳 중 몇 곳은 주영이의 합의를 얻기 힘들었다. 서울에서 가장 맛있는 태국 음식점, 평양냉면을 잘하는 곳, 사골국물을 제대로 뽑는 설렁탕 집 등 음식의 전문성에 관해선 주영이의 지식을 따라올 자가 없었다. 준이는 여자를 통해 실전으로 맛집을 깨우친 타입이었다. 여자들이 좋아하는 곳에 대해선 준이의 센스가 대단했다. 주영이는 당연히, 준이가 내세우는 맛집 중 몇 곳은 완전히 인정하지 않았다. 맛도 없는데 비싼 가격, 분위기에 신경 쓰느라 요리 자체에 신경을 쓰지 않는 쉐프에 대한 불만이었다. 여자들이 좋아하는 자극적인 맛을 내는 음식점 중에는 주영이가 생각하는 제대로 된 요리가 아닌 경우도 있었다. 준이는 그런 주영이의 의견에 반대했다. 음식은 먹는 사람이 즐거우면 그걸로 된 게 아니냐는 것이 준이의 생각이다. '여자가 만족해서 날 더 먹고 싶어지게 만드는 곳이 진짜 맛집이지.'

"근데 이런 기계가 원래 있었어? 신기하네. 저절로 돌아가고."

주영이가 양꼬치를 자동으로 구워주는 기계를 보고선 신기한 듯 얘기했을 때, 멀리서 낯익은 목소리가 들렸다.

"빨리 걸어와서 다행이죠? 우리 뒤에 사람들 장난 아니에요. 근데 걸음 되게 빠르시다! 하하!"

응? 나와 주영이는 동시에 고개를 돌렸다. 세상에나. 세운이였다. 뭐가 그리 좋은지 웃고 있는 녀석의 옆에는 꽤 괜찮은 여자가 한 명 있었다. 그녀는 정말이지 양꼬치 집과는 전혀 어울리지 않는 밝고 화려한 원피스를 입고 있었다. 세운이가 이야기를 할 때마다 환하게 웃긴 했지만 녀석이 시선을 딴 곳으로 돌릴 땐 갑자기 표정이 굳어졌다. 양꼬치 가게의 냄새와 열기가 마음에 들지 않는 듯 간신히 괴로운 표정을 숨기려는 것 같았다.

"재 오늘도 소개팅한다고 했었어?"

"그랬나? 야, 근데 설마 소개팅 날인데 양꼬치를 먹으러 왔으려고. 이 여름에."

그 설마가 설마였다. 정말로 세운이는 소개팅을 하고 있었다. 우리가 세운이의 시선을 피해 상황을 살피고 있는데, 여자가 화장실에 가자마자 휴대폰을 보더니 우리의 메시지에 답을 한 것이었다. 그것도 아주 당당하게 양꼬치 집이라고. 문자를 확인하고 고개를 들자 세운이가 우릴 보며 반가운 듯 걸어오고 있었다. 막 화장실에서 나오던 여자가 의아하게 쳐다봤다.

"어? 태희야! 주영이도 있었어? 아, 다연 씨. 제 진짜 친한 친구들인데 우연히 만났어요. 하하!"

인마. 우릴 봤더라도 그냥 모른 척하지. 아마 주영이 역시 마음속으로 나와 똑같이 외쳤을 거다. 곧이어 세운이는 우리의 자리에 합석하려는 이상한(?) 시도를 했다. 줄 서기 귀찮았는데 잘됐다며 여자에게 너무나 해맑게 웃으며 같이 먹자고 말을 하는 것이었다. '야! 인마! 지금 소개팅이잖아!' 나와 주영이의 마음속 외침이 또다시 하나가 됐다. 우리의 예상은 역시나 들어맞았다.

여자의 얼굴에 순간적으로 웃음이 스쳤다. 이어 그녀는 세운이에게 어쩔 수 없으니 다음에 먹자는 안타까운 표정을 짓곤(있는 힘껏 만들어내곤) 세운이가 미처 대응을 하기도 전에 가게에서 빠져나갔다. 세운이의 표정에선 '대체 내가 뭘 잘못해서 이런 상황이 벌어진 거지?'라는 말이 저절로 읽혔다.

자동 꼬치구이 기계는 여전히 돌아가고 있었다. 내 쪽에서 다섯 개, 주영이와 세운이 쪽에서 다섯 개씩 일렬로 구워지고 있는 꼬치를 보니 낮의 카페가 떠올랐다. 왼쪽에 남자 열 명, 오른쪽에 여자 열 명이 앉아 있던 바로 그 모습 말이다. 심지어 자동으로 순환되며 열기를 더해가는 것까지 비슷했다. 어라? 꼬치 중 세 개 정도가 많이 타버렸다. 자동이라곤 하지만 타는지 안 타는지 정도는 신경을 써줘야 한단 걸 깜박했다. 탄 음식은 절대로 먹지 않는 주영이가 세 개의 꼬치를 버리려는 게 보였다. 난 조용히 주영이의 손에서 그것들을 빼앗아 세운이에게 넘겼다. 세운이는 가위를 쥐더니 새까맣게 그슬린 부분을 요리조리 도려낸 뒤 맛있게 먹기 시작했다. 저런 실력을 다른 쪽으로도 발휘할 수 있다면 참 좋을 텐데.

20 소개팅의 치트키

실패하는 소개팅의 공통점이 있다. 상대방이 아니라 상대의 말에만 지나치게 집중한다는 거다. 상대의 입에서 나온 단어들이 허공에 흩어지지 않게 애써 붙잡으려 할 때, 우리는 그 사람 자체에 대한 집중은 망각하고 만다. 눈을 맞추지 못한 채 시선을 어지럽힌다든지, 대화의 맥락을 이해하지 못해 말꼬리를 이어나가지 못하는 어리바리한 모습을 보인다.

상대와 나 사이에 어떤 가교가 놓이는 느낌이 든다면 그건 성공하는 소개팅이다. 그 후엔 상대와 내 입에서 내뱉는 단어들이 허공을 어지럽게 떠다니는 게 아니라 그 다리를 통해서 오가는 기분을 만끽할 수 있다.

첫인상이나 대화의 센스만이 이 가교를 만들어내는 요소라고 생각하면 안 된다. 앉아 있는 의자나 둘 사이에 놓인 테이블의 높이 따위도 영향을 미친다. 예를 들어 이런 거다. 지나치게 높은 테이블과 낮은 의자의 조합은 여자로 하여금 팔을 어디다 둬야 할지 모르게 만들지 않을까? 푹신함 정도가 심한 소파는 허리를 꼿꼿하게 펼 수 없게 하고 하복부의 긴장을 풀게 만들어 접힌 뱃살이 공개될지 모르는 불안감을 키울 수도 있다. 그런 곳에선 가교가 제대로 놓일 리 없다. 세운이는 그런 걸 충분히 고려해서 이 양꼬치 집을 선택했다는 것이었다. 1차 장소와 거리가 그리 멀지도 않았고 택시가 잘 잡히는 곳도 가까운 곳이 아니냐며, 거기다가 맛까지 있으니 최적의 장소가 아니냐고 물었다.

"정말 그렇게 생각해? 이렇게 덥고, 좁고, 시끄러운, 최악의 삼박자를 다 갖춘 곳인데?"

"그분 정말 착하시다. 일단은 이곳까지 따라와줬잖아. 멋있네, 그 여자."

"진짜 착해. 너무 착해. 배려심이 장난 아냐. 약속 시간도 정확히 왔고, 밥이랑 차 계산할 때도 당연히 남자가 사는 거라는 식의 태도가 아니었다니까. 평소엔 야상 같이 자유로운 스타일 좋아하는데 일부러 소개팅이라고 원피스까지 입었다나. 솔직하지 않아? 아, 진짜 내 스타일인데. 그래서 이 근처서 내가 제일 괜찮다고 생각하는 데로 온 건데."

"그 여자 배려보다 네 배려가 모자랐던 거지, 그니까."

나와 주영이는 더 이상 잔소리를 말기로 했다. 세운이가 너무 침울해졌기 때문이다. 녀석은 정말로 이 양꼬치 집이 그녀를 만족시키는데 최적의 장소라고 생각하고 있었다. 준이가 없는 게 천만다행이었다. 소개팅 장소 선정에 대해 세운이에게 잔소리를 하는 건 늘 준이의 몫이었다. 반복되는 준이의 조언은 마치 신랄한 프리스타일 랩처럼 들렸다.

'아무리 맛있더라도 마늘이나 파가 많이 들어간 음식은 자제해. 마늘의 향기는 은근히 오래가거든. 네 입에서 냄새가 나는 게 문제가 아니야. 여자들은 마늘을 먹으면 자기 입에서 냄새가 날 거란 걸 알고 있어. 그러니 음식 앞에서 입맛만 다실 뿐 제대로 즐길 수가 없거든. 지나치게 매운 음식도 마찬가지야. 여자가 화장을 고치는 이유? 굳이 네가 마음에 들지 않더라도 소개팅에서 예의를 다하려는 거지. 그러니 벌겋게 달아오른 얼굴과 땀, 수시로 화장을 고치는 곤욕스러운 시간을 만들어줘 봤자 네 점수만 깎여. 어디든 갈 수 있는 탐험욕이 강한 여자를 소개팅에서 만나긴 힘들지. 그러니 아무리 맛있어도 너무 멀리 있는 곳은 찾아가지 마. 네 발이 아무리 기동력이 좋다 해도 차가 없다면 말이지. 맛은 없지만 나쁘지 않은 분위기라면 가까운 가게를 택하는 게 좋아. 맛은 주관적이지만 거리는 객관적이거든.'

준이라고 태어날 때부터 이런 지식들을 터득했을까? 절대 아니다. 녀석에게도 소개팅의 '흑역사'가 있다. 심지어 특정 레스토랑에서 이뤄진 소개팅은 반드시 실패한다는 징크스도 있었다. 처음에는 풍수지리설과 토정비결을 운운하며 농담처럼 이야기했지만 실패 횟수가 점점 늘어나자 녀석은 꽤 심각해졌다. 그래서 연구를 시작했다. 주제는 '좋은 분위기와 비싼 가격, 괜찮은 맛을 가진 집임에도 불구하고 소개팅 실패가 반복되는 미스터리 분석'이었다. 난 그 연구의 공동발제자였고 우리의 결과는 꽤 세세했다.

소개팅은 일종의 게임이다. 게임의 승리를 위해 명심해야 할 제1 법칙은, 소개팅은 무조건 배려에서 시작해서 배려로 끝난다는 거다. 그러니 소개팅 코스를 준비할 땐 마치 회사의 이사님이나 사장님을 접대할 때의 그것과 같은 철저함을 보여야 한다. 전성기 시절의 레오나르도 디카프리오처럼 생긴 게 아닌 이상, 철저한 준비를 통해 기대 이상의 배려라도 보여야 하는 거다. 미남보단 센스남이 대세이기도 하고.

우선은 시간과 장소 정하기다. 본인이 야근을 한다는 이유로 저녁 아홉 시 이후쯤으로 시간을 정했다간, 매너도 없고 흑심만 가득한 변태로 오해받기 십상이다. 평일이라면 퇴근 시간에서 한 시간 후 정도, 주말이라면 식사 시간대 전후로 한 시간쯤이 적당하다. 오후 두 시쯤의 애매한 시간대는 피하는 게 좋다. 밥 사주기 아까워서 티타임만 가지려는 의도로 보일 수 있으니까. 반드시 주말에만 만나려는 생각도 좋지 않다. 그녀의 주말 저녁 스케줄은 이미 꽉 채워져 있을지도 모른다. 반대로 주말을 지나치게 피하는 것도 별로다. 소개팅이 그리 중요하지 않은, 바람둥이 같은 인상을 줄 수 있다. 그러니 대화 속에서 상대의 의도와 스케줄을 잘 파악한 후 정하는 게 좋다. 단, 소개팅 전 대화는 기본 두 번, 최대 세 번이 적당하다. 만나기도 전에 많은 대화를 하는 것만큼 여성들이 부담스러워하는 일도 없다.

장소를 정한답시고 '어디 사세요?'라는 질문을 집요하게 하는 건 큰 실례다. 사는 동네에 대한 궁금증은 자칫 잘못하면 '재산이 어느 정도인가요?'라는 의미로 곡해할 수 있다. '선 맛집–후 장소'보단 '선 장소–후 맛집'이어야 한다. 맛있는 걸 대접하는 것도 좋지만 그녀가 움직이기 편한 곳으로 정해야 한다. 근접성이 떨어지는 맛집은 사귀고 난 후에 찾아가도 늦지 않다. 사실 장소를 정하는 건 단순한 거리 문제가 아니다. 이태원, 신사, 청담, 홍대 등 동네마다 갖고 있는 이미지가 있다. 장소를 정하는 순간부터 남자의 센스가 평가되는 거다. 하이힐을 신은 그녀가 많이 걷게 하지만 않는다면, 소개팅 게임에서 어느 정도의 승률을 확보할 수 있을 거다.

대부분의 게임에는 치트키가 존재한다. 치트키란 어려운 게임을 쉽게 플레이할 수 있도록 하는 비밀의 암호다. 세계적으로 유명한 게임 중 하나인 스타크래프트에도 치트키가 있다. 그중 가장 기본적인 게 바로 '쇼 미 더 머니'인데, 유닛 생산을 무한대로 할 수 있는, 한마디로 '돈 걱정'을 하지 않게 해주는 명령어다. 많은 사람들은 자신의 삶에도 그런 치트키가 하나쯤 있길 소망한다. 준이는 자신의 조언이 곧 소개팅의 치트키임을 세운이에게 늘 강조했다. 세운이는 준이의 말을 그리 귀담아 듣지 않았고, 오히려 반기를 든 적이 있었다.

몇 주 전, 준이가 힘들게 마련해준 소개팅을 어김없이 실패로 장식했던 날이다. 이번엔 실패의 정도가 심했다. 여자를 만나보지도 못한 채 소개팅 자체가 없던 일이 돼버린 것이다. 어이가 없는 표정의 준이와 영문을 모르겠다는 세운이의 언쟁 속에서 흘러나온 상황을 대충 정리하자면 이렇다.

세운이는 준이가 보여준 사진 속 여자가 너무 마음에 들었다. 성격은 몰라도 외모는 세운이의 이상형에 가까웠다. 그래서 소개팅 전부터 최선을 다하고 싶었고, 그 의욕이 과해 지나치게 많은 연락을 하기 시작한다. 그녀는 당연히, '세운이=평정심과 여유 없는 남자'라고 판단해버렸다. 만나지도 않았는데 친한 척하는 건 많은 여자들이 싫어하는 남자의 행동이라는 걸 몰랐던 불쌍한 세운이. 소개팅 당일의 부드러운 분위기를 위해 고군분투했던 세운이의 노력은 그렇게 허망하게 물거품이 되고 말았다. 준이는 그녀의 오해를 풀어주기 위해 노력했다. 하지만 그녀는 '잘 모르는 상태에서 아무 여자에게나 집적거리는 남자, 여유 없고 진지하지 못한 남자'는 만나기 싫다고 단호히 거절했다.

준이는 화를 냈다. 친구를 그렇게 이야기하는 여자에게, 답답하기 그지없는 세운이에게, 그리고 그런 상황을 만들어낸 자신에게 화를 냈다. 그래서 다른 때보다 과하게 잔소리를 했고 그때 세운이가 발끈한 것이다. 치트키는 싱글플레이 모드에만 적용할 수 있단 게 세운이의 의견이었다. 틀린 말은 아니었다. 실제로 게임에서의 치트키는 혼자서 컴퓨터를 상대로 플레이를 즐기는 싱글플레이 모드에서나 유용하기 때문이다. 타인과 게임을 하는 멀티플레이 모드에선 아예 사용할 수가 없다. 세운이 말의 요지는 이랬다. 사람은 컴퓨터와 달리 예측할 수 없다. 저마다 너무 다르다. 그러니 사람에겐 치트키를 적용할 수가 없다. 있는 그대로의 나를 보여주는 게 후회가 덜할 거다.

오! 웬일로 멋진 말을 한 세운이를 칭찬해주고 싶었지만 티를 내진 않았다. 준이의 편을 들고 싶었기 때문이다. 주영이도 나와 마찬가지였다. '있는 그대로의 네 모습에 준이의 팁이 자연스레 녹아든 게 가장 베스트가 아니겠느냐'며 세운이를 설득했다. 준이는 본인이 얘기한 팁들이 대단히 특별한 것이 아니라 대부분의 사람이 꿰차고 있는 기본임을 다시 한 번 강조했다. 우린 세운이의 진정한 친구였다. 세운이가 소개팅에서 실패하는 걸 더 이상은 보기 싫었다. 그래도 세운이는 고집을 절대 꺾지 않았다.

"가희도 말한 적 있잖아. 잘생기거나, 돈이 많거나, 혹은 그냥 이유 없이 맘에 드는 남자라면 편의점에서 맥주만 마셔도 로맨틱한 법이라고. 그러니까 그런 팁을 알아봤자 소용이 없다고."

"야. 넌 엄청 잘생기거나 돈이 많은 것도 아니고 이유 없이 맘에 드는 남자도 아니잖아."

말이 좀 심하다고 준이에게 얘기했다. 준이 역시 실수를 인정하고 세운이에게 사과하며 그날의 논쟁은 끝이 났다. 그때 세운이의 표정이 어땠는지 정확히 기억나진 않지만 분명히 지금과 비슷했던 것 같다. 연신 소주를 들이켜는 오늘의 세운이는 세상에서 가장 억울하고 속상하며 기가 막힌 표정을 짓고 있다. 그날과 오늘의 차이점이 하나 있긴 했다. 준이의 팁을 받아들이는 세운이의 태도였다. 오늘 소개팅을 위해 준이의 팁을 열심히 숙지했다고 한다.

"나 오늘은 정말로 준이 조언 다 적용해봤거든? 양꼬치 집도 그래서 온 거고. 흔한 음식은 웬만하면 피하라며. 그래서 처음에 한·중·일·인도·태국의 5지선다형을 줬다? 여자가 웃으면서 다시 네 개로 줄여보라길래 '1.고기 2.이자카야 3.파스타 4.태국 음식'으로 바꿨지. 근데 고기가 젤 좋다는 거야. 양고기도 좋다고 한 건 그녀가 먼저 이야기를 꺼낸 거라고. 예약을 하고 싶긴 했는데 시간이 안 맞았고. 나 이 정도면 노력한 거 아니냐?"

"야, 걔가 엄청나게 양고기를 먹고 싶었던 것도 아니었을 테고 그냥 이야기했을 수도 있잖아. 뭐, 오늘따라 양고기가 엄청 먹고 싶었던 거라고 쳐. 그래도 여긴 좀 아니지. 양고기 카드 포기하고서라도 나 같으면 좀 더 깔끔한 돼지고기나 소고기 집 가겠다. 안 그래, 주영아? 그리고 첫 만남부터 이런 곳에서 술 마시자고 하면 자길 쉽게 봐서 그런 거라 생각할걸?"

"뭐, 고기 집은 잘 모르겠지만, 술은 그럴 수도 있겠지."

"야, 난 이제 소개팅 다시는 안 할 거다. 너희가 증인이다, 어?"

"잘도 그러시겠지. 술 고만 마셔, 인마."

"근데 너휜 둘이서만 무슨 얘길 그렇게 하고 있었어?"

"가게 이야기 좀. 선수 형이 나보고 가게 하나 맡아볼 생각 없냐고 그랬는데, 그보단 내 가게 차리고 싶어서. 이제 막 태희한테도 얘기하려던 참이야."

가게? 무슨 얘기냐며 주영이에게 물으려던 그때, 갑자기 세운이가 환호성을 질렀다. 그러곤 우리에게 휴대폰 화면을 들이밀었다.

[오늘 그냥 가서 미안했으니 다음 주에 꼭 밥을 살게요.]

이럴 수가. 아까 그 여자에게서 온 문자였다. 이거 자작극 아닐까? 아님, 준이가 장난친다고 보낸 거겠지? 내 물음에 주영인 아무 대답이 없었다. 대신 다 타버린 양꼬치를 야금야금 씹고 있었다. 둘 다 잘못 본 게 아니었다.

21 나도 내 편이 있었으면 좋겠다

9월엔 우리 넷의 연중행사가 있다. 바로….

"생일 축하합니다 — 생일 축하합니다 — 사 — 랑 — 하는 세운이의 생일 축하합니다 — "

지금 울려 퍼지는 노래의 주인공, 세운이의 생일 파티다. 생일에는 친구들과 함께 케이크를 먹어야 한다는 세운이의 고집 때문에 반강제적으로 고정된 행사다. 그렇다고 해서 호스트인 세운이가 성대한 파티를 준비해 기억에 남는 추억을 만들어내는 건 또 아니었다. 오히려 거의 모든 생일 파티가 쓸쓸했고, 암울했다. 이상하게도 세운이의 생일이 되면 여자 게스트를 초대할 수가 없었다. 화려한 여성 인맥을 자랑하는 준이마저도 무력하게 만드는 세운이의 불운은 대단한 것이었다. 그래서 생일 축하 노래 도중 '사랑하는 세운이의…' 부분을 강조해본 적은 당연히 없었다. '웅웅하는 세운이의…' 정도로 대충 얼버무린 뒤 서둘러 촛불을 끄곤 했다.

오늘은 다르다. 특별하다. 그간의 불운은 이 순간을 위해 존재한 게 아닐까 싶다. 생일 축하 노래부터 다르게 들렸다. '사랑하는 세운이'에서 '사랑'이 대단히 강조되어 들렸다. 활자로는 이 감격적인 순간을 제대로 표현할 수 없단 게 너무 아쉽지만, 그 이유는 간단하다. 파티에 참석한 여자 구성원 때문이다. 주영이 옆에 앉아 있는 가희, 그리고….

"지난번엔 그렇게 가버려서 죄송했어요. 말씀 많이 들었어요. 다연이에요. 정다연."

사랑이란 글자를 특히 더 강조하며 축하 노래를 부른 주인공은 다름 아닌 바로 그 소개팅녀, 다연 씨였다. 말도 안 되는 일이 벌어지고 만 것이다. 생일날 세운이의 옆에서, 세운이의 손을 잡은 채, 자신을 세운이의 여자 친구라고 소개하는 여자를 보게 될 줄이야! 언젠가는 이런 날이 올 거라 생각했지만 그게 지금일 줄은 몰랐다.

"저를 태어나게 해주신 부모님께 우선 이 기쁨을 전하고 싶습니다. 그리고 세상은 살 만하다는 걸 가르쳐준, 이렇게 아름다운 세상 속에 다시 태어나게 해준 우리 다연이에게 가장 큰 사랑을 전하고 싶습니다. 다연이를 제2의 부모님 삼아 열심히 사랑할 것입니다. 어버이날에도 챙겨줄게, 다연아!"

"못 말려, 오빠. 나도 많이 사랑할게요!"

윽! 축복받은 생일 파티 기념사를 하라고 일으켜 세워놨더니 저렇게 이상한 멘트를 할 줄이야. 어이도 없고 넋도 나간 우릴 보며 세운이가 나지막이 말했다. "내가 이긴 거 맞지?" 그러고는 다연 씨의 손을 꼭 잡으며 싱글벙글거렸다. 응? 이겼다는 게 무슨 말이지?

나와 주영이가 의아한 표정을 짓고 있자 준이가 말했다. "우리 지난번에 이야기한 거 있잖아. 누가 먼저 제대로 연애하는지."

그제야 아, 하며 고개를 끄덕였다. "근데 그 내기, 누가 먼저 연애를 시작하는지가 아니라 누가 헤어지지 않고 끝까지 사랑하는가, 아니었어?" 준이에게 내가 슬쩍 물었다.

"그렇지? 확실하지?" 우리 셋은 동시에 안도의 한숨을 내쉬었다. 그때 다연 씨가 활짝 웃으며 이야기했다.

"세운 오빠랑 전 헤어질 일 없을 거예요. 우리가 이기면 뭐 해주는 거예요?"

녀석이 내기에 대해 말을 했나 보다. 여자 친구에게 별 이야길 다 한다며 쏘아붙이는 우리의 눈빛을 아무렇지 않게 받아 넘긴 세운이가 말했다. "진짜 오늘처럼 행복한 생일은 처음인 것 같아." 심지어 눈물도 조금 보이는 것 같았다.

그럴 거다. 내 기억이 맞다면 세운이는 여태껏 단 한 번도 여자 친구와 생일을 보내본 적이 없다. 하지만 오늘 녀석의 오른손엔 다연 씨가 사준 생일 선물이 들어 있는 쇼핑백이, 왼손엔 다연 씨의 손이 있다. 다연 씨는 그런 세운이를 애정 가득한 눈빛으로 바라보고 있었고, 우리 셋은 그런 둘을 부러움이 가득한 눈으로 바라봤다. 다연 씨는 예쁜 사람이었다. 우선 외모가 예뻤다. 세상에는 사랑의 콩깍지가 씌어야 예쁠 수 있는 여자와 그렇지 않아도 예쁜 여자가 있는데, 다연 씨는 후자에 속하는 사람이었다. 외모에 대한 묘사를 자세히 하는 건 친구의 연인에 대한 예의가 아니니 생략하겠지만, 어쨌거나 다연 씨가 지나가는 남자들의 시선을 빼앗을 정도의 미인이란 건 확실했다.

그런데 성격까지 좋았다. 그날의 소개팅 상황을 보고 짐작했던 대로 그녀는 배려심이 철철 넘쳤다. 우선, 세운이의 친구랍시고 쓸데없이 늘어놓는 준이의 과한 농담들을 전혀 어색하지 않게 받아주었다. 내가 하는 썰렁한 말은 그녀의 적절한 응답으로 인해 활기를 얻었다. 술잔이 비면 바로 채워주려고 신경 썼고, 주영이가 젓가락을 떨어뜨리자마자 얼른 종업원을 불러주기까지 했다. 그런 게 무슨 배려심이야, 라며 적절치 않은 예로 생각하는 여자들이 있을 것 같다. 하지만 이렇게 간단하고 쉬운 소소한 행동을 통해 여자의 배려심을 판단하는 게 바로 우매한 남자들이니 참고해도 좋다. 다연 씨의 성격은 가희도 인정했으니 굳이 더 이야기할 필요가 없을 것 같다. 저 모든 행동이 가식은 아닐 거란 게 가희의 의견이었다. 그녀 정도 미모를 가졌으면 대부분은 여왕벌 역할에 익숙해져 있어서 굳이 그런 노력을 하진 않는다고 했다. 남자들에게도 중요한 게 여유지만 여자에게도 여유 있는 성격이 중요한데, 그녀는 원래부터 성격이 좋은 것 같다며 감탄했다.

더 대단한 건 따로 있었다. 우리의 바보 같은 질문 공세에 대한 다연 씨의 현명한 대답이었다. 연인의 친구 모임에 가면 으레 쏟아지는 질문들이 있다. 특히 남자들이 많이 모인 자리일수록 그런 경우가 많다. 쓸데없는 질문들로 친구의 연인을 당황스럽게 한다. 그런 우문을 현답으로 받아치는 여자를 보면 일순간 그녀 옆에 있는 친구가 대단해 보인다. 여자가 바라는 남편상을 다 갖춘 남자가 세운이라곤 생각하지 않는다. 그런데 다연 씨는 남자들이 바라는 내 편의 조건을 완전히 갖춘 여자였다. 외모, 성격 그리고 현명함까지. 그리고 가장 중요한 게 바로 이거다. 굳이 우수한 수컷을 찾기 위해 이기적으로 행동하는 여자가 아니라는 것. 배려와 희생을 통해 나를 수컷들 사이에서 우두머리로 만들어주는, 그런 여자라는 것이었다.

그런 여자가 왜 세운이를?! 우린 궁금한 게 많았다. 첫 번째 질문은 소개팅 당일에 보인 그녀의 행동이었다. 아니, 그날 그녀가 도망갔을 때의 감정이 궁금했다. 아니, 실은 그녀의 감정 상태가 딱히 궁금한 건 아니었지만 단지 세운이를 놀리고 싶었으므로 물었다.

"그 상황이면 당연히 싫어서 도망가죠." 가희는 당연한 걸 묻느냐는 표정으로 말했다.

다연 씨는 도망간 게 아니라며 우리에게 사과했다. 그리고 세운이의 손을 꼭 잡곤 말을 이어나갔다. 소개팅 시간대가 애매했다고 한다. 하필 세운이가 제안한 날 저녁에 다연 씨는 부모님과 식사 약속이 있었다. 하지만 노력하는 모습을 보이는 세운이에게 시간을 미루는 모습을 보이기 싫었단다. 그래서 부모님께 양해를 구하고 소개팅 자리에 나왔는데, 생각보다 세운이가 더 맘에 들었단다. 여기서 우린 오 —, 하며 세운이를 한번 쳐다봤다.

"저 양꼬치 되게 좋아해서 먹고 싶었거든요. 근데 부모님한테 전화가 계속 오는 거예요. 솔직히 그런 이야기하면서 못 먹겠다고 하면 누가 봐도 핑계 같잖아요. 그럼 세운 오빠가 애프터 신청 안 할까 봐 걱정하던 중에 마침 오빠 친구분들을 딱 만나서 안심하고 간 거예요. 그게 도망간 것처럼 보였을 줄은 몰랐는데…."

정말 의외였다. 나와 주영이는 다연 씨가 그런 곳을 싫어할 것 같은 외모라고 이야기해줬다. 다연 씨는 그런 이야길 많이 들어서 속상하다고 했다.

"저 그런 곳 좋아하는데 남자들이 지레 짐작해서 제가 싫어하는 파스타 집, 그런 곳 가는 경우가 많아요. 첫 만남에 잘 보인답시고 평소와 다르게 가면 쓰는 소개팅은 별로거든요. 세운 오빠 솔직함이 좋았어요. 제 앞에서 막 귀엽게 버벅거리기도 하고."

"지나치게 능숙하지 말고 조금은 버벅거리는 팁을 추가해야겠어." 준이가 내게 속삭였다.

"그럼 이번엔 내가 궁금한 거! 세운 오빠가 어떻게 고백했기에 언니가 사귀어준 거예요?"

모두가 숨죽여 다연 씨의 대답을 기다렸다. 다연 씨가 그런 우리의 표정을 보며 재밌다는 듯 잠시 뜸을 들이곤 말했다.

"오빠가요?"

"네. 어떻게 고백했어요? 막 꽃다발 사주고 그랬어요?"

"그런 센스가 없지, 세운이는."

"음…." 다연 씨가 뜸을 들였다. 그럼 그렇지.

"제가 먼저 사귀자고 했는데요? 제가 원하는 남편상이거든요, 세운 오빠."

"난 다연이 남편할 거야! 다연인 세상에서 하나뿐인 내 편이니까!"

경악, 충격, 어이 상실. 그런 감정들이 총집합된 표정이 세운이와 다연 씨를 제외한 우리 모두의 얼굴을 스쳐갔다. 닭살 돋는 말을 주고받는 게 문제가 아니다. 세운이가 고백을 받았다고?!

22 계산이 돼 있었다

준이는 신속하게 다연 씨와 세운이의 손을 분리시켰다. 그다음엔 억지로 세운이를 일으켰다. 움직이지 않으려는 세운이를 자기 쪽에 끌어 앉히는 데 성공한 준이는 주영이에게 빨리 움직이란 신호를 보냈다. 마지못해 일어난 주영이가 세운이와 다연 씨 사이로 자리를 옮겨 앉았다. 준이는 시작하는 연인의 뜨거운 시선이 차단되는 걸 확인하고 나서야 "지구 역사상 최대의 기연이 어떻게 발생됐는지에 대해 알아봐야겠다"고 선언했다.

재밌는 오빠들이라며 즐겁게 웃는 다연 씨를 보기 위해 몸부림치던 세운이는, 결국 준이와 주영이의 기세에 눌려버렸다. 가희는 그 소란에는 전혀 관심이 없었다. 아까부터 다연 씨를 신기한 듯 쳐다보고만 있다. 그런데 그 시선이 좀 묘했다. 강한 호기심 속에 날카로운 질투의 감정들이 투박하게 박힌 느낌이랄까.

"아무리 오빠가 좋아도 여자가 먼저 고백하긴 쉽진 않았을 텐데. 안 그래요?"

"여자가 남자에게 먼저 관심을 보이면 안 된다, 먼저 고백하면 백퍼센트 남자에게 차이게 돼 있다, 그런 여잔 남자들이 질려 한다, 그런 말들 전 믿지 않아요. 먼저 관심을 표시했다가 실패한 여자들이 많은 이유는 먼저 고백해서가 아니에요. 애초에 본인에게 관심이 없는 남자에게 고백을 하니 그런 결과가 나온 것뿐이죠."

"그럼 언니는 세운 오빠가 언니한테 관심 있는 걸 알고 있었어요?"

"당연하죠. 제 앞에서 긴장하고, 절 위해 꾸밈없이 노력하는 모습을 봤거든요."

"저 오빠 원래 좀 어설픈데."

"이십 대는 몰라도, 삼십 대 남자가 내 앞에서 어설프게 행동하면 그건 멋없다고 무시할 게 아니라 오히려 횡재일지도 모른단 생각을 해야 해요. 그런 남자들, 요새 드물거든요. 진짜 좋아하면 그렇게 되잖아요? 사실 먼저 고백하지 않는 남잔 두 경우거든요. 지나치게 자존심이 강한 바람둥이거나, 상당히 조심스러워 하는 순진한 남자이거나. 세운 오빠는 후자라고 확신했어요. 남자가 나한테 마음이 있는지 없는지 고민될 땐 여자가 먼저 질러보는 게 낫다고 생각해요. 성공한다면 좋은 거고, 실패한다 해도 후회하면 그만이잖아요. 그 후에 남자를 고르는 필터를 하나 얻게 될 테니까. 물론 전 성공할 생각이었지만."

"그건 다연 씨 말이 맞아." 준이가 고개를 돌리며 가희를 향해 이야기했다. "헌신해서 헌신짝처럼 버려진단 말은 뭘 모르고 하는 소리거든. 헌신했으니 그 정도라도 만남을 유지한 거지, 헌신이 아니었다면 진즉 헤어졌을지도 모르는 거야. 영원히 짝을 찾아 헤매는 짚신이 될지, 그런 헌 신이라도 될지는 선택의 문제겠지만." 자리로 돌아온 준이는 소개팅 복기에선 딱히 건질 게 없었다며 앞에 있는 언더록 잔에 술을 따랐다. 가희는 준이의 말이 왠지 불쾌하다면서 술이 막 채워진 준이의 잔을 빼앗아 단숨에 들이켰다. 준이는 왜 오버를 하냐며 가볍게 웃곤 화장실에 갔다. 가희는 왜 준이의 이야기에 화를 낸 거지? 혹시 준이를 좋아하기라도 하는 건가. 난 의아했다. 그 이유를 알게 된 건 몇 달 후의 일이다.

화장실에서 돌아온 준이는 계속해서 남자들의 특징에 대해 이야기했다. 요약하자면 남자들이 둔할 거란 생각을 하지 말라는 것이었다. 그리고 갑자기 내게 사십 대가 되면 함께 대학원에 들어가지 않겠느냐고 물었다. 이유를 묻자 생물학이 뒷받침된 연애 이론을 확실하게 정립하자고 했다. 평소에는 둔하기 그지없던 남자들의 신체 세포가 목표 설정 뒤엔 극도로 예민해진단 걸 과학적으로 증명하고 싶단다.

오, 괜찮은 생각인데?

여자의 마음을 제대로 헤아리지 못해서 고백을 하지 '않는' 남자는 거의 없다는 준이의 말엔 나와 주영이도 동의를 했다. 다연 씨도 고개를 끄덕이며 "중요한 건 그거잖아요. 고백을 하지 '않는'다는 거. 그리고 않는다는 건 못 하는 것과는 분명히 다르죠"라고 맞장구를 쳤다. 가희는 냉랭한 표정을 한 채 준이의 말을 잘 알겠으니 재미없는 얘긴 그만하라며 다시 술을 마셨다. 오늘따라 유독 술을 많이 마신단 생각이 들었다. 세운이도 조금 취한 것 같았다. 이렇게 멋진 여자를 본 적이 있느냐며 횡설수설하더니 화장실에 가버렸다. 주영이도 세운이를 따라 화장실에 가겠다며 일어났다. 가희는 비틀거리는 세운이와 그런 세운이의 어깨에 손을 두르고 있는 주영이를 보고 있었다. 준이는 기회를 놓치지 않고 두 번째 질문을 했다. 조금 민감한 질문일 수도 있어서 세운이가 사라지길 기다리고 있었단다.

"세운이가 데이트할 때 더치페이하자고 안 해요? 돈 잘 안 쓰죠?"

"에? 세운 오빤 고집이 세니까 왠지 여자가 먼저 계산하려 하면 자존심 상해할 것 같은데."

가희는 세운이를 완벽히 오해하고 있었다. 이 시대의 여성 권익 향상을 위해 더치페이 문화를 정착시키려는 그 세운이를 지금까지 몰랐다니.

"아, 예전에 너희랑 미티… 읍!"

막 화장실에서 돌아오던 주영이와 내가 동시에 준이의 입을 막았다. 손 틈으로 삐져나오는 준이의 조각난 목소리를 짜깁기해보면, '예전에 너희랑 미팅 자리에선 세운이가 회비 달라고 말 안 했지?'라는 이야기를 하려던 것 같다. 난 준이에게 다연 씨 눈치를 좀 살피라는 신호를 줬다. 우리가 가희와 어떻게 친해졌는지에 대해선 다연 씨가 굳이 자세히 알 필요가 있겠느냐고. 준이는 내게 다연 씨라면 전혀 신경 쓰지 않을 거라고 속삭였지만 그런 건 섣부리 짐작하면 안 된다. 이해는 오해의 전체에 불과하니까. 주영이는 물수건으로 손을 닦으며 준이에게 뭔가를 얘기했다. 그러자 준이가 갑자기 호들갑을 떨면서 침을 퉤퉤 뱉었다. "야, 이 새끼 화장실 갔다 와서 손도 안 씻고, 방금!"

"더치페이 주제로 오빠랑 대화한 적이 있긴 해요. 저도 세운 오빠랑 의견이 완전히 같아서 별 문제는 없어요. 근데 세운 오빠가 이야기하는 더치페이는 사랑하는 연인 사이에 적용되는 건 아니지 않아요?" 우릴 보며 웃던 다연 씨가 준이에게 물었다. 준이는 소주로 입을 헹구다가 다연 씨의 질문을 받고 당황한 눈치였다.

"그니까… 세운 오빠가 강조하는 더치페이는, 사랑을 하기 전의 남녀에게만 철저하게 적용되는 거거든요. 실제로 저희 데이트할 때도 제가 아무리 노력한다곤 하지만 오빠가 더 많이 쓰는 건 사실이에요. 한 이 대 일 정도? 아니면 1.8 대 1 정도 되려나."

"정말요? 태희야. 넌 이 새끼의 그런 모습 상상이 되냐?" 준이가 어이없는 표정으로 세운이를 보며 말했다.

"아니. 난 절대. 주영이, 넌?" 난 주영이가 어떻게 생각할지 궁금했다.

"글쎄. 세운이가 은근히 각색에 재능이 있다는 걸 다시 한 번 생각하는 중."

세운이는 답답하다는 듯 우릴 보며 이야기했다. 역시나 다연 씨의 손은 꼭 잡고 있다. 저 정도면 땀띠가 날 만도 한데.

"내가 몇 번이나 강조하잖아. 내가 강조하는 더치페이는 사랑하는 사이에서 완전히 반반으로 나누는 게 아니야. 우리끼리도 그러진 않잖아. 우정이든 사랑이든 감정이 쌓이기 전의 관계에서 당연하게 갑을을 나누는 걸 이야기하는 거거든."

"야, 이제 우리도 돈 계산은 확실하게 해야 한다. 특히 연애하는 놈한텐." 준이가 세운이를 놀렸다.

"세운 오빠가 저한테 기분 좋게 뭘 사주면 너무 행복하죠. 다만 그렇게 받는 것만 당연하게 여기는 게 아니라 오빠에게도 줄 줄 알면 되는 것 같아요. 연인의 호의를 권리처럼 여기지만 않으면 되는 거죠, 뭐." 혼자서 싸우던 세운이에게 이렇게나 든든한 지원군이 생길 줄이야.

"근데, 언니. 제 주변엔 여자가 계산하면 오히려 자존심 상하는 남자도 있더라고요. 제 예전 남자 친구가 그랬거든요."

"그런 게 생각이 어린 여자들의 단골 멘트야. 예전 남자 친구가 그래서 이번 남자 친구에게도 돈을 안 쓴다는 말이 여자들한텐 공감을 살진 몰라도 남자들에겐 절대 말하면 안 되는 말 베스트 3위 안에 들거든? 넌 성숙한 여자라면 다 아는 기본 상식을 모르냐, 참."

"나 안 어리거든?" 준이의 말에 가희가 버럭 신경질을 냈다. 다연 씨가 조금 난감해진 표정으로 가희를 달랬다. 역시 가희는 아까부터 좀 예민해져 있던 게 확실하다. 다연 씨의 눈치를 보던 준이가 막 사과를 하려는데 가희가 내 의견을 물어왔다.

"음, 물론 여자가 지갑 열 때 막는 남자들이 있는 건 맞아. 내 생각엔 크게 두 부류거든. 하나는 진짜로 엄청난 부자라서 애인이나 친구의 돈을 못 쓰게 하는 남자. 나머지 하난 본인이 여자에 비해 능력 부족이라는 자격지심을 갖고 있는 경우. 그렇게 특수한 타입이 아니라면, 여자가 계산을 한다고 해서 자존심 상하는 남잔 많지 않아. 오히려 기쁘지. 그 돈 몇 푼 안 썼다고 좋은 게 아니라, 남자들 역시 사랑받는 기분을 느끼고 싶거든. 여자들이 그렇듯."

고백이든 계산이든 결국 남자들도 능동적인 여자를 선호한다는 이야기로 문답 시간을 마무리했다. 다연 씨의 귀가를 재촉하는 부모님의 전화가 계속 걸려왔기 때문이다. 참고 있는 세운이를 대신해, 술에 취한 준이는 다연 씨를 보내기 싫단 마음을 한껏 발산하며 징징거렸다. 주영이가 그런 준이를 달랠 동안 세운이는 마지못해 다연 씨를 배웅하고 돌아왔다. 오늘의 주인공인 세운이에게 한창 술을 먹이고 있는데 가희가 보이지 않았다. 하지만 우리 넷 중 아무도 가희를 신경 쓰는 사람은 없었다. 알아서 잘 갔겠지 싶었다.

전화를 한번 해볼까, 했던 순간이 있긴 했다. 술에 취한 우리가 해장국집으로 옮기자며 계산을 하기 위해 카운터에 도달한 순간이다. 그런데 사장님의 엄청난 말 한 마디 때문에 우린 가희를 챙겨야겠단 사실조차 잊어버리고 말았다.

"먼저 나간 여자분이 계산 다 하셨어요."

오, 마이, 갓. 남자 손에 본인의 카드를 슬쩍 쥐어주며 "자기가 계산해"라고 말하는 여자를 만나는 게 판타지라면, 지금 같은 상황은 거의 신화에 가까운 일이다. 여자의 생일 파티에 남자가 계산하는 경우는 꽤 있지만 그 반대의 경우는 극히 드물다. 그런데 다음 날, 깜짝 놀랄 만한 일이 우릴 기다리고 있었다.

23 어린 여자와 젊은 여자

이른 아침이 되어서야 세운이의 집에 들어왔다. 등교하는 학생들, 가게 문을 여는 사람들, 시장에 가는 어르신들 틈에서 해장국 냄새를 풀풀 풍기는 건 사실 좀 부끄럽다. 그래도 그들을 보며 내일부턴 열심히 살아야겠단 다짐을 할 때도 있으니 '나이 서른에… 철 좀 들어라!'란 잔소린 그만 듣고 싶다.

옷도 갈아입지 않고 침대에 누워선 휴대전화만 쳐다보던 세운이는 아홉 시 정각이 되자 다연 씨에게 전화를 걸었다. 그 시간이 다연 씨가 늘 일어나는 시간이라나. 나는 준이 그리고 주영이와 함께 오랜만에 본 아침 풍경에 대해 이야기하고 있었다. 이젠 이렇게까지 마시는 건 체력적으로 불가능하다며 슬슬 잠이 들려던 때였다. 전화를 끊은 세운이가 바보 같은 표정을 하고선 다연 씨가 계산한 게 아니라고 호들갑을 떨기 시작했다. 만사가 다 귀찮은 준이는 종업원의 착오일 수 있으니 가게 오픈 시간에 맞춰 전화하면 되는 거 아니냐며 다시 누웠다. 그러다 갑자기 벌떡 일어나 날 쳐다봤다. 설마?! 우리의 머릿속엔 같은 인물이 그려졌다. 설마, 가희?

"뭐 그거 갖고 아침부터 호들갑이에요? 세운 오빠 생일 선물이에요."

스피커폰으로 들려온 가희의 목소리는 조금 냉랭했다. 당분간 좀 바빠질 것 같아서 오빠들 술자리에 예전만큼 못 갈 수도 있다는 말을 끝으로 전화는 끊어졌다. 애들에게 내가 어제 느꼈던 가희의 이상한 점에 대해 물었다.

"하긴 평소랑 다르게 좀 예민한 것 같긴 하던데." 주영이가 내 의견에 동조를 했다.

"그치?"

"걔 원래 평소에도 예민하지 않아? 뭘 그리 신경 쓰냐." 이럴 때의 준이는 참 냉정하다.

"그래도 고맙네. 돈 꽤 나왔을 텐데. 우리가 좀 보내줘야 하는 거 아닌가."

"그냥 고맙다고 해, 인마. 그러고 보니 너한테 여자 친구 생겨서 기분 상한 거 아냐?"

"뭔 소리야. 내가 보기엔 네가 어제 남녀 어쩌고 말한 뒤부터 기분 안 좋아 보였는데."

"야… 자자, 이제. 걔 기분 전에 내 체력이 문제다. 암튼 기특하긴 기특하네."

말을 마친 준이는 곧장 잠이 들었다. 세운이와 주영이도 곧이어 코를 골기 시작했다. 세운이는 그렇다 쳐도 주영이가 코를 고는 걸 보면 신기하다. 평소의 이미지와는 어울리지 않게 아주 심하게 골기 때문이다. 난 잠이 오질 않아 텔레비전을 좀 봤다. 연애를 주제로 한 토크쇼가 방영 중이었다. 요즘은 확실히 연애 콘텐츠가 많다. 게스트들이 떠들고 있는 주제는 '남자는 정말로 어린 여자만 좋아하는가'였다. 이십 대 후반의 잘생긴 남자 게스트가 너무 어린 여자보단 성숙한 누나가 더 좋다고 이야기하자, 나이가 지긋한 누나 게스트들이 환호성을 질렀다. 남자 게스트들은 뭘 모른다며 핀잔을 줬다. 물론 생각이 어린 여자보단 성숙한 여자가 좋긴 하겠지만, 나이가 들수록 젊은 여자를 마다하진 않을 거라고 사회자가 정리했다. 그런데 엄청나게 탄력 있는 몸매와 무결점 피부로 무장한 미모의 연상녀라면 그것 또한 감사하지 않겠느냐는 사회자의 말에 스튜디오는 웃음바다를 이뤘다. 틀린 말은 아니었다. 어린 여자와 젊은 여자의 차이가 뭘까? 미진이가 떠올랐다. 미진이는 어렸던가, 젊었던가.

"뭐해, 안 자고?"

"잠 안 와서. 넌 왜 일어났어. 또 다연 씨한테 전화하게?"

"아니, 목 말라서. 맞네. 일어난 김에 연락해볼까."

"그렇게 좋냐?"

"어. 솔직히 좋다. 내 생애 최고로. 너도 연애해, 이제."

세운이는 냉장고에서 물을 꺼내 마신 뒤 곧장 다시 잠들었다. 난 이상하게 잠이 오질 않았다. 좀 더 텔레비전을 봤다. 별로 재미도 없는 이야기에 깔깔거리는 사람들이 거북했다. 그러다 문득 세운이가 조금 부러워졌다. 어제의 술자리에선 특별히 느낀 적 없는 감정이었다. 그런데 그렇게 한바탕 놀고 난 후의 허무함에 휩싸이는 순간, 흔히 얘기하는 '현자 타임'이 온 지금은 확실히 쓸쓸하다. 꽉 차 있던 에너지를 다 소진한 뒤 다시 에너지가 충전될 때까지 느껴야 하는, 뭔가가 꽉 차 있던 순간에 대한 그리움? 공허함? 딱히 사랑이란 감정 자체에 대한 애틋함이 아닐지도 모른다. 그래. 백번 양보해서 심심함이라고 해보자. 남자에겐 유희적 본능이란 게 있으니까. 생각해보면, 사랑하는 사람이 있을 땐 둘의 행복을 위해 다양한 목표들을 설정하곤 했다. 그 목표를 이루기 위해 노력하는 재미가 있다. 그러니 심심할 겨를이 없었다. 심심해서 여자를 만난다는 이야긴 아니지만, 아무튼 나도 연애를 하고 싶단 생각이 문득 들었다.

토크쇼에선 젊은 여자와 어린 여자의 차이에 대해 끝없이 떠들어 대고 있다. 저런 주제로 사십 분 가까이 대화를 나누고 있다니. 삼십대 후반의 여자 탤런트 한 명은 과거의 화려했던 남성 편력을 얘기하며 고해성사를 했다. 어릴 땐 남자에게 사랑을 받는 즐거움만을 알았지만, 나이가 들고 나니 사랑을 주는 즐거움을 알게 됐다는 거다. 그런 건 어린 여자들은 절대로 모른다며, 이제 얼마든지 성숙한 사랑을 할 자신이 있으니 맘껏 연락을 달라고 너스레를 떨었다. 정확하다. 사랑의 양을 완벽히 동일하게 하란 얘기가 아니다. 성숙한 여자란, 주는 사랑의 즐거움과 받는 사랑의 즐거움이 비례할 때의 건강함을 아는 여자다. 그리고 그걸 알게 되고 얻은 전리품이 바로 주름살이라며 그녀가 한숨을 내쉬었다. 그러니 남자들은 주름이 많이 진 여잘 만나도 된다는 그분의 결론에 피식 웃음이 나왔다. 그러자 그녀의 앞에 앉아 있는 조금 더 나이 든 개그우먼이 손을 들고 이야기했다.

—제가 요즘 애를 키우잖아요. 연애할 때 힘들었던 이유가, 애 키울 때 힘든 거랑 참 비슷하더라고요. 너무 사랑스럽긴 한데 소통이

안 되는 거요.

— 어? 그거 재밌는 지점인데요?

— 그렇게 생각해보면 남자들이 어린 여잘 좋아하는 마음이 조금은 이해간단 말이죠. 그러니까 이런 거예요. 말 못 하는 게 당연한 갓난아기나 점점 말을 배워가는 시기의 아기들은 정말로 아무 이유 없이 귀엽거든요. 보고만 있어도 좋고. 까르르 잘 웃기만 해도 좋고. 왜냐하면 내가 전부인 것처럼 시선을 보내오고, 내가 말하는 걸 무조건 흡수하고 따라하는 게 정말 뿌듯하거든요. 남자들이 스물한 살, 스물두 살 어린 여자를 좋아하는 이유도 마찬가지가 아닐까 하는 생각이 드네요.

— 그렇죠. 비싸지 않은 음식이나 선물에도 와, 하고 감동하는 리액션!

— 그런 말도 있잖아요. 집에서 유일하게 자길 반겨주는 게 강아지 아니면 아기밖에 없어서 남자들이 아기들을 그렇게 좋아하는 거라고.

— 맞아요, 맞아. 그렇게 생각해보면 나이 스물넷에서 스물여덟 정도의 여자들은 딱 미운 일곱 살 정도가 아닐까 싶어요. 점점 이런 저런 경험을 하게 되면서, 내가 해주는 걸 조금씩 필터링 하는 거죠. 그러면서 투정도 부리고 심한 말도 하고. 그렇게 상대한테 불만을 표시하는 건 점점 더 심해지겠죠. 제가 부모님한테 그랬던 것처럼. 아마 남자들도 똑같지 않을까 싶어요. 자아가 완성된 성숙한 여성보다 어린 여성을 선호하는 이유. 그냥 무난하게 본인들이 인정받길 원하고, 되도록 덜 싸우고. 가치관 대립 같은 걸로 싸우는 거 자체를 귀찮아하잖아요, 남자들이.

그녀의 말이 맞다. 남자들이 어린 여자를 찾는 이유는, 작은 것 하나에도 깊은 호응과 감동 어린 리액션을 보이는 귀여움 때문이다. 그런 것쯤 많이 봤는데?라는 투로 대수롭지 않게 흘려버리는 여잔 남자를 김 빠지게 한다.

하지만 어리다는 표현은 부정적인 의미로 사용되는 경우가 더 많다. 인내심이 없어서 투정을 자주 부리는, 그러니까 본인의 감정 표현에 이기적일 정도로 솔직한 사람을 두고 '어리다' 혹은 '철이 없다'고 표현한다. 이제 와서 내가 미진이를 어린 여자라고 생각하는 것도 비슷한 이유에서다. 나이는 어리지 않았지만 '어린 여자'라는 표현은 확실히 어울렸다. 처음엔 그런 면에 끌렸던 것도 사실이다. 감정의 층위가 단순한 여자. 어른이 되어갈수록 다양한 역할 갈등에 시달리며 겹겹의 자아를 쌓는 보통의 사람들과는 다른, 겹겹이 쌓인 페이스트리가 아닌 구십구 퍼센트 다크 초콜릿 같은 자아를 가진 여자. 첫 맛은 쓸지 모르나 자꾸 맛보면 달콤함이 느껴지는, 좋게 말하면 감정에 솔직한 거고 나쁘게 말하면 제멋대로인, 바로 그 성격 말이다.

그건 내가 닮고 싶은 성격이기도 했다. 그녀를 만나고 사랑했던 시기의 난, 어른이 되어가는 것에 대한 거북함이 있었으니까. 웃고 싶을 때 웃지 못하고 울고 싶을 때 울면 안 되는, 내가 하고 싶은 걸 하지 말아야 하는 현실에서 벗어나고 싶었다. 그것에 대한 고민이 깊어지고 답답증이 극에 달했을 때 미진이가 내 앞에 나타난 거다. 물론 그런 내 상태가 우리 이별의 이유가 되기도 했지만. 그런 게 이기적이란 거다! 그녀가 나를 조금만 더 이해해주었더라면, 그래서 조금만 더 참았다면 새로운 길을 걸으려는 나를 이해할 수 있지 않았을까.

나는 그녀를 특별하게 사랑했다. 사랑하는 동안에는 그녀가 대단히 특별한 여자라고 생각했다. 그건 이별을 소화해내는 기간에도 마찬가지였다. 그렇지 않았다면 조금 덜 힘들었을 거다. 그런데 그녀를 향해 그었던 특별했던 선들이 점점 분절되더니 결국 수많은 점들의 집합으로, 다시 그 점들이 조금씩 사라지고 점 몇 개의 모임이 됐다. 그러고 나니 그녀를 특별하게 생각했던 마음이 완전히 사라져버렸다. 그녀는 그저 적당히 예뻤고, 도가 지나치지 않을 만큼 나빴으며, 연애 초기에 데이트 비용을 지나치게 지출할 경우 불리해진다는 전형적인 논리의 신봉자였다. 여성을 위한 남성의 무조건적 희생이야말로 값진 사랑의 결실이며, 그 결실로 대접받는 공주가 되기 위해 여성이 지녀야 할 것은 희생이나 배려심이 아닌 자존심이라는 것이 미진이의 지론이었다. 한마디로 조금 피곤한, 그런 성격이다. 그러니 내 이상형은 아니었던 셈이다. 남자들에게 있어 내 편이 되어줬으면 하는 사람은 그런 여자가 아니다. 자존심을 내던져도 좋을 정도의 엄청난 미모는 꼭 필요하지 않다. 대신 내던지려고 하는 남자의 자존심을 지켜주는 여자를 원한다. 꼭 젊을 필요는 없지만, 기왕이면 다홍치마일까. 아무튼.

왜 아직까지 미진이가 생각나는지 모르겠다. 더 이상 그녀와의 이별을 곱씹을 필요는 없다고 생각하는데, 왜 이러는 걸까. 이건 마치 내 손바닥에 있는 흉터 같다. 초등학교 6학년 방학이 시작되던 날, 다과회를 하다 생긴 상처다. 평소에는 손금에 가려 보이지 않던 흉터가 가끔 눈에 띄는 날이 있다. 그럴 때면 상처가 나던 날의 풍경이 생생히 떠오른다. 일회용 접시에 가득 담겨 있던 과자들. 교실 한가운데서 요상한 춤을 추고 있던 짝꿍. 달콤한 귤 알갱이가 씹히던 음료수까지.

바로 그 음료수 캔을 따려다가 얻은 상처였다. 피가 꽤 많이 났지만 병원에 갈 생각은 하지 않았다. 난 남자니까. 흉터가 생긴다 해도 뭐, 어때! 그것도 손바닥인데.

그렇게 대수롭지 않게 놔둔 흉터가 눈에 띄는 날이 있다. 그럴 때면 생생한 예전의 기억을 더듬다 실수를 저지르기도 한다. 뭘 찾고 싶은지도 모른 채 쓰레기통을 마구 헤집다가 더럽고 초라해진 내 모습을 마주한다든지, 높은 책장 깊숙이 숨겨놓은 앨범을 억지로 꺼내려다 우당탕 넘어지기도 한다. 그런 날엔 참 많이 아프다. 청소기를 돌려야 한다. 추억은 비록 완벽하지 않았더라도 점점 더 완벽하게 포장된다. 과거는 현재처럼 스트레스를 주지 않는 법이니까.

진동이 느껴졌다. 이번엔 알람이 아니다. 가희에게서 온 문자였다.

[뭐해요?]

[텔레비전 봐. 무슨 일?]

[다음 주에 시간 괜찮아요?]

[응? 왜?]

[할 얘기가 있어서요. 둘이서만 술 한잔해요. 다른 오빠들한텐 얘기하지 말아줘요.]

가희는 정말로 내가 친구들에게 말하지 않을 거라고 생각하는 걸까. 아니면 말할 걸 뻔히 알면서도 흘리는 걸까. 도무지 알 수가 없다. 여자들은 참 어렵네, 라며 가희의 말을 단순하게 받아들이지 못하는 내 머릿속도 알 수가 없다. 어쩌면 가희는 날 진지하게 믿고 있는 건지도 모른다. 코를 골며 자는 준이와 주영이, 세운이가 보였다. 이번엔 가희의 부탁을 들어줘도 좋겠단 생각이 들었다.

그냥 메모_1004. hwp

여자는 어렵다. 어렵지만 좋다. 절대로 풀 수 없는 매듭이다. 그렇지만 풀고 싶다. 마음껏 날 풀어보라며 관능적으로 똬리를 튼, 꽉 조인 모습이 섹시한 매듭이다. 연애도 어렵다. 살아가며 겪는 문제들 중 가장 어렵고 심각하고 짜증나는 문제다. 그렇지만 풀고 싶다. 계속해서 풀고 싶고, 풀다가 지칠 때쯤이면 당근 하나가 던져지고, 당근에 눈이 멀어 무작정 달려들기라도 하면 그 앞엔 나를 휘감으려 혀를 내민 채찍이 기다리고 있다. 혜원이의 혀는 채찍 같았다. 그런 키스는 난생처음이었다. 언젠가 도톰하고 붉은 입술이 매력적이라고 이야기했을 때, 본인은 음식을 먹을 때 빼곤 다른 용도로 사용하길 꺼린다고 분명히 이야기했었다. 그런데 언젠가 술에 취한 밤이었다. 그날도 그녀는 키스라곤 전혀 관심이 없는 사람처럼 날 쳐다봤지만 용기를 내서 그녀에게 입술을 갖다 댔고, 그 순간 그녀의 숨겨진 인격을 확인해버렸다. 그때 짐작했어야 하는데.

아무튼, 우리가 살아가는 데 있어서 진지하게 고민해봐야 할 유일한 철학적 고민은 자살이 아니라 바로 여자다. 그리고 연애다. 섹스는 결코 아니다. 섹스는 언젠가 저절로 하게 된다. 어떻게든 하게 된다. 연애는 다르다. 하게 되어도 잘할 수가 없다. 왜 학교에선 연애와 여자에 대한 걸 한 번도 가르쳐주지 않았던 걸까. 어쩌면 당연하다. 그걸 제대로 가르칠 수 있는 선생님이 없으니까. 본인들도 그걸 몰라 히스테리를 부려대던 노총각, 노처녀 선생님들이 학교엔 수두룩했다.

그땐 여자가 어렵단 걸 몰랐다. 연애도 마찬가지다. 어려움과 쉬움에 대한 가치 판단은 엄두조차 낼 수 없었다는 게 정확하다. 여자와 연애는 다른 세상 속 이야기였다. 무협지나 판타지 소설 속 히로인보다도 훨씬 더 높은 차원의 이야기. 적어도 내겐 그랬다. 물론 여자와 연애가 있는 세상에 살고 있던 친구들도 분명히 있었을 거다. 하지만 그들 역시 성인의 그것과 같은 고민을 하진 않았을 거라 생각한다. 첫 연애나 첫 키스를 꽤 일찍 경험한 이들에게 그 시절의 연애에 대해 물으면 다들 이렇게 이야기하곤 한다. '에이, 그땐 뭘 몰랐지. 학생 때 한 연애는 연애가 아냐.'

그러니까 사랑과 연애란 만화책이나 텔레비전 등을 통해서 접하는 간접적인 지식이었던 거다. 그리고 하필이면 그건 직접과 간접 사이의 간극이 어마어마하게 큰 지식이었다. 야동은 쉽게 구할 수 있었다. 그걸 통해 호기심을 풀고, 성욕을 해소했다. 성인이 된 남자들이 여전히 사랑보다 섹스를 더 수월하게 해버리는 이유가 그 때문인지도 모르겠다.

chapter4.

◆

아님 말고 vs. 그럼에도 불구하고

◆ ◆ ◆ ◆ ◆ ◆ ◆ ◆ ◆ ◆ ◆ ◆ ◆ ◆ ◆ ◆ ◆

후회 끝에 다시 연애를 시작한다. 그리고 또다시 고민한다.
'아님 말고'의 연애와 '그럼에도 불구하고'란 사랑의 경계에서.
그 고민은 늘 똑같다.
상대와 나의 성격 차이에서 오는 경계.
상대에게서 맘에 들지 않는 점을 발견했을 때
그가 내게 맞춰줄 수 있느냐, 없느냐에 대한 기대의 경계다.

결혼 적령기에 놓였을 경우엔 더욱 그렇다.
지금 내게 주어진 인연이 마지막일지, 아니면 한 번의 기회가 더 남아 있을지.
사람은 변하지 않는 건지, 변하기를 기대하고 참아봐야 하는 건지.
아님 말고, 라는 자세로 과감히 버려야 하는 건지.
그럼에도 불구하고 가능성을 기대해보는 게 나을지.

무엇이 옳은 건지는 여전히 결정할 수 없다.
어쨌거나 지금 행복을 느끼기만 하면 되는 것 아닐까.
어차피 일 초 후의 미래도 점칠 수 없는데.
아님 말고의 연애와 그럼에도 불구하고의 사랑을 고민하는 사람에게
분명히 해줄 말은 이거다.
연인의 사랑은, 연인의 사랑일 뿐이라는 것.
남녀의 사랑은 부모의 사랑도, 하느님의 사랑도 아니다.
지나치게 완벽하고 높은 이상을 가지지 말자.
그렇게 기대치를 한껏 높인 목표를 달성하느라, 보이지도 않는 가치를 위해
희생의 고통에 익숙해질 필요는 없다.
연애의 즐거움을 놓치지 말자.
의리를 지나치게 지키려다간 을이 될 뿐이다.

사랑은, 연애 초반의 목표가 아니다.
일상을 함께하며 자연스레 쌓이는 어떤 퇴적물이다.
그리고 그 퇴적물은 연애 후반에 요긴하게 쓰일 에너지원이다.
일상을 함께 이어나가기 지쳤을 때, 권태기가 도래했을 때,
그동안 쌓아온 감정이나 추억들을 꺼내서 확인해보기 마련이다.
그때 확인하게 되는 것, 혹은 그 확인하는 과정이 바로 사랑이다.

24 취중 진담과 취중 진상

가희가 날 쳐다보며 말했다.

"후회도 추억으로 남길 수 있는 거겠죠?"

두 시간이 채 안 되는 시간 동안 열 번은 더 들었던 말이다. 후회의 정체부터 얘기한 뒤에 질문을 하라는 다그침에도 그저 묵묵부답이다. 대체 무슨 엄청난 말을 하려고 이렇게 대단한 뜸을 들이는 건지 짐작할 수 없다. 그래도 열심히 들어주기로 했다. 가희와의 술 약속을 차일피일 미루다가 오늘에야 겨우 약속을 지킬 수 있었기 때문이다. 세운이의 집에서 가희와 문자를 주고받은 게 삼 주 전이다.

벌써 10월 중순이라니. 올해도 이렇게 가는구나. 가희는 여전히 후회와 추억 얘길 하고 있다. 바쁜 척을 하려던 건 아니었다. 10월 초까진 도무지 시간이 나지 않았다. 준이와 주영이, 세운이를 못 본 지도 오래됐다. 가끔 이렇게 연락이 뜸할 때가 있다. 이런 휴식기엔 메시지만으로 최소한의 생존 확인이 이뤄진다. 시시콜콜한 일상을 주고받으며 늘 함께 술을 마시며 주말을 보낼 때와는 상반되는 모습이다.

이렇게 된 데엔 세운이의 영향이 크다. 옛날부터 그랬다. 넷 중에 한 명이 연애를 시작하면 꼭 이런 휴식기가 생긴다.

준이는 앱 개발 마무리 때문에 정신이 없다. 주영이는 선술집을 오픈해야겠다며 준비 중이다. 선수 형이 분점을 하나 더 내며 주영이에게 그곳을 맡기려 했지만, 주영이는 자기만의 가게를 차리고 싶은 마음이 확실해 보였다. 부모님과의 마찰은 다행히 줄어든 것 같았다. 가끔 칼을 만들기 위해 지방에 내려가긴 하는 것 같다. 세운이는 뭐, 예상 그대로 열애 중이다. 그리고 정규직 임용을 앞두고 있다. 임용이 되는 순간 프러포즈를 할 거란다. 우리 중 가장 결혼 가능성이 높은 게 세운이란 생각을 했다.

가희와 난 두 시간 전 신사역 앞에서 만났다. 식사 때가 지난 시간이라 근처의 실내포장마차로 곧장 들어왔다. 닭발을 시키려던 가희는 내 눈치를 보고선 두부김치로 바꿔 주문했다. 매운 걸 잘 못 먹는 날 위한 배려라고 했다. 그럴 필요 없다며 웃는데, 소주가 먼저 나왔다. 가희는 물을 안주 삼아 강소주를 마셔댔다. 전투적이었다. 놀라서 쳐다보는 나를 향해 싱긋 웃고, 다시 소주를 마시길 반복하며 빠른 속도로 한 병을 비웠다. 내가 한 잔 마시는 동안 여섯 잔이나 마셔버린 가희에게 천천히 마시라고 얘기했다. 가희는 남아 있는 반 잔(알고들 있겠지만 소주 한 병을 소주잔에 따르면 일곱 잔 반이 나온다)을 내게 따르더니 두 병째 소주를 시켰다. 진짜로 무서워서 그러니 천천히 마셔달라고 농담을 했다. 그러자 가희는 자신에게 두 가지 고민거리가 있음을 털어놨다. 여전히 무슨 고민인진 얘기하지 않고 두 병째 소주를 비웠다. 그러다 종업원이 안주와 함께 세 병째 소주를 가지고 왔다. 안주가 좀 늦게 나오는 곳인 듯했다. 메뉴판을 달라고 했다. 미리 국물이 있는 안주를 시켜두어야 할 것 같았다.

"조개탕? 계란탕?"

"해물계란탕 같은 건 없어요?"

가희는 테이블에 놓인 두부를 젓가락으로 뒤적였다가, 소주잔을 테이블 위에 탁탁 하고 쳤다가, 한숨을 쉬며 다른 곳을 응시했다가, 그러곤 다시 날 쳐다봤다. 주변 남자들의 시선이 느껴졌다. 아니, 그들의 마음이 읽혔다고 보는 게 맞겠다.

'부럽네. 저런 미녀랑. 여자가 취할 작정인 것 같은데, 불같은 밤이라도 보내나?'

뭐, 이런 남자들의 유치한 목소리가 어디선가 들리는 것 같았다. 가희를 처음 만났을 때가 생각났다. 나 역시 그날 카페의 남자들, 그리고 현재 술집에 있는 남자들과 마찬가지로 가희를 뚫어져라 쳐다봤었다. 그리고 가희 옆의 '행운남'에 대해서도 온갖 추측을 했다. 어쩌면 지금 난 이 술집의 남자들에게 돈이 많은 남자, 개인 병원을 가진 의사, 아니면 국내 3대 로펌 중 한 곳에 다니는 변호사, 혹은 범접할 수 없는 밤의 황제쯤으로 인식되고 있을지도 모르겠다. 가희가 화장실을 가기 위해 일어섰다. 남자들의 시선이 보다 노골적으로 이쪽을 향하기 시작했다. 가희는 어깨를 조금 드러낸 버건디색 니트 원피스를 입고 있었다. 심지어 반투명 검정스타킹까지. 블랙 스키니진이 3G라면 오늘 가희의 복장은 LTE급으로 남자들의 안테나를 세우고 있다. 남자들의 로망에 가까운 복장이랄까.

이래서 남녀 사이엔 친구가 없단 거다. 난 가희를 좋아하지 않는다.

오히려 거북해하는 편이 맞다. 연인 사이로 발전할 가능성 따윈 일 퍼센트도 없다. 그럼에도 날 쳐다보는 가희의 눈이, 뽀얀 쇄골이 참 매력적이라는 생각은 든다. 이십 대 초반이었다면 앞뒤 가리지 않고 들이댔을지도 모르는 상황이다. 삼십 대라 다행이다. 나이가 들며 얻게 된 긍정적인 성숙함이 바로 이거다. 그저 예쁘다는 이유로 감정과 체력을 소모해봤자 남는 건 허무함이란 사실을 알게 됐다는 것. 내가 알고 있는 가장 불투명한 여자가 화장실에서 막 나와선 내 앞에 앉았다.

"오빤 아직도 저 이상한 애, 아니 나쁜 년이라 생각하죠?"

"아닌데?"

"뭐, 괜찮아요. 누군가에겐 나쁜 년 맞겠죠. 근데 그건 오빠도 마찬가지일 거 아니에요."

"그렇겠지. 우리가 성인군자도 아니고."

가희는 잠시 숨을 머금더니 다시 입을 열었다.

"있죠, 예전 남친한테서 자꾸만 연락이 와요. 근데 난 지금 좋아하는 사람이 있거든요."

"뭐? 아까 얘기한 고민들이 그거였어? 너랑 안 어울리는데?"

"그래요? 나랑 어울릴 것 같은 고민은 그럼 뭘까. 남자한테 받고 싶은 선물 위시리스트? 아니면 좋아하는 섹스 포지션 뭐, 그런 거?"

"야, 또 왜 그러냐. 미안해, 방금 말은. 실은 그게 아니라… 네가 그런 단순한 고민을 굳이 나를 불러내서 진지하게 얘기하니까 신기해서. '버릴 남자의 연락은 씹고, 취하고 싶은 남자는 취한다.' 넌 이런 거 잘할 것 같았거든."

"그러게요. 나 원래 그런 거 되게 잘하는데."

가희는 힘없이 웃으며 술을 마셨다. 세 병이 완전히 비워졌다. 함부로 자길 평가하지 말라며 소리쳤다면 차라리 마음이 편했을 텐데, 가희는 그러지 않았다. 주문했던 해물계란탕이 나왔다. 부글부글 끓고 있음에도 먼저 수저를 뜬 가희는 국물이 걸쭉한 게 꽤 맛이 좋다며 배시시 웃었다. 그러고는 내 접시를 가져가 내 몫을 덜어주려 했다. 국물이 한가득 담긴 국자 위에서 조개껍데기 하나가 떨어졌다. 빙그르르 돌며 테이블 가장자리까지 굴러간 조개껍데기가 가희의 옷 위로 떨어져버렸다. 투덜거릴 줄 알았는데 가희는 말없이 조개껍데기를 주웠다. 그리고 조용히 내게 탕을 덜어주었다.

이상한 건 오히려 내 쪽이었다. 가희의 첫인상에 아직까지 갇혀 있을 필요는 없었다. 딱히 가희 때문에 피해를 입은 것도 없었고, 최근에 우리에게 보인 행동은 오히려 지나치게 투명했다. 그런데 왜 난 여전히 가희를 불투명한 여자의 대명사쯤으로 생각하는 걸까. 변명을 하자면, 가희의 캐릭터 변화 폭이 너무 커서 그렇다. 첫인상은 가벼운 어장관리녀, 두 번째는 알미운 미팅녀, 그러다 생각 깊은 여동생으로 탈바꿈해 등장하더니, 지금은 정체를 알 수 없는 애절한 여주인공 포스까지 풍기고 있다. 어느 장단에 맞춰야 할지 모르겠지만 오늘은 조금 편히 대하고 싶었다. 결코 버건디색 원피스 때문은 아니다.

"헤어진 놈이 연락하는 이유 정도는 너도 알잖아."

"그쵸. 뭐 반 이상은 섹스가 목적일 게 뻔하죠. 그런 남자 한둘 봤겠어요?"

"그럼 뭐가 고민이야? 씹으면 되는 거지. 알면서도 만나보고 싶어?

혹시나 해서?"

"나도 내가 이럴 줄 몰랐거든요. 근데 제가 지금 누군가를 좋아하고 있어서 그런지…."

"그런지?"

"휴, 요즘 내 마음을 잘 모르겠어요. 자꾸 생각나고, 보고 싶고. 그런데 고백은 제대로 하고 싶은 건지, 다칠까 봐 겁을 내는 건지, 앞으로 어떻게 지내고 싶은 건지 잘 모르겠거든요. 근데 앤 이렇게 끈질기게 날 만나고 싶다고 하니, 대체 자기 진심에 대해 얼마나 확신이 있기에 이럴 수 있는 건지 너무 궁금해서. 자기 속을 훤히 들여다볼 수 있는 방법이라도 있나 해서."

가희에게도 꽤 귀여운 구석이 있다고 생각했다. 다시 한 번 강조하지만 어깨가 드러나는 원피스 때문은 아니다.

"이미 한 번은 만나봐야겠단 마음이 선 것 같네."

"직접 만나서 물어보는 게 제일 빠르지 않을까 싶어요. 뭐, 뻔한 시나리오긴 하겠지만."

가희가 얘기하는 과거의 남자가 어떤 남자인지 나는 모른다. 혹시 그 태국 여행 운운하던 남자인지 궁금했지만 물어보진 않았다. 누가 됐든, 그 남자가 가희를 보고 싶어 하는 건 가벼운 마음이 아닌 진심일 수 있다. 하지만 대세에 영향을 주지 않을 정도로 미미한, 진심의 파편일 확률이 훨씬 높다. 그게 보통의 경우다.

헤어진 연인이 연락을 해올 때 신경 써야 할 부분은 그 연락에 내포된 진심의 질뿐만이 아니다. 양도 포함된다. 가끔씩 술에 취해 '뭐해?'라고 연락해오는 남자가 있다고 치자. 물론 그 순간엔 진심으로 당신의 일상이 궁금한 걸 수도 있다. 하지만 고작 하루 중 이 분 정도의 진심이다. 그가 그런 연락을 한 달간 매일 반복한다 해도 겨우 한 시간을 채우는 정도다. 그렇게 일 년이 흘러봤자 열두 시간이 아닌가. 일 년 중 하루치도 안 되는 진심만으로 연락해오는 남자를 굳이 만날 필요는 없다.

"오늘 연락 오는 남자의 진심이 내일까지 이어질 수 있는지를 물어본다면 글쎄… 난 모르겠네. 이후에 외면할 수도 있는 진심이라면 순간의 진정성이 그리 중요할까 싶기도 하고. 나도 사실 그랬거든. 미진이랑 만났던 거 알지? 좀 후회돼."

난 애틋함에 졌던 거다. 무책임했다. 사랑을 할 때도 예의가 중요하듯 이별 과정에도 예의가 필요하다. 사랑을 약속할 때의 책임감보다, 이별을 결정할 때의 책임감이 더 무거울지도 모른다. 연인의 일상에 지속적인 관심을 가지겠다는 약속을 지키려는 것이 사랑에 대한 의리라면, 더 이상 관심 갖지 않겠다는 결정을 충실히 따르는 것이 바로 이별에 대한 의리다. 준이와 지연이 때문이든, 사실은 미진이가 먼저 재회를 바랐던지 간에, 미진이를 다시 만난 걸 후회하고 있다. 네 병째 소주는 내가 다 마셨다. 일곱 잔 반을 거의 이십 분 만에.

"이런 거 아닐까? 옛날에 엄청 갖고 싶어서 산 옷이 있어. 근데 그게 늘어지고 해져서 입기 싫어진 거야. 버렸어. 다른 예쁜 옷들을 샀고, 즐겨 입는 옷도 새로 생겼어. 그러다 갑자기 옛날 그 옷이 생각나버린 거지. 비슷한 걸 새로 사려고 찾아봐도 찾을 수가 없어. 그래서 결국 옛날에 그 옷을 버렸던 곳을 찾아가는 거야. 한참을 뒤적여 찾아냈어. 그 과정에서 좀 더러워진 것 같긴 하지만, 뭐 어때, 하고 입어

봐. 뭔가 친근한 기분만 들고 딱 맞는단 느낌은 없어. 혹시 모르니까 몇 번 입어보긴 하겠지. 근데 어느 날 거울을 봤을 때 나도 변하고 옷도 변한 걸 깨닫고 만 거야. 그럼 다시 새 옷을 쇼핑하러 가겠지."

"그럼 그 옷은 어쩌고요? 버려요, 다시?"

"뭐, 그렇게 되겠지. 옛날에 버린 곳과 지금 버리는 곳이 달라질 뿐."

"애초에 말이에요."

"응?"

"늘어지고 해지더라도 입기 싫어지진 않는, 그런 옷이 될 순 없을까요? 엄청 갖고 싶어서 샀을 때의 마음이 유지되는."

"그런 옷이 있을지 모르지만, 어떤 옷이든 그렇게 대하려는 사람이 있다면 그 사람이 가진 옷은 그런 대우를 받겠지?"

난 그런 사람이었던가. 아니다. 그런 사람이라고 늘 강조만 했을 뿐이다. 그리고 내가 변하지 않는 사람이라는 걸 증명해줄 옷을 찾고 있었다. 늘어지고 해지더라도 입기 싫어지진 않는, 변하지 않고 완벽한 옷을. 미진이에게나 그 이전의 연인에게나 그런 식으로 이별의 책임을 넘겨왔던 게 아닌가 하는 생각이 슬그머니 고개를 내밀었다. 술이 점점 올라와서 그런 것 같다. 화제를 바꿔야겠다.

"근데 그건 그렇고, 중요한 건 지금 좋아하는 사람이잖아. 그게 누군데?"

"설마 오빠라고 생각하는 건 아니죠?"

"야, 당연하지."

당연한 사실이었지만 조금 움찔한 건 비밀이다.

"오빤 나 싫어하잖아요. 그래서 되게 냉정하게 날 봐주고 대답도 냉정하게 해줄 것 같아서 만나자고 한 거예요. 믿음직한 연애 칼럼니스트라 그런 건 절대 아.니.고."

한 번 더 움찔했다. 그래도 최대한 갈무리했다.

"일단 말해봐. 좋아하는 애가 누군데? 우리 중에 있지? 준이?"

"미쳤어요?"

"응? 아냐? 근데 술 다 마셨다. 더 시킬까?"

"오빠."

"왜."

"우리 노래방이나 갈래요?"

미진이와 헤어진 후 여자와 단둘이 노래방은 처음이다. 가희는 뭐가 그리 신이 나는지 내게 팔짱을 꼈다. 부담스럽긴 했지만 그냥 뒀다. 내가 좋아하는 버건디색 원피스에 반투명 검정스타킹을 신어서 그런 건 진짜 아니다.

심각하게 소주 세 병을 비울 때와는 또 다른 모습의 가희다. 역시 캐릭터 변화가 큰 여자다. 미진이도 그랬다. 이렇게 감정 기복이 심한 사람들의 특징이 있다. 순수하다는 거다. 순진하진 않지만 순수하다고 말할 수 있다. 감정이나 욕망을 드러내는 데 필터가 없다. 어쩌면 가희나 미진이는 지나치게 투명해서 오히려 불투명하게 보이는 사람이 아닌가 하는 생각이 들었다. 본인이 너무 투명해서 타인의 욕구를 그대로 투영하는. 그래서 불투명할 수밖에 없는 숙명을 갖고 있는, 그런….

잠깐! 이러니 예쁜 여자와는 친구가 될 수 없는 거다! 사실 가희가 내게 무슨 얘길 한 게 있다고 순수며 순진이며 온갖 미사여구로 포장을 하는 거지? 왜 미진이까지 떠올리면서 둘의 공통점을 찾고 있는 거냐고. 정신을 차리고 싶었다. 근데 잘되지 않았다. 너무 취했다. 준이가 가희를 아끼는 마음이 조금은 이해됐다. 녀석은 블랙 스키니진을 더 좋아하는 걸 거야. 미진이도 니트 원피스가 참 잘 어울렸는데. 내가 몇 벌 사줬는데 그게 어느 브랜드였지. 언제쯤이었지. 미진이 번호가 뭐였더라. 공일공에 구삼칠육? 칠팔? 기억이 잘 안 난다. 다행인지 아닌지 모르겠다. 노래방 간판이 흐릿하게 보였다. 안에서 나오는 가희가 보였다. 걘 왜 저기서 나오는 거지. 아, 너무 취했다.

"너 왜 안에서 나와? 거기 누구 있어?"

"무슨 소리예요. 오빠 안 들어와서 데리러 나왔는데."

"너 「취중 진담」 부르면 되겠다. 누구한테 불러주고 싶어? 세운이?"

"취중 진상이나 부리지 마세요. 혀도 완전히 꼬여가지고선."

"야! 나 안 꼬였거든?!" 내 목소리를 닮은 혀 꼬인 소리가 계속 들려오긴 한다.

"저 주영 오빠 좋아해요."

주영이구나.

"나 소개팅해주라."

주영이를 좋아한다면 내게도 소개팅을 시켜줘야지.

"저 주영 오빠 좋아한다니까요."

그래, 주영이 멋진 놈이지. 근데 나도 외롭다고.

"미진이 좀 깨끗하게 잊고 싶다, 난."

그러니까 소개팅.

"전 주영 오빠 만나고 싶어요. 오빠가 저 좀 도와주세요."

"응, 너도 소개팅해줘. 그럼."

"이 오빠 취했네, 진짜?"

"오케이! 소개팅해줄 거지? 근데 너 그 원피스 진짜 잘 어울린다."

술은 확실히 흥분제가 아닌 억제제가 맞다. 균형적인 사고를 돕던 호르몬의 분비를 억제시키는 그런. 그다음은 기억이 잘 나지 않는다.

소리를 크게 내는 여자가 좋더라

X됐다,

라고 외치며 잠에서 깼다. 꿈을 꾼 것도 아닌데 말을 내뱉으며 잠에서 깬 건 처음인 것 같다. 머리가 지끈거리고 목도 말랐지만 휴대폰부터 확인해야 했다. 서둘러 침대에서 일어나 어제 입었던 옷을 뒤졌다. 욕실 앞에 허물처럼 벗어놓은 바지 뒷주머니에 휴대폰이 있었다. 이런, 전원이 켜지질 않았다. 충전기에 폰을 연결하려는데 접촉단자가 또 말썽을 일으켰다. 폰에서 배터리를 분리해 따로 충전을 했다. 그리고 컴퓨터를 켜 메신저에 접속했다. 준이와 주영이, 세운이와의 대화방에 읽지 않은 메시지가 이백오십 개나 있었다. 가장 최근의 메시지는 준이가 보낸 모 아이돌 그룹의 '직캠' 영상이었다. 앞의 메시지는 나중에 복습해도 될 것 같았다. 잘 들어갔느냐는 최신 메시지가 있는 가희와의 대화방을 확인했다. 보낸 시각 새벽 두 시 삼십 분. 우선 안심할 수 있었다. 우린 다행히 '따로' 집에 들어온 게 분명하다. 다음은 미진이와의 대화방을 봤다. 4월 1일에서 대화가 끊겨 있었다.

2차 안심이다. 가만, 이 대화방을 왜 아직까지 놔둔 거지. 지워버렸다. 충전기에서 배터리를 꺼내 휴대폰을 켰다. 망할 부팅 시간. 폰을 바꿔야겠단 생각을 하며 통화 목록을 확인했다. 설마, 설마. 스크롤을 내리는 손가락이 떨렸다. 휴. 전화를 주고받은 흔적은 없었다. 미진이의 번호와 비슷한 번호들이 발신 목록에 몇 개 있긴 했지만 제대로 걸린 전화는 없었다. 문자보관함까지 깨끗하게 확인하고 나서야 완전히 안심할 수 있었다. 목이 말랐다. 냉장고를 열어 물을 마시는데 가희에게서 전화가 왔다.

— 일어났어요?

"어. 야, 나 어제 실수 많이 했어?"

— 어디부터 기억나고 어디부터 안 나요?

"몰라. 노래방에서 노래 부른 건 어렴풋이 기억나는데."

— 그리고?

"네가 주영이 좋아한다고 했던 건 기억하지. 대박."

— 오빠 옛 여친한테 연락하려고 제 폰 가져간 건 기억 안 나요?

"뭐?! 네 폰으로?! 그래서 했어, 내가?"

— 우선 만나요.

스물네 시간도 지나지 않아 가희를 다시 만날 줄이야. 우린 피자와 파스타를 먹기로 했다. 가희와 난 다행히 해장하는 음식이 똑같았다. 두 명이서 세 개 이상의 음식을 시키는 데 익숙해져 있단 사실도 비슷했다. 뭐, 그런 사람이야 많다고 해도, 숙취로 고생하는 날 음식점에 가서는 인원 수보다 더 넓은 자리에 앉으려 한다는, 상당히 특이한 공통점이 있었다. 아무리 두 명이서 왔어도 서너 명분의 음식을 시키는데 좁은 이 인 석이 웬 말이냐는 가희의 말에 고개를 끄덕였다. 나 역시 머리가 어지러울 땐 좁은 자리가 답답했다. 우린 일행이 더 올 거라고 한 뒤 대여섯 명쯤 앉을 수 있는 넓은 부스로 안내받았다.

가희는 쉽사리 통화 목록을 보여주려 하지 않았다. 주영이와의 연결을 도와주겠으며 그 전까진 절대로 아무에게도 말하지 않겠다는 각서에 서명을 하고 나서야 확인할 수 있었다. 다행히 우려했던 일은 없었다. 물론 몇 개의 번호로 통화를 시도한 흔적이 있긴 했다. 내가 계속해서 통화를 시도하는 통에 가희의 폰도 배터리가 나가버렸단다. 뭐야, 진작 말해주지. 각서를 괜히 썼단 생각을 했다.

"배터리 나가서 다행이지, 아니었으면 혼자 집에서 얼마나 전화를 했을까."

"네 폰 배터리도 적절한 타이밍에 나가줬네. 아찔하다, 진짜."

"연애 칼럼니스트라는 사람이 그래도 되는 거예요? 취해서 전 여친한테 전화나 하고."

"나 원래 안 그래. 그리고 뭐 연애 칼럼니스트는 사람 아닌가."

"믿어도 되죠? 그런 남자한텐 소개팅 못 해줘요."

"무슨 소개팅? 나?"

"어제 그렇게 소개팅 해달라고 난리 부렸으면서. 그것도 기억 안 나요?"

"이상하다. 나 소개팅 싫어하는데. 잘 안 하기도 하고."

"그럼 말든가."

"근데 누군데. 예뻐?"

"사진 보고 싶으면 주영 오빠랑 어떻게 가까워질지 방법을 던져줘

봐요."

도무지 생각이 나지 않았다. 우선 다시 가희에게 물었다. 언제부터 주영일 좋아하게 된 거냐고. 가희는 아주 오래전 청담동의 레스토랑에서 주영이를 처음 봤단다. 가희는 요리사를 꿈꾸고 있었고, 주영이 아버지가 만든 칼을 두 자루나 갖고 있기도 했다. 그 옛날 유메에서 처음 마주친 날, 가희는 깜짝 놀랐다고 했다. 반가움에 놀랐고 자기도 모르게 빨리 뛰는 심장에 놀랐단다. 주영이와 이야길 좀 더 나누고 싶었는데 사라져버려서 아쉬웠단다. 그래서 어떤 식으로든 가까워질 방법을 찾던 사이, 준이가 가희에게 지연이 얘기를 한 거다. 가희는 내심 반가웠고, 적극적으로 준이를 도와줬다. 그리고 준이와 지연이의 재회에 도움을 줬단 핑계로 우리 모임에 계속 나온 거라고 했다. 그러니까 결국 그 적극적인 출석의 이유는 오로지 주영이 때문이었던 거다.

말을 마친 가희는 다시 주영이의 이상형에 대해 물었다. 난 그냥 주영이에게 여기로 오라고 문자를 보냈다. 물론 가희에겐 비밀로 했다. 그 편이 더 재밌을 것 같으니까.

사람이 이렇게 간사하다. 방금 전까진 전전긍긍하던 마음이 이렇게 홀가분해질 줄이야. 가희를 골탕 먹이려는 건 아니다. 오랜만에 주영이가 보고 싶어졌을 뿐이다. 마침 주영이에게서 곧바로 답장이 왔다. 사십 분쯤 뒤에 도착할 것 같다고.

"있어봐. 사십 분 정도 지나면 생각날 것 같아."

"알았어요. 그동안 그럼 오빠 얘기해요. 오빠도 얼굴 예쁘면 무작정 좋죠?"

"아니? 나 막 엄청 예쁜 여자 안 좋아하는데?"

"그러면서 예쁘냐는 얘길 왜 제일 먼저 해요? 아까 소개팅 얘기 했을 때."

"소개팅이 무슨 로또냐. 확률 싸움을 하게. 사진을 주지 않고 소개팅을 주선하는 건, 마치 '자, 일등이 될 수도 있으니까 이걸로 만족해'라며 긁지도 않은 복권을 주는 거랑 비슷해. 그에 비해 우리 남자들은 피땀 흘려 번 돈을 잘 보이기 위해 맛난 걸 사는 데 써야 하는 거고."

"와, 무서운 칼럼니스트님."

"근데 정말로 엄청 예쁜 여잔 안 좋아해. 다만 내 취향이란 게 있어. 말하자면 과락을 면하는 최소 기준이 있단 거지. 과하면 부담스러워, 난."

가희는 웃기지 말라며 콧방귀를 꼈다. 소개팅 시 상대방의 사진을 미리 봐야 직성이 풀리는 남자들은 이렇게 질타의 대상이 된다. 그 행동은 마치 여성의 외모를 평가하려는 의도로 비춰지기 때문이란다. 하지만 남자들은 억울하다. 사진을 보고 싶어 하는 것은 그저 나에게 맞는 사람을 찾기 위한 상대평가의 과정일 뿐, 누군지도 모르는 여자의 외모를 절대평가 하려는 의도가 아니다. '이 사람은 내 스타일이 아닌데' 정도의 상대를 걸러내기 위함일 뿐, '뭐 이렇게 못생긴 여자가 다 있어!'라는 말을 하기 위한 게 아니란 얘기다.

사실 외모만으로 진짜 인연을 선택하는 남자는 드물다. 미모를 그토록 강조하던 남자들이 종국에 사랑에 빠지는 대상은 절세미녀가 아닌 경우가 훨씬 많다. 미진이와 지연이에겐 미안하지만, 나도 그랬고 준이도 그랬다. 오히려 외모를 따지지 않던 세운이는 절세미녀를 만나고 있지만.

아무튼 주선자의 '내 친구 예뻐'라는 말을 듣고도 굳이 사진을 보려는 것은, 개인의 미적 기준이란 것이 상당히 복잡하기 때문이다. 주선자의 기준이 내 기준과 같을 수는 없다. 그러니 정보에 대한 확신을 가지고 싶은 거다. 백문불여일견. 단순한 논리다. 예쁜 여자를 소개해달라는 남자들에게 이렇게 한번 물어보자. 예쁜 외모가 대체 뭐냐고. 그럼 남자들의 대답은 둘 중 하나다. 제대로 말을 못 하거나, 엄청나게 다양한 기준을 들며 복잡하게 설명하거나.

어쩌면 소개팅 전 사진을 보는 절차는, 처음 보는 이성의 외모를 통해 스스로의 취향을 재확립하려는 건지도 모르겠다.

블라인드 소개팅을 꺼리는 데엔 현실적인 이유도 있다. 숱한 소개팅으로 몇 백만 원을 써왔다는 남자들의 사연은 많지만 그랬다는 여자의 사연은 드물다. 물론 더치페이를 하려는 여자들도 간간이 보이지만, 맛있는 레스토랑을 예약하고 센스 넘치는 시간을 준비해야 하는 건 여전히 남자의 몫이다. 그래서 여자와 남자가 소개팅에 임하는 마음은 다를 수밖에 없다. 어떤 사람인지 만나서 이야기해보고, 아니면 그만이라는 태도를 취하기엔 첫 만남에 투입되는 남자들의 노력이 크다. 기왕이면 내가 좋아하는 취향의 이성을 확인한 뒤에 적극적인 태도를 취하고 싶은 것은 그런 이유에서다.

"야, 어차피 소개팅 성공률이 얼굴로 갈리는 것도 아닌데. 사진이든 스펙이든 굳이 왜 블라인드로 진행하는 걸 가치 우위에 두는지 모르겠어. 어차피 사랑이란 건 만나는 직후에 생기는 게 아니라 좀 더 만나본 뒤에 시작되는 거잖아? 그러니 만나기 전에 사진이나 스펙을 보려는 사람이 치사하다곤 생각 안 해. 그렇게 감정을 쌓을 사람을 고르는 행위까지 사랑에 포함되진 않는 거니까. 솔직히 성격 착하다고 얘기하는 게 더 위험한 거 아냐? 나한테 착한 사람이 남에게도 착할지는 아무도 모르는 일이니까."

"됐고요. 주영 오빤 어떤데요? 주영 오빠도 당연히 예쁜 여자 좋아하겠죠?"

예쁜 걸로만 치면 넌 합격이지 않을까, 라는 얘긴 굳이 하지 않았다. 주영이의 여자 취향이 어땠더라. 제대로 생각해본 적은 없다.

누가 봐도 예쁜 연기자 지망생 A가 한창 준이를 쫓아다닐 때였다. 당시 녀석은 다른 여자 B를 좋아하고 있었다. A와는 몇 번 함께 본 적이 있었지만 B는 사진조차 본 적이 없었다. 억지로 휴대폰을 빼앗아 메신저 프로필 사진을 봐도 B는 늘 푸른 바다나 커피 사진을 설정해두었다. 심지어 SNS도 하지 않는다 했다. 이렇게 신비스러운 여자는 얼마나 예쁜 걸까. 준이가 A를 마다할 정도라면 B의 미모는 정말 대단하겠지?라는 게 우리의 생각이었다. 그런데 훗날 준이가 소개해준 B는 생각보다 수수하고 평범했다. 매력이 없었던 건 아니다. 착했고, 따뜻한 여자였다. 건강했다. 그래서 준이가 만난 여자들 중 가장 '멋지다'라는 생각이 드는 여자였다. 하지만 준이가 그동안 만났던 여자들에 비해 외적 매력은 부족한 게 사실이었다, 준이는 의아한 표정을 짓는 우리에게 이렇게 말했었다.

'난 몸매 25, 얼굴 25, 성격 50의 비중을 둬. 그러니까 몸매나 얼굴이 아무리 괜찮아도 결국 외모 영역의 만점은 50점밖에 안 된단 얘기지. 그저 예쁜 여자의 외모를 판단하는 건 상대평가겠지만, 내 마음에 들어오는 여자를 판단하는 건 절대평가란 거야. A는 성격이 빵점이거든. 그러니까 날고 기는 미녀에 몸짱이라 해도 50점이 최대치야. B는 달라. 성격이 우선 50점 만점이야. 외모도 나쁘지 않고. 당연히 A보다 더 맘에 들 수밖에 없지 않을까.'

"지연이도 생각해보면 엄청 미녀는 아니잖아. 너도 알다시피."

"그만하면 예쁘죠. 오빠는 거울을 좀 봐요."

"난 그래서 백점짜리 미녀는 안 좋아하잖아. 근데 나 같은 남자가 더 많다? 예쁜 여자를 넋 나간 듯 쳐다볼 수는 있지만, 의외로 소개팅이나 미팅에서 인기가 좋은 여잔 엄청 예쁘지 않거든. 헌팅을 당하는 횟수를 비교해봐도 그럴 거고. 백점 얼굴보단 칠십 점 정도의 얼굴이 인기가 많아."

"왜요?"

"필요 이상의 경쟁에 대한 두려움? 다른 수컷들을 견제하는 게 피곤한 거지. 그래서 너무 동떨어진 미녀보단 어느 정도 경쟁 가능한 범위의 여자를 선호하는 게 아닐까? 내 주위에 보면, 진짜 예쁜 애들이 그래서 더 외로워해."

"나도 포함?"

"미쳤네. 참고로 이건 확실하다. 주영이는 공주과 여자를 제일 싫어한다는 거."

"저 공주 아니거든요?"

"야, 내가 너 처음 봤을 때 제대로 기억하잖아. 이만한 거울 꺼내서 막 화장 고치던 거. 남자들이 그런 거 얼마나 싫어하는데. 너무 외모에 신경 쓰는, 그런 여자 말이야."

"나 그때도 그 남자 앞에서 고친 거 아닐걸요?" 그건 그랬다.

"아무튼 남자들이 제일 싫어하는 여자의 행동 중 하나가 대화 도중에 자기 얼굴만 한 거울을 꺼내서 화장 고치는 거야. 나와 대화하는 것보다 자기 치장하는 데 더 신경 쓰는 여자는 되게 이기적인 성향일 것 같거든. 그리고 자기 얼굴을 볼 시간에 세상의 다양한 이슈에 관심이 많은 여자가 자신감도 더 있어 보이고. 얘기할 때 눈을 맞춰주며 경청하는 여자, 거기에 리액션이 좋은 여자, 스포츠와 정치 등 수컷들의 취미에도 식견이 있는 여자들이 인기 있는 이유가 그런 거지."

"좋아, 좋아. 메모, 메모. 그런데요."

"근데?"

"그래서 주영 오빠 여자 취향은 뭐냐고요."

"글쎄. 그게 기억이 안 난단 말야. 그때 준이가 얘기하고, 세운이도 얘기하고, 음…."

"아, 뭐예요, 진짜. 빨리 기억해봐요. 주영 오빠도 외모 오십 퍼센트 이상?"

"응? 나, 뭐? 내 얘기하고 있었어?"

주영이가 자리에 앉았다. 벌써 사십 분이 지난 건가. 가희는 자리에 앉는 주영이를 보자마자 얼굴이 새빨개졌다. 그리고 섬뜩한 눈으로 날 노려봤다. 주영이에게 티를 내지 않으면서도 날카로운 화살을 보내는 가희의 능력에 감탄했다. 자칫하면 생명에 위협을 느낄 수도 있겠다 싶어 가희를 좀 도와주기로 했다.

"가희가 나 소개팅해준다고 좋아하는 타입 물어보고 있었거든."

"오, 소개팅? 가희 착하네. 태희 까다로울 텐데."

"근데 주영이 넌 어떤 타입 여자를 좋아했지?"

가희가 날 쳐다봤다.

"난 그런 거 없는데."

"왜 너도 있잖아. 공주과, 이런 애들 싫어하고. 남자 집안 먼저 보는 애들 싫어하고."

"그런 거야, 다들 싫어하는 거 아냐?"

가희가 주영이 쪽으로 몸을 좀 더 기울이는 게 보였다.

"그래요, 주영 오빠. 한번 얘기해봐요. 오빠도 연애하고 싶지 않으세요?"

"연애는 뭐, 생각 없는데. 흠, 내 취향… 아, 나 생각났다."

"뭔데요!?" 잔뜩 기대하는 눈으로 주영이를 쳐다보는 가희가 꽤 귀여웠다.

"목소리 큰 여자가 좋은 듯."

"뭐? 목소리? 설마… 신음?"

주영이를 쳐다보던 가희의 얼굴이 더 빨갛게 달아올랐다.

"아니, 인마. 그런 게 아니고"

"휴…." 가희가 안도의 한숨을 쉬었다.

"내가 며칠 전에 버스를 탔거든. 버스 내부가 되게 조용했어. 타고 있는 사람도 별로 없었고. 어느 정류장에서 버스가 멈췄어. 한 세 사람 정도가 내렸지. 근데 앞에 정차된 차들 때문에 버스가 출발을 못 하는 거야. 기사 아저씨가 빵! 하고 경적을 한 번 울렸어. 그때 출입문 근처에 있던 여자가 깬 거야. 후다닥 일어나더라고. 졸다가 못 내렸나 봐."

"예뻤어?"

"태희 오빠? 좀 조용히."

"아무튼 그 여자가 아저씨한테 내려달라고 말했어. 근데 진짜 너무 작은 목소리였어. 나 버스에서 좋아하는 자리 있지? 뒤에서 두 번째 열. 거기에서 겨우 들렸으니 운전석에 있는 아저씬 당연히 듣지 못했겠지."

"야, 말만 들어도 답답하다."

"근데 그 여자는 어쩔 줄 몰라 하면서도 계속 제자리에 서 있기만 하는 거야. 아저씨가 자기 표정을 봐주길 바라면서. 두 번 정도 내려주세요, 라고 얘기하긴 했지만 마찬가지로 모기 같은 목소리였어. 그러다 버스가 출발하니까 그제야 아저씨한테 달려가선 뭐라고 얘기를 하더라고. 아저씬 좀 짜증 내면서 버스를 다시 세워 여자를 내려줬고."

"가희야, 잘 들어. 이게 바로 남자들이 여자를 답답해하는 지점이랑 똑같아."

"왜요?"

"자기 속마음을 알아주길 바라기만 하고, 얘기도 제대로 안 해주고 서운해하는 거."

"모든 여자들이 다 그러는 건 아니거든요?"

"그래. 가희는 안 그럴 거 같은데, 뭐." 주영이의 말에 가희가 정말로 행복한 웃음을 지었다. 당연히, 주영이는 그 웃음에 내포된 의미를 눈치채지 못했다.

"저 목소리 커요, 오빠!"

"응. 너 요리하고 싶댔잖아. 주방에선 목소리 커야 해."

"네!"

"근데, 태희야. 나 여기 오다가 놀라운 거 봤다."

"응?"

"준이 말이야, 지연이랑 둘이 요 앞 카페에 있던데. 완전히 다시 시작한 건가?"

무슨 말인지 되물을 필요가 없었다. 주영이가 말을 마침과 동시에 준이와 지연이가 출입문을 열고 우리를 향해 걸어오는 게 보였다.

"오빠들! 오랜만이에요."

"어머! 지연 언니!"

가희가 고마웠다. 지연이의 손을 잡곤 마치 연예인을 본 것처럼 기뻐해줬기 때문이다. 덕분에 어색한 분위기가 사라졌다. 준이는 가희 옆에 앉았다. 그러곤 나와 주영이를 어색하게 쳐다보며 앞에 놓인 피자를 한 조각 먹더니 "식었는데도 맛있네"라며 쑥스럽게 웃었다. 가희와 내가 다섯 명이 앉아도 될 정도의 자리를 고른 건 확실히 현명한 선택이었다.

26 냉정과 절정 사이

현재에 불만을 가진 사람이 선택할 수 있는 길은 두 가지다. 안전한 과거로 도피하거나, 혹은 불안정한 미래를 향해 나아가거나.

누구나 미래를 향해 나아가는 쪽이 건강한 선택이라고 얘기한다. 과거로의 도피를 선택하는 사람들은 나약하거나 게으른 경우가 많다. 불만스러운 현재, 혹은 불안하기만 한 미래보다 과거에 안주하는 편이 당연히 안락하기 때문이다. 과거는 변하지 않고 바꿀 수도 없다. 그래서 과거는 스트레스를 주지 않는다.

심지어 시간은 약이라고 하지 않던가. 시간이란 약은 아픈 추억에도 새살을 돋게 한다. 완벽하지 않던 추억이 점점 더 완벽해지기도 하고, 아름답지 않던 기억들이 꽤 괜찮게 미화되기도 한다. 그래서 우린 옛 연인을, 이전의 연애를 잊지 못한다.

이런 식의 과거 도피는 남자들에게서 더 많이 보인다. 여자들은 남자들보다 훨씬 현실적이고 미래지향적이라서가 아닐까, 하는 생각이 든다. 그녀들의 선택은 철저한 생존 본능을 기반으로 한다. 소모적일 뿐인 추억 놀음을 그다지 즐기지 않는다. 추억을 떠올리더라도 더 나은 미래를 위한 자양분쯤으로 여길 뿐이다. 남자들은 다르다. 그래서 남자들에게만 붙는 수식어가 있다. '찌질한 놈'.

과거 속에서 허우적거리는 누군가를 무조건 찌질하다고 말하는 건 아니다. 상처를 준 옛 연인을 끝까지 잊지 못한 준이가 찌질했단 얘기도 당연히 아니다. 하지만 미진이와의 이별을 소재로 한 글을 공모전에 내보려했던 내 행동은 분명 찌질했다. 인정한다.

준이는 깊숙한 과거에 가라앉아 있던, 침수된 상태로 방치해도 좋을 그런 것들을 현재까지 끌어올렸다. 그건 몇 마디의 글로써 시시비비를 가려보려 한 내 행동과는 차원이 다른, 엄청난 용기를 필요로 하는 행동이다. 나는 누구보다 준이의 결정을 축하했다. 솔직히 부러웠다. 다시 시작하는 것만큼 미련을 확실히 해결할 수 있는 방법은 없을 거다. 우리가 그 방법을 행하지 못하는 이유는 간단하다. 어려우니까. 똑같은 싸움을 되풀이하는 것에 대한 두려움, 상처받을지도 모른다는 공포, 그 모든 걸 극복하는 게 어렵다.

그리고 귀찮다. 놓쳐버린 사랑의 꼬리는 여간 부지런하지 않아서는 잡을 수가 없다. 요리조리 잘 빠져나가는 그놈을 다시 붙잡기 위해선 강력한 무게중심이 필요하다. 처음 사랑을 시작했을 때의 책임감 + 이별을 결심했을 때의 책임감 + 다시 예전으로 돌아가고 싶단 말에 대한 책임감 + 예전으로 돌아갈 수 있을 거란 확신에 대한 책임감 + 실제로 그렇게 만들어야 하는 책임감, 이 모든 것을 합친 책임감이 무게중심이 된다. 준이는 그걸 해낸 거다.

"어설프게 연애만 하려고 시작한 거 아니다. 나 정말로 지연이와 결혼까지 생각하고 있어."

준이는 푸껫에서의 만남 이후 지속적으로 지연이와 데이트를 했다고 한다. 사귀자는 얘길 한 건 아니었다. 누가 보면 '인조이 관계'라고 욕을 할 만한 모양새긴 했지만, 그래도 지연이와 예전처럼 밥을 먹고 영화를 보고 키스를 하고 아침을 맞이하는 일이 너무 행복하다고 했다. 처음부터 그럴 의도는 아니었단다. 마음속에 남은 모든 미련은 다 타버리고 더 이상 연소할 수 없을 정도가 된 찌꺼기 정도라고 생각했단다. 그런데 그게 아니었다. 아직도 활활 타오를 수 있는 물질이었던 거다. 그 누구와의 만남에도 불이 붙지 않던 준이의 마음이, 다시 타오르기 시작한 거다.

"솔직히 많이 행복하더라. 그 뒤엔 겁이 났고. 지금 느끼는 행복의 수명이 시한부면 어쩌지? 시한부라면 언제까지 행복할 수 있는 거지? 이런 생각 때문에. 그러다 결심했지. 그런 고민하지 말자. 순간을 지속으로 연장시키기 위해서 필요한 건 내 용기다. 지연이와 많이 싸우기도 하고 원망도 많이 했지만, 내가 싫어했던 건 그때의 상황이지, 지연이가 아니었구나. 그럼 난 지연이와 헤어질 수 없겠다."

그래서 준이는 지연이와의 결혼을 결심했다고 한다. 우리는 진심으로 준이의 결정을 축하했다. 술에 취한 준이가 무인 자동차 얘길 꺼냈다.

"너희 무인 자동차 알지. 직접 운전하지 않아도 되는, 그런."

"응, 뉴스 보니까 요새 엄청 개발하고 있던데."

"그 무인 자동차의 아이러니한 점이 뭔 줄 아냐? 내가 최근에 어떤 기사를 봤거든."

"뭔데?"

"그게, 컴퓨터 프로그래밍으로 운전자의 편의를 확보하는 거잖아. 운전하지 않아도 목적지에 가고 주차도 할 수 있게. 당연히 교통사고를 최소화하는 방법도 프로그래밍 해놓을 거고. 근데 이런 기사가 있더라?"

준이가 본 기사는 이런 것이었다.

A. 달리는 무인 자동차 앞에 열 명의 사람이 뛰어든다. 그런데 자동차가 방향을 틀 수 있는 유일한 방향에도 한 명의 보행자가 있다. 그쪽으로 틀면 그 보행자는 죽는다.

B. 한 사람이 갑자기 나타나고, 방향을 틀면 운전자가 사망하는 사고가 난다.

C. 무인 자동차 앞에 열 명의 사람이 나타나고, 방향을 틀면 운전자가 사망한다.

장프랑수아 보네퐁 교수란 사람이 사백 명에게 이 상황에서 어떻게 반응하는 게 옳은 것인지 물었다. B 상황에선 대부분 운전자의 목숨을 중시하는 의견이 많았다. 하지만 A와 C의 경우엔 당연히 운전자의 목숨을 희생하는 쪽이 낫다는 의견이 지배적이었다. 무인 자동차는 '인명을 최소화하는 쪽'으로 프로그래밍 해야 한다. 그러니 운전자를 희생시킬 수밖에 없다. 결국 우린 우리가 희생될지도 모르는 무인 자동차를 구매하게 되는 거다.

"웃기지 않냐. 편하자고 산 자동차가 실은 날 죽이려는 도구라니.

물론 교통사고 상황이 벌어지지 않는다면 상관없겠지만." 준이가 말했다.

"안 타면 되는 거지, 뭐. 목적지에 수월하게 가는 편리함으로 자동차를 타는 사람도 있지만, 운전하는 즐거움으로 자동차를 타는 사람도 있잖아. 무인 자동차는 그 즐거움을 빼앗는 거야." 세운이가 준이를 보며 얘기했다.

"맞아. 내 말도 그거야. 여자도 마찬가지더라고. 편하자고 무인 자동차를 타려는, 그런 생각으로 연애를 하면 안 되겠더라. 그런 연애는 결국 우릴 희생시킬 뿐이야."

준이의 입에서 이런 말이 나올 줄이야.

"실은 지연이랑 본격적으로 만나기 전에 간간이 연락하던 애가 있었어. 걔가 나한테 그러는 거야. 푸껫에서 무슨 일이 있었느냐고. 표정이 좀 달라졌다고. 그동안 내가 자길 만날 때면, 뭔가 부족해 보였다는 거야. 자기를 왜 만나는 건지 이해가 안 갔다나? 자기를 보고 있는데 보고 있지 않은 느낌, 자기한텐 없는 뭔가를 끊임없이 찾으려는 느낌을 받았대, 나한테서. 근데 그런 비슷한 이야길 예전에 또 다른 여자 두 명한테서도 들은 적이 있거든. 고민이 되더라고. 난 걔들한테서 뭘 찾으려고 했던 걸까."

"지연이의 자취? 닮은 점?"

"그건 모르겠는데, 아무튼 확실한 걸 깨달았지. 지연이 책에 쓰인 내 이야길 보면서 느꼈던 감정 있잖아. '날 지 인생의 목적지가 아니라 과정이라고 생각하는 건가? 나와의 엔딩을 대체 뭐라고 생각하는 거지?' 하는 서운함과 두려움 같은 거. 다른 여자들한테도 내가 똑같이 그러고 있더라고. 걔들은 무슨 죄냐. 더 죄 짓고 사는 건 안 되겠더라. 그래서 다 정리했어. 정리할 수 있는 건 최대한 다. 그 끝에 지연이가 남더라고."

준이가 순식간에 어른이 된 것 같았다. 우리 중 가장 철이 없어 보인단 얘기도 종종 듣던 녀석이 가장 먼저 어른이 된 것 같다. 준이는 말을 이어나갔다.

"솔직히 난 어느 정도의 요령을 키워야 한다는 주의였잖아. 근데 그걸 다시 생각하게 됐어. 여자들이 민낯을 감추려고 화장을 하듯, 남자들도 마음의 민낯을 갈무리하는 요령을 익혀야 한다고 생각했었거든? 무작정 맛이 좋은 음식점을 찾기보다 분위기나 화장실까지 깔끔한 곳으로 가는 게 센스인 것처럼 말이지. 그런데 그러지 않아도 행복한 여자를 만나니 그 요령의 필요성에 대해 다시 생각해보게 되더라. 그러니 너희도 지연이를 너무 미워하지 말아줬으면 좋겠다. 나랑 지연이, 행복을 빌어줘."

준이가 행복하다는데 지연이를 미워할 필요는 없다. 대신 지연이가 쓰고 있는 다음 책은 그런 자조적인 에세이가 아니길 바랄 뿐이라고 세운이가 얘기했다. 그건 지연이에게 확실히 얘기해뒀다며 준이가 웃었다. 언젠가 선수 형이 이런 이야기를 한 적이 있다. '준이는 절대 가벼운 애가 아니야. 쟤는 분명 일편단심 민들레인데, 지금은 홀씨 과정이라서 이리저리 정착할 장소를 찾고 있을 뿐이야.' 일리가 있다고 생각하던 우리는, '마치 나처럼 말이야'라는 선수 형의 마지막 말에 끄덕이던 고개를 멈췄었다.

준이처럼 옛 연인과 다시 사랑을 시작하는 건 아주 드문 경우이긴 하다. 하지만 그 드문 경우에 희망을 가지고 있는 많은 여성들이 구남친에게서 오는 연락의 의미를 궁금해한다. 왜 맨 정신엔 연락을 못하고 술에 취하기만 하면 그러는 건지. 술의 힘을 빌리는 건지, 술기운에 그러는 건지. 불건전한 의도를 갖고 연락하는 건 아닌지. 내가 만만하거나 쉬워 보이는 건지. 보고 싶다는 말의 진정성은 얼마나 되는지.

개개인의 속내를 완벽히 분석할 순 없다. 남자들이라고 그저 육체적 쾌락에만 휘둘리는 짐승이 아닌 건 확실하다. '뭐해?', '어디야?', '지금 볼래?'라는 문자를 보낸 그들이 결국엔 '한 번만 같이 자자'는 의도를 보이더라도, 그게 반드시 사정을 위한 사정은 아닐 수 있단 얘기다. 여자의 육체를 탐하고 싶은데 가장 쉬운 상대가 옛 여자 친구라서? 글쎄. 그런 거라면 오히려 새로운 여자를 찾아 헤매지 않을까. 그런 자극보단 따뜻함이 그리울 때 연락을 한다. 그저 옛 여자 친구와 나누었던 것 중, 가장 즉각적으로 그리워지는 게 바로 섹스이기 때문에 자고 싶단 얘기를 할 뿐이다. 백 마디 말보다 한 번의 포옹으로 사랑을 확인했던 바로 그 섹스가 가장 쉽게 따뜻함을 구할 수 있는 길이니까.

그래서 술에 취해 전화하는 남자는 진심이긴 하다. 그게 좋다는 얘기가 아니다. 진심이라곤 해도, 결국엔 아주 순간적인 진심이니까. 지속되지 않는, 순간의 진심은 큰 의미가 없다. 스물네 시간, 1440분의 진심도 아닌, 오 분 정도의 진심으로 다시 행복한 연애를 시작할 수 있을까? 앞서 말한 그 무거운 책임감들의 연합을 감당할 수 있을까? 그런 각오 없이 순간적인 진심만 이해해달라고 조르는 구남친의 연락은 받아줄 필요가 없다. 냉정과 절정 사이에서 고민하는 남자는 매력이 없단 얘기다. 이별 후엔 냉정, 또는 절정 중 하나를 결단력 있게 선택하는 남자가 좋은 남자다. 그러고 보니 우리 넷 중엔 한 명도 없는 것 같네. 아니, 주위에 그런 남자가 있기나 하던가.

27

남자가 결혼할 때

연락 한 통 없던 동창이 '잘 지내?'란 연락을 해오면, 대부분은 청첩장을 전하기 위함이다. 그런 청첩장 전달식이 전염병처럼 떠도는 시기가 있다. 3월에서 5월, 이번 달인 10월이 그렇다. 이번 달만 벌써 네 명의 지인이 결혼을 했다. 그리고 10월 30일, 선수 형도 10월의 신랑이 됐다. 형수님은 평범한 회사원이었다. 연예인같이 예쁘지도, 엄청나게 젊지도 않았다. 착한 여자라고 했다. 선수 형이 그렇게 행복해 보인 건 처음이었다. 하객이 족히 오백 명은 온 것 같았다. 물론 형의 결혼 축하가 먼저였지만, 우리의 메인 이벤트는 사실 부케를 받는 순서였다. 지연이가 부케를, 준이가 부토니에를 받기로 했기 때문이다. 준이가 정말로 결혼을 하긴 하는구나.

"에이, 오빠, 아니죠. 식장 들어갈 때까진 모르는 건데."

지연이는 이 말을 남기고는 준이의 손을 잡고 서둘러 식장을 빠져나갔다. 부케를 받은 기념으로 근교에 여행을 다녀온다 했다. 우린 2부 행사의 중간쯤 식장을 나왔다. 선수 형의 신혼여행지는 인도양 한복

판에 있는 세이셸이라고 했다. '마지막 지상낙원'이란 광고를 본 적이 있다. 우리도 우리의 낙원인 술집을 찾아 떠나기로 했다. 오늘의 낙원은 유메 근처에 있는 펍으로 정했다. 간단히 피자에 맥주나 한잔하기로 했다. 음식이 나오길 기다리며 결혼식 때 찍은 사진을 봤다. 부토니에를 받는 준이의 모습이 우스꽝스러웠다. 기분이 묘했다. 주영이와 세운이도 마찬가지인 듯했다.

"결혼, 꼭 해야 할까?"

내가 하고 싶었던 질문을 대신 한 건 주영이였다. 결혼은 왜 해야 하며, 언제 해야 하며, 누구랑 해야 좋은 걸까.

"너희 패륜이랑 폐륜이랑 다른 거 알지." 세운이가 말했다.

"폐륜이란 단어도 있어? 패륜 말고?"

"우리가 알고 있는, '인간으로서 마땅히 하여야 할 도리에 어그러짐'을 뜻하는 단어는 '패륜(悖倫)'이 맞아. 그런데 '폐륜(廢倫)'이란 단어가 있어. 시집가거나 장가드는 일을 하지 않거나 못함을 의미하는 거지. 그니까 패륜아만 있는 게 아니라 폐륜아도 있는 거야. 우리처럼 결혼을 하지 않거나 못하는 사람들."

주영이도 알고 있는 단어였다. 나만 몰랐다니.

"야, 난 다연이랑 할 건데? 주영이 너랑 태희가 문제지. 난 빼주라."

"그런 게 바로 유교의 폐해야. 유교에서 그러잖아. 혼인하여 자손을 낳는 게 효도라고. 솔직히 결혼을 안 하면 어때? 괜히 유교 때문에 우리의 자의적인 폐륜이 부모님에 대한 패륜이랑 맞닿는 거라고."

난 괜히 열을 올렸다. 뭔가 뒤처지는 느낌이 들어서다. 『맹자』의 '이루' 상편 제26장을 보면, 불효 중에서도 혼인하지 않아 후손을 남기지 못하는 것이 최악의 불효라고 나온다. 그런 걸 왜 따라야 하느냐고 말하긴 했지만, 그걸 완전히 부정할 수 있을까 싶다. 실제로 미진이와의 이별 이후 결혼과 연애에 대한 의지를 거의 잃어버린 상태에서, 부모님의 압박이 들어올 때면 난감해지곤 했다. 주영이는 내게 그럴 필요 없다고 강조했지만, 난 여전히 혼자 늙어 죽는 것에 대한 자신이 '이 퍼센트' 부족했다.

절대로 결혼하지 않을 것 같던 남자가 결혼하겠다고 마음먹는 이유 중 하나는 '효'라는 가치인 경우가 있다. 대를 잇기 위해, 혹은 그저 효자 이미지를 위해 사랑하지 않는 여자와 결혼을 결심한단 얘기가 아니다. 언제 결혼을 결심했느냐고 유부남들에게 물으면, '내가 부모님께 하지 못했던 표현을 잘해서', '평소 대화가 없던 부모님이 그녀로 인해 금실이 좋아져서', '사랑을 많이 받고 자란 그녀와 함께라면 화목한 가정을 만들 수 있을 것 같아서' 등의 이유를 대는 사람들이 많단 얘기다. 결혼 준비 과정에서 이혼과 파혼 중 어느 쪽이 더 무서울지 걱정하는 수많은 예비 신랑들의 마음을 잡아주는 데 큰 기여를 하는 가치가 바로 효도라는 것과 연관이 있다. 최근에 선수 형이 이런 얘길 한 적이 있다.

"얘들아. 결혼이 통과의례라고 하잖냐. 근데 내 생각엔 결혼 준비 과정 자체가 엄청난 통과의례야. 앞으로 결혼 생활을 정말로 잘할 자신이 있느냐고 끊임없이 시험받는 기분이야. 정말로 하루에 하나씩 뭐 같은 상황들이 계속 생겨. 근데 포기할 수가 없잖아. 내가 독신주의자는 아니니까. 내가 왜 독신주의자가 될 수 없을까, 하고 생각을 해봤다? 결국엔 부모님 때문이더라. 최근에 이런 일이 있었어. 며칠 동안 여자 친구랑 계속 싸워서 진짜 미칠 지경이었거든. 파혼해야 하나 싶고. 그런데 하필 주말에 부모님 댁에 같이 가야 할 일이 생겼어. 돌아오는 길에 여자 친구가 그러더라고. 어머니가 부엌에서 쓰시던 칼이 좀 낡았던데 다음에 갈 때 바꿔드려야겠다는 거야. 쌓였던 화가 순식간에 사라져서 내가 잘못했다고 빌었다니까. 그게 그렇게 되더라고. 내 와이프 정말 사랑스럽지 않냐?"

물론 여성들 입장에선 이런 말 자체가 엄청난 스트레스일 거다. 아내에게만 잘하면 사랑받는 백년손님이 되는 남자와 달리, 여자는 그의 가족에 친척까지 챙기고 헌신해야만 훌륭한 며느리로 인정받는다는 걸 보여주는 말이니까.

연봉 삼천만 원인 남자가 갑자기 일 억을 버는 것도 어렵고, 하지 않던 희생을 해야 하는 여자도 괴롭다. 이럴 때면 대체 왜 결혼을 해야 하는지 의문이 든다. 그래서 사람과 사랑에 대해 지치고 허무함을 느끼는 '폐륜아'가 늘어나는 것 같다.

다행히 결혼에 성공한다고 해도, 부부 관계 자체에 대한 회의가 넘치는 시대이기도 하다. 곰곰이 생각을 해보면, 퇴사하기 전 회사 생활 중 가장 적응하기 힘들었던 것은 결혼 후의 부부 관계에 대한 얘기였다. 유부남, 유부녀들의 '요즘은 애인 없으면 능력 없는 거야'라는 말에 맞장구치는 게 참 힘들었다. 불륜을 희화화할 줄이야. 부부 간의 사랑이야말로 인생에서 놓치지 말아야 할 중요한 가치라고 여겨온 나로선 듣기 거북한 대화였다.

그들은 언제나 말했다. 결혼은 어쩔 수 없이 치러야 할 일종의 의식과 같은 거라고. 그 대단할 것 같지만 별것 없는 의식을 치르고 나면 역시 특별할 것 없는 삶이 이어질 뿐이라고 했다. 혹시나 덮쳐올지 모르는 사랑의 끝을 피하기 위해 의식을 치르지만, 결혼이야말로 사랑이란 감정의 종말을 이끌어내는 행위임을 주장하는 모 과장도 있었다. 자유가 제한되고 책임질 일이 배가되는 지독하게 힘든 현실 속에서, '두근거리는 사랑'이란 단어는 그저 사치일 뿐이라고 했다.

많은 유부남 직원들은 자신의 아내를 '생활비를 넣어주면 잔소리랑 용돈을 내뱉는 존재'쯤으로 여겼다. 지친 몸과 마음을 회복시켜주는 건 기대도 안 하니 괴롭히지나 말았으면 좋겠다며 쓴웃음을 짓곤 했다. 유부녀들도 마찬가지였다. 남편을 남자로 느끼는 것, 그에게 여자로 보이는 건 생각도 하지 않는다며 다시 두근거리는 사랑을 해보고 싶다는 사람이 많았다. 기능적으로 존재하는 부부 관계보다, 비록 불륜이라 할지라도 다시 가슴을 뛰게 해주는 존재를 만나 감정을 나누는 일이 훨씬 인간적이지 않느냐는 질문을 받을 때면, 명확한 대답을 할 수 없었다. 개인의 이기심이나 무책임함으로 인해 타인에게 상처 주는 건 나쁘다는 말을 겨우 하긴 했지만.

"근데 그런 사람들은 노력을 안 하는 거 아냐?" 내 얘기를 들은 세운이가 의아한 듯 물었다.

"가족끼리 무슨 노력이 필요하냐는 게 그 사람들의 대답이더라."

"하긴. 우리 교무실도 분위기가 그래. 다들 굳이 힘들게 노력하지 않아도 되는 편한 관계가 되고 싶어서 결혼했다고 말하거든."

"잡은 물고기엔 밥을 주지 않으려는 게 사람의 본성이기도 하니까." 주영이가 씁쓸한 표정을 지었다.

어쩌면 잡은 물고기에 밥을 주는 방법을 모르는 게 아닐까. 고민해본 적이 없으니 모르는 게 당연하다. 밥을 주는 간단한 방법조차 생각해본 적이 없으니 물고기를 아름답고 건강하게 키우는 법은 알 리가 없다. 잡은 물고기엔 밥을 주지 않는 사람의 본성 같은 건 없다. 한 번도 겪어보지 못한 어려운 일에 대한 두려움을 극복하려 하지 않고 회피하는 나약함은 있을지 몰라도.

모두들 사랑을 하고 싶다고 말하지만 정작 사랑을 하는 방법은 모른다. 그 상태로 결혼을 하니 문제가 생긴다. '뭘 하면서 살아가지?'라는 고민을 해본 사람은 많겠지만 '나는 어떤 사랑을 하고 싶지?'와 같은 고민을 하는 사람은 보기 드물다. 먹고 살기 바쁘다고, 생각해봤자 답이 나오지 않는다는 이유로, 사랑에 대한 고민은 뒷전이 된다. 노력에 의해 얼마든지 두근거릴 수도 있지만, 그 확률에 굳이 투자하지 않는다. 그렇게 낭만은 사라져간다.

과정이나 의미는 생략되고, 결과와 기능만을 중요시 여기는 풍토가 사랑의 방식에까지 영향을 미치는 거다. 계산 가능한 선택만이 합리적이라는 대우를 받고, 형체 없는 낭만을 좇는 건 소모적인 일로 치부된다. 연애할 상대, 배우자를 선택할 때도 이 논리는 똑같이 적용된다. 마침내 결혼할 타이밍까지 숫자로 계산해버리는 게 우리의 현실이다.

결혼을 해야 할 마지노선이 되는 나이, 살림을 꾸릴 수 있는 경제적인 조건과 같은 명확한 숫자만이 타이밍을 정하는 중요한 기준이 된다. 이건 대단히 잘못된 생각이다. 사랑이 없는 결혼 생활, 불륜의 가장 큰 원인이 바로 이런 잘못된 타이밍 설정 방법이다. 결혼을 할 타이밍은 나이나 돈으로 정하는 게 아니다. 사회에서 정한 기준에 영향을 받을 필요도 없다. 두 사람의 연애가 무르익어 다음 단계로의 전환이 필요하다고 느낄 때, 충분한 감정 교류를 통해 서로의 사랑에 대한 가치관을 이해했을 때, 그런 내적 성숙도에 따라 결정하는 게 옳다. 삶의 시계가 개별적으로 주어지듯, 결혼의 타이밍도 지극히 개인의 문제다. 내적인 성숙이 이뤄지지 않았음에도 나이에 쫓기거나 경제적 능력에 휘둘려서 결혼을 결정하는 것도 좋지 않다. 그건 마치 끊임없는 관심을 줘야 하는 생화보다 가만히 둬도 상관없는 조화만을 선호하는 꼴이다. 향기를 품어야 한다. 그럴싸한 형태만 있을뿐, 향기는 없는 관계를 당연히 여기면 안 된다.

혹자는 이런 사람들을 향해 참 낭만적인 삶을 살고 있다며 코웃음을 친다. 물론 결혼은 현실이므로 마냥 낭만적일 수만은 없을 거다. 그래도 쉽게 답을 낼 수 있는 것들에만 의지하는 건 오히려 흥미가 빨리 떨어지지 않을까. 눈에 보이지 않는 것들을 찾기 위해 함께 노력하는 시간이 훨씬 즐거운 법이다.

가족 구성원으로서 역할을 충실히 해내는 것과 사랑하며 살아가는 건 다르다. 불륜을 일종의 기호품마냥 생각하는 사람들은 여전히 사랑으로 가정을 일궈나가는 사람의 노력을 본받았으면 한다. 사랑 없는 가정이 만들어내는 악영향은 생각보다 다양하다. 결핍을 가진 아이들이 자라서 사회 범죄를 일으킨다든지 하는 거창한 이야기를 하려는 것이 아니다. 야근과 주말 근무가 집에 들어가기 싫어하는 상사 때문이라는 씁쓸한 현실을 돌아보자는 것이다. 올바른 회사 문화 정착을 위해서라도 사람들이 서둘러 업무를 끝내고 행복이 가득한 집으로 돌아가야 한다. 이것이 바로 사랑 넘치는 가정이 주는 긍정적

영향 중 하나가 아닌가!

다행히 준이는 낭만에 이끌려 결혼을 결정했다. 선수 형도 마찬가지다. 다행이었다. 낭만과는 거리가 멀 거라 생각했던 두 사람의 결혼은 우리에게 중요한 의미였다. 희망의 빛이 보였다고나 할까. 준이는 착실하게 결혼을 준비했다. 물론, 준이가 결혼을 결심할 수 있었던 건 경제적으로 꽤 안정적인 상태였기 때문이라는 걸 부정할 수 없다. 내적인 부분 외에, 최소한의 현실적인 조건이 만족됐으므로 결혼을 결심했을 거다. '새로 개발한 앱이 문제를 일으켜 준이의 회사가 부도 위기라도 맞았다면, 지연이가 결혼을 결심했을까?'라는 생각을 하는 사람도 있을 듯싶다. 글쎄, 그런 일이 터졌더라도 준이와 지연이의 마음은 변함이 없었을 것 같다. 단순한 우리의 바람일지도 모르지만.

"근데 태희야, 너도 당분간 결혼 생각 없는 거 맞지?"

"응."

"우린 조바심 내지 말자."

"응. 당연하지."

세운이가 화장실에 간 사이, 주영이와 나는 결의를 다졌다.

"그리고 우린 결혼하는 대신에…."

"응?"

"같이 가게 운영하지 않을래? 나 혼자 하는 것보다, 너랑 같이하면 좋을 듯해서."

"야, 무슨 말이야. 너희 둘이 가게를 열 거라고? 나는 왜 빼?" 화장실에서 돌아온 세운이가 호들갑을 떨었다.

"정확히 얘기하면, 알바생인 가희까지 세 명이서 하는 거야." 주영이가 세운이의 물음에 대답했다. 참, 가희는 오늘 부모님과 여행을 가느라 선수 형의 결혼식에 올 수 없었다.

"가희까지?" 내가 물었다.

"응. 예전에 가희가 그러더라고. 내 가게에서 일하고 싶다고. 그러면서 아이디어를 주더라. 태희 네가 연애 상담을 해주는 '심야 식당' 같은 가게를 하면 어떻겠느냐고."

"야! 그거 괜찮다. 안 그래, 태희야?" 세운이는 주영이의 의견에 대찬성을 했다.

"그럼, 네가 요리하고 가희가 주방 보조하며 홀도 보고, 난 상담만?"

"너도 가끔 요리해도 돼. 너도 요리 좀 하잖아. 뭐, 그날의 연애 고민에 적절한 메뉴를 연애 칼럼니스트가 직접 만들어주는 거지. 예를 들어, 예민한 남자 친구 때문에 고민인 여자 손님께는 고등어 초회를. 화끈한 스킨십에 목마른 손님께는 화끈한 닭발을."

콜!을 외쳤다. 괜찮은 생각이다. 오랜만에 가슴이 두근거렸다. 마치 이상형을 만났을 때의 그런 두근거림 같은.

28 호우주의보 발령!

"11월은 이별의 달이 확실해. 벌써 네 번째거든. 11월에 헤어진 거. 대체 왜 그런 거지?"

말을 마친 세운이가 울기 시작했다. 이게 웬 날벼락인지. 호우주의보가 발령됐다. 다연 씨의 이별 통보, 정확히 얘기하자면 시간을 좀 갖자는 다연 씨의 얘기 때문이다. 둘의 연애엔 별 문제가 없는 줄 알았다. 아니, 실은 둘의 연애에 별 관심이 없었다. 요즘 술자리의 주제는 거의 주영이와 내 가게 얘기였다. 아주 가끔, 준이가 결혼 준비 과정에서 겪는 스트레스를 토로하며 파혼이냐 이혼이냐를 고민하는 것 빼곤 연애 이야기를 한 적이 없었던 것 같다. 무소식이 늘 희소식은 아닌가 보다.

11월이 이별의 달이라니. 그런 생각은 한 번도 해본 적이 없었다. 세운이의 말을 듣고 보니 일리가 있는 것 같기도 하다. 이번 달에 한 이별 상담만 해도 벌써 여섯 건이다. 주목할 만한 건 그 여섯 건 모두 남자들의 이별 상담이란 사실. 상담 외에도, 이상하리만치 많은 남자들의 이별 얘기가 들렸다. 지연이는 이 현상에 대해 "미래를 염두해야 할 시기가 왔기 때문이죠. 곧 크리스마스 시즌이 오고, 또 발렌타인데이에, 많은 정성을 쏟아야 할 이벤트들이 많잖아요? 이 사람에게 어떤 걸 해줄까 고민하다 보면, 이 사람에게 이런 걸 해주는 게 맞나 하는 생각을 하게 되는 거죠. 거기다 연말이잖아요. 내년의 계획을 떠올리다 보면 이 남자와 내년, 그 후년까지 함께할 수 있을까 하는 고민까지 들죠. 그러다 냉정하게, 아웃"이라는 결론을 내렸다. 그렇다면 다연 씨는, 세운이와 함께하는 미래를 어떻게 상상했던 걸까.

"답답했겠지. 이러고 있는데 안 답답했겠냐."

준이가 세운이를 보며 말했다. 지연이가 그러지 말란 눈치를 줬다. 준이는 지연이의 눈치에도 계속해서 세운이에게 핀잔을 던졌고, 세운이는 준이의 도발에도 아랑곳 않고 꿋꿋하게 눈물을 흘렸다. 세운이의 고집이나 답답함이야 친구인 우리가 누구보다 잘 알고 있다. 하지만 그게 세운이다. 우린 그런 세운이의 친구이고 그런 세운이를 선택해서 지금껏 만나온 게 세운이의 연인인 다연 씨다. 다연 씨는 세운이의 성격을 감수할 생각으로 지금껏 연애를 하고 있던 게 아니었나? 견디다가 지쳐버린 걸까? 세운이는 강조했다. 자긴 절대로 그녀로 하여금 무언가를 견디게 하는 연애 같은 건 하지 않았음을. 다연 씨도 그랬을 리가 없다고 굳게 믿었다. 준이가 답답한 듯 세운이에게 말했다.

"눈치 없는 놈. 네가 걔 맘을 어떻게 다 아냐. 그리고 그렇게 확신하는 게 너의 가장 큰 문제야."

요약하자면, 세운이가 원했던 연애는 '특별한' 연애였다. 다연 씨는

'보통의' 연애를 바랐다. 세운이가 열심히 노력하고 있던 건 맞지만, 그 지나칠 정도의 '열심히'라는 게 다연 씨에겐 부담이었다고 한다. 특별함을 위해 자기 자신을 버릴 수도 있다는 게 세운이의 의견, 굳이 자기 모습을 잃지 않더라도 보통의 연애만으로도 최선이라는 게 다연 씨의 의견이었다. 그 차이가 좁혀지지 않아 결혼을 다시 생각해 보자고 말했고, 그걸 이해하지 못해 따져대는 세운이에게 다연 씨가 시간을 갖자는 얘기를 한 모양이었다. 세운이에겐 이처럼 호우주의보가 내려질 때가 있다. 일 년에 세 번 이상은 반드시 엄청난 눈물을 뿌려대는 국지성 호우 기간.

여자의 눈물은 무기라도 되지만 남자의 눈물은 어찌할 도리가 없다. 남자는 태어나서 세 번만 울어야 한단 말은 대체 왜 생겼을까. 어떤 근거로 여전히 유지되는 말일까. 인내야말로 강한 남성의 상징이란 건 섹스에만 적용하면 좋겠다. 남자는 눈물을 참을 줄 알아야 한다는 쓸데없는 남성성이 싫다. 태어나서 세 번만 우는 그런 남자는, 적어도 내 주위에선 한 번도 본 적이 없다. 하지만 우리 역시 마찬가지로, 그 남성성에게 자연스레 길들여졌다. 지금 세운이에게 "남자새끼가 뭐 그런 걸로 우냐. 바보같이"라는 말을 아무렇지 않게 내뱉는 걸 보면. 보다 못한 준이는 호우주의보가 아닌 호구주의보로 바꾸는 게 낫겠다고 말했다. 놀리는 게 아니라 화가 난 것이었다. 세운이는 그런 준이를 향해 말했다.

"다연이가 내게 참 잘해준 건 당연히 알아. 그런데 걔는 늘 자기와 나 사이에 자기 하나만큼의 공간을 뒀어. 내가 그 공간을 넘어가는 건 절대 허락하지 않는 거야. 난 그 공간을 좁혀보려 엄청 애썼지. 그런데 어느 날 다연이가 그러더라. 굳이 그런 노력을 할 필요가 없다고. 어차피 그래봤자 좁혀지지 않는 간극이라고. 지금 오빠를 최선을 다해 사랑하고 있는데 뭐가 문제냐고. 자길 바꾸려 하는 날 보면 서운하대. 날 진짜 사랑한다면 날 위해서 변할 수 있는 거 아냐?"

세운이의 감정도, 다연 씨의 말도 이해가 갔다.

"다연 씨 입장에선, 자길 바꾸려 하지 않는 사람이 진짜 자길 사랑해주는 거라 생각할 수도 있죠." 지연이가 세운이에게 진지하게 얘기했다. 누군가를 만나는 데 있어서 스스로의 모습을 각색하는 과정이 필요한 것인지, 그걸 할 수 있어야만 진짜 사랑인지에 대한 대화가 오갔다.

어려운 지점이다. 반드시 각색이 필요한 건 아니지만, 연애 도중 각색이 필요해지는 순간은 분명 존재한다. 대부분 누가 누구에게 맞춰 바뀔 건지가 다툼의 원인이 된다. 다연 씨와 세운이 모두, 지난 연애의 방식을 현재의 연인에게 그대로 적용하려 했는지도 모르는 일이었다. 누가 됐든, 버릴 건 버리고 변할 건 변해야 한다. 바람기가 다분했던 옛 연인을 만나는 동안 생긴 과한 집착, 그런 이와의 헤어짐으로 인해 생긴 관계에 대한 불신 등 새로운 사랑을 시작하는 데 불필요한 것들은 버려야 한다. 자취하는 전 여자 친구에게 길들여진 남자가, 부모님 눈치를 봐야 하는 현재 여자 친구의 속을 헤아리지 못하고 귀가를 막아 벌어진 싸움 때문에 상담을 한 적이 있다. '예전에 만났던 오빠는 나 절대로 지갑 못 열게 했는데?'라는 말을 하며 남자의 신경을 긁는 여자. 이들 모두 현재의 연애에 충실하기 위한 각색의 중요성을 깨달아야 하는 사람들이다.

'있는 그대로의 나를 사랑해줄 사람을 만나면 되잖아?'라고 반문할지도 모르겠다. 만나는 사람에 맞춰 수시로 자신을 변화시키는 게 과연 옳은지 고민할 수도 있다. 맞다. 굳이 노력하지 않아도 나를 사랑해줄 수 있는 사람을 만난다면 당연히 반가울 거다. 하지만 그런 사람을 만나는 게 어디 쉬운 일인가. 그러니 각색의 과정을 즐길 줄도 알아야 한다. 근본적인 자아를 바꾸는 게 아니다. 상황에 맞게 태도를 달리할 여유를 가지라는 말이다. 각색 과정에서 흔히 볼 수 있는 변화는 캐릭터 추가와 엔딩의 변형이다. 자신을 각색한다는 건 나에게 정해진 우울한 엔딩을 새롭게 바꿀 수 있는 계기가 될지도 모른다.

물론 각색은 어렵다. 어설프게 시도했다간 재미없는 패러디물이 탄생할지도 모른다. 그저 순간적인 시선 끌기에만 급급한 모습으론 이성을 매혹시킬 수 없다. 그래서 제대로 된 각색을 위해선 자기 본연의 모습, '원작'을 잘 파악하고 그에 어울리는 변화를 시도하는 치밀하고 성실한 노력이 필요하다. 그 과정엔 당연히 스트레스도 따를 거다. 상대를 위해 자신을 바꾸는 노력을 지나치게 억울해할 필요는 없다. 사랑에 노력은 당연한 것이다. 그리고 그 노력으로 스트레스를 받는 과정 역시 사랑이 아닐까.

"너랑 세운이는, 지나치게 '사랑'을 하려는 경향이 있어. 그럼 안 돼. 상대방이 불편해하잖아."

"그건 준이 말에 동의해. 내 생각에도, 사랑이란 건 어떤 목표가 되어선 안 돼. 취하기보단 남겨놓고 오는 거지. 획득하거나 이뤄야 하는 목표 지점이 아니라, 굳이 목표를 설정하지 않더라도 그냥 걸었을 때의 족적? 그런 두 사람의 자취가 사랑이 아닐까?"

언제 터질지 모르는 시한폭탄을 안고 있는 듯한 연애는 위험하다. 내 연인이 바뀌는 순간을 기대하며 연애하면 안 된다. 사람은 좀처럼 바뀌기 어렵다. 물론 변하긴 한다. 하지만 그런 변화의 주체는 대부분 타인이 아닌 자기 자신이다. 예를 들면 이런 거다. 남들이 아무리 담배를 끊으라고 해봤자 끊지 못하지만, 본인이 지독하게 아파본 뒤엔 완전히 끊어버린다. 스스로 바뀌어야겠다는 호르몬을 내뿜지 않는 이상 사람은 변하지 않는다. 그러니 사랑으로 포장된 강요나 제안으로 내 연인의 변화를 기대하는 건 금물이다. 괜한 상처만 받기 십상이니까. 그런 모습이 상대에게 사랑이 아닌 걸로 비춰질 수도 있다. 마치 세운이처럼.

"야, 인마. 냉정과 열정 사이를 감 잡을 수 없다면, 적어도 혼자 절정으로 치닫진 말아야 할 거 아냐. 울지 말고, 술이나 마시자. 걔도 지금쯤 너의 빈자리를 느꼈을 거야." 준이가 세운이에게 술을 따라주며 말했다. 세운이는 준이가 따라준 위스키가 너무 쓰다고 했다. 스모키한 사춘기의 향이라나 뭐라나.

세운이에게 서려 있던 장마전선은 얼마 있지 않아 사라졌다. 아니나 다를까. 술자리가 거의 끝날 무렵 다연 씨에게서 연락이 온 거다. 언제 비를 뿌려댔냐는 듯 맑게 갠 세운이는, 전화를 끊자마자 자리를 박차고 나가버렸다. 의자에 걸려 넘어지기까지 하면서. 소나기라 다행이었다.

가끔 강의에서 이렇게 강조한다. 사랑을 하려면 무모한 도전을, 연애를 하려면 냉정한 분석을 하라고. 상대방과 자신을 분석하는 것뿐만 아니라, 자신이 처한 상황을 제대로 분석하는 것도 중요하다. 누가 바뀌고 누굴 바꾸는 게 중요한지 논하기에 앞서, 이별의 허무함을 견뎌낼 수 있는지에 대한 자각이 필요하다. 어차피 헤어지고 나면, 함께하는 사람도 잊히고 그 사람에 대한 그리움도 흐릿해진다. 당연히 그땐, 지금 받는 스트레스도 사라져버린 뒤일 거다.

이제 선택만 남았다. 함께하며 스트레스가 사라지길 기대하든지, 이별을 해서 그 사람과 스트레스를 함께 사라지게 만들든지. 이별을 선택하는 사람들의 생각은 대부분 이렇다. 함께해서 괴로운 건 지속될 가능성이 크지만, 함께하지 않아 괴로운 건 어차피 망각되는 것 아니냐고. 글쎄. 함께하지 않을 때의 괴로움이 망각될 거란 생각은 너무 섣부른 판단이 아닐까. 아마도 세운이와 준이는 이렇게 이야기할 거다. 그렇게 생각한다면 진짜로 좋아하는 게 아닐 거라고.

내가 있어야 할 곳은 여기야

'별의별 야식'.

주영이와 내 가게의 이름이다. 가희가 낸 아이디어를 조금 변형했다. 가게의 콘셉트는 이렇다. 누구라도 내 이야기를 들어주면 좋을 것 같은 날, 마음껏 연애 상담을 할 수 있는 편안한 술집. 공허한 마음과 몸을 채워줄 요리, 만족스러운 연애와 사랑을 위한 보양식을 먹을 수 있는 곳. 더불어 남녀가 섹스 전과 후에 먹으면 좋은 음식과 같은 은밀한 궁금증까지 해결되는 곳. 아무에게도 털어놓지 못한 은밀한 연애 이야기와 맛있는 음식이 함께하는 식당.

'야식'은 '야한 식탁'의 줄임말이다. 야식이라고 해서 딱히 다양한 야식 메뉴를 준비하진 않을 거다. 오히려 우리 가게엔 메뉴판이 없다. 야한 식탁에 오르는 메뉴는 손님에 따라 달라진다. 그리고 그 메뉴는 손님이 가진 연애와 섹스에 대한 고민을 들어본 뒤 만들어주겠다는 것이 열 평 남짓한 작은 공간인 이곳, '별의별 야식'만의 차별화 전략이다.

간단히 말하자면 연애 상담을 할 수 있는 술집이란 게 포인트다. 지면상으로, 혹은 강의 후 상담을 요청하는 사람들이 많이 찾아와주면 좋을 것 같다. 본인을 위해 만들어진 음식과 술을 앞에 두고 연애에 대한 고민을 해결하면 더욱 좋겠지. 사람들이 가장 자연스럽게 고민을 털어놓는 분위기는 역시 술자리니까. 식욕과 성욕은 궁극적으로 맞물리는 법이기도 하고.

여기까지 오느라 주영이와 많은 고생을 했다. 물론 가희도 많이 도와줬다. 한동안 하루 일과의 대부분은 주영이와 함께였다. 팔십 퍼센트의 시간은 건물을 보러 다니는 데 할애한 것 같다. 아예 새 건물을 지을 수는 없고, 접근성과 넓이가 적당한 건물을 찾느라 진이 빠졌다. 위치가 괜찮으면 월세와 권리금이 터무니없이 높고, 권리금이 좀 낮다 싶으면 접근성이 형편없이 떨어졌다. 초기 자본을 최대한 낮춰서 시작한 뒤 입소문을 내는 게 우리의 전략이긴 했지만, 그래도 어느 정도의 접근성은 있어야 했다. 신사동, 이태원, 홍대 같은 번화가는 비싸서 패스. 빌딩숲이 우거진 곳은 건물이 마땅찮아서 패스. 그렇다고 학교 앞은 지나치게 대학생들 위주의 가게가 될 것 같아서 패스. 패스만 하다가 슛은 못 넣는 상황이 몇 주째 계속됐다. 결국 선수형 지인의 도움을 받아 꽤 괜찮은 가격에 열 평 남짓한 공간을 찾아냈을 때의 기분은, 마치 프러포즈에 성공한 예비 신랑의 기분과 견줄 수 있었다.

실제로 우린, 가게 터를 잡는 과정이 결혼할 여자를 찾는 과정과 비슷하단 얘길 자주 했다. 주영이와 내가 가게에 들이는 돈은 준이와 세운이가 결혼에 쏟는 비용과 비슷하기도 했으니까. 가희는 그런 주영일 향해 "걱정 마요. 전 남자한테 굳이 결혼 비용 부담 주고 싶지 않거든요"라고 말했다. 주영인 그 속뜻을 알지도 못하고 가희의 머리를 쓰다듬었다. 계약을 마치고, 곧 우리만의 가게가 될 공간에서 맥주를 한 캔씩 했다. 우리가 공을 들여 만들 공간이, 누군가의 평생 단골집이 될 수도 있다 생각하니 가슴이 두근거렸다.

"새집을 계약하고, 그곳에서 살다가 다시 이사를 하면 헌 집이 되잖아. 그 헌 집은 다시 누군가의 새집이 될 거고. 난 그곳에서 쌓은 기억들을 가져간다지만, 그 집은 나와 함께했던 기억 위에 또 다른 누군가의 기억을 덧씌우겠지. 나 역시 그 집에서 쌓았던 기억들 위에, 새집에서 만드는 기억을 덮을 거고. 그렇게 그 집과 나의 추억은 점점 희미해지는 거야. 난 그게 슬퍼. 그래서 평생 있을 수 있는 나만의 공간을 꼭 갖고 싶었어."

주영이가 말을 마치고 울먹였다. 기쁨으로 먹먹해지는 건 나 역시 오랜만이었다. 우린 누구나 자기만의 적절한 장소를 찾고 싶은 욕심이 있다. 준이는 지연이를 만났고 세운이는 다연 씨를 만났다. 나와 주영이는 별의별 야식이란 식당을 만난 거다. 그리고 우리 가게에 올 손님들 역시 저마다의 사연을 가지고, 이곳에서 어느 정도의 안식을 취할 테다.

"주영아. 확실히 세상엔 두 종류의 사람이 있는 것 같아. 정규직을 원하는 사람과 비정규직을 원하는 사람. 연애도 마찬가지고."

"그러게. 나야 그렇다 치고, 태희 넌 언제까지 비정규직 연애 할 거야? 미진이는 완전히 말끔해진 거지?"

"그렇게 생각은 하는데. 모르지, 뭐. 그리고 나도 당분간은 이 가게에만 충실할 거다. 괜히 여자 친구 있는 연애 칼럼니스트란 소문 나면 사람들이 안 올 수도 있잖아. 언젠가 여자 독자들이 그런 얘길 하더라고. 내가 연애를 하고 있단 걸 알게 되면 섹시한 느낌이 떨어진다나. 뭔가 가지고 싶은 욕구가 들어야 강의도 더 듣고 책도 사고 그러는데, 누군가의 소유물이란 생각이 들면 그런 마음이 사라진대."

"반대로 연애를 제대로 해야 네 말을 신뢰하는 사람들도 있을 거야. 자기 연애도 제대로 못해서 솔로를 즐기는 연애 칼럼니스트보단, 안정적인 연애를 하는 모습이 나은 거 아닌가?"

집에 돌아오는 길에 내 발걸음은 상당히 규칙적이라는 걸 발견했다. 규칙적인 것엔 쓸쓸함이 있다. 어쩌면 난, 안정감이 주는 쓸쓸함을 견디지 못하고 불안함에서 오는 극적인 기분을 찾으려 애쓰는 타입인지도 모르겠다. 그걸 살아있다고 느끼는 거다. 미진이와의 연애도, 회사 생활도 마찬가지였던 것 같다. 그러니 비정규직이 어울릴 수밖에. 문득 중학교 시절 썼던 노트가 생각났다. 작가의 꿈을 꾸던 열다섯 살의 조태희가 끼적였던 소설의 도입부가 적힌 노트다. 서랍을 뒤적여 노트를 찾아냈다. 'The place'. 당시 유행하던 붓펜으로 써놓은 제목이 보였다. '모든 영혼은 적절한 장소에 머무르려는 어떤 힘을 갖고 있다'라는 문장으로 시작하는 일종의 단편소설이었다.

영혼이 적절한 장소에 머무르려는 힘은, 중력이나 자력과 비슷한 밀착력의 일종이다. 이건 모든 인간이 갖고 있다. 그 힘이 영혼과 육체에 적용되는 과정은 대충 이렇다.

우주를 떠돌던 영혼이 자신의 파장과 맞는 장소를 발견

▼

그곳에 안주하려는 의지와 함께 놀라운 속도로 결합

▼

이때 발생한 에너지가 생이 끝나는 순간까지 유지

▼

그 충돌 에너지는 저마다 다르고, 그것이 각자의 수명이 됨

▼

에너지가 소진되고 나면 다시 우주로 날아가 다음 장소를 찾아 헤맴

▼

이 긴 여행 동안의 기억을 상실해버림

불안. 질풍노도의 사춘기 소년이 떠올렸던 키워드는 불안이었다.

모든 불안한 물질은 안정적인 상태가 되려는 의지가 있다고 생각했다. 어두컴컴한 우주를 떠돌아야 했던 영혼 A도 마찬가지였다. A는 외롭고 쓸쓸하기만 한 공간을 여행하고 있었다. 의미 없는 행성들을 지나치기도 했지만 그때마다 허무함만 쌓여가는 고독한 여행이었다. 전생의 기억은 물론이고 그 기억을 곱씹는 방법까지 잊어버릴 정도의 긴 시간을 절대적인 고독 속에서 보내야 했던 A는 한시라도 빨리 여행을 끝내고 싶었다.

그러기 위해선 정착할 육체가 필요했다. 우주를 유영하는 A를 단번에 끌어들일 수 있을 만큼 파장이 맞는 육체를 발견하는 건 쉬운 일이 아니었다. 그러던 어느 날! 그 지겨운 여행은 드디어 종착을 맞이한다. 지구에서 포착된 한 줄기 빛을 발견한 것이다. 딸깍, 하는 소리와 함께 전등이 꺼졌고, 방 안은 불빛 대

신 아버지와 어머니의 사랑으로 가득 채워지고 있었다. A는 확신했다. 이들의 사랑이라면 분명히 불안을 해소할 수 있을 거라고. 형태를 설명하기도 애매한 세포체가 어떤 모습으로 성장할진 알 길이 없었지만, 그래도 A는 직감을 믿었다. 바로 이곳이다. 그녀를 만날 때의 나도 당연히 그랬다.

우주를 떠도는 영혼들도, 소개팅 자리에 나선 남녀들도, 주말 유흥가를 떠도는 청춘들도 목적은 하나다. 자신만의 장소를 찾는 것. 무엇인가와 밀착한 뒤, 의미를 갖는 하나의 존재가 되려는 욕망. 불안정한 상태에서 벗어나기 위한 의지다.

여기까지 읽고선 노트를 덮었다. '확실히 글쓰길 좋아했구나. 공상하는 걸 좋아했구나. 저때도 심리 상태가 많이 불안정했나?' 하고 웃음이 났다. 확실히 꿈은 나이를 먹지 않는다. 사랑은 나이를 먹는 걸까. 그렇진 않은 것 같다. 비슷한 이유로 만나고 비슷한 이유로 헤어지는 걸 반복하니까. 그러니 연애나 사랑은 그냥, 언제든 고개를 올려다보면 있는 밤하늘 같은 게 아닐까. 낮이 지나면 저절로 오게 되어 있는 그런 것.

썩! 내키진 않지만 들어야 하는 남자들의 수다

준이의 청첩장이 나왔다. 내년 3월 20일. 웬만하면 올해 하고 싶었지만 그날이 길일이므로 별 수 없단다. 준이와 지연이는 둘 다 사주팔자 같은 미신에 관심이 많았다. 어울리지 않게. 아니, 둘 다 공통적인 모습이니 어울린다고 해야 하나. 청첩장을 받은 곳은 일 년 전의 그 태국 음식점이었다. 푸껫 여행을 마치고 우리가 내기를 했던 그곳.

준이의 청첩장 전달식이 끝나고 한창 술을 마시는데, 세운이가 품 안에서 뭔가를 꺼냈다. 청첩장이었다. 1월 19일. 세운이의 결혼 날짜를 본 우리는 어이가 없었다. 장난치냐는 놀림은 곧이어 축하의 환호로 바뀌었다. 거창한 혼수를 준비하지 않겠다던 세운이와 다연 씨 사이에 아주 큰 선물이 찾아온 거다. 세운이는 다연 씨와의 섹스에서 딱 한 번 콘돔을 끼지 않았던 적이 있다며 부끄럽게 웃었다.

주영이는 부모님과 어느 정도 화해를 했다. 가게 오픈 사실을 아신 부모님이 노발대발하며 찾아왔을 때, 주영이는 아버지가 주신 칼을 갈고 있었다고 한다. 별다른 의미가 있는 행동은 아니었는데, 아버지는 그냥 그걸로 만족스러운 웃음을 보였다나. 실제로 주영이는 자기만의 칼을 만들어야겠단 얘길 한 적이 있었다. 요리를 하다 보니, 칼의 중요성을 더 깨닫게 됐단다. 만날 사람은 만나고, 할 건 하게 되어 있나 보다.

가게의 오픈식 겸 크리스마스 파티를 하기로 했다. 거창하게 할 건 아니었다. 준이와 지연이, 세운이와 다연 씨, 주영이와 가희, 나, 그리고… 최근에 가희가 소개해준 사람을 부르기로 했다. 아직 여자 친구는 아니다. 하지만 충분히 호감이 가는 사람이다. 소개팅으로 사람을 만나는 것도 오랜만이었고, 소개팅에서 괜찮은 여자를 만난 건 처음이었다. 다정한 사람이다. 어쩌면 결혼이란 걸 다시 떠올려볼지 모른다는 예감까지 들었다는 건 비밀이다. 많이 싸울 거다. 어쩌면 이별이란 단어를 언급하며 허무함을 느낄 수도 있다. 서로를 이해하지 못하고 고칠 수 없는 성격 차라고 단정할지도 모른다. 하지만 손을 꼭 잡고 싶은 사람, 따뜻한 온도를 느낄 수 있을 것 같은 사람, 일상의 즐거움을 함께 만들어나가고 싶은 사람이란 생각이 든다. 그런 연애의 즐거움으로, 사랑의 고통을 극복할 수 있을 것 같다. 함께한다는 건 당연히 혼자일 때보다 생각할 게 많은 법이다.

대신, 먹지도 못할 음식을 서너 개씩 시켜 서로의 접시에 담아줄 수 있을 거다.

서로의 음식을 맛보려 포크를 갖다 댈 수도 있다.

반드시 같은 곳을 바라보지 않아도 좋다. 각자가 본 걸 공유하면 즐거움은 배가될 테니까.

'이거 봤어?'라는 물음에 응답을 할 수도 있다. 아직 보지 않은 거라면 보여달라고 조를 수도 있다. 그리고 '저건 봤어?'라는 질문을 할 수도 있다. 뭔가가 조금 떨어져나간 것 같은 느낌이 생길지도 모르지만, 아무것도 떨어져나갈게 없는 것보단 덜 쓸쓸할 것 같다. 사랑이 있는지 없는지는 여전히 모르겠다. 다만 이 사람과 연애를 하다 보면, 그 연애의 자취를 사랑이라 얘기할 수 있을 것 같은 기대가 든다. 아님 말고.

한 사람을 만나 연애를 시작하는 것은 미지의 바다를 향해 나아가는 항해와 같다. 한 번도 경험하지 못했던 세계를 탐험한다는 호기심은 거친 풍랑을 만날지도 모른다는 두려움보다 언제나 우선하는 법이다. '함께'라는 이유로, 사랑의 힘으로 그런 위험 요소들은 충분히 극복할 수 있다고 생각한다. 지구가 둥글다고 믿었던 마젤란처럼, 우리의 연애에 끝은 존재하지 않을 거라 자신하는 수많은 남녀가 힘차게 닻을 편다.

다시 돌아온 마젤란의 배는 지구가 둥글다는 것을 증명해냈다. 그런데 우리의 사랑에 끝이 없음을 확인하는 건 쉽지가 않다. 모든 사랑의 끝이 결혼은 아니겠지만, 편의상 험난한 연애의 바다를 완전히 한 바퀴 돌아 다시 출발지로 오게 되는 것을 결혼의 시작점이라고 생각해보자. 이 완전한 일주를 성공하지 못하고 회항하는 연인은 허다하다. 이별이다.

'혹시나' 하는 기대로 시작된 연애에서 맞이하는 '역시나'라는 대답의 순간들, 그때마다 기대감으로 재무장하고 다시 조금씩 나아가던 항해는 결국 끝나버린다. 바다의 끝이 있는지 없는지에 대해 이야기하던 낭만의 반짝임은 점점 희미해진다. 그 끝은 더 이상 미지의 영역이 아니라는 것, 그냥 우리가 항해를 끝낸 지점일 뿐이라는 허무함을 깨닫는다. 물론 얼마간의 휴식을 거친 후엔 다시 항해를 시작하겠지만, 처음과는 달리 망설이는 자신을 발견하게 된다. 이번엔 제대로 나아갈 수 있을까? 차라리 사랑의 바보가 될 수 있던 예전이 그립다. 바보는 항상 즐겁다는데, 이별의 순간을 알고 있는 우리는 그럴 수가 없다.

가장 두려운 것은 항해 중에 마주하는 외적 어려움보다, 이별을 결심한다는 것 그리고 이별에 동의하게 되는 자신의 모습임을 많은 항해를 경험할수록 깨닫게 된다. 이별을 많이 경험하지 않은 사람들은 환경에 책임을 돌리는 경우가 많다. 파도가 거세서, 암초를 만나서, 기후가 불규칙적이라서 등의 원인으로 회항하게 되었다고 말한다. 그래서 다른 사람과 항해를 하게 된다면, 혹은 다른 타이밍에 항해를 하게 된다면 훨씬 더 잘할 수 있을 거란 기대감이 여전히 남아 있다.

하지만 이별에 익숙한 사람들은 그 이유가 환경이 아닌 본인에게 있다는 것을 잘 안다. 군대를 가버려서, 교환 학생 때문에, 취업 준비 때문에 시간이 없어서 등의 환경적인 이유가 이별의 원인이라고는 더 이상 생각할 수 없다. 그 어떤 어려움이라도 항해를 마음먹을 때의 감정만 있다면 이겨낼 수 있었음을 알고 있다. 결국 그 원인은 자신에게 있으며 어떤 이와 어떤 항해를 하더라도 예전과 같이 두근거리는 항해는 할 수 없다고 생각한다.

그 시간 자체가 결국 사랑임을 떠올리며, 완주를 하지 못했대도 그 항해가 가치 없는 건 아니라고 아무리 되새겨봐도 실패한 기분이 드는 건 어쩔 수 없다. 그래서 우리는 슬프다. 누구나 안전하고 완벽한 항해를 하고 싶지만 도무지 어떻게 해야 그것이 가능할지 늘 고민한다. 이 같은 고민의 끝엔 허무함이 있다. 그것은 남자는 결혼을 포기하고 여자는 출산을 포기하는 '5포 세대'의 원인이 되기도 한다.

본인의 직접적인 경험뿐 아니라 미디어에서 보여지는 각종 간접적 경험들 역시 낭만적 사랑의 가능성 자체를 포기하게 만든다. 우리는 발전된 미디어로 인해 타인의 삶을 손쉽게 엿본다. 그래서 쉽사리 항해를 떠나지 못하고 항구에서 서성이는 나와 비슷한 사람들을 보며 망설임을 일반화할 수도, 어떤 사람들이 항해에 성공을 하고 다시 귀환하는지도 더 잘 관찰할 수 있게 됐다. 그러다 낭만적인 사랑을 외치는 사람들보다는 철저하게 계산적이고 합리적인 선택을 하는 사람들에게서 더 큰 행복의 가능성을 보게 된다.

생산은 어렵지만 소비는 즐겁기 때문이다. 어려운 건 불안하지만 즐거운 건 안심이 된다. 연애는 일종의 항해와 같다. 우리는 모두 성공적으로 바다를 유랑하고 싶다. 그런데 어떤 배라도 좋으니 사랑하는 사람과 함께라면 힘차게 바다를 향해 나아갈 수 있다고 자신하는 사람들에게, 현실감각이 떨어지는 눈먼 피에로라는 오명을 씌워버리는 세상이다. 증명되지 않은 가능성과 자신감에 의존하기보다, 더 안전한 배를 제대로 준비하는 게 항해에 보다 도움이 되는 현명한 판단이라 여긴다. 그렇게 조금 더 안전한 배를 준비하는 데 공을 들이느라, 항해를 떠날 타이밍을 놓쳐버리고 항구에서 서성이기만 하는 사람이 점점 늘어나고 있다. 심지어는 자기 스스로는 도무지 그러한 배를 준비할 수 없다는 생각에, 안전하고 화려한 배를 준비해놓은 누군가를 찾는 것에만 혈안이 되기도 한다.

항해에 대한 자신감 결여는 함께 항해하는 사람에 대한 의존도를 높인다. 본인이 항해에 적합한 인물인지에 대한 고찰보다 항해에 적합한 인물을 찾아내는 것이 더 수월하단 생각을 하는 건 잘못됐다. 여러 기준들을 내세워 사람을 지나치게 가려내는 사람일수록 본인의 자존감이 결여된 경우가 많은 것은 이 때문이다. 실패하지 않는 항해를 위해 보다 철저하게 준비를 하는 것은 좋다. 그런데 그 노력을 뛰어난 상대방을 찾는 것에 집중하는 것은 현명하지 않다.

상대방의 변심에 따라 얼마든지 본인의 항해가 끝나버릴 수 있기 때문이다. 능력이 있는 사람이라고 해서 더 안전하고 호화스러운 배를 준비해 당신과의 항해를 대비하진 않는다. 뛰어난 항해술을 가지고 있는 사람도 마찬가지다. 자신의 이상향에 도달하기 위해 항해를 하는 사람이 당신의 목소리에 얼마나 귀를 기울여줄지는 알 수 없다. 함께 항해를 하는 사람에 대한 의존도는 백 퍼센트의 믿음이면 충분하다.

앞으로만 나아가면 언젠가는 다시 돌아올 것이라는 생각으로 무작정 항해를 떠난 사람들로 인해 우리는 지구가 둥글다는 것을 알게 됐다. 그들이 좀 더 완벽한 이론과 충분한 물품이 준비됐을 때를 마냥 기다렸다면 역사에 발자취를 남길 수 있었을까? 지난 항해들의 실패를 두려워했다면 완주할 수 없었을 거다. 우리도 연애를 시작하는 데 있어 망설일 필요가 없다. 수많은 끝에서 좌절과 슬픔을 겪었다 해도 바다가 사라진 건 아니다. 또 다른 항해라면 이번에야말로 그 세계의 끝에 도달할 수 있을 거라 충분히 기대해도 좋다.

이게 내 마지막 칼럼 연재다. 이걸 끝으로 연애에 대한 칼럼은 쓰지 않기로 했다. 대신, 연애를 소재로 한 소설이나 드라마를 쓸 생각이다. 하고 싶은 얘기가 있다면, 지독한 현실을 굳이 들춰내기보단 픽션에 녹여내는 편이 나을 것 같다. 물론 앞으로도 끊임없이 펼쳐질 우리의 이야기가 아예 반영되지 않는 건 상당히 어렵겠지만.

노트북을 덮었다. 주방 정리를 마친 주영이와 가희가 나왔다. 준이의 결혼식이니만큼 내일은 가게를 쉬어도 좋지 않겠느냐는 내 말에, 주영이와 가희가 동시에 말했다. "태희 넌 쉬어도 돼."

몇 주 전엔 휴대폰을 새로 바꿨다. 지나치게 큰 액정 화면 때문에 한참을 망설였는데 결국 사버렸다. 이젠 꽤 익숙해졌다.

엊그제 책상 정리를 하다가 예전에 쓰던 휴대폰을 발견하게 됐다. 손에 쥐어봤다. 이걸 어떻게 썼나 싶을 정도로 너무 작았다. 언젠가 쓰일 일이 있을 거라 생각하고 보관해둔 것 같은데, 그냥 버리기로 했다. 괜한 공간을 차지하고 있는 것 같았다. 새로 산 휴대폰을 손에 쥐어봤다. 왜 큰 화면 때문에 고민했었나 싶을 정도로 내 손에 잘 맞는다. 기능도 훨씬 좋다. 참 잘 샀다는 생각이 든다. 물론 또다시 등장할 신제품에 마음이 혹할까 봐 걱정이 조금 되긴 한다.

준이의 결혼식장에 도착하니 다연 씨와 세운이가 반갑게 손을 흔들었다. 다연 씨의 배는 눈에 띄게 불룩해져 있었다. 세운이는 그런 다연 씨가 너무 예쁘다며 호들갑을 떤다. 가희와 주영이는 여기서도 다음 주 메뉴 준비 얘기를 한창 하고 있다. 어라? 순간적으로 가희와 주영이가 손 잡는 걸 본 것 같다. 착각일지도 모르지만. 신부 대기실에 있는 지연이에게 인사를 하고, 준이와 사진을 찍었다. 둘이서 한 장을 찍고, 세운이와 주영이까지 넷이서 한 장을 찍었다. 준이는 떨려서 미치겠다며 연신 웃기만 했다. 지금까지 봐온 준이의 모습 중 가장 행복한 모습이었다.